# UN DESTINO PROPIO

# UN DESTINO PROPIO

## MARÍA MONTESINOS

Papel certificado por el Forest Stewardship Council®

Primera edición: enero de 2020

© 2020, María Montesinos
Autora representada por Editabundo, Agencia Literaria, S. L. / www.editabundo.com
© 2020, Penguin Random House Grupo Editorial, S. A. U.
Travessera de Gràcia, 47-49. 08021 Barcelona

Printed in Spain – Impreso en España

ISBN: 978-84-666-6708-1
Depósito legal: B-22.464-2019

Impreso en Liberdúplex
Sant Llorenç d'Hortons (Barcelona)

BS 6 7 0 8 1

Penguin
Random House
Grupo Editorial

Aspiro, señores, a que reconozcáis que la mujer tiene destino propio; que sus primeros deberes naturales son para consigo misma, no relativos y dependientes de la entidad moral de la familia que en su día podrá construir o no construir; que su felicidad y dignidad personal tiene que ser el fin esencial de su cultura, y que, por consecuencia de este modo de ser mujer, está investida del mismo derecho a la educación que el hombre.

Dña. EMILIA PARDO BAZÁN
Fragmento de su discurso
en el Congreso Pedagógico Internacional, 1892

# 1

*Madrid, febrero de 1883*

Si se hubiera tratado de cualquier otra clase como música, francés o incluso gramática, Micaela Moreau habría ignorado los desconsiderados cuchicheos, juegos y risitas de sus jóvenes compañeras de mesa y se habría limitado a lanzarles de vez en cuando alguna mirada reprobatoria. Pero ese no era el caso. Se hallaban en la imponente sala de química, con sus vitrinas repletas de frascos, microscopios y aparatos, frente a don Higinio, uno de sus profesores más admirados en la escuela, y pocas asignaturas le parecían a Micaela más fascinantes que esa: le maravillaba contemplar los cambios que se producían en las sustancias, de su estado, color y propiedades, para convertirse en algo diferente, algo con unas posibilidades nuevas y desconocidas que quizá estuviera llamado a ser parte de algún avance de la ciencia. Así que no, no estaba dispuesta a aguantar que dos jovencitas infantiles y maleducadas le impidieran escuchar la lección sobre los hallazgos de Pasteur que impartía ese día don Higinio. El científico francés había descubierto los mecanismos de contagio de las enfermedades infecciosas a partir del estudio de una plaga que había estado mermando los criaderos de gusanos de seda en el sur de Francia.

Micaela ya les había llamado discretamente la atención una vez y, si bien asintieron ambas con expresión inocente, en cuanto volvieron a darle la espalda las oyó reírse de «doña solterona marisabidilla», uno de los motes que circulaban sobre ella en los pasillos de la escuela. No le molestaba, en realidad. Lo de «marisabidilla» lo llevaba hasta con orgullo: tenía inquietudes, curiosidad por saber, por aprender; disfrutaba del estudio y no tenía por qué contenerse cuando conocía la respuesta a las cuestiones que los catedráticos planteaban en la clase. Y solterona... bueno, debía admitir que, a sus veintiocho años, lo era. Sus compañeras rondaban los dieciocho, uno arriba, uno abajo. La única alumna de su edad era una joven viuda matriculada en la Escuela de Correos y Telégrafos. Al parecer, tenía intención de sacarse el título para colocarse en Correos con el único fin de liberarse de la excesiva vigilancia y protección a la que la sometían sus familiares. Ella, por su parte, tenía mejores planes.

—Si no dejáis de cuchichear, me ocuparé de que don Higinio sepa que necesitáis tarea extra para entender los descubrimientos de Pasteur, puesto que no habéis escuchado ni una sola palabra —susurró inclinándose entre las dos. Su mirada reflejaba tan firme resolución, que las chicas enmudecieron al instante.

Al finalizar la lección, Micaela recogió sin prisa la libreta, el plumín y el tintero mientras el resto de las alumnas abandonaba la sala con cierto revuelo cansado. La última hora de la tarde se hacía muy larga y había quienes daban a hurtadillas alguna que otra cabezada, convencidas de que nunca les sería de mucha utilidad saber por qué fermenta la cerveza o para qué hervir la leche recién ordeñada. ¿Qué familia de bien les exigiría luego que enseñaran química a sus pequeñas pupilas, en caso de que alguna de ellas decidiera ejercer de institutriz? ¡Ninguna! La mayoría de los progenitores solo pretendía que sus hijas supieran leer y escribir y, sobre todo, que aprendieran a realizar con primor las labores propias de cualquier dama: coser, bordar y tocar *Para Elisa* al piano.

Antes de que se pudiera dar cuenta, la sala se había quedado vacía y silenciosa. Don Higinio se afanaba en colocar los frascos con las sustancias químicas y las disoluciones en una de las vitrinas de madera que cubrían la pared. Micaela se dirigió al escritorio para depositar con cuidado su cazoleta de tinta junto al resto, en la bandeja de madera agujereada. Al verla, el profesor le hizo una seña para que se aproximase al escritorio.

—Don Julián me ha dicho que le transmita toda su

gratitud por la traducción que ha realizado de los dos artículos sobre el trabajo de Pasteur. Será de gran ayuda para los estudiantes de la facultad, no tenga ninguna duda.

La joven esbozó una breve sonrisa de satisfacción.

—Me alegro de haber sido de ayuda, don Higinio. Y... ¿pudo usted preguntarle sobre la posibilidad de que yo asista a la conferencia que organiza sobre Charles Darwin en el Museo de Ciencias Naturales?

El profesor continuó recogiendo de manera distraída sus pertenencias como si no hubiera escuchado la pregunta de Micaela. Finalmente, carraspeó antes de decir:

—Me temo que no va a ser posible, señorita Moreau. Los catedráticos del museo son muy estrictos en ese sentido y no miran con buenos ojos la presencia de señoritas en sus dominios.

—Pero, don Higinio... si solo es una disertación sobre los viajes y el trabajo del señor Darwin, ahora que ha sido traducido al español. Y mi padre conocía al traductor, al señor Godínez, un caballero muy moderado en su habla y sus ideas.

—Ya me gustaría decirle que sí, pero créame que no es posible. Este evento ha generado mucha polémica no solo en determinados círculos políticos sino también entre los propios investigadores del museo, debido a las teorías anticatólicas del señor Darwin. Es más que probable que suscite un agrio debate poco apto para señoritas como usted. Y, por otra parte, ciertos catedráticos consideran que el ambiente científico del museo no es ni adecuado ni conveniente para la sensibilidad femenina.

Micaela pestañeó desconcertada. Quiso pronunciar una airada protesta: «¡Le aseguro que mi sensibilidad aguantará el debate con la misma entereza que un hombre, don Higinio!», pero se le quedó atascada en la punta de la lengua como si se hubiera asomado al borde de un abismo y, entonces, lo único que pudo hacer fue bajar los ojos a los títulos dorados de todos esos libros que se apilaban sobre la mesa, disimulando su decepción. Por alguna razón, había pensado que don Higinio —uno de los profesores más serios de cuantos enseñaban en la Asociación para la Enseñanza de la Mujer, el correspondiente femenino de la Institución Libre de Enseñanza de don Francisco Giner de los Ríos— apreciaba su interés en la ciencia e intercedería a favor de que ella, una de sus mejores alumnas, pudiera asistir a esa conferencia. Se equivocó. Había sido una ingenua por confiar en él. Nunca escarmentaba.

Farfulló una despedida y huyó de allí cabizbaja, sintiéndose un poco avergonzada ante la sorna con la que, imaginó, habrían despachado los catedráticos su petición. Salió al patio central, cerrando tras de sí la puerta del aula. El resto de las salas que daban a ese mismo patio interior estaban ya cerradas, silenciosas. No debían de ser más de las cinco y ya comenzaba a oscurecer. El eco del bullicio de las últimas alumnas se apagaba poco a poco hasta abandonar el edificio. En el otro extremo de la galería, junto a las puertas acrisoladas que daban al vestíbulo, vio a don Pablo, el director de la escuela, conversando con doña Braulia y la señorita Milagros, ambas maestras de párvulos.

Con cuidado de no hacerse notar, Micaela cruzó la distancia que la separaba de la sala de música, situada enfrente. Entró en la estancia sumida en la quietud de los instrumentos. Dejó los libros sobre el velador, encendió un quinqué y se sentó en la banqueta del piano a esperar a Victoria, una de las alumnas con las que había intimado dentro de la escuela hasta el punto de convertirse en una buena amiga. Victoria, mucho más joven que ella, estudiaba Comercio, así que no habrían trabado amistad de no ser por culpa de la biblioteca. O de don Pablo, que solicitó dos alumnas voluntariosas que se ofrecieran a ordenar un gran lote de libros, donado por una familia benefactora. Ellas fueron las únicas en presentarse. Y allí, libro va, libro viene, descubrieron que compartían inquietudes lectoras.

Justo en ese instante, la puerta se abrió con ímpetu y apareció la figura menuda de Victoria, casi sin aliento. Traía el rostro arrebolado, el moño desgreñado, la sonrisa triunfante, abrazada a un montón de papeles y carpetas que sujetaba contra su pecho.

—Llego tarde, ¡lo siento! He tenido que ingeniármelas para esquivar a doña Braulia. ¡Qué ojeriza me tiene esa mujer! —dijo, al tiempo que cerraba la puerta con un certero movimiento de cadera. Luego, soltó dos cartapacios encima de la tapa del piano y añadió—: Te he traído lo que me pediste y algo más que te puede interesar.

—¿Todo?

—Todo lo que he podido recopilar de tu larga lista de peticiones: los boletines de la Institución Libre de Enseñanza que incluyen algunos de los artículos sobre pedagogía que mencionaste, así como los de doña Concepción Arenal —dijo conforme extraía un fajo de papeles impresos—. Y también he conseguido otros artículos escritos a partir de las conferencias dominicales que impartió hace años en el paraninfo del Ateneo sobre la educación de la mujer, y que Avelina, la secretaria del centro, guardaba como oro en paño. Los boletines te los puedes quedar, pero los artículos debo devolvérselos antes de que alguien los eche en falta en el archivo. Al parecer, don Giner de los Ríos tiene a doña Concha en mucha consideración y le gusta recopilar sus textos.

Micaela no respondió. Sus manos temblaban de emoción al coger el paquete. Hojeó los papeles con avidez, sin detenerse en ningún texto concreto, mientras su boca se distendía en una sonrisa ilusionada. Por fin podría leer y estudiar las ideas, no solo de doña Concepción Arenal, sino también del grupo de catedráticos e intelectuales que colaboraban con la Institución Libre de Enseñanza y defendían los postulados krausistas en favor del progreso, la igualdad y la promoción cultural de la mujer y de las clases trabajadoras. Las mismas ideas que había defendido su padre y que con tanta pasión le había inculcado a ella desde que le enseñó a leer y escribir, con apenas seis años. Alzó la mirada agradecida a la joven de ojos grandes y almendrados, que la observaba risueña.

—¿Cómo te lo podré agradecer, Victoria?

Victoria contestó con un gesto despreocupado.

—No hace falta que me lo agradezcas. Lo he hecho también por mí. Estoy redactando una columna para el boletín de la asociación, en el que defiendo que las mujeres tenemos derecho a ejercer las mismas profesiones que los hombres. Misma educación, mismas oportunidades laborales. Mi padre conoce al director de *La Moda Elegante*. ¿Crees que podría interesarles publicarlo?

Micaela hizo un movimiento dubitativo con la cabeza.

—¿Una columna para reclamar el derecho a trabajar de las mujeres, intercalada entre las descripciones de los figurines de moda llegados de París y los folletines? Sus suscriptoras pondrían el grito en el cielo y, a continuación, cancelarían su suscripción a la revista.

—Pues entonces podría intentarlo en *El Correo de la Moda*. De vez en cuando publican artículos en defensa de las mujeres.

—Victoria, mira a tu alrededor: la mayoría de nuestras compañeras no tiene la menor intención de trabajar, ni siquiera como institutrices.

—Doña Emilia Pardo Bazán dice que nos educan para ser domadas, y tiene razón. Somos las primeras en escandalizarnos cuando alguna señorita pretende demostrar habilidades iguales a las de los hombres. No nos quejamos, no protestamos. Si las propias mujeres no defendemos nuestro derecho a la igualdad en la educación y nuestro derecho a trabajar, ¿cómo podremos reclamar nada a los hombres? —se quejó Victoria con amargura—. Ese debería ser el primer paso.

Para ser tan joven y tan menuda, pensó Micaela, su determinación resultaba envidiable. Ella no se consideraba una persona pesimista, pero tampoco pecaba de idealista. La excelente y avanzada formación que recibían en cualquiera de las escuelas de la Asociación para la Enseñanza de la Mujer no pretendía hacer de ellas sino esposas y madres con la cultura necesaria para ascender a la categoría de digna compañera de esos hombres formados en la ILE como adalides del progreso de la sociedad española. Educación de las mujeres, sí, pero con el único fin de que contribuyeran a la felicidad de sus maridos y se encargaran de la instrucción de sus hijos en la razón y el conocimiento empírico que tanta falta hacía en un país tan atrasado respecto a Europa. Así lo había expresado incluso el propio don Fernando de Castro, fundador y presidente de la asociación, en sus conferencias dominicales en el Ateneo Artístico y Literario de Señoras. Y por mucho que intentara advertirlas de que esa formación no debía alentar en ellas inalcanzables ideales y expectativas de independencia, lo cierto es que el germen de la duda había anidado en algunas alumnas. Ya no había marcha atrás, por mucho que se empeñaran esos catedráticos de corte progresista. Sin embargo, era necesario no distraerse de lo más importante. Y en opinión de Micaela, lo más importante en esos instantes era conseguir que la formación que recibían niños y niñas fuera la misma. ¿Qué sentido tenía que las niñas aprendieran en la escuela únicamente labores del hogar y doctrina cristiana, como ocurría ahora? ¿Qué aspiraciones podrían llegar a tener si no educaban por igual su mente y su espíritu? El conocimiento era la llave de la libertad. La prioridad debía ser la educación y el saber; tal vez más adelante llegaría el momento de librar la batalla del trabajo.

—En el Congreso Nacional de Pedagogía del año pasado, ya hubo un grupo de mujeres que reclamó la igualdad de salarios entre maestros y maestras —dijo Micaela—. ¿No es eso suficiente?

—¿Suficiente? ¿Debo limitarme a trabajar solo como maestra? ¿O en aquellas profesiones que los hombres consideran lo bastante femeninas para mí? ¿Modista? ¿Institutriz? ¿Operadora de telégrafos? ¿Y si quiero dedicarme a la medicina, a la abogacía o al periodismo, como el maestro Mesonero Romanos o como Larra?

—¿Y eso es lo que deseas realmente, Victoria?

—¿Sabes? Cuando era niña deseaba con todas mis fuerzas ser un varón, como mis hermanos, y así poder escapar de mis clases de piano y correr tras ellos cada vez que los veía salir de casa. Hemos vivido en Londres, en Viena, en París, y en cada uno de esos lugares he conocido a mujeres que no se han conformado con el destino que les han marcado los hombres o la propia sociedad y han conseguido soslayar los convencionalismos de su entorno para crearse una vida propia. Y en Nueva York han creado una asociación de mujeres que luchan por su derecho a votar, Micaela. ¡Votar! —Soltó una pequeña carcajada incrédula—. Desde que estudio aquí, con catedráticos que no dudan de nuestra capacidad para aprender las mismas materias que enseñan a sus alumnos de la Institución Libre de Enseñanza, me he dado cuenta de que jamás podría ni querría renunciar a mi condición de mujer; no hay nada malo en nosotras, al contrario. Más bien son ellos, aquellos que nos consideran inferiores y débiles de espíritu, los que deben tener algo mal en su interior.

La muchacha se había levantado de su asiento y deambulaba por la estancia mirando sin mayor interés los retratos de grandes músicos que colgaban de las paredes. Se detuvo junto a una repisa donde descansaba una estatuilla de alabastro de la diosa Atenea y deslizó la mano por los suaves contornos del cuerpo desnudo, apenas cubierto por el escudo como única vestimenta.

—Por otra parte, he llegado a pensar que me resultaría más fácil ocultar mis atributos femeninos como hizo doña Concha cuando se cortó el pelo y se vistió como un hombre para poder asistir a la universidad, que modificar la forma de pensar de todos esos caballeros que tanto dicen admirarnos y adorarnos. Si lo hiciera, me convertiría en don Víctor Velarde. ¿Qué tal suena?

—¿Hacerte pasar por un hombre toda tu vida? ¡Qué cosas dices, Victoria! ¡Eres incorregible! —exclamó Micaela, fingiéndose escandalizada.

La joven se volvió hacia ella con una sonrisa traviesa y tomó de nuevo asiento a su lado.

—¡Y ahora tengo algo aún mejor para ti! —Rebuscó en su bolso hasta extraer un sobre timbrado—. Mi tía Inés ha escrito a mi madrastra preguntándole si sabe de alguna maestra de buena familia para el colegio de niñas de las señoritas Ruano, en Santander. Al parecer, es el mejor colegio de señoritas de la ciudad, al que llevan a sus hijas las familias más pudientes de la zona. Según mi tía, tan bueno como los internados suizos. Enseguida pensé en ti. ¿No era eso lo que buscabas?

No hacía falta que respondiera. El brillo de sus ojos unido a la sonrisa que se dibujó en su cara lo decían todo.

—¿Crees que tu madrastra podría responder a tu tía cuanto antes dándole referencias sobre mí? —La expresión de Micaela era ahora casi de súplica.

—Yo misma redactaré la carta en su nombre. ¿Quién mejor que yo para hablar de todas tus virtudes y bondades como educadora de futuras e instruidas revolucionarias? —respondió Victoria que, con la agilidad propia de sus veintiún años e impropia de una señorita, se levantó de la banqueta y se intentó ahuecar el polisón que se había quedado aplastado en la parte trasera de su vestido. De pronto se llevó la mano a la boca y exclamó—: ¡Se me olvidaba! Permíteme medirte el cráneo y esa frente tan ancha y despejada que tienes. —Cogió de su bolso una cinta de raso roja marcada con las medidas de un metro—. Estoy realizando un estudio de campo que demuestre la estupidez de la teoría del doctor Gall por la que afirma que las mujeres tenemos menos desarrollado el cerebro y que por eso tenemos la frente más estrecha que los hombres, *ergo*, somos menos inteligentes que ellos.

Micaela sonrió con cierta condescendencia.

—No necesitas demostrar nada, Victoria. Muchos científicos de toda Europa ya han alertado de su falsedad.

—Al parecer, no los suficientes, puesto que en el Congreso Nacional de Pedagogía todavía hubo algún señor que se atrevió a mencionarlo —replicó Victoria, rodeando con el metro el cráneo de Micaela. Apretó la cinta sobre su espeso cabello castaño claro, domeñado bajo un sencillo recogido.

No habían terminado de dar las campanadas de la media en el reloj de pared cuando volvió a abrirse la puerta de golpe.

—¡Pero bueno! —Ambas se sobresaltaron ante la irrupción de Visi, la portera de la escuela, que las contemplaba con los brazos en jarras, desde el umbral—. ¿Se puede saber qué hacen ustedes aquí, señoritas? ¿Saben la hora que es? —Intercambiaron una mirada apurada: se había hecho más tarde de lo previsto—. ¡Tendría que haberlas dejado encerradas a cal y canto, para que aprendieran! ¡Arreando, desfilen las dos!

—El carruaje de mi padre debe de estar aguardándome desde hace rato —dijo Victoria, mientras recogía apresurada sus papeles y pertenencias—. ¿Dónde vives? Te llevaremos hasta tu casa.

—En la calle Serrano, pero descuida. Me gusta caminar.

—¿Caminar hacia las afueras de Madrid a estas horas y con el frío que hace? ¡No digas tonterías o no necesitaré la medida de tu cabeza para saber que no eres tan lista como pensaba!

## 2

Podría haber cogido el tranvía en la calle Alcalá, pero siempre que le era posible Micaela procuraba evitar gastos innecesarios. La muerte de su padre las había dejado, a su madre y a ella, en una situación precaria, con la renta justa para mantenerse a duras penas. El elegante edificio señorial de la calle Serrano ante el que se detuvo el carruaje para que se apeara era la última concesión a la apariencia de riqueza que quería mantener su madre a toda costa. Ese piso, que con tanto orgullo le había comprado su padre al marqués de Salamanca años atrás, era casi su único patrimonio restante.

Apenas pulsó el timbre, la puerta se abrió mostrando la cara de preocupación de Dora, la criada que llevaba en la familia desde siempre. Su madre se había negado a prescindir de ella cuando tuvieron que despedir a todo el servicio: dos criadas, una cocinera y el cochero. ¿Para qué necesitaban un cochero si incluso se habían visto obligadas a malvender el carruaje con sus cuatro caballos para saldar las deudas tras la muerte de su padre?

A pesar de su avanzada edad, Dora era de constitución fuerte y saludable. Sus piernas gruesas se movían ágiles e incansables de un lado a otro de la casa, limpiando, planchando, cocinando y arreglando lo que hiciera falta, con la soltura de alguien acostumbrado a solucionar en la sombra. Todo el trabajo que realizaban en la casa tres criadas y una cocinera desde hacía apenas un año lo había asumido ella sin una sola queja. Por lo que Micaela sabía, ellas dos eran la única familia que conocía.

Micaela agradeció el calor de hogar que la envolvió al entrar en el recibidor. Traía las mejillas sonrosadas, los labios resecos del frío. Lo primero que hizo fue quitarse los guantes de cabritilla. Luego, se desprendió del sombrero y al hacerlo, un mechón rebelde le cayó hasta el mentón, acariciando la piel. Se lo sujetó con habilidad en una de las horquillas que llevaba.

—¡Nos tenía muy preocupadas, niña! Su madre ha preguntado ya dos veces por usted y su tía Elvira no ha querido marcharse hasta verla aparecer sana y salva por la puerta o... —dijo, ayudándola a quitarse la pelliza— hasta acabar con la bandejita de pasteles que me mandó comprar su madre en Lhardy.

Micaela sonrió al imaginarlo. Su tía Elvira era adicta al dulce y presumía de haber catado y calificado todas las confiterías de Madrid sin excepción, razón por la cual podía asegurar sin temor a equivocarse que los pasteles de Lhardy eran «dignos del paladar de un rey».

—La clase de química se ha prolongado un poco más de lo habitual, eso es todo —se excusó tras una mentirijilla que bien podría haber sido cierta—. No tienen de qué preocuparse: me ha acompañado a casa la señorita Victoria Velarde, la hija del duque de Quintanar, en su carruaje.

—Ande, apresúrese y vaya al gabinete de su madre para que se quede tranquila. Ya sabe que las preocupaciones la alteran.

Un ligero escalofrío le recorrió el cuerpo al adentrarse en el pasillo oscuro y helado que conducía al lugar donde solía pasar las tardes su madre, recostada en el diván con dos capas de mantas encima. Desde hacía varios meses apenas salía de allí debido al agravamiento de sus dolencias respiratorias, que no solo le impedían realizar ningún esfuerzo por pequeño que fuera, sino que hacían que el más mínimo resfriado le provocara tal crisis, que tanto Dora como Micaela temían por su vida. Y nada inquietaba más a la joven que perder a su madre cuando hacía apenas once meses que habían enterrado a su padre. De la noche a la mañana, el hombre vital, optimista e incansable que había sido Alphonse Moreau cayó fulminado por un extraño mal que le consumía por dentro y lo mantuvo postrado en la cama durante más de un año. Micaela se dedicó a cuidarlo durante todo ese tiempo. Consultaron con los mejores médicos, le consiguieron medicamentos todavía desconocidos en España, y aun así, no hubo nada que hacer. La enfermedad fue de-

vorándolo día a día, mes a mes, sin darle tregua. Él se desesperaba ante su incapacidad para asumir la dirección de sus
negocios, que comenzaron a ir de mal en peor. La competencia en el mundo del espectáculo era implacable. Las deudas
crecieron y se acumularon a lo largo de su enfermedad, hasta
el día de su muerte. Todo el mundo le lloró: su esposa, sus
amigos, su socio en la empresa de espectáculos que dirigía
desde hacía más de veinte años, así como los empleados del
teatro que gestionaba. Pero quien más lo lloró fue Micaela.

Alphonse Moreau, francés asentado en Madrid hacía
más de treinta años, hombre amante de la vida, de la naturaleza, de la ciencia, del progreso y la libertad, había sido,
desde que tuvo uso de razón, su maestro, su guía, su ventana al mundo del conocimiento. Su padre fue quien le habló
de Descartes, de Voltaire, de Rousseau, de Isaac Newton.
Fue quien dirigió sus lecturas a las obras de Cervantes, Balzac, Flaubert, Dickens, Chateaubriand, y le abrió los ojos a
países lejanos de África y de Oriente con culturas y costumbres muy distintas a las suyas; él fue, en fin, quien le enseñó
que los ideales de libertad, igualdad y fraternidad por los
que lucharon sus compatriotas en la Revolución francesa
debían ser el faro por el que guiarse siempre en la vida.

«Nunca renuncies a tu libertad, *ma chèrie*. Nadie puede ser dueño de nadie, nadie puede regir el destino de nadie.
Solo tú eres dueña de tus pensamientos, tus actos y tu destino. No dejes que nadie te quite eso. No hay más Dios que
la razón.» Todo eso le dijo el día de su decimoctavo aniver-
sario, mientras colgaba de su cuello un camafeo con la efi-

gie de Minerva, la combativa diosa romana de la sabiduría. Fue el mismo día que las calles de Madrid dieron la bienvenida a la República, y su padre se movía exultante y dicharachero entre el grupito de invitados que asistió a la celebración de su cumpleaños. Luego Micaela sería testigo de su desencanto, de la incredulidad con la que relataba los desencuentros y traiciones entre los grupos progresistas, de la enorme decepción que precedió a su distanciamiento de los círculos políticos de la villa, aunque siguiera dejándose la voz en las tertulias de café en defensa del sufragio universal, la educación de las mujeres y de las clases trabajadoras y la abolición de la esclavitud en las colonias.

Sí, pensó Micaela pasando los dedos por el retrato de un joven y orgulloso Alphonse Moreau colgado en la pared del pasillo, ella había crecido arropada por esos ideales que parecían alejarse cada día más de su realidad cotidiana, pendiente de cada acceso de tos de su madre.

Según se acercaba al gabinete oyó pronunciar su nombre, por lo que se detuvo junto a la puerta entornada antes de entrar.

—... no puedo pedirte eso, Elvira —escuchó la voz débil de su madre—. Suficiente tienes con lo tuyo. No, no. Pero no ceso de preguntarme qué será de ella cuando yo falte, qué futuro le espera sin una figura masculina a su lado, sin la excusa de la juventud, sin una belleza singular, sin una dote apropiada... Ella dice que desea ser maestra. —Su madre emitió un gemido lastimero, prólogo de una sucesión de toses sibilantes y ahogadas.

—¡Ave María purísima! Padre jamás habría consentido que ninguna de nosotras se rebajara a trabajar, y menos de maestra. ¡Esas mujeres viven prácticamente de la caridad en remotas aldeas perdidas de la mano de Dios! ¡Y he oído que las obligan a renunciar a crear una familia propia y muchas se convierten en la manceba del maestro! No podemos consentirlo, Isabel. ¿Qué pensarán de nosotras, de las hijas de Alonso Altamira, si alguien se entera de que Micaela trabaja? ¡Y de maestra! ¡Debes quitarle esa idea de la cabeza! —se escandalizó su tía, sosteniendo un pastelillo a medio camino de la boca.

—¿Y qué puedo hacer? Por más que la he educado para comportarse en todo momento como una dama, su padre le permitió libertades que luego han derivado en esto. Según ella, su vocación es la enseñanza, al igual que la de una religiosa es servir a Dios.

—¡Pues que tome los hábitos y así podrá enseñar la doctrina del Señor! —La carcajada bronca de su madre fue la mejor respuesta que podía esperar Micaela. Pero la tía Elvira no se rindió—: Bien, pues entonces que se coloque de institutriz en alguna familia noble y católica que la acoja en su seno. Al menos, sería una ocupación decente y viviría en un entorno apropiado a su clase y condición.

Micaela asomó un ojo por el marco de la puerta.

—En mayo finalizará sus estudios en la Escuela de Institutrices y se va a presentar al examen de la Escuela Normal para conseguir el certificado de maestra...

La cara de espanto que puso su tía Elvira fue suficiente

para que su madre optara por fingir otra tosecilla y callarse. Su tía terminó de tragar el pastel que tenía en la boca y, tras limpiarse las comisuras con dos toquecitos de su servilleta, resolvió:

—Debemos casarla cuanto antes. Quizá Hilario y yo podamos encontrar algún arreglo para ella entre los caballeros del partido conservador con los que él se codea en el casino —dijo, adoptando el tono engolado que utilizaba ante su hermana cuando aludía a las ocupaciones de su marido—. Más de uno le debe algún que otro favor, aunque no sé... mira el tiempo que llevamos esperando que su amigo Muñiz le consiga un puesto en el gobierno, en un ministerio, en una secretaría, en una comisión, donde sea, y no hay manera. Para ese tipo de favores necesitas mejor padrino que el secretario de un comisionado, al parecer. —Su tía hizo una pausa, como si estuviera haciendo recuento de agravios y deudas que jamás olvidaba—. Sí, buscaremos un buen pretendiente para nuestra Micaela... A fin de cuentas, es nuestra sobrina y, puesto que Dios no nos ha bendecido con hijos, qué mayor satisfacción que tratarla como si fuera nuestra propia hija y lograr para ella un matrimonio ventajoso...

La voz de su madre se tiñó de esperanza al preguntar:

—¿Crees que algún caballero de buena posición podría pretenderla todavía? Tal vez ya no tenga la frescura de los veinte años, pero sigue siendo una joven agradable, discreta y hacendosa. Jamás nos ha dado un disgusto ni ha tenido una palabra de queja por su dedicación a mí; ni siquiera durante la enfermedad de Alphonse, que en paz descanse.

Incluso cuando supo de la muerte de su prometido, ella mantuvo la entereza y la serenidad. —Doña Isabel emitió un largo suspiro resignado—. ¡Ay! ¡Qué distinto habría sido todo si se hubiera casado con aquel joven capitán!

Sí, suspiró Micaela con pesar apoyando la cabeza contra el marco de la puerta, al otro lado del tabique. Qué distinta habría sido su vida si no se hubiera cruzado aquella tarde de hace siete años con Rodrigo Dulce, ese joven que la miraba insistentemente como si su presencia ejerciera algún tipo de atracción magnética sobre él. Qué distinta, si no hubiera accedido a pasear en su compañía enredándose los ojos y las horas en juegos y conversaciones amables en las que descubrió, casi al instante, haber encontrado a su alma gemela, alguien tan rendido al afán de saber como ella misma. Se comprometieron a los dos meses, con toda la ilusión de los veinte años. Micaela se vio desbordada por un sentimiento de amor tan grande que, a veces, la atenazaba el miedo a perderlo. Ese miedo se instaló en su interior una mañana de junio, cuando Rodrigo se presentó en la casa para anunciarle, orgulloso y satisfecho, que le habían encomendado una misión en las Antillas, en Cuba, para más señas. Todas las lágrimas las lloró el día en que su prometido partió en dirección al puerto de Santander, donde embarcaría con las tropas.

Su tía Elvira se tomó unos segundos para responder, como si repasara mentalmente algún catálogo de posibles pretendientes. Antes de que Micaela decidiera irrumpir en la estancia y cortar esa ridícula conversación, oyó de nuevo la voz:

—Está don Joaquín Sepúlveda, un hombre cabal y discreto donde los haya... senador por Valencia. —Hizo una pausa, cavilando al aroma de la taza de chocolate suspendida frente a sus labios, antes de continuar con tono resuelto—: Sin embargo, ya ha cumplido los sesenta años y está de retirada de la vida política y social. No. Creo que no sería adecuado para los intereses de Micaela, querida. —Bebió un sorbo de chocolate con parsimonia, absorta en valorar opciones, medir posibles alianzas—. Ahora que lo pienso, Hilario me contó hace un tiempo que el barón de Cabuernas había enviudado de nuevo. Estaba casado en segundas nupcias con doña Socorro de Daoiz, viuda de Daoiz, poseedora de una considerable fortuna. La pobre señora debió de incubar algo horrible porque, de la noche a la mañana, se encerró en la casa víctima de una enfermedad infecciosa y ya solo pudo salir de allí con los pies por delante. ¡Qué desgracia la de este pobre hombre! Quién le iba a decir que enterraría a dos esposas... De la primera se dice que enloqueció —afirmó bajando la voz—. Aun así, no hay mal que por bien no venga: a sus cincuenta años, es dueño y señor de un gran capital, suma de las herencias de cada una de sus dos esposas fallecidas, y ocupa un escaño de diputado por Madrid en las filas del partido conservador, donde, al parecer, es persona cercana a don Antonio Cánovas del Castillo. ¿Te das cuenta de lo beneficioso que podría resultar para Micaela casarse con todo un señor barón con fortuna, escaño en las Cortes e influencias en el gobierno?

—Ay, Elvira, me conformaría con que fuera un buen hombre, de posición acomodada, eso sí, capaz de cuidar de ella cuando yo no esté. Estoy segura de que a estas alturas no será tan ingenua y exigente como hace unos años, cuando rechazó a su último pretendiente. ¿Hay algo que nosotras podamos hacer?

A Micaela, las palabras de su madre se le clavaron en el pecho como aguijones.

—Tú déjame a mí. Habremos de ser prudentes y esperar; si no recuerdo mal, doña Amparo me dijo que el barón se había marchado una temporada a París. Probablemente no vuelva hasta la primavera, y entonces será cuando podamos tantear su predisposición a casarse de nuevo. Estoy convencida de que una vez transcurrido el luto, un hombre de su edad necesitará tomar esposa, una joven y discreta como nuestra Micaela. Quizá carezca de una buena dote, pero nuestro apellido es muy respetado.

—¿De verdad lo crees, Elvira? Mira que si yo pudiera ver a mi hija casada, ya me podría morir en paz.

—¡Por supuesto que lo creo! —exclamó Elvira casi ofendida por el tono dubitativo de su hermana—. No olvides que los padrinos de Micaela son nuestra hermana Angélica y su esposo, el marqués de Peñubia. Estoy segura de que al barón de Cabuernas le interesaría emparentar con una familia como la nuestra.

—Sí, una familia que hasta se relaciona con el rey, según me contó Angélica. Que Tomás tuvo el honor de acompañar a la comitiva de don Alfonso y doña María Cristina, en numerosas ocasiones, mientras duró su estancia en Comillas el pasado verano —apuntó su madre.

—¿Ves? Debemos empezar a preparar el camino. Mañana, Hilario y yo tenemos entradas para el Teatro del Circo, y el jueves iremos a la tertulia semanal en el salón de doña Leonor. Y ya sabes que Hilario acude casi cada tarde al casino para echar su partida de dominó. Le diré que haga algunas averiguaciones.

Micaela se mordió el labio inferior con saña para controlar el deseo de irrumpir en la estancia y detener ese despropósito. ¿Un marido? No quería ni necesitaba un hombre a su lado para que la sacara de paseo como un pavo real, le revisara sus lecturas o la sancionara cada vez que ella expresara sus propias ideas. Le vino a la mente el rancio de Agustinín Real, relamido e insufrible y, por supuesto, se acordó de Gerardo. Su sonrisa de embaucador. Su verborrea aduladora. Hipócrita. Arribista. Mediocre. No necesitaba un marido que le tutelara la vida, que le confundiera los sentimientos. Jamás volvería a ceder su libertad a ningún hombre.

Su deseo oculto, ante las ilusiones que aún albergaba su madre, era permanecer soltera y dedicarse a enseñar a todas esas niñas discriminadas en favor de sus hermanos varones, recluidas entre las cuatro paredes de la ignorancia y el desconocimiento de lo que ocurría más allá de su hogar, de los paseos y las modas, sin ninguna oportunidad para mejorar su existencia. Suspiró sin hacer ruido. En ese momento, no se veía con ánimo de enfrentarse a los deseos de su familia. Sobre todo a los de su tía Elvira, poco acostumbrada a que la contradijeran ni aquí ni en su casa. ¡Buena era ella! Tenía un carácter agrio y rencoroso, difícil de predecir. También era cierto que le hacía mucha compañía a su madre en sus tardes de visita, cuando se erigía en ama y guardiana del estado de salud de Isabelita —para ella, siempre sería su hermana pequeña—; repasaba su aspecto, los síntomas nuevos o los persistentes, daba cuenta con Dora de los remedios prescritos por el doctor y, al fin, tomaba posesión del sillón orejero desde donde hacía un repaso exhaustivo de los dimes y diretes de la villa sin perder detalle.

—Hazlo, pero con discreción, Elvira. —La voz de su madre sonaba muy cansada—. Con mucha discreción, por Dios te lo pido. Ya sabes que estas cosas son delicadas... Prácticamente nadie de nuestro entorno conoce cuál es nuestra situación actual después de haber pagado todas las deudas que dejó Alphonse al morir, y no nos conviene que lo sepan. No, hasta que mi hija tenga su futuro resuelto. Y Micaela tampoco deberá saberlo. Ya se lo contaré cuando haya algo que contar.

—Por supuesto, Isabelita. Descuida. —Elvira se inclinó y palmeó, condescendiente, el hombro de su hermana—. A todos nos interesa que sea así.

Micaela decidió no darse por enterada de los planes que urdían su madre y su tía. Ella también guardaría en secreto su intención de aceptar el puesto de maestra del que había tenido noticia a través de la tía de Victoria.

# 3

Aquella mañana, Micaela se calzó sus zapatos ingleses de tacón bajo, se puso sus manoplas forradas de borreguillo y salió temprano a pasear hasta el Parque del Buen Retiro. Llevaba varios días recluida en la casa debido a una neumonía que había empeorado la salud y el ánimo de su madre. Doña Isabel se debilitaba un poco más con cada embate de la enfermedad y su carácter se volvía irracional, casi infantil. La requería constantemente a su lado, como si temiera morirse en cualquier momento; le pedía que le suministrase ella las medicinas, que rezara el rosario sentada a su cabecera, que le leyera en alto solo para acunarse en el sonido de su voz. Y ella la custodiaba día y noche, sin apenas descanso.

Una vez pasado lo peor, Micaela reanudó las largas caminatas mañaneras que destensaban su cuerpo y su espíritu. Había cogido esa costumbre poco después de que su prometido se embarcara hacia Cuba. Durante los meses de su ausencia, se despertaba con la angustia agarrada al pecho y una sensación de ahogo tan fuerte que necesitaba escapar de la casa para respirar el aire gélido y cortante de las mañanas invernales en Madrid. Su padre la acompañaba y, juntos, caminaban a paso brioso desde la calle Serrano al paseo de los Agustinos Recoletos hasta llegar a la plaza de Cibeles, donde giraban en dirección al Retiro.

Al traspasar las puertas enrejadas del parque, Micaela respiraba hondo, cansada por el esfuerzo aunque con el espíritu templado. Su padre le decía que no debería preocuparse tanto, el joven capitán volvería, claro que sí. Y ella le creía. Deseaba hacerlo con todas sus fuerzas. ¡Había sido todo tan breve y tan intenso! Jamás imaginó que el amor sería así, exultante y doloroso. Con él fue la mujer más feliz del mundo durante los tres meses que estuvieron juntos, al igual que luego se convertiría en la más irascible e impaciente durante los diez meses que duró su separación forzosa. Desde el momento en que conoció a Rodrigo, le enamoró descubrir en él el espíritu sensible y romántico de un poeta, la gallardía de un militar, los principios e ideales de un hombre de su tiempo, sensato, amable, risueño... un hombre de paz abocado a la guerra por el destino. Al recordarlo, entonces y ahora, era incapaz de encontrarle ninguna tacha, ningún defecto, todo lo contrario: nunca habría nadie más para ella como Rodrigo Dulce. Era su media naranja, el espejo en el que mirarse, el hombre de su vida. Quién sabe si su vida hubiera sido distinta si el valiente capitán del ejército de su majestad, deseoso de demostrar que era digno hijo de su padre, el laureado general Dulce, no hubiese perdido la suya en una escaramuza de una aldea perdida de la isla, de nombre casi impronunciable. Por eso, cuando le comunicaron su muerte, nadie entendía que no se deshiciera en lloros: no le quedaban lágrimas. El miedo dio paso al vacío de saber que nunca más regresaría, que toda esa ausencia que se había instalado a su alrededor, esperándole, jamás podría llenarla ningún otro.

«¿Qué razones puede tener Dios para llevarse a alguien así? ¿Cómo podemos creer en un Dios tan cruel?», se revolvía con un deje de rencor tras asimilar la noticia de su muerte. Y su madre corría a abrazarla, silenciándola con palabras de consuelo que ella apenas escuchaba. «Calla, calla. No digas eso, por Dios. Ten fe, mantén la compostura.»

Con el tiempo, pasó el duelo por Rodrigo y los paseos matinales se convirtieron en una costumbre compartida con su padre que, con su compañía, eludía cualquier comentario malicioso que pudieran hacer aquellos con los que se cruzaban. No estaba muy bien visto que las señoritas caminasen solas a esas horas tempraneras con andares marciales, casi masculinos, que dirían algunos. Ni que asistiera a las tertulias de caballeros en los cafés, ni siquiera del brazo de don Alphonse. Hubo comentarios, sí. Fue la tía Elvira quien le fue a su madre con el runrún que circulaba por alguna que otra reunión, alguna que otra tertulia, sobre las extrañas costumbres de Micaela («¿Quizá la muerte de su prometido la había trastornado? Qué pena, qué desgracia para sus padres»). Doña Isabel se asustó. «Mira, Micaela, que nadie desea codearse con señoritas de costumbres poco decorosas, y si las malas lenguas deciden que tu comportamiento no es decente, empezarán a cerrársenos las puertas de las mejores reuniones de Madrid.» «Mira, Alphonse, que estás consintiendo demasiadas veleidades a la niña, y un día todas esas ideas que le metéis en la cabeza tú y tus contertulios nos van a dar un disgusto.» «Qué cosas dices, Isabel. Esas ideas son las ideas de nuestro tiempo, no hay nada de malo en que ella las escuche y se forme sus propias opiniones.»

Esa mañana de invierno, el paseo la llevó hasta el estanque del Retiro, en cuya orilla se detuvo. Hacía tanto frío que notaba las puntas de los dedos heladas dentro de las manoplas. El aliento salía de su boca en forma de nubes blancas y ascendentes. A esas horas, el parque escarchado parecía prendido en el tiempo. Se arrebujó dentro de su pelliza de lana y se sentó en uno de los bancos, frente al lago. De un bolsillo extrajo el pequeño paquete con los dos mantecados que le preparaba Dora antes de salir «por si desfallecía por el camino» y lo dejó sobre la superficie de piedra helada. Esa mañana no tenía apetito. Una fina película de hielo cubría la superficie del agua, creando la ilusión de un cristal que se resquebrajaría en cuanto presionara sobre él.

Victoria le había entregado la tarde anterior una breve misiva que le había remitido su tía Inés desde Santander: las señoritas Ruano estaban muy interesadas en cartearse con la señorita Moreau a fin de «valorar su contratación como maestra de nuestro colegio», decían. Deseaba ese puesto. Deseaba disfrutar de una vida más útil y plena. Deseaba sentir la emoción de enseñar y aprender y volver a enseñar lo aprendido. Deseaba escapar, no sabía muy bien de qué. Era algo indefinible, una presión interna, un exceso de energía al que no sabía dar cauce, provocándole un desasosiego constante e incontrolable. Una sensación de ahogo tan grande que se preguntaba si ella también estaba comenzando a sufrir, al igual que su madre, de alguna enfermedad respiratoria.

Echaba de menos la presencia animosa de su padre, su confianza incondicional en ella. Algunas noches, tumbada en el silencio inerte de su dormitorio, sentía los nervios a flor de piel, el corazón le galopaba sobre el pecho y le invadían unas ganas inmensas de asomarse al balcón y gritar hasta la extenuación, hasta que no quedara dentro de sí ni uno solo de esos pensamientos confusos.

La imagen de su madre plácidamente dormida en su cama la sustrajo de sus ensoñaciones. Solo las palabras de las señoritas Ruano permanecieron ahí, retumbando en su cabeza como el eco de una minúscula llamada a la esperanza.


Micaela ayudó a su madre a ponerse en pie y la sostuvo por debajo de los hombros mientras recorrían, paso a paso, los diez metros que separaban su diván de la salita de estar.

Allí recibirían la visita de su tía Angélica con sus primas, que habían llegado a Madrid como cada invierno para renovar su vestuario de cara a la temporada estival. Se le encogió el corazón al abrazar su cuerpo consumido, convertido en una pequeña marioneta que se dejaba el alma y el aliento en cada baldosa ganada al pasillo. En ese momento lamentó haber cedido a sus súplicas ahogadas para que reabriera la salita con motivo de la visita de su hermana. Su madre no estaba en condiciones de moverse de su alcoba, el simple esfuerzo de respirar la agotaba.

La salita permanecía cerrada desde la muerte de su padre. No tenía sentido derrochar carbón para calentar una estancia que solo se utilizaba para recibir. Y ya no las visitaba nadie más que su tía Elvira y don Eulogio, el párroco de la iglesia, dos personas de su entera confianza con las que era innecesario fingir. Doña Isabel se resignó a mantenerla cerrada, pero al saber de la llegada de su hermana, no cejó en su empeño de «recibir a Angélica y las niñas en la salita, como Dios manda». Por más que fueran hermanas, su madre no olvidaba que Angélica era ahora una marquesa, e íntimamente, le dolía en su orgullo exhibir la más mínima muestra de escasez o contención. Lo primero que hizo nada más despertarse esa mañana fue enviar a Dora a comprar una bandeja de pasteles en Lhardy y un ramo de rosas blancas que adornaran y ambientaran la sala.

Hacía al menos dos años que Micaela no veía a sus primas, con quienes la separaban varios años de diferencia. En una ocasión, su madre le había contado que a su tía Angélica le había costado mucho quedarse embarazada. Y cuando ya se había conformado con una existencia sin hijos, Angélica engendró a su primogénito, un varón al que pusieron Tomás, como el padre. Un bebé morado y calladito que murió a poco de nacer. Micaela recordaba vagamente aquello porque su madre había viajado a Santander para consolar a su hermana, sumida en una profunda tristeza de la que no se recuperó hasta quince meses más tarde, cuando nació su hija Amalia, una niña fuerte y sana, a la que se aferró con un amor protector en exceso. Esas aprensiones se relajaron en cierta medida tras el nacimiento de su segunda hija, Luisa, que desde el principio reclamó con su llanto agudo y constante toda la atención para sí. Y por fin, cuando la tía Angélica rozaba ya el ocaso de sus años fértiles, anunció un nuevo embarazo en el que todos creyeron ver señales inequívocas —los antojos de saladitos, la tripa respingona, los ardores prematuros— de que venía un varón. Un niño que colmaría los deseos de Tomás de tener un heredero y apaciguaría la ansiedad de tía Angélica por dárselo. Sin embargo, el 21 de marzo de 1872 nació la pequeña Anita con el ceño fruncido, los ojos abiertos y los puñitos apretados, ajena a las lágrimas de decepción de su madre.

En los dos viajes anteriores, cuando su padre ya se encontraba enfermo, la tía Angélica no consideró oportuno visitar a su hermana en compañía de Amalia, aún demasiado joven e impresionable. Y ahora, al ver a sus primas en la puerta, tan jóvenes, espigadas y elegantes en sus vestidos de paseo de tonos azulados, Micaela se sintió mayor. Mayor y deslucida en su traje desgastado: el encaje de chantillí de su blusa se veía algo raído y su falda color lila de buen paño inglés había perdido el lustre de la tela. La mirada de lástima que le dedicó su tía lo decía todo. Micaela se fijó en que Amalia se había convertido en una bonita joven de ojos dulces y sonrisa fácil. Cada vez se parecía más a su tío Tomás, a quien recordaba como un hombre afable, poco dado a los excesos. Por su parte, Luisa, la mediana de sus primas, una muchacha de dieciséis años con aspecto de muñequita, parecía haber heredado no solo la belleza, sino también los gestos condescendientes de su tía. Observó como la jovencita repasaba cada detalle de la sala y se removía inquieta en su sillón, preocupada por evitar que se arrugaran en exceso los volantes de tela de su falda.

—¡Estáis muy mayores las dos! ¡Y tan guapas! Tu traje es precioso, Luisa —dijo Micaela, en un intento de hacerla sentir a gusto.

—Oh, ¡muchas gracias! —exclamó con entusiasmo la joven que, por un instante, olvidó sus preocupaciones para darle a su prima todo tipo de detalles—: El diseño es de un figurín que me trajo mi amiga Loreto Lizarra de su último viaje a París. Madame Honorine lo ha adaptado para mí. Dice que este color azul océano es muy juvenil y resalta el tono de mis ojos. Mamá le ha encargado seis modelos de verano y tres sombrillas de encaje a juego para cada una, y le ha hecho jurar que no usará las mismas telas para los encargos de otras damas de Santander. ¡No soportaría que alguna de esas provincianas con las que nos cruzamos en el paseo llevara el mismo vestido que yo!

—¡Luisa! —susurró su hermana Amalia en un claro tono de reproche.

Su tía le hizo un gesto de calma a su hija mayor y reconvino en silencio a la mediana con una mirada de advertencia.

—No le hagas caso, querida. Luisa va a debutar el próximo verano en la vida social de Comillas y hemos encargado un vestuario apropiado para la ocasión, ya sabes —explicó su tía, exhibiendo una sonrisa ufana.

Sí, Micaela conocía bien los rituales de iniciación de las señoritas en las convenciones sociales. Los paseos vespertinos, las reuniones y las salidas al teatro pasaban a ser los momentos de exhibición femenina en busca de un buen casamiento.

—Madame Honorine siempre es una buena elección para confeccionar vuestro vestuario. Su casa de modas recibe figurines directamente de París y hay quien dice que la propia reina Isabel, que fue su mejor clienta durante años, se los remite ahora desde el exilio. Así que, sin duda, sigue siendo la modista más solicitada en Madrid ahora mismo.

La tía Angélica agradeció con una sonrisa satisfecha el comentario, y Luisa retomó el hilo de la conversación para añadir:

—La vizcondesa de Caltelfido ha asegurado en su crónica parisina semanal para *La Moda Elegante* que este año se van a llevar los pájaros en los sombreros.

—Siempre que no sean palomas blancas con las alas abiertas sobre un sombrero grande de fieltro negro; es de mal gusto —apostilló Amalia con una risa discreta a la que Luisa se unió enseguida. Ninguna se atrevería a ponerse en el tocado algo tan estrambótico como una paloma blanca con las alas abiertas. La sencillez, la elegancia sobria y recatada, eran los epítomes de la distinción y del buen gusto entre las damas de la alta sociedad.

—La vizcondesa dice que lo más elegante es un colibrí azul o una gura, el pájaro más bonito que existe —dijo su hermana menor. Y volviéndose a su madre añadió—: Mamá, tendremos que preguntar por esos pájaros en alguno de los comercios de Madrid que tú conoces. Las Suárez ya habrán encargado más de uno para exhibirse la próxima primavera, estoy segura.

Madre e hija intercambiaron una mirada de entendimiento. La tía Angélica haría lo que fuera necesario si de lo que se trataba era de impedir que las hijas de Juan Suárez, un burgués enriquecido por el comercio de aguardientes y de harinas de Castilla, se pasearan por el casino como si fueran el *summum* de la elegancia en Santander.

—Las flores también quedan muy bonitas y alegres, sobre todo en los sombreros de paja para el verano —apuntó Micaela.

—Lo más elegante son las plumas —remarcó la tía Angélica—. Mirad si no las maravillas que tienen en la casa de madame Honorine.

Su madre intervino entonces con la voz rota por la nostalgia:

—Hace años nosotras también nos vestíamos en la casa de madame Honorine, ¿verdad, Micaela?

—Sí, madre. Aún recuerdo esa sala llena de espejos *psiqué* colocados de tal forma que nos permitían revisar las pruebas de los vestidos desde todos los ángulos posibles.

—Tu padre decía que pagaba con gusto todos esos vestidos que te hacían parecer un ángel...

Micaela sonrió con pena y estiró el brazo para acariciar la mano huesuda y helada de su madre. De aquello hacía ya mucho tiempo, cuando su padre triunfaba con sus espectáculos teatrales traídos de París y gozaban de una holgada posición económica en la sociedad madrileña. Ahora todo eso quedaba muy lejos.

Dora entró con la bandeja del café y la depositó sobre la mesita de centro. Los pasteles venían primorosamente colocados en una fuente de plata cubierta con un tapete de hilo ribeteado de encaje. Sin duda, por indicación de su madre. La criada se retiró con discreción después de que Micaela le dijera que ella serviría el café. Su tía Angélica aprovechó ese momento para cambiar el tema de la conversación.

—Ah, querida. Es tan agradable venir a Madrid, pasear por sus calles y reencontrarse con caras familiares y respetables, sin temor a verse sorprendida por una tromba repentina de agua o por un grupo de doñas con ínfulas de damas, que viene a ser lo mismo —dijo, al tiempo que cogía un pequeño pastel de la bandeja—. Mis hijas te dirán que me repito, pero todavía echo de menos esta ciudad tan avispada y bulliciosa, por mucho que se ría mi querido esposo. Para Tomás no hay paisaje tan bonito como el montañés ni ciudad comparable a su Santander natal, pese a que solo se anime en los meses de estío, con la llegada de los veraneantes para sus baños de ola. —Se deleitó unos segundos en el sabor a crema de su pastelillo antes de añadir—: Y justo en esa época, nosotros nos alejamos de todo ese bullicio y nos vamos a Comillas. Claro que el ambiente en Comillas es mucho más elegante y selecto; más apropiado también para las niñas... ¡dónde va a parar!

—¿Y son ciertos los rumores de que el rey volverá de nuevo allí este próximo verano, y con él, toda la corte? —se interesó la madre de Micaela.

Su hermana negó levemente con la cabeza, después de dar un mínimo sorbo a su café.

—Me temo que no. La semana pasada recibimos la triste noticia del fallecimiento de don Antonio, el marqués de Comillas, por lo que toda la villa está de luto. Era un caballero excepcional, lo echaremos de menos. La actividad constante que desplegaba ese hombre durante sus estancias en el pueblo será difícil de emular, me temo —dijo con un suspiro de pena—. Sin embargo, estoy convencida de que su hijo, don Claudio, pese a su carácter más reposado, seguirá los pasos de su padre.

—Dice nuestra hermana Elvira que muchos políticos y aristócratas van a desplazarse allí este verano, vaya o no vaya el rey.

—No lo dudes, querida. ¿Quién aguanta los calores de Madrid? Además, desde la visita de don Alfonso, el pueblo atrae a muchas familias y personas ligadas al gobierno y a los negocios durante esos meses de calor. Igual puedes encontrarte con un ministro que con políticos de uno u otro partido, banqueros, navieros, muchos industriales catalanes o incluso con escritores como don José María Pereda. Ni siquiera los baños de ola de Santander pueden competir con la agitada vida social de Comillas. Si te digo la verdad, a veces resulta excesivo, con las familias de todos esos artesanos catalanes que se han instalado allí para trabajar en las obras del marqués y otros propietarios. Y dice Tomás que el próximo verano no será distinto: acudirán numerosas personalidades para presentarle sus respetos a don Claudio, el nuevo marqués.

—Y tú, Amalia, ¿tienes ya algún pretendiente que te ronde?

—No, tía —respondió la joven, azorada. Su hermana Luisa disimuló una risita a su lado.

Angélica sonrió ante el visible sonrojo de su hija:

—Alguno habrá, aunque no del gusto de su padre.

—¡Mamá, por favor!

—Yo siempre digo que lo mejor es un matrimonio por amor bendecido por la conveniencia, pero Tomás opina que lo mejor es un matrimonio de conveniencia entre iguales en el que germine el amor. Posiblemente tenga razón y el amor no sea tan indispensable al principio: cuando se comparten unos mismos intereses y aficiones, es inevitable que surjan sentimientos amorosos con más mimbres que ese enamoramiento ciego e irracional con el que sueñan Amalia y todas las jovencitas como ella. —Y mirando a su hija, añadió—: Yo le tengo echado el ojo al hijo de unos buenos conocidos nuestros, un joven con un futuro muy prometedor. Su tío es presidente de la Junta de Deuda Pública en el gobierno, y un íntimo amigo de su padre ha sido nombrado hace poco subsecretario de Justicia. Una unión entre Amalia y él sería una alegría para ambas familias.

—Con esos contactos, también lo será para nuestra hermana. ¡Tantas expectativas que tenía Elvira en la carrera política de Hilario y ahí está, estancado en la contaduría del ayuntamiento de Madrid, a la espera de que sus amigos del partido conservador se acuerden de él!

—A ese hombre siempre le ha faltado sangre en las venas, Isabel. Aunque tampoco es que ella estuviera en condiciones de elegir...

—No por eso deja de ser un buen hombre, Angélica. Y ambos sienten un enorme aprecio por Tomás y por ti. Presumen de vosotros en cuanto tienen ocasión, a pesar de la distancia que nos separa.

—Y a propósito de eso... A Tomás y a mí nos encantaría que vinierais Micaela y tú a pasar unos días allí con nosotros, Isabel. Los aires del mar y las temperaturas de aquella tierra en los meses de verano os sentarán mejor que el calor insoportable de Madrid, especialmente a ti, y estoy segura de que Micaela será una estupenda compañía para las niñas. En esos meses de tanto trajín, estoy tan ocupada en los múltiples actos y compromisos sociales a los que nos vemos obligados a asistir, que temo no poder estar tan pendiente de ellas como me gustaría.

Micaela no pudo ocultar la expresión de anhelo que atravesó su rostro mientras esperaba la respuesta de su madre, que ya mostraba signos de cansancio. La invitación de su tía era providencial, casi una señal divina de que su destino estaba en Santander, en ese colegio de niñas que la tía de Victoria había puesto en su camino. La estancia en Comillas le permitiría desplazarse hasta la escuela, entrevistarse en persona con las hermanas Ruano y convencerlas de su idoneidad para el puesto.

—Cuánto te lo agradezco, Angélica, pero mi salud no aguantaría un viaje tan largo hasta Santander. Me agoto solo de pensarlo —respondió Isabel con una sonrisa débil. Tomó aliento y, mirando a su hija, añadió—: Sin embargo, creo que a Micaela le vendría muy bien salir de Madrid una temporada, airearse, frecuentar otros ambientes.

—Madre, no puedo dejarte aquí sola en tu estado. ¿Quién cuidaría de ti? ¿Qué ocurriría si te pasa algo?

Isabel intentó hacer un gesto despreocupado con la mano.

—Tonterías. Tengo a Dora conmigo y, si acaso me siento con fuerzas, tu tía Elvira ya me ha ofrecido pasar unos días con ellos en su casa de recreo de Carabanchel de Arriba. —Volviéndose hacia su hermana, agregó—: Sería muy egoísta por mi parte si no permitiera a Micaela aprovechar tu cariñosa invitación, Angélica. Estoy segura de que te servirá de apoyo y disfrutará enormemente con vosotros.

La tía compartió una mirada de satisfacción con sus hijas, que ya contemplaban ilusionadas a su prima Micaela, con quien confiaban en moverse libremente por el pueblo.

—¡Pues no hay más que hablar! Nos encantará tenerte con nosotros este verano, Micaela. Coge cita con madame Honorine y pídele dos bonitos trajes de paseo que igual te sirvan para un convite que para una tertulia. Será nuestro regalo para ti.


De Micaela Moreau a la señorita Pilar Ruano
Colegio de Señoritas Hermanas Ruano
San Francisco, 29
Santander

Madrid, 26 de febrero de 1883

Apreciada señorita Ruano:

Doña Inés Velarde me ha transmitido su interés en saber más de mi persona y mis referencias para ocupar el puesto de maestra vacante en el prestigioso colegio de niñas que ustedes regentan en Santander. Nada podría ilusionarme más que iniciar mi experiencia educativa como maestra con ustedes.

Me he permitido adjuntar a esta misiva un certificado timbrado de mis calificaciones durante los dos cursos anteriores, así como sendas cartas del director y del catedrático de Química de la Asociación para la Enseñanza de la Mujer a la que pertenece la Escuela de Institutrices. Ambos dan cumplida cuenta de mis aptitudes, mis valores morales y mis cualidades para ejercer la enseñanza. Soy bilingüe en francés y castellano y, si bien no hace tanto que he dejado atrás la juventud, los años me han dado la sensatez, la paciencia y la madurez necesarias para sentirme absolutamente preparada e ilusionada por transmitir todo mi conocimiento a sus pupilas y guiarlas así por los preceptos de la buena educación.

Debido a una providencial coincidencia, este verano disfrutaré de una temporada de estancia en Comillas, invitada por mis tíos, los marqueses de Peñubia, por lo que estaré disponible para acudir a Santander y mantener cuantas entrevistas ustedes consideren oportunas.

Reciba mi admirado y afectuoso saludo,

MICAELA MOREAU ALTAMIRA

# 4

*Santander, febrero de 1883*

Una llovizna suave lo acompañó a lo largo del camino que realizó al galope hasta la finca. La neblina ascendía sigilosa por la ladera del monte y se mezclaba con el aliento pesado del caballo y con el suyo propio, como si ambos se fumaran el frío húmedo de la mañana. El olor mohoso a vegetación y tierra mojada le inundó los pulmones de sensaciones conocidas, casi olvidadas: el frío imbatible de los inviernos en La Montaña, las friegas de su madre en su pecho infantil poco antes de acostarse, el sabor templado de la leche recién ordeñada. Había pasado demasiado tiempo lejos de allí.

Al traspasar la verja de su propiedad, Héctor Balboa aminoró el trote del caballo para admirar, una vez más, la construcción de la que iba a ser su quinta, La Somoza: tan grande como el palacete de un noble, tan vistosa como las mansiones coloniales habaneras. Contempló la torre erguida en el centro de la casona, ordenando el juego simétrico de tejados, cornisas, galerías y ventanas de la fachada pintada en amarillo. No había nubarrones capaces de eclipsar su luminosidad, intensa como el sol caribeño.

Descabalgó con agilidad, se quitó la capa oscura, moteada de diminutas perlas de agua, y la sacudió con fuerza. El revuelo de la tela asustó al caballo, que reculó unos pasos y cabeceó espantado. Héctor tiró con firmeza de las riendas, murmuró unas palabras tranquilizadoras que amansaron al animal y luego lo condujo hasta el tronco de un árbol cercano, donde lo amarró.

Ascendió de dos en dos los escalones que lo separaban de la entrada. Su rostro se ensombreció nada más cruzar el umbral; de un vistazo, comprobó que las obras del interior de la vivienda no habían avanzado lo que esperaba. A ese paso, no podría mudarse hasta el verano y se vería obligado a prolongar su estancia unos meses más en el Gran Hotel, donde comenzaba a sentirse incómodo. Tanta solicitud por parte del director. Tanto revoloteo innecesario a su alrededor.

Sorteó piedras y cascotes desperdigados por el suelo recubierto de tablones, mientras registraba con impaciencia cada detalle inacabado que descubría: las paredes aún sin enlucir del vestíbulo, el salón que parecía más pequeño que sobre plano, una humedad inesperada en un rincón del que sería su gabinete. Al menos, los cristales de los miradores ya estaban colocados. Le llegó el golpeteo rítmico de un martillo en el piso superior. Alzó la mirada a los techos, enmarcados por bonitas molduras de motivos florales, y arrojó al hueco de la chimenea un trapo andrajoso y maloliente olvidado sobre la embocadura de mármol. La lluvia arreciaba fuera.

Fue al doblar el pasillo que conducía a la escalera cuando casi tropezó con el cuerpo de un hombre tirado en el suelo; roncaba abrazado a una botella de vino. Le dio un meneo con la punta del zapato, el hombre emitió un gruñido ininteligible y Balboa masculló un improperio. Volvió sobre sus pasos y subió por la gran escalinata en la que también faltaba por instalar la elegante barandilla de hierro con pasamanos de madera de caoba encargada en Bilbao. Las voces lo guiaron hacia una de las estancias laterales, donde una cuadrilla de hombres enmudeció al darse cuenta de quién los observaba desde el vano de la puerta, con semblante hosco. Uno de ellos era Damián, su maestro de obras, que se incorporó como si lo hubiera picado una avispa y fue a su encuentro con paso apresurado.

—Don Héctor. No debería haber subido aquí, es peligroso. Podría haberse resbalado. —Su mirada se detuvo en la elegante levita de paño color tostado con la corbata blanca de seda y bajó hasta los botines negros manchados de barro.

—No es la primera vez que me muevo en una obra, Damián —respondió Balboa con sequedad—. Ni será la última.

—Lo sé, lo sé, pero aun así, no debería haber venido tan de improviso.

—¿Para que no viera el retraso que lleváis? —preguntó, mirándolo fijamente.

—No vamos tan mal, don Héctor —se excusó el hombre—. La torreta nos ha llevado más tiempo del calculado, pero ya está terminada. ¿La ha visto? Deje que le enseñe, venga por aquí.

El maestro de obras se adelantó y lo guio hacia una escalera de caracol encajada dentro del hueco de la pared que conducía a la torre. Sin apenas luz, Héctor ascendió uno a uno los peldaños de ladrillo mirando bien dónde colocaba los pies. Cuando llevaba medio tramo de escalera recorrido, una superficie dura y afilada le golpeó en la frente. El albañil se giró hacia él con el candil en la mano e iluminó la viga de madera atravesada de lado a lado un palmo por debajo del techo.

—¡Señor! ¿Se ha hecho daño? —El jefe de obra bajó aprisa los cuatro peldaños que le separaban de su patrón—. Se me olvidó advertirle de la viga, disculpe usted. Nosotros somos más bajos y...

—¿A quién se le ocurre poner algo así en mitad de una escalera? —gruñó Héctor, frotándose la zona golpeada.

—Es provisional, señor. Nos sirve para colgar la polea y subir los materiales. Sígame, le aseguro que no hay más sorpresas.

Al llegar arriba, señaló con gesto orgulloso el trabajo realizado en la estancia. Medía unos veinte metros cuadrados y un juego de tres ventanas en arco se abría en cada una de sus caras.

Balboa escrutó la habitación, consciente de la inquietud con que lo observaba Damián. Sabía que su figura, alta e imponente, era muy distinta a la de otros señores que se paseaban por las calles de Santander. Su rostro curtido por el sol, las manos grandes y la hechura amplia de sus espaldas no eran los de un señorito ocioso, sino los de un hombre de la montaña endurecido por el trabajo al aire libre, uno como ellos, o como tantos otros que habían abandonado la miseria de su tierra para buscar fortuna en las Américas. Muchos no lo conseguían, pero él sí, y su temperamento no admitía fracasos en la vida. Tampoco excusas.

Héctor se acercó a una ventana y perdió la mirada en el mar Cantábrico, espejo gris y turbulento del cielo cubierto de nubes. Esa torre había sido su capricho. Desde allí podría avistar los barcos y vapores que llegaban al puerto de Santander. Con la ayuda de un catalejo, podría incluso distinguir si eran los suyos. La visión del mar revuelto le apaciguó los ánimos encendidos. Siguió la línea del horizonte hacia el oeste, allá donde se encontraba Cuba, la isla que tanto le había dado. En días apagados y lloviznosos como ese, era cuando más recordaba la viveza de los paisajes antillanos, la alegría de su gente, la exuberancia cálida de sus mujeres. Se recriminó por ceder a unos recuerdos que luchaba por dejar atrás cuanto antes. Balboa le dio la espalda al mar y en dos zancadas se asomó a la ventana del lado opuesto, desde donde contempló las verdes colinas tapizadas de bosques que llegaban hasta la falda de las montañas. Esas montañas eran su tierra, sus raíces, su reposo. Esa doble perspectiva, el mar hacia el norte y la montaña hacia el sur, era una de las razones por las que había comprado esta finca, algo apartada del centro de la ciudad, y no aquella otra propiedad que le ofrecían en las proximidades de Los Camellos, hacia el cabo Menor.

—En unos días estará colocada la tarima del primer piso y estamos esperando a que lleguen los enseres del baño, ya sabe usted.

—¿Ha venido el arquitecto, el señor Losada?

—Sí, sí. Él es quien me avisó de que esta semana llegarían de Inglaterra la bañera de hierro y la silla del retrete. También tenemos listo el lugar donde se colocará, señor.

—Está bien. No quiero más retrasos, Damián. Esta casa debe estar terminada a comienzos del verano.

—Si Dios quiere, para San Juan podrá dormir en su propia casa, don Héctor.

El maestro de obras le mostró algunos otros avances realizados y luego lo acompañó a la planta baja. Allí, junto a uno de los dos miradores orientados al jardín, vieron aparecer un cabriolé que se acercaba por el camino de tierra mojada. Había parado de llover.

Los dos hombres salieron al porche a recibir al visitante, un caballero de rasgos afilados y cuerpo enclenque, perdido en las hechuras de una sobria levita negra, que descendió del carruaje con una gracia inesperada. Balboa enseguida reconoció a su abogado, el señor Enrique Herraiz.

—Señor Balboa, me dijeron en su despacho que lo encontraría aquí. Necesito hablar con usted lo antes posible. —El abogado miró de reojo al maestro de obras, que se había apartado un par de pasos—. En privado.

Balboa iba a despedirse de Damián cuando recordó algo:

—El tipo borracho que está tirado en el suelo, cerca del hueco de la escalera... despiértalo y mándalo a dormir la mona a su casa. Que no vuelva más. No quiero vagos a mi alrededor.

—Sí, don Héctor. Descuide.

Héctor Balboa descendió los cuatro escalones que lo separaban del abogado. A su lado, Herraiz parecía más un adolescente imberbe que un hombre en la treintena. Héctor le sacaba casi cabeza y media, aunque le constaba que el letrado jamás se había sentido intimidado a su lado. Hombro con hombro, echaron a andar por el terreno abandonado a la maleza y a la vegetación descontrolada que invadía la finca. Pensó que deberían plantar cuanto antes las palmeras y las araucarias llegadas de Canarias expresamente para él. Pronto entraría la primavera y los árboles necesitarían un tiempo de aclimatación para arraigar bien en esta tierra.

Herraiz carraspeó, dispuesto a iniciar su exposición del asunto que le había llevado hasta allí. Quizá no fuera uno de los abogados con más prestigio de la ciudad, pero Balboa había averiguado que era uno de los que más trabajaban con los navieros debido a su experiencia en el comercio internacional y a sus buenas conexiones con agentes comerciales y bufetes de Londres. Era meticuloso, leal y muy perspicaz. Y eso era lo más importante para alguien que, como él, necesitaba consolidar su compañía marítima y buscar otros negocios en los que invertir la fortuna reunida tras vender todas sus posesiones en Cuba: los dos colmados (uno en Matanzas y otro en Cienfuegos) y Cruz Candela, la pequeña explotación azucarera que con tanto esfuerzo había sacado adelante y que tantas satisfacciones le había dado. Gracias al rendimiento de Cruz Candela durante años, pudo comprar más tierras, aumentar la producción y fletar sus propios barcos mercantes con azúcar de caña a Estados Unidos. Llegaban tiempos convulsos, y su olfato de superviviente, entrenado a fuerza de hambre y golpes, le avisó de que había llegado el momento de vender sus propiedades en la isla y regresar definitivamente a su tierra natal. Lo único que conservó fueron sus dos barcos mercantes y un tercer navío que adquirió poco después. Con ellos había seguido manteniendo el transporte de mercancías hacia Estados Unidos, las Antillas y las colonias americanas independizadas de España.

Los vientos estaban cambiando. Lo había visto al recalar en Portsmouth en su último viaje. Allí le recibió Antón Portas, un viejo amigo de Cuba, gallego, capitán de navío, que se había enamorado de una inglesa y terminó instalándose en esa ciudad portuaria donde trabajaba para uno de los propietarios armadores. Todavía recordaba aquella mañana de su llegada al puerto inglés: la visión del horizonte gris plagado de chimeneas alzadas al cielo como orgullosos cañones, vomitando humo a bocanadas, le provocó tal deslumbramiento que todo su afán era absorber cada detalle, ruido y olor que emitía aquella ciudad. «Así que este es el aspecto del progreso», fue lo primero que pensó.

Lo que iban a ser unos días terminó convirtiéndose en una estancia de tres semanas, durante las cuales se dedicó a recorrer Portsmouth en un estado de excitación casi febril, que le hacía imaginar oportunidades de negocio a cada paso. No cejó hasta que consiguió visitar las fábricas más grandes, las más productivas, conocer a algún propietario y varios ingenieros, obtener respuestas de aquí y de allá y formarse una idea de ese nuevo mundo tan desconocido para él. En su mente, la luz de sus paisajes caribeños quedó eclipsada por el negro de las máquinas; los cantos de los nativos cubanos se acallaron bajo el traqueteo seco e incesante de los motores de vapor en las fábricas.

«No hace mucho me dijeron que una compañía inglesa había desembarcado en Asturias para invertir en yacimientos de hierro, un hierro especial con el que se fabrica el acero necesario para construir los buques, entre otras cosas —le había dicho Portas—. Amigo, estos ingleses quieren llevárselo todo, como están haciendo en Río Tinto. Dicen que el subsuelo de nuestra tierra está lleno de ese tipo de hierro, y si eso es así, compadre...» Emitió un suave silbido antes de darle el último trago a su whisky.

Por eso, cuando Héctor Balboa desembarcó en Santander y se encontró con una ciudad apacible, adormecida en el balanceo placentero de los baños de ola, en los debates acalorados y estériles entre liberales y conservadores, una ciudad, en fin, estancada en el comercio de harinas y cervezas con las Antillas, su asombro inicial dio paso a la decepción y a un cierto menosprecio por su propia tierra añorada en la distancia durante tantos años. Esa decepción no tardó en extenderse ante el estado del resto de España, sumida en un atraso y una falta de iniciativa que competían con la aversión a mirar más allá de sus fronteras, de su señorío provinciano, de su pasado glorioso. Y a pesar de todo, esa era su tierra, su país, y si debía tirar él solo del progreso, lo haría, aunque fuera por puro egoísmo. Se resistía a la idea de sucumbir a una vida ociosa e improductiva, dedicada a la única actividad de derrochar su fortuna en cafés, casinos, viajes y amantes. El diablo se reiría de él, y con razón, si descubriera que todos sus esfuerzos, penurias y sacrificios solo habían servido para convertirle en uno de esos caballeros ricos en labia y parcos en acción que él tanto despreciaba. Que esas noches oscuras enfrentado a sí mismo habían acabado por derrotarlo: ya tenía todo el capital que ansiaba. Y ahora, ¿qué? Ahora, más. Su mente nunca descansaba imaginando nuevos proyectos, valorando inversiones y poniendo en marcha negocios que contribuyeran a mantener distraído su espíritu inquieto y atormentado.

—Me han llegado noticias de que don Claudio López

Bru, el nuevo marqués de Comillas, busca subarrendar nuevos vapores para el transporte del correo y el abastecimiento de las tropas en Cuba, el servicio que la naviera del marqués realiza para el Estado. Le corre cierta prisa. El gobierno le ha puesto un plazo límite. Me preguntaba si querría ofrecerles sus fragatas —dijo Herraiz.

Había parado de llover, pero el abogado miraba desconfiado al cielo.

—Olvídelo. Su padre, el viejo marqués, estableció en su día unos precios demasiado bajos en sus contratos de transporte con el gobierno. Pagan mal y obligan a las compañías subarrendadas a cederle la gestión de la cantina del barco, por lo que los beneficios para el naviero son ínfimos. No. No me interesa ese tipo de acuerdos. Eso ya es el pasado. Hay que mirar al futuro, y el futuro es el hierro, la metalurgia, la industria. He decidido vender una de las fragatas y adquirir un buque moderno en los astilleros de Portsmouth. Quiero invertir en progreso, en fábricas de hierro y acero, en la fabricación de nuevos productos derivados del metal, Herraiz.

—En Santander, las sociedades de empresarios e inversionistas son muy cerradas, señor Balboa. No lo va a tener fácil si no paga ciertos «peajes» previos. —Su voz remarcó de manera significativa esto último—. Un contrato con don Claudio le abriría muchas puertas. Tenga en cuenta que la mayoría de los propietarios de navieras tienen intereses en otras empresas, sobre todo en las harineras, pero también en la banca y en la minería. Es difícil introducirse en el entramado de familias y sociedades que controlan el comercio de mercancías de esta ciudad.

—Siempre hay formas de hacerlo. Solo hay que estar en el lugar correcto y en el momento oportuno o... —Héctor Balboa se inclinó para arrancar con fuerza un manojo de maleza y unas ramas de espliego— facilitar que se produzca ese feliz acontecimiento.

El abogado negó con la cabeza, en un gesto preocupado.

—Aquí no. Quizá en Bilbao o en Gijón sería más fácil; la industria del hierro está generando mucho movimiento en el tráfico marítimo hacia Inglaterra. Pero en una sociedad tan cerrada y conservadora como la santanderina... Aquí los negocios se sellan ante un altar, por matrimonio, con la bendición del obispo o incluso del Papa, si es posible. Así se han tejido las alianzas entre las familias harineras de Castilla y los navieros de Santander, entre otras muchas. Su fortuna, señor Balboa, es una excelente tarjeta de presentación, pero no basta para hacerse merecedor del respeto y la confianza de esta gente. Le abrirán las puertas a sus tertulias políticas, a sus bailes y sus casinos, pero necesitará una alianza más fuerte para entrar en sus negocios y convertirse en uno de ellos. Una alianza matrimonial. Solo así podrá hacerse un hueco aquí.

—¿Y quién ha dicho que quiera ser uno de ellos?

—Si no es eso lo que desea, al menos deberá aparentarlo por el bien de sus intereses, señor mío.

Héctor Balboa frotó entre sus dedos las hojas del espliego, pensativo. El matrimonio no entraba en sus planes inmediatos. De hecho, todavía no se había acostumbrado a la palidez marmórea de esas jóvenes damas con las que se cruzaba a veces en sus paseos, semiocultas tras sus sombrillas. Lejos de atraerle, sus sonrisas desvaídas y esa languidez exagerada le repelían como el tacto de un pescado correoso en sus manos. Aun así...

—Hágame una lista de las hijas casaderas de las mejores familias de Santander, donde consten también sus negocios, inversiones y relaciones familiares. Si es preciso casarse para prosperar en mi tierra, me casaré con quien haga falta.

—Candidatas no le faltarán —respondió Herraiz con una sonrisa ladina—. Ya ha corrido la voz de su fortuna por la ciudad. El proyecto de esta quinta ha empezado a suscitar rumores en los círculos sociales. Muchas señoras, con sus hijas del brazo, no tardarán en hacerse las encontradizas con usted en el paseo de la tarde.

—Y yo les devolveré el saludo con suma cortesía, no lo dude.

—Estoy convencido de ello, señor Balboa. Sin embargo, no nos conviene precipitarnos. Si me permite hacer uso de sus propias palabras, el lugar correcto para sus intereses es el pueblo de Comillas y el momento oportuno será el próximo verano, cuando aristócratas y potentados no solo de aquí, sino también de Bilbao y de Barcelona, acudan con la esperanza de que vuelva el rey y su familia, invitados por el nuevo marqués de Comillas, tal y como ocurrió el pasado año. Le aseguro que en apenas unas semanas, se hacen y deshacen tantos acuerdos, alianzas y negocios en la villa como pueda imaginar.

Balboa se detuvo, pensativo. La semana siguiente tenía previsto un viaje a Ruiloba, la aldea en la que se crio, muy cercana a Comillas. Debía visitar una obra que tenía en marcha, aunque el principal motivo de su viaje era ver con sus propios ojos en qué situación se encontraban las propiedades de Casa Trasierra, y acechar en la distancia al mayorazgo. Resolvió aprovechar el mismo viaje para pasearse por Comillas y, tal vez, indagar en busca de alguna casona en alquiler. Se giró hacia Herraiz, que esperaba su respuesta con expectación simulada.

—De acuerdo. Iré a Comillas en verano. Mientras tanto, reúna toda la información que pueda sobre negocios, familias y vinculaciones: si debo casarme, quiero que sea la mejor inversión de mi vida. —Clavó sus ojos oscuros en Herraiz y su voz se enturbió cuando le preguntó—: ¿Ha averiguado ya el origen y cuantía de las deudas que tiene José Trasierra, tal y como le pedí?

—No está resultando fácil, don Héctor. Trasierra tiene un estrecho círculo de amigos que le ayudan a encubrir su situación real. Dudo de que nadie en su entorno familiar esté al tanto de sus problemas económicos. Estamos a punto de hacernos con las deudas que penden sobre sus dos mejores fincas, aunque no nos podemos confiar: varios políticos relevantes de la provincia le deben más de un favor por recabar apoyos y votos de su comarca para el gobierno de Madrid. Y sabemos que ha conseguido un préstamo a costa de su casa solariega y la propiedad en la que se encuentra, que no sé cómo piensa devolver.

Casa Trasierra, joya y orgullo de esa familia durante siglos, ahora en juego. Héctor hizo rodar con el pie un tronco hueco y carcomido que se interponía en su camino y se volvió a su abogado con mirada exigente.

—No estará pensando... Trasierra tiene esposa y cuatro hijos, señor Balboa —añadió Herraiz como excusándose, en un tono de voz más bajo—. No sería propio de un buen cristiano despojar a una familia de lo necesario para vivir con un mínimo de dignidad.

La expresión de Héctor Balboa no reflejó ninguna emoción. Volvió la vista hacia su propia casona en construcción, y dijo:

—Hágase con esas deudas, Herraiz. Ya saldaré yo las mías con Dios o con el demonio cuando me llegue la hora.

# 5

Ya era de noche cuando Héctor Balboa despidió el carruaje que lo había trasladado de su hotel al centro. La neblina había entrado desde el mar y campaba a sus anchas por las calles desiertas. Oyó los cascos de varios caballos sobre el adoquinado y el barullo de lo que parecía una pelea en una taberna cercana, pero él continuó su camino hasta llegar al Círculo de Recreo, lugar de reunión de los caballeros más distinguidos y pudientes de la ciudad. No bastaba con exhibir una abultada fortuna para ser admitido en ese selecto club; era necesario contar con el apoyo de un socio que hiciera de padrino del aspirante a miembro. Héctor había conseguido su membresía gracias al apadrinamiento del anciano don Manuel Alonso, conde de Saro, un respetado indiano al que el rey don Alfonso le había otorgado su título en reconocimiento a la ingente suma de dinero que había destinado a obras públicas y benéficas tanto en Santander como en su aldea situada en la Vega del Pas.

Al conde, hombre sagaz e independiente, poco dado a las intrigas sociales o políticas, le había caído en gracia Héctor Balboa desde que escuchó en el Café Suizo los comentarios burlones de sus contertulios sobre sus modales bruscos o sus orígenes aldeanos. Ninguno de esos señores pareció recordar que el propio don Manuel, años antes de hacer fortuna en Puerto Rico, había salido de una pequeña aldea perdida en el interior de La Montaña. Esa inclinación inicial del conde hacia Balboa dio paso a la simpatía y al respeto mutuos en cuanto tuvieron ocasión de conversar en ese mismo café. El anciano reconocía en el recién llegado un espíritu ambicioso y emprendedor similar al que le había impulsado a él hacía tantos años; por su parte, Balboa admiraba en el conde la sabiduría clarividente y serena con la que desgranaba la realidad, observándola con la distancia de un espectador curtido en muchas y variadas batallas vitales.

En la puerta del Círculo de Recreo, el conserje salió al encuentro de Héctor para hacerse cargo de su gabán y su sombrero. Este se adentró con paso largo en la sala principal, orgullo de los socios: un gran salón presidido por el solemne retrato del rey Alfonso XII, colgado encima de la impresionante chimenea de mármol. En otra pared, un no menos impresionante espejo de más de un metro de altura montado sobre un marco cubierto de pan de oro reflejaba toda la profundidad de la sala y, más importante aún, permitía a los señores observar quién entraba y salía sin necesidad de demostrar curiosidad o un interés desmedido. Tres ventanales de suelo a techo, vestidos con pesados cortinajes de terciopelo azul, dejaban entrar algo de luz durante el día y no había hueco en las paredes que no estuviera ocupado por algún cuadro que retratara a políticos ilustres, generosos benefactores o al propio fundador del Círculo.

Balboa examinó de un vistazo el único grupo de caballeros allí presentes: un concejal conservador, dos de los navieros más importantes de la ciudad, un magistrado que le había presentado Herraiz a poco de llegar y dos conocidos banqueros con delegación de banca en Londres y París, respectivamente, con los que había realizado ya alguna transacción económica.

Al tiempo que avanzaba sobre las mullidas alfombras, escuchó un murmullo seguido de unas risas soterradas que se interrumpieron en cuanto alcanzó el corrillo de caballeros, pero eso no le detuvo. Al contrario. Le divertía asistir al juego hipócrita, según el cual ellos fingían cortesía y afabilidad, y él simulaba respeto y admiración. Sabía que en cuanto les diera la espalda, lo tildarían de «un vulgar arribista más, de esos que piensan que la clase y la educación se consiguen por haber hecho un poco de fortuna, vaya usted a saber cómo, en las Antillas», según oyó decir a un renombrado noble cuando creía que no le escuchaba. Pero luego, bien que se interesaban por sus próximas inversiones, o por su opinión sobre determinadas compañías comerciales de Cuba o de Estados Unidos, o por el apoyo económico que pudiera ofrecer a cualquiera de los dos partidos políticos. Y ¿qué decir de los banqueros? Ellos más que nadie sabían de los pingües beneficios que obtenían con sus transacciones frente al escaso negocio que les reportaban esos aristócratas, cuya máxima aspiración era mantener inerte su patrimonio y vivir de las rentas.

Mientras esperaba a que el camarero le trajera su copa de ron añejo, escuchó cómo se enzarzaban en la discusión habitual de si el gobierno liberal de Sagasta cedería a las voces de su partido que le exigían abolir la esclavitud en Cuba, o se mantendría firme en su posición de reformista moderado: «¡Sería su suicidio político y la ruina de España! ¡Una medida antipatriótica! ¡Un desastre económico para el país!», gritaba exaltado uno de los navieros, con intereses en las explotaciones azucareras. «No se sulfure tanto, don Luis, que el presidente Sagasta ya sabe bien lo que le conviene si quiere que sigamos apoyando las arcas del Estado», dijo otro con más flema. Balboa decidió que ya había escuchado lo suficiente y se retiró con discreción hacia las otras salas. Pasó de largo por la de billares y se asomó a la de tresillo. Había dos mesas, ambas ocupadas: en una de ellas, dos señores de edad avanzada se concentraban en una partida de ajedrez a la luz de un candil, y en la otra, tres caballeros jugaban una partida de cartas. Los naipes le sedujeron.

—Señores, mi nombre es Héctor Balboa. ¿Me permiten unirme a su partida?

Los tres hombres le miraron imperturbables y asintieron con educación. Cuando estaban repartiendo la primera mano de cartas, una voz altisonante irrumpió en la sala:

—¡Mi amigo José Trasierra por aquí! ¡Dichosos los ojos!

Balboa se giró instintivamente al escuchar ese nombre. Lo tenía grabado a fuego en su cabeza, como una obsesión. Siguió la dirección de la mirada del recién llegado, con intención de averiguar a quién saludaba, pero ni siquiera le hizo falta: el caballero sentado a su derecha alzó la vista y musitó unas palabras de fastidio. Fue entonces cuando lo reconoció, pese a la cicatriz blanquecina que atravesaba su mejilla; nunca olvidaría la expresión fría y desleída de sus ojos azules ni el rictus de su boca fruncida en un gesto permanente de asco.

Habían transcurrido veintitrés años desde la última vez que se cruzaron, y el tiempo había hecho mella en él: lucía más calva que pelo, los rasgos faciales se le habían hinchado, desdibujándose, y las ojeras, derramadas en capas, oscurecían su expresión hasta hacerla turbia, sombría. Sus ojos de crío lo recordaban alto y flaco como un hidalgo y, sin embargo, ahora lo veía tal cual era, mullido como un saco de harina. Balboa hizo un esfuerzo por ocultar su sorpresa inicial tras una máscara de indiferencia. Trasierra se incorporó levemente del asiento, tendió su mano flácida al caballero recién llegado y dijo:

—Peña, no esperaba verte por aquí.

—Ni yo a ti, José. Creía que habías dejado de frecuentar ambientes tan formales.

—Me han invitado estos caballeros a una partida y no he podido negarme. —Trasierra miraba de manera obsesiva el tapete con las cartas repartidas. El humo de los cigarros flotaba como una amenaza blanca sobre su cabeza—. Conocen demasiado bien mi debilidad por el juego, pero, esta noche, presumo que el azar me va a ser favorable.

Emitió algo parecido a una risilla ahogada entre dientes, que Héctor no correspondió. No le preocupaban las apuestas sino la memoria de este hombre. Estaba casi seguro de que el mayorazgo no recordaría a un niño mugriento de doce años, pero ese mínimo atisbo de duda le inquietaba. Se tranquilizó al concluir que ese hombre nunca se interesó por conocer su nombre. Ni el suyo, ni el de ninguno de sus hermanos.

—Tenemos que hablar, José —dijo el tal Peña, poniéndole la mano en un hombro. Su expresión ya no era de alegría, sino de preocupación—. Necesito de tu influencia con cierto personaje del distrito de Cabuérniga para resolver un asunto de enorme importancia que...

—Ahora no, Peña. Aquí no —respondió cortante.

—Llevo días intentando dar contigo, sin éxito. No apareces por tu casa, nadie sabe nada de ti. Ha sido tu hijo Francisco quien me ha sugerido que te buscara en estos salones. —El hombre parecía sofocado.

José Trasierra lo miró con una sonrisa teñida de desprecio.

—Ah, mi buen amigo Peña. Hay una hermosa señorita que podría darte muy buenas referencias de mí. Tengo todavía el empuje de un toro joven y bravo, firme como una estaca. Si quieres, puedo darte su dirección para que te muestre las habilidades que le he enseñado. Y ahora que lo pienso, a mi hijo no le vendría nada mal, tampoco. Lo veo un poco tierno.

Los otros caballeros se miraron de reojo y rieron entre dientes.

—No es necesario, gracias. Tu esposa está preocupada. Y hay cierta cuestión que debes saber sobre tus...

—Ven mañana a Casa Trasierra, Peña. Hablaremos —le interrumpió seco.

Héctor se recostó contra el respaldo de su sillón, con los ojos fijos en las manos amorcilladas de ese hombre que había hostigado su ira durante tantos años. El grueso anillo de oro con el escudo de los Trasierra ahorcaba su dedo meñique, el único en el que debía de caberle. Le complació comprobar que seguía siendo el mismo ser cruel y despreciable que vivía en su recuerdo. No había cambiado un ápice en todos estos años. Y es que no hay dios ni ser humano capaz de redimir a un alma podrida.

—Disculpe mi indiscreción, pero Casa Trasierra ¿no pertenece al antiguo mayorazgo de Ruiloba, el que abarca prados y tierras de labranza hasta las lindes con Comillas? —preguntó Héctor como si hubiera caído de pronto en la cuenta de a quién tenía al lado—. He pasado mucho tiempo fuera de España, pero he oído hablar de él.

Uno de los caballeros carraspeó. José Trasierra le dirigió una mirada suspicaz y se removió incómodo.

—En efecto, aunque ahora tengo intereses más allá de

la administración de unas tierras y unos arriendos que solo me dan problemas... De hecho, estoy a la espera de que me lleguen ciertas noticias de Cuba que me permitirán resolver muchos de esos desvelos.

—Ah, ¿quizá tiene inversiones en alguna compañía azucarera de las Antillas? —insistió Balboa, fingiendo relativo desinterés—. Precisamente estoy recién llegado de allí, donde he pasado más de veinte años de mi vida, y ando buscando nuevos negocios en los que invertir una pequeña parte de mi fortuna... —Hizo una breve pausa intencionada antes de añadir—: En torno a un millón de pesetas.

Tal y como esperaba, José Trasierra abandonó al instante su actitud reservada hacia él y se mostró más locuaz respecto a sus proyectos.

—Entonces seguro que estará usted al tanto de una de las mejores oportunidades de inversión que existen en las Antillas: la mano de obra. Yo he invertido una parte de mi capital en un buque mercante repleto de negros procedentes de Costa de Marfil, que llegará en breve a La Habana, a tiempo para la siguiente subasta, si Dios quiere. Mi agente en la isla dice que es negocio seguro. Al parecer, está habiendo numerosas escaramuzas de rebeldes que liberan esclavos de las explotaciones y sin ellos, los propietarios de los ingenios azucareros se han visto forzados a reducir el ritmo de producción.

Balboa disimuló una mueca de desagrado en su rostro. Durante sus primeros años en la isla, había visto llegar barcos cargados de esclavos que desembarcaban como animales hambrientos y asustados, en condiciones infrahumanas. Hombres, mujeres y algún niño, tan débiles y resecos que casi no podían ni caminar por el peso de sus cadenas. Ningún ser humano se merecía un destino así.

—Todavía hay unos cuantos agentes esclavistas en La Habana y alguno más en Cienfuegos. No tendrá ningún problema para finalizar su operación con éxito.

Aunque desde ese mismo momento, Héctor Balboa se encargaría de que no fuera así.

Al salir del Círculo de Recreo, Héctor no solía regresar directo al hotel, sino que daba un rodeo y recorría algunos de los establecimientos menos recomendables de Santander ya fueran del centro o del puerto. A esas horas de la noche, pocos eran los señores que se atrevían a acercarse por la zona portuaria por temor a sufrir un atraco o una paliza. Y tampoco es que se les hubiera perdido nada por ahí. Pero a Héctor sí. Por eso volvía cada semana a la taberna del puerto, punto de diversión de marineros recién desembarcados, soldados de tropa y buscavidas despistados que saltaban de un puerto a otro, de una ciudad a otra, de un tugurio a otro, tanto del litoral español como de otros países europeos. Se gastaban parte de su sueldo miserable en una jarra de vino y en la oportunidad de poder sobar a una de las mujerzuelas que pululaban por ahí.

Una mezcla de olor a sudor rancio, tabaco y vino le

envolvió al entrar en la taberna abarrotada. Esa mañana había atracado uno de los buques llegados de las Antillas y un grupo de hombres al fondo del local coreaba con voz pastosa una habanera triste y desafinada. Hubo quien dedicó una mirada curiosa a esa figura corpulenta enfundada en un gabán negro que examinaba el local con actitud desenvuelta y desafiante, como si nada deseara más que alguien cuestionara su presencia allí. Nadie osó hacerlo. Los rostros curiosos volvieron la vista a sus jarras, a los pechos generosos y los chistes malsonantes. Héctor se acodó en la barra, saludó con familiaridad al tabernero y le pidió una jarra de vino.

—¿Has sabido algo nuevo? —le preguntó Balboa.

—Nada, señor. Nadie a quien haya preguntado ha oído hablar de esa tal Candela.

—¿Y de la Toña?

El hombre cabeceó en dirección a una mujer que se contoneaba entre las mesas ofreciéndose a los parroquianos.

—Pregúntele a esa. Llegó hace unos días de Torrelavega.

Héctor apoyó la espalda en la barra y observó a la mujer que le había indicado el tabernero. Era una joven lozana y bien entrada en carnes. Cuando la chica se dio cuenta de su interés, lo examinó de arriba abajo con descaro. Dejó al borracho con el que tonteaba y se dirigió a él con un exagerado contoneo de caderas.

—¿Le puedo ayudar en algo, señor? ¿Un alivio rapidito? Con este cuerpo que Dios me ha *dao*, puedo ser *mu* generosa —dijo, meneando sus pechos abundantes y descocados frente a él.

Una sonrisa lasciva cruzó el rostro de Héctor. Ciertamente, esos senos invitaban a hundirse en ellos, pero nunca había necesitado de los servicios de las prostitutas. Las mujeres se habían arrimado a él incluso cuando su única obsesión era trabajar desde el alba hasta el anochecer para sacar adelante sus negocios, y no disponía de tiempo ni de energía para pensar en juegos de seducción ni, por supuesto, en el amor. El amor era un sentimiento excluido de su vida. Los enamoramientos eran un pozo de problemas y desvaríos que obstaculizaban el quehacer diario. En su día, había asistido perplejo a los devaneos de su amigo Santiago, que casi pierde su fortuna y la razón por culpa de la niña Mendoza, y juró no verse así jamás. No. Los sentimientos románticos nunca serían un problema para él. Disfrutaba de las mujeres hermosas, coquetas, divertidas y provocativas, y, por suerte, se le presentaban oportunidades de sobra para satisfacer sus necesidades sexuales sin hipotecar sus sentimientos.

Al poco de llegar a Santander había encontrado alivio en Marga Fontán, una voluptuosa viuda acomodada de mediana edad que prefería los pequeños lujos y la vida desenfadada a las ataduras del matrimonio. Algo muy conveniente para Héctor, que la visitaba con frecuencia.

—¿Eres de por aquí? —preguntó a la mujer.

—De Torrelavega, señor.

—Busco información de una mujer mayor que hasta

hace poco surtía de mozas a los marineros que desembarcaban aquí. Ahora nadie sabe dónde está. La llamaban la Toña.

—¿Y puede saberse *pa* qué la quiere?

—Creo que ella puede darme noticias de una joven a la que busco. ¿La conoces?

La mujer se encogió de hombros y esbozó una sonrisa maliciosa. Héctor puso sobre la superficie de madera tosca unos cuantos reales.

—Habla.

—Mi prima me dijo que una tal Antonia le había ofrecido trabajo en un burdel de Torrelavega, allá donde las minas. Eso es *to* lo que sé.

—¿Y Candela? ¿Has conocido a alguien con ese nombre?

—No, señor. A nadie.

Héctor abandonó la taberna sin siquiera terminarse el chato de vino que había pedido. Ya tenía lo que buscaba.


Dormía mal y poco. Héctor Balboa agarró la botella de ron y le dio un lingotazo antes de dejarse caer en la cama. Las pesadillas habían regresado con mayor intensidad desde que se instaló en Santander. Soñaba con los cuerpecitos de sus hermanos muertos, cubiertos de musgo bajo la lluvia, y le atormentaban los ojos suplicantes de su madre, lo perseguían fuera adonde fuera. Él huía monte arriba, tirando con fuerza de una mano diminuta que se le escurría entre los dedos hasta soltarse. La niña se quedaba atrás en la espesura del bosque, llamándole, y él no podía dejar de correr. Unas veces corría de rodillas, arrastrándose por la tierra, y por más que quería, no lograba levantarse sobre sus pies; otras se sentía caer en un abismo sin fondo del que despertaba aleteando frenético los brazos sobre el colchón, como si buscara asidero en el aire, desnudo, sudoroso, temblando. Tardaba unos segundos en ubicarse de nuevo: se hallaba en la habitación de un hotel en Santander, de nuevo en España. Recobrada la calma, se levantaba, se ponía un batín de seda, y se servía dos dedos de ron añejo que bebía de un trago, apostado junto a la ventana abierta orientada al mar.

Desde que llegó a sus oídos que Candela seguía viva, se dijo que no descansaría hasta encontrarla. ¡Viva! Durante demasiado tiempo se había fustigado al enterarse de que los vecinos de la aldea la daban por muerta. Ni un solo día había olvidado aquella noche en que esperó a que se durmiera para deslizarse con el sigilo de un gato hacia la oscuridad del camino. Mil veces se repitió que no habría podido hacer otra cosa: solo separándose tendrían alguna opción de sobrevivir, cada uno por su lado. ¿Qué habría podido hacer si no? Aquella noche, mientras yacían abrazados en el lecho de paja junto a los rescoldos del fuego, ella le preguntó si iban a morir también. Él le aseguró que no. Le prometió que un día vivirían juntos en una casa con una chimenea inmensa que mantendrían siempre encendida, y tendrían muchas gallinas y una vaca bien gorda que les daría leche fresca todas las mañanas.

En apenas una semana había enterrado a su madre y a sus hermanos. El médico que les trajo el señor cura a la choza maloliente y medio derruida donde yacían sus cuerpos solo pudo certificar que habían muerto a causa del cólera, pero él sabía que no, que habían muerto por culpa de José Trasierra, el dueño de Casa Trasierra, en Ruiloba.

# 6

*Madrid-Comillas, junio de 1883*

Doña Isabel se empeñó en que Dora acompañara a Micaela a la Estación del Norte. Lo hizo para que la ayudara con el abultado equipaje pero, sobre todo, porque no quería que su hija tuviera una partida solitaria de Madrid, sin nadie de quien despedirse cuando el ferrocarril se alejara del andén, camino de Santander. Las estaciones le infundían desde siempre una cierta melancolía. Había intentado sobrellevar el momento de la despedida con entereza, pero había sido imposible. Micaela no la soltaba de la mano, como si le costara desprenderse, con lo resuelta que era ella para todo desde niña, y en ese instante a doña Isabel le flaquearon los ánimos y se le saltaron las lágrimas, pese a que se había prometido contenerse. «Anda, hija, vete ya, que como sigamos así, perderás el tren», le dijo recuperando su mano de entre las suyas para coger el vaso de agua de su mesilla. Micaela, su niña, se agachó y le dio un beso retenido en la sien. Luego, le cruzó la toquilla suavemente sobre el pecho y se la remetió en los costados. «Ten cuidado no cojas frío con las corrientes, a ver si voy a tener que volver antes de irme», le dijo, medio en broma. Ella susurró: «Qué cosas dices, hija. Eso ni lo pienses».

Le costó lo indecible, bien lo sabe Dios, pero la apartó. Debía hacerlo.

Se trataba de un sacrificio pequeño y llevadero si servía para que Micaela se introdujera en el círculo de amistades de su hermana Angélica y conseguía llamar la atención de algún señor decente. Y si eso no ocurría, contaba con que habría alguna familia noble de las que allí veraneaban dispuesta a contratar los servicios de una institutriz como su hija, sobrina del marqués de Peñubia, y con unas referencias inmejorables. Dos semanas antes había enviado una larga misiva a Angélica explicándole sus temores y sus esperanzas respecto al futuro de Micaela. No le mencionó nada de posibles pretendientes, pero sí le rogó que, si sabía de alguna familia respetable que precisara de los servicios de una institutriz, les recomendara a su hija.

Esas últimas semanas doña Isabel se había esforzado en cuidarse más, darse algo de colorete en las mejillas y mostrarse más animosa para convencer a Micaela de que su salud había mejorado con la llegada del buen tiempo. Así podría marcharse a Comillas con esa tranquilidad. Ella estaría bien atendida por Dora, y su hermana Elvira le había asegurado que iría a visitarla dos días por semana y le contaría con detalle los avances en sus intrigas por coincidir con el barón de Cabuernas, ya fuera en sus paseos por Recoletos al caer la tarde o en alguna de las salidas al teatro. La escucharía con gusto aunque ya hubiera perdido la esperanza en el barón para su hija. Doña Amparo Castroviejo, una de las amigas mejor informadas de Elvira, le había avisado de que Cabuernas ya había regresado a Madrid, más gallardo, más refinado en su vestir e, incluso, rejuvenecido. «Me da a mí que ha dejado en París alguna de esas fulanas que le habrá consolado en su soledad. Ya sabe lo que dicen: las parisinas, en la calle como reinas y en la cama como zorras», se ve que le dijo doña Amparo tapándose la boca con el abanico. Virgen Santísima. Elvira estaba escandalizada: «Debemos espabilar, Isabelita, o cualquier otra avispada será capaz de echarle el guante a un hombre así», apremió a su hermana relamiéndose de un bocadito de nata que se zampó en un visto y no visto.


La estación de ferrocarril olía a carbonilla. La chimenea de la locomotora había comenzado a humear hacía un rato, pero según el reloj de la estación, aún quedaban unos minutos para la salida. Micaela se despidió de Dora en el andén recordándole la promesa que le había hecho: si notaba algún mínimo empeoramiento en la salud de su madre, andaría rápida a Correos a mandarle un telegrama urgente con el texto que ella misma le había dejado escrito en un papel, junto a unos reales con los que pagar el servicio. En cuanto lo recibiera, ella cogería el primer tren de vuelta sin perder un minuto.

—Usted descanse y diviértase, señorita Micaela —respondió Dora con el tono maternal que utilizaba con ella cuando estaban a solas—. Ya me encargaré yo de que su señora madre no haga ni el más mínimo esfuerzo durante estas semanas. Se va a hartar de mis vahos de menta y le prepararé ese caldo de gallina que tanto le gusta y tanto bien le hace.

—Seguro que sí, Dora. Pero no se olvide, me lo ha prometido.

El revisor hizo sonar su silbato seguido del aviso de viajeros al tren y Micaela subió al vagón de primera clase en el que su madre había insistido que viajara, un dispendio que a duras penas se podían permitir. La siguió el mozo de equipaje que, sin esperar ninguna orden, se había echado su baúl a la espalda.

La joven se acomodó en su asiento junto a la ventanilla, se recreó un rato en el trasiego de viajeros, en las risas, las lágrimas y las despedidas emocionadas. Ella misma sentía esa mezcla de nerviosismo y emoción por alejarse de su madre, su hogar, su ciudad, y emprender un viaje en solitario por primera vez en su vida. Se compuso la falda antes de depositar en su regazo la novela *Madame Bovary* que había llevado consigo y saludó a las dos damas mayores que entraron en el compartimento lívidas y con la respiración trabajosa: «¿Desde cuándo los trenes deben salir con puntualidad inglesa, como si ellos rigieran nuestros horarios?», mascullaban indignadas según se derrumbaban sobre sus asientos.

No supo cómo transcurrió el tiempo tan deprisa, pero lo cierto es que se sorprendió cuando alzó la vista de su libro y vio aparecer tras el cristal la estación de Santander. Durante el trayecto, no había tardado en acostumbrarse al suave traqueteo del tren, y hasta ese momento no fue consciente de la lentitud con la que el convoy se adentraba en la estación. Cierto es que había avanzado mucho en su lectura, que había echado dos breves cabezaditas, y que había mantenido una amena conversación con sus compañeras de viaje que, si bien al entrar la habían examinado de arriba abajo con mirada circunspecta, resultaron ser dos señoras muy agradables que se dirigían a Santander para la temporada de baños de ola, «por prescripción médica», aclararon para evitar equívocos.

Micaela se puso en pie y asomó la cabeza por la ventanilla en busca de sus familiares entre la multitud que se arremolinaba en el andén siguiendo con ojos curiosos el paso de los vagones. Y allí, bajo el enorme reloj de la estación, distinguió la figura elegante de su tía Angélica —le extrañó verla casi oculta bajo su sombrilla de encaje, pese a hallarse a cubierto del techado del andén, como si necesitara protegerse de algo más que del sol— acompañada de Amalia, cuya mirada escudriñaba tras los cristales de cada vagón que pasaba. Cuando por fin sus ojos se cruzaron, su prima agitó la mano con alegría, esbozando una gran sonrisa de bienvenida.

La locomotora avanzó unos metros más y se detuvo con un enorme bufido exhausto. En ese instante, el silbato del jefe de estación desató la locura: a los chirridos de las carretillas de equipajes se sumaron los gritos de los mozos ofreciendo sus servicios, los avisos de la salida del ómnibus hacia los pueblos del interior, los cacareos de unas gallinas enjauladas y el vocerío de familias enteras arropando a los recién llegados. La gente se apelotonaba al pie de las escalerillas taponando la salida de los viajeros, mientras en el interior del tren, los pasajeros se atascaban con el batiburrillo de cajas, cestos y baúles que portaban, incapaces de pasar ni ceder el paso, cada vez más nerviosos. Las dos damas de su reservado fueron de las primeras en salir, raudas y veloces como ratoncitas resabiadas. Ella prefirió esperar al desalojo de los viajeros más impacientes antes de recoger sus pertenencias de mano —su baúl aguardaría allí al mozo de equipaje— y unirse a la fila de pasajeros que avanzaba por el pasillo hacia la portezuela del vagón.

Delante de ella, la puerta del siguiente compartimento se abrió para dejar salir a un hombre alto y corpulento que no dejaba de consultar el reloj de bolsillo. A su espalda oyó unas voces airadas seguidas de un revoloteo. La locomotora dio entonces un inesperado tirón y los pasajeros se abalanzaron hacia delante, profiriendo un grito unánime. Micaela no halló asidero alguno al que agarrarse y cayó de bruces sobre el señor del reloj, que también perdió el equilibrio. En medio del revoltijo de brazos, piernas y bolsos, sintió la presión de unas manos agarrándola con fuerza antes de aterrizar sobre el cuerpo masculino que, por suerte, amortiguó su caída.

—¿Se encuentra bien? —oyó preguntar al caballero con voz grave.

Asintió despacio, todavía aturdida. Todo había sucedido tan rápido y de una manera tan atropellada, que cuando se quiso dar cuenta estaba tendida en una postura muy poco decente sobre un señor que la sujetaba entre sus brazos con gesto desconcertado. Notaba las piernas largas y vigorosas entre las suyas, el contacto de sus manos descendiendo por su espalda, y un olor penetrante a limón y bergamota que la envolvía, embotándole los sentidos. Nunca había estado tan cerca de un hombre como lo estaba ahora. Jamás. Durante su corto noviazgo con Rodrigo, habían intercambiado algunos besos tiernos y fugaces cuando escapaban a la vigilancia materna. Él era un caballero, un hombre de honor; y ella siempre debía comportarse como una dama, le insistía su madre. Y así lo había hecho, incluso aquella última noche previa a su partida, cuando se besaron a escondidas bajo la escalera del portal y ella hubiera querido que la amara, que la tocara, que calmara esa agitación cálida e imparable que sentía crecer en su interior. Rodrigo se había negado suavemente, con una sonrisa tierna.

Alzó la vista sobre el pecho del hombre para encontrarse frente a unos ojos oscuros que la miraban con mezcla de curiosidad y preocupación. Quiso expresar alguna palabra de disculpa pero, por desgracia, sus labios no conseguían emitir más que un sonido ininteligible parecido al de un monito de feria. Ni siquiera se atrevía a moverse un milímetro sobre ese cuerpo recio que la sostenía, no fuera a ser que empeorara la situación. Abochornada por la postura, Micaela recogió su bolso y se incorporó con un movimiento brusco. Él se puso en pie ágilmente, se sacudió los pantalones, se arregló la corbata de seda, y, por último, se estiró el chaleco de un tirón seco.

—Lo siento, señor. Alguien ha debido de empujarme por la espalda y... —Micaela se detuvo al ver la expresión de su rostro. Si antes había creído percibir por su parte un cierto agrado ante la situación, ahora se mostraba extrañamente rígido y severo.

—Bien, señorita. Ahora... devuélvame mi reloj —le interrumpió él con voz cortante.

—¿Cómo dice? —farfulló ella.

—Si cree que puede montar este paripé para sustraer pertenencias ajenas, se ha equivocado de persona —dijo él, irguiéndose más, si cabe.

—¿Está usted insinuando que le he robado el reloj? —replicó con el mismo tono seco que él había empleado, debatiéndose entre la indignación y la incredulidad.

¿Quién se creía que era? ¿Cómo osaba acusarla de ladrona, a ella, una señorita respetable? ¿Acaso tenía aspecto de asaltante de hombres que le doblaban en tamaño? ¿O quizá la confundía con una hábil estafadora callejera? Alzó la barbilla y lo encaró, orgullosa. Si pensaba que con esa actitud amenazante la iba a intimidar, era él quien se equivocaba.

El hombre, sin embargo, dirigió su atención a la mano con la que Micaela sujetaba su bolso. Fue en ese preciso momento cuando ella notó en su mano el roce de un balanceo extraño, seguido de un débil tintineo. Todo su enojo anterior se tornó en confusión al elevar el antebrazo y descubrir la cadena del reloj de bolsillo enganchada en uno de los botones de la manga. La esfera giraba y giraba sobre sí misma, en el extremo de la cadena. Alzó la vista al rostro tenso del caballero.

—No sé cómo ha podido llegar hasta aquí. Le aseguro que no era mi intención llevarme su reloj..., señor —dijo Micaela, intentando controlar el titubeo de su voz.

Con dedos temblorosos se apresuró a desenganchar el eslabón del botón en la manga, mientras sentía la mirada imperturbable de él fija en sus manos. Cuando por fin le tendió el reloj, todo cuanto él dijo fue:

—La única razón por la que no la denuncio a las autoridades es porque llevo prisa. En cualquier otra ocasión, le aseguro que no me hubiera marchado de aquí sin aclarar lo ocurrido.

Ella no le replicó. No merecía la pena, no era el lugar y tampoco tuvo ocasión: antes de que pudiera darse cuenta, ese hombre abominable le dio la espalda y se alejó con paso firme, perdiéndose entre el gentío.

Micaela descendió del vagón con el ánimo aún confuso, como si hubiera atravesado un banco de niebla del que no terminaba de salir. No fue consciente de la presencia de su tía y de su prima hasta que las tuvo casi encima.

—¡Micaela, por fin! ¡Qué alegría verte!

—Hemos llegado con cierto retraso y luego, con tanta gente... Siento haberos hecho esperar tanto —respondió, de vuelta a la realidad.

—No tenías que preocuparte, querida —respondió la tía Angélica. Alzaba la nariz de una manera extraña, como si buscara aire para respirar—. En cuanto el jefe de estación nos ha advertido del retraso, nos hemos ido a dar un paseo con el carruaje hasta El Sardinero. ¡No hubiéramos podido aguantar aquí! La estación estaba llena y el ambiente era irrespirable. ¡Es irrespirable! —se quejó remarcando el verbo en presente, al tiempo que aceleraba el movimiento de su abanico—. Deberían obligar a la gente a lavarse antes de subir a cualquier transporte público y prohibir que viajen con esos paquetes de chorizos, tocinos y comidas que repelen a cualquiera. ¡Qué desagradable! Por suerte, el aire del mar es un excelente remedio contra los olores. ¡Y cuál ha sido nuestra sorpresa al ver a todo Madrid en nuestra playa! —exclamó como si fuera algo totalmente inaudito, cuando, en realidad, era bien sabido que los nobles y las familias acomodadas madrileñas habían descubierto los baños de ola siguiendo los pasos de la reina doña Cristina, primero, y del rey don Alfonso, después—. Vamos, no permanezcamos aquí paradas, que nos queda un buen camino por delante hasta Comillas.

Se giró hacia el mozo de estación, que ya mostraba signos de impaciencia por soltar su carga y buscar otro cliente, y con un gesto casi inapreciable, le indicó que las siguiera hasta la berlina que esperaba en la puerta.

El cochero de los marqueses, un hombre pequeño y nervudo vestido con librea, las esperaba con la portezuela del coche abierta. En cuanto se acomodaron en el interior del carruaje, corrió a hacerse cargo del baúl que, con ayuda del mozo, colocó bien atado en el portaequipajes trasero.

Micaela respiró hondo y se alisó la falda, esforzándose por olvidar el lamentable incidente del tren. Confiaba en no volver a encontrarse jamás con ese cretino insolente y maleducado. El parloteo de su tía sobre la intensa vida social desatada en Comillas tras la reciente llegada del clan de los catalanes —parloteo contenido de vez en cuando por los apuntes de Amalia sobre los sitios que atravesaban— la distrajo durante las dos horas de trayecto, y cuando decaía la charla, sus ojos descansaban en los paisajes de prados y pinares teñidos de las infinitas tonalidades del verde resplandeciente bajo la luz del atardecer.

Ella nunca había estado en Comillas. En las contadas ocasiones en que había acompañado a su madre a visitar a sus tíos se habían alojado en la mansión de estilo neoclásico que los marqueses de Peñubia tenían en Santander, residencia habitual de la familia. Cuando oyó a sus primas hablar de su lugar de veraneo aquella tarde de febrero en Madrid, se imaginó un pueblecito de pescadores con algún caserón insigne. Sin embargo, lo que vio a través de la ventanilla del carruaje no tenía nada que ver con esa imagen de pueblo humilde. A pesar de la escasa luz, Micaela vislumbró calles empedradas y limpias donde las casas más sencillas, pero no por eso menos cuidadas, se intercalaban entre casonas solariegas de piedra con alegres balconadas de madera repletas de flores. Algunas fachadas exhibían escudos nobiliarios de linajes guerreros en los dinteles de los portones, cuyo tamaño y herrajes hablaban del carácter recio de sus habitantes. La primera impresión que se llevó Micaela fue que en esa pequeña villa se respiraba un aire de tranquilidad y distinción que resultaba encantador.

Justo cuando el carruaje enfilaba la entrada del pueblo, la calle principal se iluminó con una débil luz amarillenta.

—¡Fíjate, Micaela! ¡Acaban de encender el alumbrado eléctrico! —dijo Amalia, señalando unos curiosos farolillos de hierro que había hecho traer el marqués de Comillas con motivo de la primera visita del rey Alfonso XII, dos años antes. Había sido el primer municipio español en iluminar sus calles con electricidad.

Micaela no pudo sino asentir maravillada. Había oído hablar a su profesor de física del invento de una lámpara incandescente presentada en la Exposición Eléctrica celebrada en París hacía unos años, capaz de emitir luz de manera continuada, pero no imaginó que la vería funcionar tan pronto, en un pueblo insignificante del norte de España.

El carruaje se detuvo en una plazuela, delante del enrejado que rodeaba la gran casona de piedra marcada con los blasones de los Peñubia. El portalón de la casa se abrió y apareció un sirviente que corrió presto a ayudarlas. Le seguían sus primas menores, Luisa y Ana, que la recibieron como si fuera la dama más esperada del baile. Micaela besó a Luisa y se detuvo unos instantes ante la pequeña Ana, de la que tenía un vago recuerdo desde su última visita a Santander. En aquel entonces, Anita era solo una cría de mirada despierta que se escondía por los rincones más insospechados de la casa para hacer sus travesuras. Pese a su corta edad, parecía tener preguntas y respuestas para todo, lo cual exasperaba a su madre, que veía impropio de una niña tanta locuacidad. Por lo que pudo apreciar Micaela, Ana conservaba la viveza de sus ojos, aunque su desparpajo infantil había dejado paso a una actitud más reflexiva e inquisitiva.

Su tío Tomás apareció poco después luciendo una sonrisa de disculpa por su retraso. La culpa la tenía un despacho urgente remitido desde Santander al que debía dar pronta respuesta. La inminente llegada de don Claudio había levantado mucha expectación entre los nobles y los máximos representantes de las instituciones locales, que deseaban saber si el nuevo marqués de Comillas seguiría adelante con las obras y proyectos iniciados por su padre, especialmente el Seminario Pontificio, cuya primera piedra había venido a colocar el propio arzobispo de Santander. «Las obras del seminario no peligran, no teman. Cuenta con el apoyo del Papa y todos conocemos bien las inclinaciones religiosas de don Claudio. No hay hombre más devoto de la Iglesia ni del sumo pontífice que él», repetía don Tomás a todo el que ponía en duda la disposición del nuevo marqués.

Su tía indicó al cochero y al sirviente que llevaran el equipaje de su sobrina a la habitación que le habían asignado, junto a la de Amalia. Micaela se detuvo nada más traspasar el umbral del portón de madera maciza, extasiada ante la visión del interior de la casa. Lo primero que pensó fue que su decoración estaba en consonancia con la distinción del entorno y sus vecinos: los suelos de madera noble revestían toda la planta baja, desde el vestíbulo hasta el salón; en un rincón de esa misma estancia, recargada con un exceso de mobiliario y de cuadros, había un gran piano de cola y un arpa con los que sus primas debían amenizar las veladas organizadas por la familia para las visitas; por último, todo un catálogo de ricas telas —gruesos terciopelos, sedas adamascadas o de hilo de plata, y encajes— vestían ventanas, sillones, otomanas e, incluso, el dosel de su propia cama, como vería después. Pero, sin duda, lo que más le llamó la atención fue la espléndida biblioteca que forraba de suelo a techo las paredes de la sala contigua al despacho de su tío. En esas estanterías reposaban cientos, quizá miles de libros, muchos de los cuales llevarían décadas sin abrirse. Micaela deslizó los dedos por los suaves lomos en piel colocados en el primer estante. Repasó los títulos de autores ordenados por orden alfabético: Balzac, Bécquer, Dickens, Dumas, Echegaray, Pereda, Pérez Galdós y muchos más.

La voz del marqués sonó a su espalda con mal disimulado orgullo:

—Me gusta pensar que si esta vieja casona, sumada a la residencia de Santander y a la pequeña finca del marquesado de Peñubia, constituyen el patrimonio físico de mi familia, esta biblioteca reúne el patrimonio intelectual acumulado por cuatro generaciones de los Cossío en los últimos dos siglos: mil quinientos diez libros de las más diversas materias y autores, que yo también contribuyo a aumentar cuando viajo a Madrid con obras que no siempre hubieran sido del agrado de mis antepasados. —El marqués le explicó que si bien los volúmenes de historia eran los más numerosos, también contaba con una buena colección de títulos de filosofía, religión, matemáticas, astronomía y, por supuesto, literatura—. Si deseas leer algo en especial, no tienes más que pedírmelo.

# 7

A Micaela le sobrevino de golpe todo el cansancio acumulado durante la larga jornada de viaje. De fondo, oía la disputa entre sus primas menores sobre cuál de las dos debía asumir el dudoso honor de conducirla hasta su alcoba. Daba igual quién la acompañara, se decía agotada, lo único que ansiaba era asearse un poco y descansar unos minutos antes de la cena. Finalmente, fue Amalia quien la guio hasta su dormitorio en el primer piso, una estancia que destilaba feminidad en cada detalle de su decoración. Micaela se fijó en que habían depositado su baúl de viaje y la sombrerera a los pies de la cama, y nada más quitarse los guantes se dispuso a deshacer el equipaje. Le preocupaba que los trajes nuevos que le había regalado su tía se arrugaran en exceso bajo el peso del resto de la ropa.

—Enseguida vendrá una doncella a ayudarte con los vestidos —dijo Amalia mientras cerraba las cortinas en color lila que colgaban a ambos lados de la ventana. Luego, comprobó que la jarra de porcelana contenía agua, que los paños de lino para el aseo personal estaban en su sitio y que el ramillete de flores silvestres se mantenía fresco. Inhaló profundo y una sonrisa de placer iluminó sus facciones—. Todavía huelen desde que las cogí esta mañana. ¿Te gustan?

Micaela asintió, esbozando una sonrisa de gratitud.

—El olor de las flores silvestres como la lavanda, el limoncillo o la hierbabuena son mis favoritos.

Amalia se acercó a ella y le dio un abrazo espontáneo que Micaela recibió con torpeza, tiesa como un palo. No estaba acostumbrada a esas muestras de afecto, ni siquiera de alguien de su propia familia.

—¡No sabes cuánto me alegro de que hayas venido, Micaela! Luisa tiene de aliada a mi madre; Ana, a mi padre; y yo ahora cuento contigo. —Ella sonrió sin saber muy bien cómo interpretar esas palabras—. Te dejo descansar. Vendré a buscarte en un rato, cuando bajemos al salón para la cena.

Micaela se dejó caer de espaldas sobre el colchón de lana en el que se hundió como si fuera un nido. Al abrir los ojos, se fijó en el delicado visillo de encaje que caía sobre el dosel de la cama. Nunca había dormido en una cama así, y era tan cómoda que corría el riesgo de quedarse dormida en ese mismo instante. Notaba en cada músculo los efectos del largo viaje desde Madrid, de donde le parecía increíble haber partido aquella misma mañana, tras despedirse de su madre, y de pronto pensó en ella, en cómo habría transcurrido el día sin su presencia alrededor, cómo se las apañaría Dora, quién le leería un rato antes de la cena, cómo dormiría sabiendo que no sería ella sino la fiel criada quien acudiría si se desvelaba de madrugada. Le escribiría mañana mismo para contarle sus impresiones de esa primera jornada.

Sintió una oleada de remordimientos por haberle ocultado que si había aceptado de buena gana la invitación de su tía, había sido por conseguir el puesto de maestra en el colegio de las señoritas Ruano. Se llevaría un gran disgusto cuando lo supiera, pero confiaba en convencerla con el peso de la razón: necesitaba labrarse un futuro por sí misma con el que poder mantenerlas a las dos, sin depender de nadie. Lo hacía por el bien de ambas, se dijo, aunque una vocecita interior le susurraba que de un tiempo a esta parte parecía haberse adueñado de ella una fuerza invisible que la impulsaba a hacer cosas en su propio beneficio, sin pensar en las personas que la querían. A don Eulogio no le engañaba; el párroco sabía cuáles eran sus debilidades, cuáles sus pecados. Lo notaba en cómo la miraba con sus ojillos censores cada vez que visitaba su casa y ella se negaba a confesar con él. Esos ojos parecían murmurar: «egoísta, egoísta, egoísta. Solo piensas en ti misma. Has dejado a tu madre sola, le has ocultado la verdad, ¿y aún pretendes justificarte ante ti y ante Dios?».

Oyó un suave repiqueteo en la puerta y enseguida una doncella muy joven, casi una niña, entró con la cabeza gacha y el paso silencioso.

—¿Cómo te llamas?

—Adela, señora —respondió con voz cantarina la muchacha.

—Señorita. —Le corrigió Micaela con una sonrisa—. Soy la señorita Micaela, Adela. ¿Podrías colocar los vestidos en el armario mientras yo me aseo un poco, por favor?

—Como usted mande, señorita.

Micaela cogió la jarra y vertió agua en el aguamanil. Humedeció un pañuelo con el que se refrescó la cara y el cuello, se arregló con habilidad el peinado y se lavó las manos. Al terminar, la doncella la ayudó a quitarse el vestido que había llevado puesto todo el día y se enfundó un sencillo traje de paño ligero en color mostaza que realzaba el tono de su piel. Amalia también se había cambiado de vestido cuando vino a recogerla.

Su tía le indicó su asiento junto a Anita en la mesa de comedor, recubierta con un elegante mantel de lino blanco. Hacía mucho tiempo, casi desde que enfermó su padre, que en su casa no se reunían para cenar en familia. Era una forma de eludir su ausencia, más evidente y dolorosa en ese momento del día en que ellas dos se sentaban solas a la mesa, sin mucho de qué hablar. Casi fue un alivio el día en que su madre dijo sentirse demasiado cansada como para levantarse a cenar, y le bastaba con un caldo o una crema ligera antes de irse a dormir. Ella esperaba a saberla acostada para ir a la cocina donde aguardaba una bandeja solitaria con la cena que Dora le tenía preparada. A veces se sentaba con ella en la mesa tocinera y la vieja criada le contaba los chismes que oía en la calle, se quejaba del precio de la carne o la subida del pan, o le recriminaba por no salir a pasear, ahora que todavía era joven. Otras veces Micaela prefería retirarse con la bandeja a su alcoba, incapaz aún de mantener una conversación sencilla con nadie que no fuera un libro. Tal vez por eso, aquella primera noche en Comillas se sintió fuera de lugar sentada a la mesa como una más de la familia, aturdida ante el parloteo de sus primas, las conversaciones cruzadas entre sus tíos, el ir y venir de las criadas.

—Me ha dicho don Abel que, por fin, la semana que viene reabre la iglesia de Ruiloba con su tejado nuevo. —La tía Angélica aprovechó unos segundos de silencio para dirigirse a su marido.

—Lo sé. Lo ha financiado el indiano que ha alquilado la casa del juez Olano. Es oriundo de allí.

La tía Angélica dejó escapar un suspiro de resignación.

—Si no fueran tan vulgares en sus ganas de aparentar lo que no son, con esa actitud tan arrogante y ostentosa, yo sería la primera en admirar la generosidad de los indianos para con su tierra.

—Olvidas que don Antonio, el difunto marqués de Comillas, era también un indiano —le reconvino con suavidad su esposo.

—¿Cómo puedes compararlos? ¡La forma de ser y comportarse de don Antonio no tenía nada que ver con este indiano!

—¿De veras, querida? Ese indiano apenas lleva unos meses en España y ya ha invertido en la aldea más que

Trasierra en los últimos veinte años. Si de don José dependiera, el tejado de esa iglesia se habría quedado como estaba in sécula seculórum.

—¡Qué cosas dices, Tomás! José ha hecho mucho a lo largo de su vida por Ruiloba, por la comarca y por su gente. ¡Suficiente tienen en Casa Trasierra con mantener los arriendos de todas esas familias que se resisten a abandonar la tierra para marchar a la ciudad! Y no olvides que Juana está a punto de entrar en edad casadera como nuestra Luisa, y detrás vienen las dos gemelas. Tres mujercitas para las que deben guardar dote, si pretenden casarlas bien. Es natural que ahora no pueda derrochar su capital en arreglos para la iglesia. La pobre Rosa ya está preparando el ajuar para cada una de ellas —dijo, haciéndole un gesto a la criada para que aligerara sirviendo la sopa—. Con algo puede estar contenta: coincidí con ella en la casa de doña Leonor y me dijo que su hijo Francisco ha regresado de Barcelona hecho todo un abogado. Y ¿sabes quién es su padrino aquí? El propio don Claudio quien, al parecer, lo va a recomendar a su abogado, don Máximo Díaz de Quijano, en cuanto este regrese de Cuba. No sé si eso le hará mucha gracia a su padre, que pretende que le ayude cuanto antes a administrar el mayorazgo.

—No debes llamarlo ya así, querida. Los mayorazgos fueron derogados hace mucho.

—No seas quisquilloso, Tomás. Todo el mundo lo sigue conociendo por ese nombre.

—En cualquier caso, espero que su hijo lleve las tierras

mejor de lo que lo ha hecho él —repuso el marqués, sirviéndose una copa de vino—. José nunca ha tenido ni el interés ni la buena mano de su padre para administrarlas y, no es que le culpe, pero esa propiedad ya no es ni la mitad de lo que era.

—Será por eso que Rosa se queja de que José pasa más tiempo en Santander que en Ruiloba —apostilló su mujer.

Don Tomás hizo un gesto de reprobación.

—Desde joven ha tenido debilidad por los placeres de la ciudad... Como hijo único que era, su padre lo consintió demasiado. Lo cierto es que José nunca ha sabido cómo sacar provecho a esa heredad, más bien al contrario: en los últimos años, la finca que linda con mi pequeño prado está más descuidada que nunca, y sé que ha vendido alguna que otra tierra. Si esa finca formara parte de mi marquesado, otro gallo le cantaría.

Micaela se fijó en que su tía dejaba la cuchara en el aire, a medio camino de la sopa, absorta en algún pensamiento repentino.

—Menos mal que Francisco siempre ha sido un joven sensato e inteligente —dijo por fin. Y girándose hacia su hija mayor preguntó—: ¿Te acuerdas de él, Amalia? Cuando erais niñas pasábamos algunas tardes en Casa Trasierra, y jugabais todos juntos al escondite en el jardín. Pocas familias poseen una casa-palacio tan señorial como la de Trasierra, con sus caballerizas, la capilla, el torreón y el pabellón del servicio. Y no había verano en que no celebraran una comida campestre en el prado que hay junto al bosquecillo, donde invitaban a todo el círculo de amigos y conocidos. ¡Lo pasábamos tan bien!

—Lo recuerdo vagamente, mamá —respondió su hija mayor.

—Yo sí lo recuerdo, madre —dijo Luisa—. Era muy guapo, pero un maleducado: nos tiraba de las trenzas y le divertía contarnos historias espeluznantes sobre monstruos y brujas para evitar que nos adentráramos en el bosque.

—Eso es prueba de madurez y responsabilidad, hija, cualidades muy deseables en un caballero y que, a menudo, a ti te faltan —replicó su madre, dedicándole una mirada recriminatoria—. De cualquier modo, ni Francisco es ya el muchachito que os tiraba de las trenzas, ni vosotras sois las niñas que veníais corriendo a quejaros. Creo que están invitados al recital de piano que ofrecen los Güell la semana que viene, así que tendremos ocasión de saludarlo. Sería un estupendo partido para Amalia, ¿verdad, Tomás?

Todos los ojos convergieron en la figura paterna quien, al saberse aludido, alzó la vista de su plato sin prisa. Sus ojos se posaron primero en su esposa, que lo miraba con expresión interrogante, y después en su hija mayor, como si deseara conocer su opinión antes de responder. Sin embargo, Amalia lo contemplaba con la misma expresión dulce y tranquila con la que aceptaba las decisiones de sus progenitores sobre su vida.

—Buena familia es, no cabe duda.

## 8

Amalia había planeado aprovechar la mañana para dar un paseo en carruaje y mostrarle a Micaela los parajes más bonitos de los alrededores. Cuando el calor arreciara a partir del mediodía, ya no podrían salir de la casa y sería hora de dedicarse a la música, la lectura o a sus bordados.

—Iremos por el interior y regresaremos por el camino de la playa. Así podré enseñarte el pabellón japonés que mandó construir el marqués de Comillas con motivo de la visita del rey —dijo su prima al tiempo que se servía una tostada más.

—¿Con este sol? ¡No es muy conveniente para la piel, Amalia! —apuntó Luisa, casi escandalizada.

—Salir de mañana y hacer un poco de ejercicio al aire libre es muy beneficioso para las mujeres —dijo Micaela con voz serena. Consciente de la expresión de incredulidad de su prima, añadió—: Lo dice doña Concepción Arenal.

Lo contrario nos debilita físicamente... también a la hora de ser madres y educar a nuestros hijos.

—No he oído de ningún caballero a quien le agrade un cutis curtido y una mujer robusta. Eso es propio de labriegas, no de señoritas —replicó la joven en tono desdeñoso.

—¡Qué exagerada eres, Luisa! —exclamó sonriente su hermana mayor—. Pondremos la capota en el coche y llevaremos nuestras sombrillas para protegernos del sol en todo momento, no temas.

—¿Puedo ir yo también? —La voz aniñada de Ana se alzó entre ellas dos.

Amalia dudó un instante.

—Hoy no podemos llevarte, Anita, pero te prometo que la próxima vez vendrás con nosotras —dijo al fin en tono persuasivo al ver la decepción de la niña—. Además, ¿no viene en un rato tu profesor de arpa?

Luisa soltó una breve carcajada burlona.

—Le ha dicho a madre que se ha cansado del arpa, igual que se cansó del piano. Ahora quiere aprender violín.

—No he dejado el piano; simplemente, ya lo domino, y mejor que tú —protestó la niña, enfrentándose a su hermana—. Y el arpa me aburre, es demasiado lenta.

—Te aburre el arpa, te aburre bordar, te aburre leer... ¿qué es lo que no te aburre, Anita? —insistió Luisa.

—¡Me aburre leer vidas de santos! ¡Me aburre leer poesía! ¡Me aburren San Juan de la Cruz, Santa Teresa y Bécquer!

Su hermana abrió mucho los ojos en un gesto de incredulidad.

—¿Cómo te puede aburrir Bécquer si sus poemas son lo más apasionado y romántico que hayas leído jamás? —Y con voz arrebatada, Luisa comenzó a declamar—: «Por una mirada, un mundo; por una sonrisa, un cielo; por un beso... ¡yo no sé qué te diera por un beso!».

—Es posible, aunque quizá no sea lo más apropiado para una niña de once años —medió Micaela suavemente, con cuidado de no provocar mayores enfrentamientos. Por lo que había escuchado, no le extrañaba que la menor de sus primas se aburriera de sus lecturas—. ¿Qué otras cosas te enseñan, Ana?

—Ana nos ha salido rebelde. Ha despedido ya a dos institutrices por ignorantes —respondió Amalia, sonriendo con cariño a su hermana.

—¡Y era verdad! ¡Padre me dio la razón! —exclamó la niña como si necesitara justificarse ante Micaela, a quien se dirigió muy seria para explicarle—: La primera ni siquiera sabía situar Dinamarca en el mapa y la segunda me hablaba en francés cada vez que le pedía que me enseñara algo nuevo.

—Eso no quiere decir nada; padre siempre te da la razón, Anita. Madre dice que los caballeros no se sienten atraídos por las señoritas demasiado instruidas y tú ya sabes más de lo que necesitas saber —concluyó Luisa con una risita.

Al escuchar las palabras de su prima, Micaela sintió

una punzada de indignación. Por respeto a su tía contó hasta cinco, conteniendo las ganas de enmendarle la frase a Luisa. Le hubiera gustado decir que solo los caballeros tontos, débiles u obtusos rechazaban a las señoritas instruidas. Sin embargo, sabía que no era así. Muchos eran los hombres que ignoraban o, incluso, menospreciaban la opinión que pudieran tener las mujeres sobre temas que consideraban concernirles solo a ellos, que eran todos, excepto los relativos al ámbito doméstico y la familia. Aún le dolía la enorme decepción que se había llevado con Gerardo Espinar.

—¿Qué te parecería si yo te diera clase mientras estoy aquí, Ana? Te aseguro que me conozco bien el mapa de Europa, de América y hasta el de las estrellas. —Sus ojos se posaron inquisitivos en la niña, que la examinó pensativa durante un instante.

—¿Las constelaciones?

Micaela asintió.

—En ese caso, acepto —respondió Ana con seriedad.

—Espero no decepcionarte como tus anteriores institutrices.

—No sabes lo que has hecho, Micaela. —Rio Amalia suavemente—. Te vas a enfrentar a las exigencias ilimitadas de nuestra pequeña monstruo. —Se limpió las comisuras de la boca y, dejando su servilleta sobre la mesa, se dirigió a su prima—: ¿Nos vamos?

La calesa tomó la carretera nueva que salía de Comillas y recorrió un paraje arbolado antes de desviarse hacia el concejo de Ruiloba y las aldeas de alrededor. Puede que el carruaje avanzara muy ligero, o que la belleza del paisaje la hubiera distraído, pero calculó que no debía haber más de veinte minutos de caminata a pie a buen ritmo entre Comillas y el pueblecito escondido entre montes, cabeza de la comarca. Claro que a esas horas, el sol estaba ya demasiado alto como para recorrer una distancia así a pie. Ni siquiera con un vestido ligero como el que había resuelto ponerse esa mañana resistiría el calor. El traje de paseo color vainilla y manga al codo era uno de sus preferidos; no solo porque se veía favorecida, sino porque la hechura adaptada a sus curvas le resultaba especialmente cómoda para moverse a sus anchas, a pesar de que a su madre le pareciera demasiado «campestre».

El cochero detuvo la calesa frente a un edificio rectangular de nueva construcción en el que se leía ESCUELA DEL VALLE DE RUILOBA. Las dos mujeres descendieron del carruaje, primero Micaela con agilidad, y después Amalia, sosteniendo su sombrilla en alto con elegancia. Micaela contempló la construcción de dos pisos en mampostería y piedra caliza, con sendos porches de entrada, uno a cada extremo. Uno para los niños y otro para las niñas, dedujo. Todo el recinto parecía extrañamente solitario y silencioso. La puerta de la entrada principal estaba cerrada a cal y canto, no se oía ninguna voz ni se apreciaba movimiento alguno, ni en el interior ni en el exterior.

Micaela paseó la mirada en busca de algún paisano a quien preguntar, pero solo vio a dos chiquillos que se aproximaban por el sendero, tirando de una mula que acarreaba dos tinajas. Recorrió a paso ligero la distancia que los separaba de ellos hasta alcanzarlos. Eran un crío de unos ocho años y una niña de apenas doce. Iban limpios y aseados, aunque a nadie podría escapársele su origen humilde: caminaban descalzos y vestían unas ropas viejas sujetas a su cuerpo con cuerdas deshilachadas.

—¿Sabéis dónde podemos encontrar al maestro? —les preguntó cuando se hallaba a escasos metros de ellos. Los pequeños aminoraron el paso y la miraron con recelo, sin decidirse a responder—. ¿Sois de por aquí? ¿Sabéis dónde vive el maestro? —repitió.

La niña se detuvo y miró de reojo a su hermano, pendiente de sujetar a la mula, que seguía andando. Por fin, respondió con un movimiento negativo de cabeza.

—¿No venís a esta escuela?

—Él, sí —respondió la niña a la defensiva, señalando a su hermano—, pero iba a la escuela vieja, la de la sacristía, ¿verdad, Mateo?

El chiquillo asintió con la cabeza gacha, sin atreverse a mirarla.

—¿Y tú?

—Yo no, señora.

—¿Ni siquiera sabes leer ni escribir? —preguntó Micaela, sin sorprenderse demasiado.

—Sé leer un poco. Me enseñó el señor cura.

—Pues deberías ir a la escuela, no basta con saber leer un poco. Hay que saber leer bien y también escribir.

La zagala se encogió de hombros y acarició el lomo de la mula, que movía la cabeza arriba y abajo, como si estuviera de acuerdo.

—Aquí no hay escuela para las niñas y, además, dice mi padre que no sirve de nada.

—¿Cómo que no sirve...? —Micaela estuvo a punto de alzar la voz delante de la niña, pero se contuvo al ver su expresión inocente—. ¿Cómo te llamas?

—Teresa Gómez, señora.

—¿Dónde está vuestra casa?

—Allá en el cerro, donde la ermita abandonada. —La niña señaló con el dedo hacia el sendero que ascendía un montecillo a través de un pinar. Micaela siguió con la vista su indicación y tomó buena nota del lugar.

—Anda, marchaos —les dijo.

La mocita le dio un codazo a su hermano y este arreó a la mula con una vara para que reanudara el paso.

Micaela los vio alejarse pensativa antes de regresar en busca de Amalia, a quien divisó a la sombra de un gran castaño situado a unos metros de la escuela. A cada paso que daba, clavaba la punta de su sombrilla en la tierra como si quisiera apuntalar así su irritación por lo que acababa de saber. A nadie parecía preocuparle que las niñas no asistieran a la escuela o que no supieran siquiera los conocimientos básicos: leer y escribir. A nadie, excepto al cura, al parecer.

—Vamos a dar una vuelta por si encontramos algo —propuso Micaela al llegar junto a su prima.

—Se ve todo muy cerrado. Podemos detenernos después, cuando volvamos del paseo por la costa.

Pero Micaela hizo oídos sordos.

—Voy a rodear el edificio. Espérame aquí, no te muevas.

Micaela desplegó su sombrilla y se dirigió hacia el primer ventanal en el lateral de la escuela. Pegó la nariz al cristal, acercó la mano para reducir el reflejo y miró adentro. Era un aula vacía y ordenada. No se veía ni un alma. Continuó adelante, echando un ojo a través de cada ventana, sin apreciar nada distinto. Luego subió el pórtico de la segunda entrada y se dio cuenta de que la puerta estaba entreabierta. Dudó si entrar o no, pero la curiosidad le pudo. Asomó la cabeza, gritó un «¡hola!» que no obtuvo respuesta, y decidió echar un vistazo rápidamente.

El interior olía a yeso húmedo y pintura reciente. Unas escaleras ascendían desde el vestíbulo hasta el segundo piso, y una puerta de doble batiente daba paso a un pasillo central por el que se adentró. A cada lado del corredor había varias puertas de madera enfrentadas a cada lado; la primera de ellas estaba entornada, la segunda, cerrada. Empujó la primera puerta y se halló ante un aula de buen tamaño en donde la luz entraba a raudales por las ventanas. De la pared colgaba un encerado negro sin estrenar y encima de él, un crucifijo. A la derecha, una lámina con el mapamundi en colores pendía de un cordel sujeto por una alcayata. Se paseó despacio entre los bancos de pupitres de madera, lisos e impolutos, con sus tinteros de plomo incrustados. Contó treinta sitios, treinta alumnos. Luego se acercó al sencillo escritorio del profesor, se sentó en la butaca de madera y contempló el conjunto con la misma mirada ilusionada que tendría si se encontrara frente a su propia clase. Todo era nuevo, todo era perfecto.

Una pequeña caja de plumillas llamó su atención en un extremo de la mesa. La cogió y la abrió con cuidado.

—¿Quién es usted? ¿Qué hace aquí?

La voz masculina la sobresaltó hasta el punto de soltar la cajita como si quemara. Se levantó de golpe y, cuando se volvió hacia el dueño de la voz, no dio crédito a lo que vieron sus ojos.

—¿Usted?

Tenía enfrente al hombre que la había acusado de ladrona en el vagón, ese con quien no creía volver a cruzarse jamás. Por la expresión de su cara, él tampoco esperaba volver a toparse con ella, y menos en ese lugar. Todo en él le resultaba tenebroso y amenazador: su tez morena, el pelo fosco, negro, abundante y más largo de lo debido, pero sobre todo, esos ojos oscuros y afilados, que ya la habían sobrecogido en aquel tren. Aun así, consiguió farfullar:

—¿Por qué está usted aquí? ¿Acaso me ha seguido?

En cuanto formuló esta última pregunta se dio cuenta de lo ridícula que sonaba.

—¿Seguirla? ¿Qué dice? Está usted en mi aldea y en mi escuela. Quizá sea usted quien debería dar explicaciones de cómo ha entrado aquí sin permiso, como una furtiva —replicó él sin un atisbo de amabilidad en su rostro.

—¿Cómo se atreve...? —La voz de Micaela se quedó atascada por el asombro y la indignación. Sus ojos se clavaron en el rostro tenso del hombre y recuperando la compostura, dijo—: No soy una ladrona ni una furtiva, señor. Soy una dama respetable, educada en unos principios morales que quizá usted desconozca. En mi opinión, solo alguien ruin y despreciable podría decir eso de una señorita. Ya conoce el refrán, supongo... cree el ladrón que todos son de su condición. ¿No podría yo hacerle la misma pregunta, caballero?

El recién llegado cuadró los hombros aún más y la observó en silencio, de arriba abajo. Luego, en vez de disculparse y suavizar el enfrentamiento, pareció impulsado a hostigarla un poco más.

—Permítame dudar de que una dama respetable y educada se cuele en un lugar al que no ha sido invitada.

Micaela lo miró boquiabierta. Al igual que en su primer encuentro, sintió que una oleada de furor le ascendía a la cabeza nublándole la vista e, incluso, el entendimiento, porque bien sabe Dios que si hubiera tenido a mano cualquier objeto contundente —buscó de reojo el borrador del encerado—, habría sido capaz de lanzárselo a ese rostro que la observaba con sorna, como si obtuviera algún placer provocándola. Cuando se disponía a darle la réplica que se merecía, una voz irrumpió a sus espaldas:

—¿Señor Balboa? ¡Lo estábamos buscando! —Ambos

se giraron hacia un hombre robusto y cejijunto que había aparecido en el umbral de la puerta. Lo seguían un sacerdote de avanzada edad y otro hombre de aspecto gris, pese a su atuendo trajeado. Al descubrir la presencia de Micaela, el rostro del cejijunto pasó de la complacencia al desconcierto en apenas unos segundos—. Disculpe, pero ¿se puede saber quién es usted, señorita?

Estaba a punto de dar una contestación airada cuando apareció Amalia por la puerta con gesto alterado.

—¡Es mi prima, señores! Se llama Micaela Moreau Altamira. Buenos días, don Abel. —Amalia entró saludando al anciano cura con una inclinación de cabeza que este correspondió con sonrisa beatífica, y añadió—: Soy Amalia de Cossío, hija del marqués de Peñubia, de Comillas. —Avanzó unos pasos hasta llegar junto a Micaela, a quien contuvo con un gesto de tranquilidad—: Por favor, les suplico que la disculpen. Su único interés era conocer la escuela por dentro. ¿No es cierto, Micaela?

Todos los ojos se clavaron en ella, esperando una respuesta. Micaela apretó los labios y, por un segundo, consideró la posibilidad de exigir una disculpa a ese hombre arrogante que la había insultado, pero la mirada de anhelo de su prima la hizo desistir.

—Solo quería saber qué se siente al estar frente a una clase, aunque fuera sin alumnos. Confieso que me ha podido la curiosidad por ver la disposición de las aulas y los materiales con los que cuentan para enseñar —se volvió fulminando con la mirada al tal señor Balboa—, pero jamás, en ningún caso, se me hubiera ocurrido coger nada que no fuera mío, como usted ha insinuado, señor. Más bien al contrario, creo que les podría hacer alguna aportación en forma de ideas.

Balboa disimuló una leve sonrisa irónica.

—¿Como cuál, señorita? Estoy impaciente por escucharla.

—El aula carece de percheros para los abrigos. Y tampoco he visto borradores para el encerado, ni un escalón para alzar a los más pequeños. Y para las niñas...

—A esta escuela no vienen niñas, señorita —la interrumpió la voz aflautada del hombre gris—. Yo soy el único maestro y dudo de que pueda enseñar a más críos de los que ya hay. Y que yo sepa, esta no es una escuela mixta. Niños y niñas necesitan aprender materias diferentes, y yo no estoy aquí para enseñar labores domésticas.

—¡No pueden dejar a las niñas fuera! —exclamó Micaela—. ¡Aquí tienen espacio de sobra también para ellas!

—No es un problema de espacio, señorita —terció el que luego se identificaría como el alcalde, con tono conciliador—. El maestro, don Fidel, tiene razón. Niños y niñas no se pueden juntar. Por otra parte, las familias tienen muchas bocas que alimentar, hay mucho trabajo en la casa y no pueden prescindir de ellas, ni siquiera en invierno.

—¡Pues oblíguenlas!

—Micaela, creo que ha llegado la hora de marcharnos —la apremió Amalia en voz baja, con expresión avergonzada.

El alcalde se rio con una carcajada burlona que secundó el maestro. Sin embargo, cuando buscó la complicidad de Balboa, la risa se le heló en la boca al comprobar el semblante serio con que el indiano esperaba su respuesta.

—Señorita —carraspeó el alcalde—, con el permiso del señor cura, no conozco a nadie capaz de obligar a los montañeses a hacer algo que no quieran, salvo, quizá, el mayorazgo. Suficiente que mandan a uno o dos de sus hijos a la escuela, y no siempre. No creo que se pueda hacer nada. Y tampoco creo que a don José Trasierra le pareciera bien la idea.

—Hace un tiempo algunas chiquillas acudían a la sacristía y yo les enseñaba a leer con el catecismo, pero era poca cosa... —dijo el párroco, un hombre robusto pese a su edad, cuyo rostro tostado por el sol y el aire libre estaba surcado de miles de arruguitas que se fundían unas con otras al sonreír.

—¿Y si consigo convencer a algunas familias? ¿Admitirán a sus hijas? —espetó Micaela al alcalde y a don Fidel, que la miraba con hostilidad.

—Si usted consigue convencer a las familias, esta escuela admitirá a las niñas —replicó Balboa, anticipándose a la respuesta de cualquiera de los dos hombres.

—Pero, señor Balboa... —protestó débilmente el maestro.

Él le detuvo con un gesto firme.

—He financiado la construcción de una escuela porque estoy convencido de que, sin educación, nunca será posible el progreso en este país. Los niños de Ruiloba tendrán una formación completa, pero si alguna chiquilla de la aldea desea aprender, no seré yo quien se lo impida. Ni tampoco esta escuela. Espero que no me den motivos para retirar mi asignación anual al concejo para el mantenimiento de las instalaciones. Sería una tremenda decepción para mí.

Un silencio tenso se instaló entre los presentes. Amalia se removía inquieta, deseando abandonar una situación que la incomodaba profundamente. El alcalde y el maestro, aturdidos ante la firmeza de Balboa, optaron por callar y acatar. Y Micaela contemplaba ahora, entre el estupor y la curiosidad, a ese hombre de aspecto firme y maneras rudas que había salido en su defensa, o mejor dicho, en defensa de su causa a favor de las niñas de la aldea, como si no hubiera ocurrido nada entre ellos apenas un rato antes. No dudaba de que fuera un grosero, pero al menos era un grosero razonable y generoso que construía escuelas en una aldea olvidada por las instituciones. Que lo hiciera por afán de reconocimiento no venía al caso. Tampoco es que le interesaran mucho sus motivaciones. Lo verdaderamente importante ahora era convencer a las familias de que las niñas debían acudir a la escuela si querían para ellas un futuro algo mejor.

—¿Micaela? —el susurro apremiante de Amalia la distrajo de sus pensamientos—. Debemos irnos, se ha hecho tarde.

—Señorita Moreau, tenemos un trato. Si alguna familia desea darle educación a su hija, la escuela la acogerá como a cualquier otro alumno —dijo Balboa con el tono exigente de alguien acostumbrado a mandar.

Micaela se giró hacia él, en actitud desafiante.

—Señor Balboa, para mí esto no es un trato, es casi una obligación moral. Suya y mía —concluyó, agarrando a Amalia del brazo antes de dar media vuelta y abandonar el aula.

# 9

Héctor Balboa llevaba una semana instalado en Comillas y ya comenzaba a sentirse como tigre enjaulado en el inmenso caserón alquilado al juez Olano. El pueblo era pequeño; las ocupaciones productivas a las que podía dedicarse, escasas. Durante los primeros días se había concentrado en revisar papeles y documentos atrasados de sus negocios, pero una vez que se puso al día, la limitada actividad del lugar le empezó a apretar como una camisa dos tallas menor. No encontraba distracciones suficientes para su espíritu inquieto. Tampoco le ayudaba mucho el asunto de Candela. Desde hacía dos semanas esperaba con impaciencia noticias de uno de los dos hombres que había contratado para que averiguaran su paradero siguiendo su rastro en Laredo, después de que la pista de Torrelavega resultara un fiasco.

Por eso, comenzó a salir temprano a cabalgar por los valles que se sucedían entre Comillas y Ruiloba, esos caminos que había recorrido a pie en uno y otro sentido durante su niñez. De vez en cuando se internaba en el bosque a seguir el rastro de zorros o jabalíes, como le enseñó su padre; alquiló una barca con la que salió a navegar un par de mañanas hacia la costa asturiana y entabló largas conversaciones con algunos pescadores a fin de conocer a fondo la actividad del puerto y sus fábricas de salazones. Los más ancianos todavía sentían nostalgia de aquella época dorada en la que Comillas era puerto ballenero.

Solo de vez en cuando se dejaba caer por uno de los cafés del Corro Campios en donde escuchaba con atención distraída las discusiones de un grupo de hombres a los que todo el mundo parecía conocer menos él. «Ese de ahí —le susurró una mañana el camarero, señalando con la barbilla a un señor ya maduro con unos bigotes sobresalientes, al estilo galo— es don José María Pereda, insigne escritor e hijo de la villa, y el otro es don Benito Pérez Galdós, el famoso novelista, que suele hacernos una visita durante su veraneo en Santander.» Jamás había oído hablar de ellos. Lo único que él atinaba a leer era el *Boletín del Comercio* con la información de las operaciones mercantiles de las compañías navieras. Allí sentado, entre el humo de los habanos y el sabor áspero de los carajillos, aguardaba con paciencia la hora de la partida de bolos en que se enzarzaban paisanos y señores, en esa misma plaza. En cuanto la aguja del reloj llegaba a la hora en punto, Balboa abandonaba el café, se desprendía de su chaqueta, se arremangaba las mangas de su camisa y se lanzaba al juego con la misma energía y agresividad que empleaba en sus negocios.

Al poco de instalarse en Comillas, acudió invitado de la mano de don Manuel, conde de Saro, a una solicitada tertulia vespertina, donde empezó a darse a conocer entre los señores más relevantes de la villa gracias a sus comentarios sobre las industrias metalúrgicas que había conocido en Portsmouth y las oportunidades que consideraba aplicables en España. Si en Santander abundaban los nobles poco dados a la actividad empresarial e industrial, Comillas reunía en verano a un grupo numeroso de empresarios catalanes, vascos y también algún madrileño, empeñados en introducir avances técnicos en sus industrias. Fue una de esas tardes de copa y puro cuando oyó mencionar en una conversación cazada al vuelo que se estaba gestando un gran proyecto metalúrgico en Vizcaya. Por más que quiso saber otros detalles, no obtuvo sino miradas suspicaces ante su demostración de curiosidad. En cualquier caso, ya fuera por la presencia de don Manuel o por su propia condición de indiano, no tardó en sentirse arropado por el círculo de descendientes de otros indianos ilustres como Eusebio Güell, Bernardo Pérez, o el propio don Claudio, que lo acogieron bajo su protección en una especie de homenaje a sus propios progenitores, indianos todos. En esa misma velada, el señor Güell le invitó a un recital de música en su casa y un día después, don Claudio quiso que se uniera a la comitiva de potentados industriales que iban a visitar una abadía cisterciense cercana. «Usted sígale la corriente, nos ha salido un marqués beato», le aconsejó el conde de Saro al oído, por lo que aceptó sin rechistar, pese a que desde hacía tiempo mantenía una relación distante con Dios y con la Iglesia.

Así consiguió introducirse en el pequeño círculo de la alta sociedad comillana al que pertenecían las tres jóvenes señoritas que había seleccionado minuciosamente Herraiz como posibles esposas afines a sus intereses.

—La primera es la señorita Loreto Lizarra, hija de don Carlos Lizarra, conde de Salinas —le explicó Herraiz cuando le preguntó por ella—. El conde es todo un personaje: culto, dinámico, audaz. Ingeniero formado en la prestigiosa escuela de Lieja. Desde que se quedó viudo, vive a caballo entre Santander y Bilbao, de donde es oriundo; visita Londres y París con asiduidad en compañía de su hija, a la que adora. Eso no quita para que sea un hombre campechano, con don de gentes, lo cual le ha hecho granjearse buenos amigos y cierta influencia en las altas esferas de Madrid. Su primogénito está prometido con la hija menor de una familia muy conocida de Comillas, los Sánchez de Movellán. Si algo se le puede criticar a don Carlos es un cierto talante derrochador: no escatima en gastos si tiene dos duros en el bolsillo, al contrario que su hermano, Ángel Lizarra, parco en palabras y en simpatía. Ambos son socios de la sociedad propietaria de las minas de Somorrostro y de una ferrería en Bilbao que, mal que bien, va funcionando, aunque ya no es como antes, cuando suministraban hierro para la construcción de las líneas de ferrocarril del norte. Con el ferrocarril amasaron una buena fortuna —el abogado hizo una pausa, como si hiciera memoria—; con el ferrocarril y con el suministro de hierro para cañones. Si el rey le otorgó el título de conde, fue precisamente por su contribución al armamento de las tropas que marcharon a Cuba. Pero desde hace unos años ni el ferrocarril precisa tanto hierro, ni el Estado paga sus deudas, ni hay tanta revuelta que sofocar en las Antillas, así que corren rumores de que el conde de Salinas anda muy justo de capital. Y ahí entraría usted. Creo que don Carlos estaría más que dispuesto a entregarle la mano de su hija al primero que se presente con el aval de un buen patrimonio a sus espaldas. La señorita acaba de cumplir los diecisiete años, pero aseguran que es muy agraciada: tengo entendido que la persigue una nube de moscones siempre revoloteando a su alrededor.

—¿Diecisiete años? Le doblo la edad. ¿No es demasiado joven para mí, Herraiz? Ya soy lobo viejo para ternuras y enamoramientos.

—Le valdría con un acuerdo de compromiso hasta que la niña cumpla los dieciocho, si lo prefiere. Le aseguro que ha habido matrimonios exitosos mucho más desiguales en edad. Basta con que cada uno cumpla con su deber —respondió el abogado con sonrisa cínica; él mismo había redactado más de uno de esos acuerdos matrimoniales. Y prosiguió—: La segunda es Carmen Muñoz, una joven educada en los mejores colegios europeos que acaba de regresar a España tras varios años de estancia en Suiza. Es la primogénita de don Álvaro Muñoz, dueño de varias explotaciones mineras en León y Asturias. Ha logrado la concesión para explotar una mina de hierro y anda buscando contactos comerciales en Inglaterra. Se oye por ahí que Cánovas del Castillo le adeuda un título nobiliario, vaya usted a saber a cambio de qué. Es un hombre pegado a la tierra, con buen olfato para los negocios pero pocas habilidades para las relaciones sociales. El pobre solo ha engendrado hembras, así que la joven está destinada a ser una de sus herederas. Asociarse con alguien como usted le resultaría muy provechoso, no solo en lo económico: también conseguiría el hijo tan ansiado que le ayudara en sus negocios. Y la tercera es la hija del marqués de Peñubia...

—Me suena ese nombre... —le interrumpió Balboa, haciendo memoria—. ¿Es Amalia de Cossío? La conocí de manera fortuita hace unos días, en la escuela de Ruiloba. A ella y a su prima, Micaela Moreau...

—De su prima no tengo noticia. Ese apellido no lo he oído antes por aquí.

—Supongo que no. La señorita Moreau no responde exactamente al modelo de joven heredera.

Recordó ese rostro, que podría pasar inadvertido si no fuera por el azul vivaz de sus ojos, la expresión asombrada al escuchar cómo dudaba de su respetabilidad, su gesto tenso, deliciosamente incendiario, sus labios entreabiertos dispuestos a lanzarle su réplica acerada como la punta de una flecha. Todo lo que vio en ella se resumía en una sola palabra: petulancia. No soportaba a ese tipo de mujeres que esgrimían su clase o su educación como excusa para colocarse en una posición superior al resto de los mortales, como si se hubieran arrogado el papel de guardianas de los valores supremos de la moralidad y el buen gusto. Y aun así... Sonrió para sus adentros. Micaela Moreau irradiaba fuerza y vitalidad por cada poro de su piel.

—El marqués de Peñubia apenas posee tierras, pero sí una fortuna considerable que administra con buen tino. Es persona muy respetada por su discreción y mantiene excelentes relaciones por derecho propio tanto con las familias de más linaje de la región a las que pertenece, como con los comerciantes más adinerados —continuó Herraiz, totalmente ajeno al comentario de Balboa—. Más allá de eso, no se sabe si es canovista o liberal, si aboga por el progreso o por las tradiciones, si viene o si va. —Hizo una pausa antes de concluir—: Las tres jóvenes están solteras y aún sin compromiso... aparente, al menos.

Héctor se levantó pensativo de su butaca orejera y se acercó a la mesa de billar, donde colocó las bolas, una por una, dentro del triángulo. Después eligió uno de los tacos que tenía el viejo juez colgados de la pared.

—Me han invitado a uno de esos recitales de música que tanto gustan por aquí. Lo organizan los señores Güell en su casa —dijo, inclinándose sobre el tapete verde en busca de la mejor posición de golpeo—. Quizá sea una buena ocasión para presentar mis respetos a los padres de las señoritas.

—Y si tiene la fortuna de coincidir con ellas allí, podrá valorar usted mismo —añadió Herraiz.

Balboa limó el taco entre los dedos con fluidez hasta que le dio un golpe seco y contundente a la bola, que impactó con fuerza en el resto, desperdigándolas por todo el tapete. Embocó cuatro bolas en las troneras. Satisfecho, se volvió hacia su abogado y preguntó:

—¿Qué sabemos del cargamento de esclavos de Trasierra?

—Sabemos que un alma caritativa, convenientemente recompensada, liberó a esos pobres hombres y mujeres la noche anterior a que fueran subastados en una puja clandestina en La Habana, señor Balboa —respondió con suavidad el abogado mientras rodeaba la mesa con su taco ya en la mano—. El señor José Trasierra ha perdido todas las ganancias que pensaba obtener con ese barco y me temo que su deuda no ha hecho sino aumentar, no solo por esta operación fallida sino también por sus continuas pérdidas en el juego. Se le vio hace unos días salir de la oficina del Banco Santander donde trabaja uno de sus amigos, Núñez de Soto. Tal vez pretenda renegociar su préstamo, pero dudo de que este quiera arriesgar su puesto y avalar una vez más a su amigo. Así pues, en estos momentos es usted el dueño de dos de sus fincas: Entrerríos y Las Jarillas, así como uno de sus principales acreedores, siempre oculto tras una sociedad con sede en Londres, por supuesto. O mucho me equivoco o, en apenas unas semanas, don José Trasierra se verá obligado a entregar su más preciada pertenencia: su casa solariega y la tierra circundante. Y en ese instante, señor Balboa, Casa Trasierra pasará a ser de su propiedad.

Héctor Balboa no sonrió al escuchar la noticia. Se limitó a raspar la tiza sobre su taco, lentamente, a conciencia, con la obstinación de quien no halla camino para el perdón. Ni tan siquiera para sí mismo.

# 10

Micaela amaneció tan temprano que la criada se asustó al verla aparecer en el comedor dispuesta a desayunar, aunque fuera una simple taza de chocolate. Ni su tía ni sus primas solían levantarse antes de la diez de la mañana, y ella no aguantaba dando vueltas y más vueltas en la cama, al hilo de sus pensamientos.

—Dolores, por favor, dígale a mi prima Amalia que he salido a dar un paseo por los alrededores, y a Ana, que volveré a tiempo para su clase —le dijo a la criada cuando le vino a traer la bandeja con el chocolate.

Se puso su falda de paseo más cómoda, una blusa de tejido ligero, se calzó los zapatos ingleses y se colocó su sombrero de paja. Titubeó un instante antes de renunciar a la sombrilla; el cielo estaba encapotado y nada indicaba que pudiera abrirse a los rayos del sol. Recorrió con paso seguro la calle empedrada de los Arzobispos hasta dejar atrás la iglesia, subió al Corro San Pedro y de ahí tomó la vía que partía del pueblo en dirección a la playa.

Al llegar al muelle, respiró hondo ante la visión del mar revuelto, el graznido de las gaviotas revoloteando en la orilla, la brisa fresca de la mañana acariciándole la cara. Observó las maniobras de un barco que zarpaba mar adentro, dejando una estela de espuma tras de sí, hasta convertirse en un punto insignificante en el horizonte de nubes grises. Luego, siguió la línea de la playa alejándose del muelle. Se aventuró a encaramarse a unas rocas en las que rompían las olas con fuerza impenitente, en un movimiento hipnótico. Podría quedarse allí horas y horas, embriagada por esa sensación de plenitud y brío tan liberadora. En vez de eso, se levantó, dio media vuelta y tomó un sendero que se alejaba de la costa hacia el interior y ascendía por un pequeño cerro abriéndose paso entre matorrales.

Al llegar a la cima, con la respiración entrecortada por el esfuerzo, oteó el paisaje que se extendía ante ella: una sucesión de montecillos cubiertos de suaves mantos de hierba, grupitos de árboles, algunas casas dispersas por aquí y por allá. A lo lejos sobresalía el campanario de piedra de una iglesia y algo más allá creyó distinguir el tejado de la escuela de Ruiloba, de un rojo reluciente. Tomó la senda que descendía por el valle en esa dirección entre brezo y matorrales. Sus dedos arrancaron ramitas de lavanda y romero crecidas junto al camino, impregnándose de su olor. Mojó su pañuelo en un regato para refrescarse la cara, la nuca, el cuello.

En un recodo se cruzó con dos aldeanas que iban a lavar

ropa, y que enmudecieron a su paso, como si hubieran visto a la mismísima reina Isabel.

—¿Me pueden decir si este camino llega hasta Ruiloba?

—Sí, señorita. Siga todo tieso y llegará al barrio de la iglesia.

No iría a la iglesia, sino a la ermita que le había señalado aquella niña, Teresa, el día en que fueron a la escuela. Dijo que vivía justo al lado, y puesto que había llegado hasta allí, no veía por qué no aprovechar el paseo para comenzar su campaña a favor de la escolarización de las chicas de la aldea. Mientras ascendía por la loma donde se encontraba la ermita pensó cómo abordar a los padres para que no se sintieran ofendidos o incluso humillados, en caso de que no pudieran enviar a sus hijos a la escuela por falta de dinero. La escuela era gratuita pero había una serie de gastos —libretas, polvo de tinta, batas y algunas cosas más— que deberían asumir ellos.

La cabaña se alzaba aislada en un extremo del prado, más allá de la ermita. Era pequeña, destartalada, construida a base de piedras de distintos tamaños que encajaban a la perfección unas sobre otras, al igual que el murete que la rodeaba. Reinaba un silencio absoluto, roto únicamente por el sonido de unos cencerros lejanos. Al aproximarse más, distinguió la figura de una mujer con un bebé sentado a horcajadas en la cintura, que alimentaba a tres gallinas escuálidas en un lateral de la casa.

—Disculpe, señora. ¿Vive aquí una niña llamada Teresa Gómez?

La mujer alzó la cabeza y clavó en ella los ojos hundidos. El niño, con la cara sucia de chorretones, espantó unas moscas molestas y se metió el dedo en la boca.

—¿Qué ha hecho ahora mi hija? ¿Quién la busca? —le espetó de mala manera.

—No ha hecho nada, tranquilícese. —Esbozó una sonrisa amable con la que intentó ganar su confianza, e hizo una carantoña al bebé, que se aferró a su madre—. Me llamo Micaela, soy maestra. He conocido la escuela nueva y el concejo me ha encomendado la labor de visitar a las familias de la aldea para saber cuántos niños y niñas asistirán a clase el próximo curso. Sobre todo nos interesa saber el número de niñas, puesto que hasta ahora parece que no acudía ninguna. —Puede que ni el señor Balboa ni el alcalde lo hubieran expresado exactamente así, pero decidió que atribuirse esa misión era lo más apropiado en este caso. Luego preguntó con suavidad—: ¿Ustedes han pensado en enviar a su hija a la escuela?

—La niña ya sabe todo lo que necesita saber.

—¿Sabe leer, escribir, aritmética, geografía...? —insistió Micaela, que detectó un leve movimiento junto a la puerta. Al fijarse, entrevió los ojos color carbón de Teresa asomados al resquicio, observándola.

La madre se acomodó mejor el bebé en la cadera y respondió:

—El cura le ha enseñado las letras, y sabe sumar y restar, lo hace con las monedas de lo que vendemos en el mercado. Eso es todo lo que necesita.

—La educación de niños y niñas por igual es necesaria para que puedan salir adelante. Ni la aldea ni España pueden progresar si solo educamos a la mitad masculina de la población. —Micaela se sacó el pañuelo humedecido y, despacio, como si fuera algo natural, se acercó a limpiarle la carita al crío, sin que la madre tuviera tiempo de apartarse. Mientras lo hacía, adoptó un tono más suave—: Por la boca entran las enfermedades, ¿sabe usted? Lo dicen los doctores. Debe lavarle la boca y las manos a su hijo con frecuencia, y si es con algún jabón, mejor. Y, al menos dos veces por semana, báñelo entero en agua templada, que esté limpio.

La mujer se quedó mirando la carita sonriente de su hijo. Le repeinó el cabello oscuro, le apartó las moscas con manotazos al aire. Micaela retomó el hilo de su discurso.

—Eso también se lo enseñan en la escuela a las niñas. Eso y otros conocimientos, porque las niñas son tan importantes para el futuro como los niños. ¿No quiere que su hija lleve una vida algo mejor que la suya? ¿Que pueda salir de aquí algún día?

—Si pregunta por ahí, le dirán que nuestra Teresa es la mejor moza que puede esperar un muchacho de por aquí. Es lista como un lince y fuerte como una mula. Puede hacer lo que se le ponga por delante.

—Si tan lista es, podría aprender todo lo que quisiera y encontrar otra manera de ganarse la vida.

Un hombre bajo y robusto emergió de entre los árboles cercanos con un cepo en la mano. Caminaba hacia la cabaña a grandes zancadas, seguido casi a la carrera por el hermano de Teresa, que llevaba colgados al hombro, como si fueran unas alforjas, dos conejos muertos atados a una cuerda.

—¿Qué ocurre? —espetó él nada más verla.

—Esta, que dice que Teresa tiene que ir a la escuela —dijo la mujer, señalando a Micaela con el mentón—. Ya le he dicho que allí no se le ha perdido nada a la niña. No les enseñan nada útil —aseguró, con menos convencimiento.

—Pero el niño sí va —dijo Micaela mirando al chaval, que se había quedado dos pasos por detrás de su padre.

—El niño debe aprender a leer, a escribir y todo lo que tengan que enseñarle; solo así podrá ganarse un buen jornal fuera de aquí, lejos del mayorazgo. Y si la cosa sigue así de mal, quién sabe si tendrá que marchar a la ciudad para ganarse la vida. Aquí no hay futuro.

—¿Y para Teresa sí lo hay?

La mujer bamboleó al niño ya inquieto, miró a su marido de reojo y bajó la vista a los conejos muertos que el chico había dejado sobre una bancada. El bebé empezó a llorar.

—Hay lo que hay —respondió el padre, taciturno, arrojando el cepo a un rincón, contra el muro de la casa.

—La nueva escuela tiene aula para las niñas y materiales escolares. Ustedes no tendrán que gastar en nada. —Otra pequeña verdad a medias totalmente justificada, se dijo Micaela. Si era necesario, ya se encargaría ella de conseguir que las niñas tuvieran todo lo que necesitaban.

—Es un tiempo perdido, y la madre necesita mucha ayuda con las labores de la casa, el huerto y los animales —zanjó el padre.

—¿Esto es lo que quieren para su hija? ¿La misma vida que llevan ustedes? —les recriminó Micaela sin poder contenerse.

—Váyase. Usted no sabe cómo es la vida aquí —le escupió la mujer, enfrentándola con ojos brillantes—. Solo es una señorita de ciudad que cree que lo sabe todo.

Micaela sostuvo con firmeza la mirada de la mujer, quien, finalmente, se giró dándole la espalda. La cabeza de Teresa había desaparecido del resquicio de la puerta.

# 11

Micaela descendió por el camino con paso rápido e indignado. Se arrancó los guantes de las manos, humedecidas por el sudor de los nervios. Toda esa miseria, toda esa cerrazón fruto del miedo a lo desconocido, a ver más allá de aquellos prados y montes, como si el mundo no tuviera nada que ofrecerles fuera de esa estrecha franja entre el mar y la montaña. Y no es que se lo reprochara, no, que nadie tenía la culpa de que esas pobres gentes no conocieran algo mejor, pero ella tampoco se rendiría. ¡No, señor! Solo la educación podría salvarlos de la miseria, de la cerrazón, de sí mismos. La próxima vez se prepararía más, pensaría la mejor forma de convencer a los padres, uno a uno, hasta lograr que Teresa y las otras niñas de la aldea tuvieran las mismas oportunidades que sus hermanos. Eso haría.

Se había levantado algo de viento. El sol salió de entre las nubes y cayó con fuerza sobre ella, deslumbrándola. Le propinó un puntapié a una piña con tan mala suerte que resbaló y dio con sus partes traseras contra la tierra polvorienta del camino. Gimió al verse en el suelo despatarrada, la falda alzada por encima de las rodillas, la manga rasgada en el codo, la palma de la mano magullada. Con un suspiro, se dejó caer de nuevo hacia atrás, y contempló el cielo cambiante. Lo que más le dolía no era el golpe en la rabadilla ni las escoceduras en la piel, sino la impotencia que le tensaba todo el cuerpo. «Eres tonta, Micaela, tonta y arrogante por pensar que con un puñado de buenas palabras y promesas vagas podrías convencer a todo el que te escuchara, como si fueran niños pequeños...»

—Eso te pasa por presuntuosa —se dijo en voz alta.

Al cabo de unos minutos, se puso en pie despacio, sacudiéndose el traje cubierto de briznas secas y polvo del camino. Se limpió con un poco de saliva los rasguños de la mano. El olor a lavanda todavía impregnaba su piel.

No escuchó el ruido del galope del caballo hasta que lo tuvo casi encima, a sus espaldas, y se echó rápidamente a un lado del camino sin mirar siquiera.

—¡Señorita Moreau! ¿Qué hace usted por aquí?

Micaela se giró nada más escuchar la voz grave y autoritaria, tan reconocible. Ante ella estaba ese hombre, el indiano, montado a lomos de un magnífico caballo negro que resaltaba su exótica vestimenta en tonos claros, desde la chaqueta de hilo en color crema hasta el sombrero de jipijapa, hundido hasta las cejas, lo cual le daba un aspecto inquietante. Él se tocó el ala del sombrero en un saludo cortés.

—He venido a cumplir mi parte del trato, señor Balboa. Vengo de hablar con la familia de una niña que vive más allá de la ermita.

—¿Usted sola?

—¿Acaso cree que necesito una carabina para moverme por su aldea? Soy una mujer hecha y derecha, no una niña perdida y asustada.

—Yo no he insinuado tal cosa.

Aguantó muy digna la mirada escrutadora del indiano, a quien no se le escapó ni su falda polvorienta ni el desgarrón de su manga, ni su sombrerito, que yacía boca arriba a un lado del camino. Para sorpresa de Micaela, desmontó del caballo con una elegancia impropia de las piernas fuertes y vigorosas que se adivinaban bajo los ceñidos pantalones de montar, y le preguntó:

—¿Se ha caído?

En ese momento fue consciente de su aspecto desaliñado, del moño casi deshecho en mechones sueltos que le caían sobre la cara y que retiró como pudo detrás de sus orejas. Las sienes le sudaban y sentía la piel polvorienta como una veladura reseca. El bochorno que sintió de pronto fue tal que no dudó en darle la espalda e ir en busca de su sombrero. Ahogó un gemido de dolor al agacharse a recogerlo del suelo. Estaba lleno de polvo. Tras sacudirlo un poco, se lo colocó con gracia sobre la cabeza. Por supuesto, no pensaba mostrar ni un ápice de debilidad ante don Grosero Balboa.

—He resbalado, simplemente —respondió ella.

—¿Se ha hecho daño?

—No, muchas gracias por su interés. Ha sido una caída tonta. Estoy perfectamente, como puede observar.

En efecto, sintió toda la atención inoportuna de Héctor Balboa concentrada en ella. Sus ojos descendieron hasta sus labios y de ahí, resbalaron a la pequeña hendidura que dividía su barbilla en dos, heredada de su padre.

—Déjeme mirarle el codo. —Y antes de que pudiera retirarse, ese hombre le había cogido el brazo y con dedos diestros, le palpaba con suavidad el hueso y la carne alrededor—. ¿Le duele?

Micaela negó con la cabeza y sin apartar los ojos de sus manos, le preguntó:

—¿Es usted médico?

Tardó en responder.

—No, solo he visto muchos codos dislocados entre los hombres de la explotación de caña de azúcar que poseía en Cuba. Yo mismo sufrí de ello durante la primera siega. —Le dobló el brazo varias veces sin notar nada anormal. Parecía increíble que esas manos toscas que doblaban en tamaño las suyas pudieran palpar con tanto tiento y delicadeza, pensó Micaela absorta en los movimientos lentos de Balboa sobre su antebrazo—: Tiene los huesos duros, señorita Moreau.

—Gracias a Dios, debo de haber heredado la naturaleza robusta de mi padre y no la fragilidad de mi madre —dijo, al tiempo que le hurtaba la mano en un gesto inconsciente al sentir el contacto de sus dedos sobre su piel. La cercanía de ese hombre, tan rudo en un momento dado como amable al siguiente, la alteraba.

—Y dígame —inquirió él sin dejar de mirarla—, ¿ha tenido usted éxito en su tentativa de persuasión?

Ella desvió los ojos hacia el final del camino, donde aún podía ver la campana solitaria de la ermita sobresaliendo de entre las copas de los árboles, y resopló con los últimos gramos de indignación que le quedaban.

—Son gente obstinada. Están convencidos de que la niña sabe todo lo que necesita saber para sobrevivir aquí y acabar viviendo en una cabaña aislada en el monte.

—Apuesto a que tienen razón.

—Pero no se trata de eso. —Alzó la vista y lo desafió con la mirada—. Lo que ahora sabe no la sacará de la pobreza en la que viven; sin embargo, todo lo que pudiera aprender en la escuela le daría una mínima oportunidad de mejorar en la vida. Y, sobre todo, ella y el resto de las niñas como ella se darían cuenta de que poseen la misma capacidad de aprender y razonar que sus hermanos varones. Que no son menos inteligentes que ellos, como muchos creen y les hacen creer. —Hizo una pausa para tomar aire y serenarse—. ¿Usted también es de esa opinión?

—Yo juzgo lo que conozco, señorita Moreau. Sobre lo que no sé, no opino —respondió sin inmutarse—. Si le vale como respuesta, no creo que usted tenga menos inteligencia que muchos de los caballeros a los que trato...

—¿No tiene hermanas?

Héctor Balboa se volvió hacia la montura de su caballo, sujetó el estribo y ordenó en tono grave:

—Monte.

—¿Siempre es usted así de autoritario? Debería aprender a pedir las cosas por favor, como los niños pequeños.

Él hizo caso omiso.

—La llevaré de vuelta a Comillas.

—No necesito que me lleve, señor Balboa. Y tampoco sería apropiado.

Más que la compañía de alguien como él, le preocupaba que algún conocido de sus tíos la viera llegar de esa guisa, con la blusa rasgada, el peinado casi deshecho, la falda arrugada como si hubieran estado retozando juntos en un prado.

—Entonces me permitirá acompañarla a pie. —Quería ser una sugerencia, pero en su boca sonó como una imposición que enseguida matizó con un deje burlón que a ella no le pasó desapercibido—: ¿Eso le parece apropiado..., por favor?

Micaela guardó silencio, pero no lo rechazó. Echó a andar resuelta sin esperarle, atenta al sonido de los cascos del caballo a su espalda. Lo oyó llegar con paso firme hasta alcanzarla, y al mirarlo de reojo, vio que se había desprendido de la chaqueta y caminaba a su lado.

—¿Se burla usted de las buenas maneras o se burla usted de mí? —le recriminó Micaela.

—No osaría burlarme de usted, señorita Moreau. Por lo poco que la conozco, no dudo de que sería capaz de darme una azotaina en su regazo como a una de sus alumnas revoltosas y entonces yo me vería obligado a... —Debió de terminar la frase en su mente, porque Micaela vio dibujarse en su rostro una sonrisa perversa.

—Se vería obligado a... —Se descubrió atenta a cada gesto de ese hombre impredecible que no acertaba a entender.

—No quiera saberlo —le dijo sin perder la sonrisa—. Tiene usted la virtud de sacar mis peores instintos.

Ella parpadeó sin comprender a qué se refería. Creía estar manteniendo una conversación del todo decente con un caballero, pero su intuición le decía que se había adentrado en terreno desconocido y resbaladizo. «Más te vale plegar velas en busca de tierra más firme que pisar, Micaela.»

—¿Nació usted aquí? —preguntó ella por cambiar de tema.

—Sí. Nuestra casa estaba al otro lado de la aldea, en una ladera, cerca del arroyo. —Balboa extendió el brazo hacia un punto lejano más allá del campanario de la iglesia, en lo que parecía un pequeño valle—. Ya no queda de ella más que dos muros medio derruidos y una techumbre quemada. Los pastores se han debido de llevar las piedras para sus propias cabañas en el monte.

—Muy alejada de la aldea parece...

—A mi padre no le gustaba estar a tiro ni del mayorazgo ni de don Abel, el párroco a quien conoció el otro día. —Sus rasgos se suavizaron ante el destello de algún recuerdo grato que le arrancó una sonrisa de nostalgia—. Ese cura tozudo se empecinaba en tomar el camino más largo y tortuoso hasta Ruiloba solo por darse el gusto de visitarnos y fastidiar así a mi padre, que no comulgaba ni con el poder ni con la Iglesia. Pero mi madre lo invitaba a sentarse con nosotros a la mesa, le ponía un plato de potaje delante, y él se sacaba de debajo de la sotana un evangelio de cuero sucio y manoseado, con el que nos enseñaba a leer palabras que no habíamos oído en nuestra vida.

—¿No fueron a la escuela?

—La escuela más cercana estaba en Comillas y en casa había mucha tarea por hacer, como bien dijo el alcalde. Las cosas no han cambiado tanto desde que me fui. A nosotros nos bastaba con lo que nos enseñaba don Abel, al menos hasta entonces. Luego, todo lo que he necesitado saber en la vida lo he ido aprendiendo por mí mismo, de unos, de otros.

Había un rastro de orgullo en su voz que no sorprendió a Micaela. Salir de esa aldea y llegar al otro lado del océano para hacer fortuna no estaba al alcance de cualquier espíritu. Se necesitaba mucho carácter, mucho coraje, grandes dosis de desesperación quizá, para abandonar todo lo conocido y lanzarse a un destino incierto.

—No hay nada vergonzante en que le enseñen a uno, señor Balboa. Yo misma podría estar toda la vida aprendiendo de otras personas, si fuera posible. También de usted, si me apura —murmuró, inclinándose hacia la orilla del camino para arrancar un ramillete de espigas de lavanda que se acercó a la nariz—. Si los rumores que corren sobre usted son ciertos, dudo de que encontrara mejor mentor en el arte de extraer el mayor provecho posible a la asignatura de comercio y multiplicar así mi capital.

—¿Eso pretende de mí?

Ella se rio con una carcajada despreocupada que se elevó sobre los árboles como el trino de un pájaro.

—No, por Dios, señor Balboa. Mi capital no daría ni para apostar en una partida de naipes, quédese tranquilo.

Pero cuando le miró de reojo, más que tranquilizarse, vio que el señor Balboa la observaba con una expresión inquietante.


Micaela se despidió de él a la entrada de la villa y enfiló con paso alegre la calle que la llevaría a la casa de sus tíos. No bien hubo traspasado el umbral de la puerta, percibió el ambiente tenso que se respiraba en la casa. El ama de llaves le indicó que la marquesa la esperaba en su gabinete.

—Hágame el favor de decirle que voy enseguida, Dolores. Voy a adecentarme un poco.

—Ha dado orden de que acuda nada más llegar... —musitó la mujer.

—No tardo nada, ande. En el tiempo que usted la avisa, yo me retoco —dijo, apresurándose hacia su dormitorio.

Se quitó la blusa desgarrada, se humedeció el rostro acalorado, el cuello y la nuca sudorosa, y se puso una blusa limpia. El espejo ovalado sobre el aguamanil le devolvió una cara risueña y resplandeciente, que no sabía si atribuir al brillo inusual de sus ojos azules, al rubor de sus mejillas o a la tonalidad luminosa de su piel. O al señor Balboa y su conversación amable, para qué engañarse. Sus manos volaron a recoger el moño con presteza, lista para presentarse ante la tía Angélica, que la instó a entrar con voz seca en cuanto tocó a su puerta.

La marquesa la recibió de pie, con gesto adusto, de espaldas al mirador de cristales en cuarterones que enmarcaban los colores y formas de los árboles del jardín. Vestida con un severo traje granate con puntilla hasta el cuello, muy distinto a su habitual indumentaria de colores suaves, su tía la examinó de pies a cabeza, como si quisiera descubrir algo en su figura.

—Siéntate, Micaela. —Con la varilla de su abanico le señaló una butaca de tamaño casi infantil junto al soberbio butacón de terciopelo en cuyo respaldo ella se apoyaba, y esperó a que su sobrina tomara asiento antes de proseguir con exagerada afectación—: Cuando el marqués y yo te invitamos a pasar una temporada con nosotros, no dudamos ni por un instante de que serías un ejemplo de conducta y comportamiento para nuestras hijas. Tu tío es una persona muy conocida y respetada en toda Santander, pero especialmente en Comillas, sede de su marquesado, y no querría que hubiera ninguna tacha o murmuración sobre ningún miembro de nuestra familia que pudiera manchar su buen nombre.

—No entiendo qué quiere decir con eso, tía —respondió ella desconcertada.

A lo cual la tía replicó de inmediato, con una inflexión agria en la voz:

—No es digno de una señorita salir a pasear sola a horas intempestivas de la mañana por esas calles, como si fueras una buscona regresando de la casa de algún señor.

El impacto de sus palabras la dejó un segundo sin habla, boqueando ante el semblante grave de su tía. Por fin atinó a pronunciar una débil defensa:

—Únicamente he atravesado el pueblo en dirección a las afueras, tía. En Madrid, cuando se marchó a Cuba mi prometido, cogí la costumbre de salir a despejarme a primera hora de la mañana caminando hasta el parque de El Retiro. Me ayudó mucho a desahogarme de la pena. Salía a diario con mi padre y, a su muerte, continué con esa rutina. Créame si le digo que no pensé que pudiera haber en ello nada deshonroso para la familia. ¡Cuánto lamento haber hecho algo inconveniente sin saberlo!

El gesto de su tía se suavizó un tanto. La miró pensativa unos segundos, al cabo de los cuales rodeó despacio el butacón para sentarse en él junto a Micaela.

—Entiendo. Cada una sabe cómo mantener a raya sus tristezas, ¿verdad? A mí me dio por bordar hasta sangrar las yemas de mis dedos —musitó casi para sí misma. Luego, como si quisiera apartar algún recuerdo doloroso, dijo—: Madrid es una capital grande y populosa en la que estas pequeñas manías tuyas pueden pasar desapercibidas. Sin embargo, esto es una villa en la que todos nos conocemos, Micaela. Y si no te conocen, ten por seguro que vigilan el menor traspiés de las incautas como tú para así amenizar los cotilleos de tertulias y veladas. —Suspiró al tiempo que posaba su mano regordeta sobre la de Micaela en un gesto que quiso ser cariñoso—. No es propio de una dama salir a pasear sola por esos caminos de Dios, así como tampoco lo es andar correteando por ahí como si fueras una niña, hija mía. ¡Mírate los colores que traes!

Micaela recordó su aspecto lozano y saludable al mirarse en el espejo.

—Caminar me hace bien para airear la mente y estimular la circulación de mis piernas, tía. No quisiera dejar de hacerlo, si es que hubiera algún modo de evitar las murmuraciones para no perjudicarles.

Su tía Angélica desplegó su abanico y comenzó a darse aire despacio, al ritmo de sus pensamientos.

—El único modo apropiado es que salgas acompañada de tu doncella, querida —dijo al fin—. Y si os alejáis en demasía de Comillas, convendría que os siguiera Conrado en la calesa, por lo que pudiera pasar.

—¡¿El cochero?! Pero, tía..., resultaría ridículo. —Rio quedamente hasta que se cruzó con la mirada inflexible de su tía. Entonces agregó—: Concédame al menos que solo nos acompañe el cochero alguna mañana que tenga pensado llegar hasta Ruiloba.

Su tía enarcó una ceja, escéptica.

—¿Y qué se te ha perdido a ti en Ruiloba?

Algo en el tono de su tía la alertó de que había hablado más de la cuenta.

—Nada, tía. Tan solo unas niñas aldeanas que deberían aprender a leer y escribir, si a usted no le parece mal —dijo con cautela, guardándose de contar su acuerdo con el señor Balboa. Tenía la esperanza de que su tía, tan dada a jactarse de las múltiples obras benéficas con las que colaboraba, viera con buenos ojos sus visitas a la aldea.

Y así fue. Su rostro adoptó una sonrisa beatífica.

—Es una acción encomiable, querida. Quizá convendría que te llevaras a Amalia para ayudarte. Le vendría bien dejarse ver por Ruiloba y por Casa Trasierra, ahora que Francisco anda por ahí.

# 12

Al cabo de unos días, Micaela ya se había acomodado
a las costumbres y rutinas de los miembros de la familia.
El marqués era tan madrugador como ella y, pese a que
gustaba de desayunar en silencio mientras leía el periódico,
la presencia de Micaela le incitaba, de vez en cuando, a
realizar comentarios en alto de algunas de las noticias, ya
fuera por absurdas o por inaceptables, según él. «¡Qué
desfachatez! ¡Qué poca altura de miras la de estos políticos!», tronaba. Sin embargo, Micaela pronto constató que
su tío no esperaba ninguna respuesta por su parte: cuando
se atrevió a expresar sus dudas sobre el rechazo del Parla-
mento a varias medidas sociales de atención a las clases más
humildes, el marqués bajó el diario, le dedicó una mirada
curiosa, como si la viera por primera vez, y volvió su atención a los papeles. Por supuesto, ella sabía que no estaba
bien visto que una dama mostrara interés en la política o
en asuntos de economía, ni que hablara de ello como si

tuviera conocimiento y criterio para hacerlo, pero echaba de menos las conversaciones que solía mantener con su padre, en las que comentaban las informaciones publicadas en los periódicos o las disputas políticas en las tertulias de los café, aunque no siempre coincidieran en sus puntos de vista. Los años y las luchas cainitas en el seno de los partidos progresistas habían deslucido las ideas liberales de Alphonse Moreau.

Tras el desayuno, el marqués se encerraba en su despacho hasta bien entrada la mañana, en que solía recibir la visita de su administrador o de algún miembro del concejo hasta que llegaba la hora de salir en dirección al Círculo Recreativo de Comillas. A eso de las doce, su tío cogía su sombrero y su bastón y abandonaba la casa despidiéndose de su familia con la misma muletilla: «Me voy, a ver si hoy arreglamos España, que buena falta nos hace».

Ella, por su parte, echaba una ojeada al diario olvidado sobre la mesa y luego salía a caminar acompañada de la doncella, con Conrado a las riendas de la calesa, si lo que pretendía era llegar a Ruiloba. En más de una ocasión se había tropezado con Balboa en el trayecto y entonces, Adela se demoraba unos pasos por detrás de ellos, disimuladamente. Él nunca parecía sorprendido de encontrarla; desmontaba de su caballo y la acompañaba a pie durante un trecho en el que su conversación fluía ligera y cristalina como las aguas en el nacimiento de un río: ella le hablaba de su vida en Madrid, de la delicada salud de su madre, de su afición a caminar de buena mañana hasta el estanque del

Buen Retiro, así como de todas esas ideas de las que se había embebido durante su formación en la escuela de la Asociación para la Enseñanza de la Mujer. Le contó su aspiración de trabajar como maestra y, en un arranque de optimismo utópico, le confesó que, a veces, se veía dirigiendo su propio colegio de niñas. Un colegio nuevo, dotado de aulas luminosas y alegres, y biblioteca y laboratorio y un pequeño comedor y un jardín lleno de flores; contrataría a las mejores maestras e invitaría a dar charlas a doña Concepción Arenal, a doña Emilia Pardo Bazán, al señor Giner de los Ríos y a otros intelectuales, tanto de España como del extranjero, que traerían las nuevas tendencias educativas y sociales para enseñar tanto a niñas de familias pudientes como a niñas de familias pobres, que todas merecían por igual acceder a una oportunidad en la vida.

—¿Por qué no lo cree posible? —inquirió él mirándola con gravedad—. Si es lo que usted realmente desea, llegará a ello de una forma u otra, aunque no le sea fácil. Habrá obstáculos que le parecerán insalvables y le exigirán grandes sacrificios, pero si persiste, lo conseguirá. Créame, sé de lo que hablo.

Lo que iba conociendo del señor Balboa le dejaba un retrato lleno de claroscuros, que la confundían tanto como la intrigaban. Así fue como Micaela averiguó que Héctor había emigrado a Cuba en solitario cuando casi era un crío, sin apenas saber leer ni escribir; que había aprendido a ocultar sus emociones e intenciones para sobrevivir y que nunca, jamás, desaprovechaba ninguna oportunidad en la vida, por pequeña que fuese.

Uno de esos días, a la vuelta de su paseo matinal, Micaela y su doncella se cruzaron en la puerta de entrada con su tío Tomás, que en ese momento despedía con gesto afectuoso a un señor de expresión sombría que ni se dignó mirarlas.

—Piénsalo, Cossío. Sería un buen acuerdo para ambas familias. Todos ganamos.

Su tío movía la cabeza, dubitativo.

—Lo meditaré a conciencia, descuide.

No bien hubo cerrado la puerta, el rostro de Tomás se tornó serio. Tan absorto estaba en sus pensamientos, que no se fijó en su presencia cercana y se encaminó meditabundo a su despacho, con las manos entrelazadas a la espalda. Al pasar a su lado, Micaela le escuchó murmurar: «Todos ganamos... siempre y cuando el hijo demuestre ser mejor administrador que su padre».

Su tía Angélica no bajaba a desayunar hasta que no estaba completamente arreglada. Eso de andar en bata de casa lo veía una costumbre chabacana con la que no comulgaba en absoluto. Pensaba que para mantener el orden y la autoridad ante el servicio, era imprescindible arreglarse de forma digna. «¿Qué respeto —se preguntaba— podría esperar la reina si no se aparecía ante su corte con un aspecto regio e impecable? ¡Ninguno!», se respondía ella misma. Tía Angélica hacía unos desayunos lentos y copiosos, en los que aprovechaba para dar las órdenes pertinentes al ama de llaves y revisaba el menú del día con la cocinera, a quien siempre terminaba cambiándole algún plato de los que ya estaban decididos. A la buena mujer, que había salido bien temprano al mercado para hacerse con los mejores productos, se la llevaban los demonios.

Tras el desayuno, Micaela se retiraba con Anita a la biblioteca, donde le daba clases de geografía, historia, aritmética y algunas nociones de física y química, pese a las reticencias de su tía.

—La niña estudia demasiado, Tomás. Si alentamos su interés por el estudio y la lectura, se va a convertir en una jovencita inaguantable con la que ningún caballero deseará casarse —se había quejado la tía Angélica cuando Ana corrió a la sala de estar para contarles que la prima sería su institutriz mientras durara su estancia en Comillas.

—El saber no ocupa lugar, Angélica. Y Ana tiene mucho espacio todavía en esa cabecita hueca, ¿verdad? —inquirió, mirando a su hija menor con cariño. Pero enseguida, alzando un dedo, le advirtió—: Pórtate bien. A Micaela no la vas a poder despedir con viento fresco como a las demás.

Días más tarde, en uno de esos extraños momentos en que coincidía con su tío en la biblioteca, él absorto en sus lecturas, ella repasando algún libro para sus clases, el marqués confesó a Micaela que su antiguo anhelo por un hijo varón había quedado eclipsado por esa niña que, desde que abrió sus ojos al mundo, parecía absorberlo todo para regurgitarlo al cabo de un tiempo en forma de preguntas incisivas e insistentes, impropias de su edad. Impropias de una mente femenina, fue lo que pensó en realidad. Los conocimientos de don Tomás sobre la naturaleza de la mujer se limitaban entonces a las relaciones que había mantenido con su madre, sus hermanas, su esposa Angélica y sus dos hijas mayores; todas ellas mujeres admirables, sin duda; ejemplos sublimes de la delicadeza del alma femenina aunque, en su opinión, carecieran de capacidad de entendimiento de los asuntos más profundos y complejos del mundo. Ninguna era tonta, al contrario; poseían muchas cualidades, y un envidiable espíritu práctico para resolver los asuntos domésticos sin el cual sería difícil gobernar la vida cotidiana, pero de ahí a cuestionarse el origen de cada objeto o el orden del mundo iba un trecho que nunca las creyó capaces de recorrer. Y, sin embargo, desde que su hija pequeña comenzó a hablar y observar y preguntar y discurrir por sí misma con razonamientos que lo dejaban perplejo, su juicio sobre la capacidad de las mujeres fue mudando de manera imperceptible, definitiva. Contestó a sus dudas mientras pudo. El día en que le planteó una pregunta que iba más allá de sus conocimientos se obligó a ser honesto consigo mismo: ¿Debería coartar la inteligencia y el deseo de saber de su hija en favor de la tranquilidad familiar y social? ¿O debía fomentar ese don que Dios le había dado y descubrir hasta dónde los podía llevar?

—Jamás imaginé que una chiquilla pudiera poner patas arriba mis propias convicciones sobre cuestiones que, no hace tanto, me parecían tan inamovibles como la palabra de Dios, pero ese parece ser el signo de estos tiempos, ¿no crees? —reflexionó su tío, con la vista perdida en algún punto más allá de la ventana—. La necesidad de saber, tan humana, siempre encuentra su cauce para avanzar, con independencia del sexo de la persona.

Cada día que pasaba con Ana, Micaela tenía más claro que estaba dotada de una mente ágil y despierta que se desperdiciaría si no proseguía sus estudios con alguien capaz de retarla sin descanso.

—El otro día encontré esta brújula —Ana abrió un cajón del escritorio de su padre y extrajo una esfera dorada que le mostró a Micaela— y recorrí el jardín con ella en la mano. Debe de estar rota porque por más que me movía de un lado a otro, siempre señalaba el norte.

—Tu brújula no está rota, Ana —le dijo con una sonrisa y posando sus manos en el globo terráqueo que descansaba sobre el escritorio, le explicó—: Las brújulas funcionan así debido a los campos magnéticos. Llevan un pequeño imán en su interior que se mueve atraído por otro gran imán, que es la Tierra. Ese imán tiene dos polos: el polo Norte y el polo Sur. El campo magnético del polo Norte, el más cercano a nosotros, atrae el imán de tu brújula, que marcará siempre el norte terrestre.

—¡Ya entiendo! Entonces la brújula no me indica dónde estoy, sino ¡cuál es mi posición respecto al norte! —dedujo la niña, satisfecha—. ¿Podrías enseñarme a utilizarla algún día?

—Claro... Iremos a algún paraje cercano e intentaremos encontrar el camino de vuelta con ayuda de la brújula. ¡Puede ser un juego divertido!

Ese día, Micaela decidió que más adelante hablaría con su tío sobre la conveniencia de buscar un preceptor particular al que confiarle la formación académica de su prima.

## 13

Una de las rutinas que Micaela había asumido como propias era la de revisar el correo en espera de una carta de su madre, que no terminaba de llegar. Transcurrían los días sin ninguna noticia y su inquietud aumentaba. ¿Y si había ocurrido algo grave y Dora no la había avisado, tal y como le había dicho? ¿Y si no había recibido su última misiva? Cuando por fin esa mañana descubrió el sobre a su nombre escrito con la elegante letra rasgada materna, lo abrió sin demora. Leyó de corrido la cuartilla a dos caras en la que su madre le explicaba que se sentía mejor que nunca, que había ganado un poco de peso gracias a los cuidados de Dora e, incluso, había salido a dar un pequeño paseo en carruaje en compañía de su tía Elvira:

Se me había olvidado lo agradable que resulta recorrer las calles de Madrid a última hora de la tarde, cuando el calor comienza a remitir y la gente sale a dejarse

ver por el paseo del Prado o por El Retiro. Tuve ocasión de saludar de lejos a varias personas a las que no veía desde hacía tanto tiempo que temí no me reconocieran, pero ya sabes cómo es tu tía... ¡imposible! Se empeñó en detener el carruaje para que pudiéramos saludar como es debido y, de paso, aprovechó para presentarme a un conocido de tu tío Hilario, el barón de Cabuernas, con el que, casualmente, nos cruzamos en ese momento. ¡Me encantaría que hubieras estado allí para conocerlo, Micaela! Es un señor muy viajado y de modales exquisitos. ¡Todo un caballero! Si bien es un señor ya maduro, estoy convencida de que te hubiera resultado de lo más interesante. En cuanto regreses, encontraremos la manera de coincidir con él en alguna de las veladas a las que asista.

Micaela entró con la carta en la mano a la salita del mirador donde solían transcurrir las mañanas de su tía y sus primas dedicadas a sus labores.

—¿Traes noticias de tu madre, Micaela? —preguntó su tía, alzando la vista de su bastidor de bordar para posarla en el papel que sostenía su sobrina. Amalia y Luisa interrumpieron también su labor y la observaron con curiosidad.

—Sí, por fin. Acabo de leerla y al parecer debería dejarla sola más a menudo. Dice encontrarse tan bien de salud que hasta se sintió con fuerzas para salir a pasear por Madrid con tía Elvira en su carruaje —respondió ella mientras se sentaba en una butaca junto a la ventana. Cogió del velador su *Madame Bovary* y entremetió la carta en sus páginas finales. Se guardó de hacer ninguna mención del barón de Cabuernas ni de los esfuerzos de su madre y su tía para emparejarla con él.

—Isabel siempre ha sido la más delicada de salud de nosotras tres —dijo la marquesa, quitándose las lentes—. No había invierno que no pasara en cama un mes aquejada de sus bronquios. Y, sin embargo, esa fragilidad parecía dotarla de mayor encanto ante los hombres. ¡La pretendió hasta un duque! Don Hernán, duque de Mora. ¡Pobre! Nos seguía como alma en pena a cada velada a la que acudíamos, con el único propósito de encontrarse con ella. Recuerdo que llegó a poner a nuestra disposición una berlina con cuatro caballos para salir a pasear por Madrid, un detalle que el abuelo, muy educadamente, rechazó. ¡Y menos mal! En cuanto conoció a tu padre, Isabel no tuvo ojos para otro que no fuera él. ¡Si vieras qué disgusto se llevó la abuela Mercedes! —Se rio al recordarlo.

—¿A la abuela no le gustaba el tío Alphonse? —preguntó Luisa desde su sillón junto al mirador.

—A la abuela le deslumbró el duque de Mora, un joven blando y apocado pero, sin duda, mejor partido que vuestro tío Alphonse. Tu padre era mucho más atractivo, por supuesto —apuntó su tía, dirigiéndose a Micaela—. En fin, los dos se enamoraron y ya no hubo forma de separarlos, por mucho que se empeñara la abuela. El tío Alphonse era muy insistente, y la tía Isabel, muy obstinada. Amenazó al abuelo con escaparse a Francia con su prometido, y finalmente, mis padres claudicaron. Tu padre no poseía una gran fortuna pero no he conocido a nadie más jovial y galante que él. Era capaz de seducirnos a todas con ese acento francés tan encantador: todo era *charmant*, *adorable*, *splendid*... aunque fuera para criticar una obra de teatro.

—¡Qué historia tan hermosa! ¡Triunfó el amor y fueron felices! —exclamó Amalia con expresión soñadora.

Micaela había escuchado varias veces esa anécdota de labios de su padre, a quien le divertía contarlo novelando algunos de los detalles que se habían aliado en contra de su amor por Isabel: el duque era, en realidad, un príncipe caprichoso y cobarde; su abuela Mercedes se parecía a la madrastra de Blancanieves y ellos vivían una pasión como la de Romeo y Julieta, aunque con un final bien distinto: los dos enamorados terminaban venciendo todos los obstáculos contra su amor. «Tu madre y yo estábamos predestinados a amarnos», concluía.

Cuando era pequeña, recordaba pedirle a su padre que le contara esa historia noche tras noche, antes de dormir, y él, sentado a su lado, arrancaba un relato que iba adornando con nuevos protagonistas y escenarios, hasta convertirlo en un cuento de hadas y caballeros, uno distinto cada vez. En sus cuentos, la niña Micaela escapaba de brujas, reyes malvados y ogros, hasta tropezarse con un joven... —«¿Un príncipe?», preguntó ella en una ocasión, con los ojos como platos. Su padre se lo pensó un segundo, y luego, acercándose a la niña como si le fuera a contar un secreto, susurró: «Es mucho más que un príncipe.

Es un chico listo y valiente como tú, que lucha por liberar a los débiles e indefensos contra los poderosos y malvados»—... Y juntos, el joven y ella, se enfrentarían a todo y todos, hasta vencerlos. Él sería su caballero, su compañero en la vida, al igual que Alphonse había sido el de su madre, Isabel.

Un bonito cuento de hadas infantil.

En los inicios de su amor por Rodrigo Dulce, Micaela se convenció de que ellos dos estaban destinados a encontrarse. Ahora, con el tiempo y la razón tamizando recuerdos y pensamientos, había dejado de creer en esa supuesta predestinación. Si de veras fuese así, ¿qué destino era ese que te lleva hasta el hombre de tu vida para luego arrebatártelo? ¿Qué sentido tenía?

—Sí, triunfó el amor y... pronto se impuso la realidad, querida. —La tía Angélica miró a su sobrina con expresión apenada—: Tu madre se quejaba tanto de los altibajos en los negocios de tu padre... Un año nadaba en la abundancia y al año siguiente le asediaban las deudas. Nunca tuvisteis una estabilidad, una tranquilidad, una posición asentada en Madrid. E Isabel necesitaba calma, seguridad. En mi opinión, eso es lo que terminó por enfermar a tu madre.

—Nunca nos faltó de nada, tía.

—¿Y ahora que tu padre no está? —La tía le sostuvo la mirada unos segundos y luego continuó bordando sin esperar una respuesta que ya creía conocer.

—¿Y qué ocurrió con el duque de Mora? —preguntó Luisa.

—Pues no lo sé... —Su madre la miró desconcertada—. Yo me casé poco después con vuestro padre y me vine a Santander, por lo que dejé de estar interesada en todos esos chismes de la capital.

—Si la tía Isabel ya tenía pretendiente, la abuela podría haber intentado dirigir el interés del duque hacia la tía Elvira.

La tía Angélica se rio con la ocurrencia de su hija.

—La pobre Elvira era todo lo contrario a Isabel... —dijo retomando su labor—. Poseía pocos encantos, y la abuela Mercedes siempre le recriminaba que no se esforzara en sonreír ni en mantener una conversación agradable con los señores. No se cansaba de repetirle que contuviera su tendencia al parloteo y se dedicara a escuchar al caballero con todo el interés del mundo. Ay, Elvira... —suspiró ante el recuerdo, sus dedos moviéndose ágiles sobre el tapete— era incorregible. ¡Le costaba tanto contener su lengua maliciosa! Y la abuela sufría mucho de pensar que una hija suya se quedara para vestir santos y malgastara su vida, porque a los veintiséis años, Elvira aún seguía soltera. Soltera y amargada, como suelen ser todas las solteras que no han conseguido hombre, aunque algunas lo muestren más que otras. Mi pobre madre se fue a la tumba sin llegar a verla casada con el tío Hilario, ese santo varón al que tiene por esposo.

Un silencio incómodo se instaló en el ambiente. Micaela bajó la vista al libro que mantenía en su regazo. La tosecilla de Amalia debió de alertar a su madre que, tras unos segundos de desconcierto, se dio cuenta del alcance de sus palabras y se apresuró a matizar:

—Claro que ahora las cosas han cambiado mucho para las mujeres solteras. La situación de tía Elvira no tiene nada que ver contigo, Micaela.

—No se preocupe, tía —replicó ella sin mostrar la menor incomodidad—. No considero que permanecer soltera sea una vergüenza para una mujer. Al menos, no lo es para mí. Tengo otras inquietudes y mi intención es ganarme la vida honestamente.

—Por supuesto, querida. Y quién sabe..., he conocido alguna institutriz que al final ha hecho un matrimonio conveniente. No está todo perdido, no desesperes.

Por primera vez desde hacía mucho tiempo, Micaela sintió el golpe de las palabras en su orgullo. No era ella quien se desesperaba; de hecho, años atrás, había descartado unir su vida a un hombre por el mero hecho de escapar a su condición de soltera. No lo hizo entonces y no lo haría ahora. Jamás pensó en su labor de institutriz o de maestra como una vía para acceder al matrimonio. ¿Cómo podía pensar algo así?

Su prima Amalia se puso en pie de golpe y le preguntó con tono apremiante:

—¿Me acompañas a dar un paseo hasta la playa, prima? ¡Me escuecen los ojos de tanto bordar! Nos vendrá bien airearnos un poco.

Micaela dejó de lado el libro con una sonrisa agradecida y abandonaron la sala juntas.

—No se lo tengas en cuenta, por favor. Estoy segura de que lo ha dicho sin pensar —se disculpó su prima en cuanto hubieron traspasado la verja de salida a la plazoleta.

—No pasa nada, Amalia. Estoy acostumbrada a ese tipo de comentarios, vengan de donde vengan. Resulta muy difícil ocultar que ya no soy ninguna jovencita en edad casadera —respondió resuelta, entrelazando su brazo con el de ella.

—Pero sé que tuviste pretendientes después de..., ya sabes.

—Después de la muerte de Rodrigo, quieres decir.

—Uno de ellos, un joven muy respetable, le oí decir a mi madre —corroboró Amalia. Micaela notó su titubeo antes de añadir—: ¿Puedo preguntarte qué pasó? ¿Por qué lo rechazaste? ¿No te gustaba?

Micaela se tomó unos segundos para responder. Todavía le dolía recordar lo sucedido, el desprecio humillante. La terrible decepción que sufrió.

—Se llamaba Gerardo Espinar. —Le vino a la mente la primera vez que lo vio, en el salón de doña Leonor. Un joven con grandes aspiraciones políticas llegado de alguna ciudad de provincias que, no se sabía cómo, se había hecho habitual de las tertulias de la anciana. Las señoras coincidían en afirmar que Gerardo era un hombre serio y cabal con un brillante futuro por delante. Micaela debía de reconocerle que sabía ganarse las simpatías de las damas—. A la tía Elvira la tenía encandilada; a ella y a las otras señoras de la tertulia, que no dejaban de observarlo a escondidas. La tía y su amiga doña Amparo hicieron lo imposible por emparejarnos.

Y no solo ellas, también su madre se mostraba esperanzada. Al principio, Micaela lo observó a distancia con cierto recelo: era un joven de facciones agradables aunque se reía con afectación, en un intento de agradar a unos y otros. A Micaela le rechinaba el lenguaje altisonante que adoptaba en ocasiones, cuando se alzaba con la palabra en las tertulias de los caballeros como quien lanza una proclama política. Era capaz de contentar a todos, conservadores y progresistas, republicanos y monárquicos, ateos y devotos, demostrando así, según la tía Elvira, «una encomiable amplitud de miras». Su padre tuvo que disimular una carcajada.

—¿Querían emparejaros contra tu voluntad? —inquirió su prima con la voz tomada.

—No, exactamente. Yo no me opuse —reconoció ella, con franqueza—. Gerardo tenía sus cosas, pero me parecía un hombre inteligente, educado. Me rondó unos meses. Me colmaba de detalles, le interesaban mis aficiones, por estrafalarias que le parecieran: mis paseos, las lecturas filosóficas, las discusiones sobre política, educación o sobre los avances médicos. En una ocasión, incluso, me pidió ayuda para redactar un artículo sobre el futuro de la ciencia en España que pretendía publicar en el diario *El Globo*. —Micaela hizo una pausa, rememorando aquellos momentos, la expresión reconcentrada de Gerardo al escucharla, como si de veras tuviera en cuenta sus opiniones y razonamientos.

Y ella, ciega o ingenua, lo creyó; creyó que apreciaba esa forma suya de ser, que la valoraba tal y como era—. Cuando me propuso en matrimonio, acepté convencida de que era un hombre bueno para mí. Un hombre que me respetaba y al que podría llegar a amar más pronto que tarde.

—¿Y no fue así? ¿Qué ocurrió?

—Ocurrió que comenzó a cambiar su trato hacia mí, casi sin darme cuenta. Cuanto más lo reclamaban y mayor era su influencia en las reuniones sociales, más le molestaba lo que yo hacía. Juzgaba mis lecturas, mis comentarios y ponía mala cara si se enteraba de que había acompañado a mi padre a las conferencias del Ateneo —respondió Micaela, ya sin un ápice de rencor. Allí donde ella veía hombres apasionados en el intercambio de ideas filosóficas, culturales o científicas procedentes de Europa, él veía una «caterva, qué digo caterva, ¡un avispero!, de esos mal llamados intelectuales de ideas liberales empeñados en convencernos de que necesitamos máquinas, conocimientos técnicos de vete tú a saber qué y otras modernidades ateas para que este país prospere». Y eso no era todo—: Las conversaciones tan animadas que manteníamos al principio de nuestra relación se terminaron pronto. Gerardo cada vez era más reacio a discutir conmigo de política o de cualquier tema de la actualidad, con la excusa de que no le gustaba enredarse en discusiones inútiles con la que iba a ser su esposa.

Se le cayó de una vez por todas el velo de los ojos la tarde en que acudieron a la casa de doña Leonor con la única compañía de su madre —su padre había marchado de viaje a París por motivos de negocios—. Aburrida de la conversación de las señoras, Micaela atravesó el salón para sentarse en silencio junto a los caballeros y escuchar sus discusiones. En pleno debate sobre la situación en la Universidad Central de Madrid, hubo quien se burló de esas modernas corrientes educativas de naturaleza excesivamente liberal, lideradas por ese «pseudointelectual engañabobos», el señor Giner de los Ríos. Al escucharlo, Micaela dio un respingo en su silla, horrorizada. ¿Cómo podían criticar la labor que realizaba la Institución Libre de Enseñanza? ¿Cómo podían menospreciar la labor de todos esos hombres, estudiosos, intelectuales o científicos, comprometidos con la educación y el futuro de España? En el momento en que se disponía a intervenir, Gerardo le dirigió una mirada de advertencia, «a ver qué vas a decir». Ni siquiera esperó a escucharla. Le quitó la palabra con un comentario jocoso antes de sugerirle, con voz afilada, que sus opiniones serían más apreciadas en el salón que acogía la tertulia de las damas, al olor del chocolate. La mayoría de los señores le rieron la gracia disimulando sonrisillas cómplices. Pero ella no se movió de su sitio. Permaneció allí de pie, muda de indignación, escuchando un discurso más propio de ancianos nostálgicos de aquella España opulenta e imperial del Siglo de Oro, que de un joven de su tiempo.

Al día siguiente rompió su compromiso con Gerardo Espinar. Su madre no lo entendió. Se encerró en su habitación a la espera de que regresara su marido y enmendara ese carácter rebelde que había fomentado en la niña. Lejos de reprenderla, don Alphonse se puso de su lado, «has hecho bien, *ma chèrie*. Mejor alejarse cuanto antes de alguien que no te merece, *n'est-ce pas?*». Y como no había mal que por bien no viniera, su ruptura con Gerardo la había convencido de que le convenía tener una ocupación para no depender de nadie, tampoco de un futuro marido. Así que bien entrada la veintena, se matriculó en la Escuela de Institutrices con la intención de convertirse en maestra.

—¿Y si no te hubieras dado cuenta, Micaela? —Amalia le apretó el brazo, angustiada—. ¿Y si te hubiera mantenido engañada hasta el final? Ahora vivirías una existencia desgraciada junto a un hombre al que no podrías amar nunca. Si algo así me ocurriera a mí, yo no sé...

—Lo sabrás, Amalia. Solo debes estar atenta a lo que te diga tu corazón... y tu cabeza. —Le dedicó una sonrisa tranquilizadora. Y tras una breve pausa agregó—: Y ahora que estamos de confidencias, ¿podría pedirte un favor?

—Claro que sí. ¿Qué necesitas?

—Prométeme que guardarás el secreto. Todavía no se lo he contado a mi madre ni, por supuesto, a la tuya. —Miró a su prima esperando un gesto de complicidad que no tardó en llegar—. Tengo una entrevista para un puesto de maestra en el colegio de niñas de las señoritas Ruano en Santander, dentro de seis días. Debo ir a la ciudad sin que tu madre conozca el motivo.

Su prima la miró con la boca abierta, como si estuviera escuchando algo escandaloso.

—¿Vas a trabajar? ¿En el colegio de las señoritas Ruano? —repitió despacio, casi en un susurro, como queriendo convencerse a sí misma. Y luego, cuando la idea ya pareció asentarse en su mente, se apresuró a añadir—: Las señoritas Ruano son dos damas muy serias y conocidas en Santander. Llevan años instruyendo a las hijas de las mejores familias de la zona, y no creo que haya nada malo en trabajar allí, pero...

—¿Me ayudarás entonces a encontrar una excusa para acudir a la entrevista sin levantar sospechas en tu madre?

Micaela vio cómo su prima se debatía entre sus deberes de buena hija y la lealtad a su prima, que confiaba en ella.

—Nos iremos las dos —resolvió por fin con una sonrisa dulce—. Además, necesitas un vestido para el baile de los señores de Riera por San Lorenzo.

Descendieron la calle empinada y al llegar a la mitad de la cuesta, Micaela le preguntó a su prima por una curiosa torre en cerámica roja y verde que había divisado en uno de sus paseos, no muy lejos de allí.

—Ah, te refieres a la torre de la villa que se está construyendo don Máximo Díaz de Quijano, el abogado de don Claudio López Bru y hermano de doña Benita, la tía del marqués. Al parecer, los planos se los ha encargado a un tal Antoni Gaudí, el mismo arquitecto a quien don Antonio López encargó el quiosco-fumadero de los jardines de la Casa Ocejo, donde se alojó el rey. Y las malas lenguas dicen que esta villa va a ser el mejor ejemplo del mal gusto indiano, aunque madre asegura que don Máximo es un caballero culto y refinado, un virtuoso de la música con un gusto exquisito, amigo íntimo de don José María Pereda. Madre dice que si la casa es horrible, será culpa de la extravagancia del joven arquitecto catalán, no por don Máximo, que lleva casi dos años en Cuba atendiendo los asuntos legales del marqués y de otros indianos. —Amalia dudó un instante antes de tirar del brazo de su prima—: Ven, asomémonos. Yo todavía no la he visto y tengo curiosidad.

# 14

La puerta de entrada a la finca estaba abierta de par en par. Un carro de mulos cargado de materiales acababa de atravesar la verja y ascendía con dificultad la suave pendiente de la loma. Cuando perdieron de vista el carro, avanzaron despacio por un lado del camino, junto a la hilera de castaños que delimitaban la propiedad. De fondo se oía el repiqueteo de los martillos, el chirrido de las poleas y algunas palabras ininteligibles lanzadas a voz en grito entre los albañiles. Al doblar una pequeña curva se encontraron frente a una de las construcciones más caprichosas que Micaela había visto en toda su vida: Villa Quijano.

Las dos permanecieron unos instantes ensimismadas contemplando la fachada en la que dos albañiles subidos a un andamio colocaban una fila de azulejos con girasoles. ¡Girasoles! Al fijarse mejor, Micaela se dio cuenta de que esos girasoles aparecían por doquier: adornaban los graciosos alerones en forma de pirámide invertida del tejado, el frontal de los tejadillos de la buhardilla y también enmarcaban cada una de las ventanas alargadas.

—¡Oigan, señoritas! —Hasta ese momento ninguna de las dos se había percatado de la presencia de un hombre de complexión esbelta que se acercaba a ellas a grandes zancadas esgrimiendo en la mano un rollo de papel en un gesto casi amenazante—. ¿Cómo han entrado? ¿Se puede saber quién les ha dado permiso? Esto es una obra de construcción; es muy peligroso estar aquí sin el debido acompañamiento.

Micaela fue la primera en reaccionar. Desvió sus pupilas de la casa al rostro del joven que parecía a punto de echarlas a patadas de allí, por entrometidas. Su aspecto no era en absoluto el de un albañil: tenía la tez clara aunque algo tostada por el sol, el cabello pulcramente cortado y bajo el guardapolvo gris se apreciaba un chaleco y unos pantalones de buen paño.

—Discúlpenos, por favor —se apresuró a responder—. No deberíamos estar aquí, ha sido culpa mía: estoy en Comillas de visita y mi prima Amalia ha querido enseñarme por qué esta casa está en boca de todo el mundo.

—¿A qué se refiere? —preguntó el joven, suspicaz.

—A lo que se dice de ella —replicó Amalia sin atreverse a mirarlo de frente.

—¿Y qué se dice de ella, exactamente, si puede saberse? —Él cruzó los brazos sobre su pecho y aguardó su respuesta con paciencia socarrona.

—No creo que sea algo que desee escuchar, señor —dijo la joven, a todas luces incómoda.

—Por favor, me interesa sobremanera saber qué opinan

las voces autorizadas de este pueblo sobre el proyecto de Gaudí —aseveró con un deje de ironía que solo Micaela pareció captar.

—Que es un esperpento. Que es lo más feo que se ha visto en años —murmuró Amalia, quien a continuación se apresuró a añadir—: Pero también hay quien dice que parece un palacio sacado de *Las mil y una noches*.

Los ojos del hombre la miraban con tal intensidad, que Amalia notó el súbito enrojecimiento de sus mejillas.

—No tienen ni idea. ¡Esta obra es la de un genio! —exclamó el joven con cierto tono de incredulidad en su voz.

—¿Es usted Gaudí? —inquirió Micaela con curiosidad.

El joven soltó una gran carcajada que borró de su cara cualquier rastro del anterior enfado.

—¡Ya me gustaría a mí ser Gaudí y poseer todo su talento! El señor Gaudí nunca ha venido por aquí. Yo solo soy el ayudante del señor Cascante, el director de la obra. Lo sustituyo mientras supervisa las obras del palacio de Sobrellano, aquí al lado. —El joven, ya más distendido, se presentó—: Soy el arquitecto Román Macías, licenciado por la Escuela de Arquitectura de Barcelona, para servirlas. —Acompañó sus últimas palabras con una leve inclinación respetuosa, que hizo sonreír a las dos primas.

—Encantada, señor Macías. Y puesto que ya estamos aquí, ¿no podría usted mostrarnos la villa a mi prima Amalia y a mí? —aventuró Micaela con su mejor sonrisa—. Estoy pasando una temporada en la casa de mis tíos, los marqueses de Peñubia, y no sé si tendré ocasión de volver a Comillas cuando esté terminada. Me dolería desperdiciar la oportunidad de conocer el trabajo de un genio, si es cierto lo que usted afirma.

Román Macías pareció dudar unos instantes. Echó un vistazo alrededor. Los albañiles se movían de un lado a otro, concentrados en trasladar maderas, rematar escalones o colocar ventanas, sin apenas prestarles atención. Finalmente, dijo:

—Será un placer, señoritas, pero deberán caminar a mi lado, sin despegarse. No quisiera que sufrieran ningún percance mientras se encuentren a mi cargo. Las conduciré por los lugares más seguros.

El señor Macías las guio a lo largo de la valla que rodeaba la casa, por delante de la fachada, hasta llegar a la entrada principal: un pórtico con cuatro columnas, sobre el que se elevaba la torre-minarete revestida de los azulejos de girasoles y rematada con la pequeña cúpula en rojo y verde de inspiración oriental, según les dijo. A lo largo de su explicación, a Micaela le divirtió darse cuenta de que las palabras del joven parecían dirigirse sobre todo a Amalia, de quien no apartaba los ojos. Y su prima fingía no percatarse, pero en cuanto él se giraba para señalar algún detalle de la casa, ella aprovechaba para observarlo fascinada.

—¿Y por qué ese gusto por los girasoles? —preguntó Amalia.

Él sonrió complacido ante la pregunta y respondió con evidente satisfacción:

—No les puedo mostrar la distribución interior de la

residencia, ya que está en obras, pero está proyectada para que el movimiento del sol acompañe la vida de sus habitantes, al igual que hacen los girasoles. La luz del amanecer entra en la habitación principal, situada en el ala este y de ahí se desplaza a lo largo de la mañana hasta el estudio-despacho. Durante la tarde la luz dará en el salón principal, que acogerá las veladas musicales, y ya al anochecer, la vida se traslada al cenador y la sala de fumar, que se encuentran en el ala oeste. El señor Gaudí es un entusiasta de la integración de la naturaleza en la arquitectura.

—Es maravilloso —musitó Micaela, admirando todavía más, si cabe, el talento tan original de ese arquitecto desconocido. Jamás había visto algo semejante. Esa visión tan libre de la arquitectura, tan ajena a los convencionalismos y a las opiniones de la sociedad. ¿Cómo alguien podía abstraerse de lo que los demás pensaran sobre ti o sobre tus acciones? De pronto recordó unas palabras que le habían sorprendido poco antes—: ¿Cómo es posible que se haga todo esto sin contar con la presencia del señor Gaudí aquí?

—Oh, el señor Cascante fue su compañero de estudios, conoce a la perfección la forma de trabajo y el estilo del señor Gaudí. Don Cristóbal posee todos los planos e indicaciones de cada elemento de la casa, porque don Antoni lo ha diseñado absolutamente todo, desde el proyecto arquitectónico a la decoración interior, al milímetro. Y contamos con una maqueta realizada con todo lujo de detalles para que no podamos cometer ningún error. —Macías consultó la hora en su reloj de bolsillo y con una sonrisa de disculpa, dijo—: Otro día que vengan les mostraré el interior de la vivienda. Hoy no puede ser.

Las dos primas entendieron que, con sus palabras, el arquitecto les insinuaba con delicadeza que la visita había llegado a su fin. Las guio de vuelta hasta el lugar donde se habían topado un rato antes.

—Le agradecemos muchísimo que haya tenido la amabilidad de mostrarnos esta maravilla. Ha sido todo un descubrimiento —se despidió Micaela, mientras admiraba, una vez más, la original fachada.

—El gusto ha sido mío. Espero volver a verlas pronto, señoritas. —El joven Román hizo una leve inclinación de despedida, pero sus ojos seguían prendidos en Amalia, que había bajado la mirada al suelo, azorada—. Tal vez conozcan a don Eusebio Güell, buen amigo de mi familia, en cuya casa estoy alojado.

Solo entonces Amalia alzó la vista con una sonrisa en los labios.

—Por supuesto que conocemos a don Eusebio y a su mujer, doña Isabel, la hermana de don Claudio. Este sábado estamos invitadas al recital de piano que organizan los señores Güell en su residencia. ¿Tal vez nos encontremos allí de nuevo? —Las palabras de Amalia sonaron casi como una invitación velada.

Micaela enganchó el brazo de su prima y ambas emprendieron la marcha cuesta abajo.

—Puede estar segura de eso —afirmó Román Macías, siguiéndola con la mirada mientras se alejaba.

# 15

Los pasos decididos de Héctor Balboa resonaban por el corredor tras los del mayordomo, que se detuvo ante una puerta de dos hojas tan fastuosa como el resto de la casona-palacio. Empujó los dos pomos dorados al tiempo y le franqueó la entrada a la estancia que albergaba la biblioteca. El fuerte olor a tabaco le inundó la nariz, antes de que sus ojos pudieran distinguir el grupo de hombres congregados entre esas paredes cubiertas de anaqueles con cientos, miles de libros. Jamás en su vida había visto tantos volúmenes juntos. Héctor recorrió de un vistazo rápido los rostros que se posaron en él, el recién llegado, hasta detenerse en la figura de Eusebio Güell, que ya venía a su encuentro con una sonrisa de bienvenida.

—Señor Balboa, me alegro de verle por aquí. Acompáñeme y le presento al resto de los caballeros antes de que comience el recital. —Posó levemente su mano en la espalda y bajando la voz, añadió en un tono cómplice—: Creo que más de uno preferiría quedarse aquí en la biblioteca antes que sentarse a escuchar la interpretación de la señora Von Schulze.

Ese sábado, la residencia de los Güell bullía de vida. Héctor fue saludando uno por uno a la notable representación de nobles, cargos de las instituciones locales y miembros de la alta burguesía industrial, prohombres de porte distinguido, que parecían departir en una complicidad amigable y relajada de viejos conocidos. Si alguno se molestó por la intromisión de un cuasi desconocido, no lo reflejó. Lo recibieron como uno más; a fin de cuentas, se dijo Héctor, era Güell quien lo había introducido en el grupo. Su mirada se demoró unos segundos en dos de los caballeros a los que había venido a conocer expresamente: el señor Muñoz, orondo, sonrosado y mofletudo como un castor, y el marqués de Peñubia, en quien le sorprendió descubrir a un hombre de gesto afable y verbo prudente. Cierto es que en el tiempo que llevaba en Santander no había escuchado a nadie pronunciar una mala palabra sobre el marqués, pero esperaba encontrarse con una réplica de otros nobles indolentes con los que se había cruzado desde que volvió a la madre patria.

—El señor Balboa ha regresado definitivamente de Cuba hace poco y ya está pensando en nuevos negocios —informó Güell a los presentes.

—¿Se va a instalar en Barcelona, entonces? —preguntó el marqués de Peñubia con curiosidad.

—No, mi deseo es quedarme aquí, en mi tierra. Hay

buen tráfico comercial con los puertos del continente y también con Inglaterra, imprescindible para mis barcos mercantes. Y su posición entre Gijón y Bilbao resulta muy adecuada de cara a mis futuras inversiones.

—¿Me permite preguntarle qué tipo de inversiones, si no es indiscreción? —La voz atiplada de Muñoz se elevó con súbita curiosidad entre el resto. Héctor captó enseguida el interés del empresario minero y jugó las cartas que traía en la manga.

—Metalurgia. Minas. Hierro. La industria británica y el desarrollo del ferrocarril en el continente precisan gran cantidad de materia prima que tenemos aquí, en el subsuelo de la costa cantábrica. Si no lo hacemos nosotros, las compañías extranjeras se llevarán cada gramo de nuestros minerales y con ellos, nuestra riqueza.

—El zinc de Torrelavega se lo están llevando los belgas —apuntó uno de los presentes.

—Y en Arnao, allá en Asturias, también —corroboró Muñoz, que sabía de eso—. ¿Posee contactos en Inglaterra?

—Tengo contactos en Portsmouth, y una relación afianzada por los años con los Murrieta, en Londres. Su banca se ha ocupado de todas mis transacciones de capital entre Cuba y España. —A través del humo, sentía el escrutinio al que lo estaban sometiendo los ojillos astutos de Muñoz, examinando todo lo que sabía sobre él, su aspecto, su relación con Güell, sus negocios. No quiso desaprovechar la ocasión de lanzar el último anzuelo—: Recientemente han finalizado las obras de construcción de mi quinta en Santander. Si todo marcha como espero, tengo pensado establecerme allí tras el verano y formar una familia.

—Santander es un buen lugar donde vivir, no lo dude. Su esposa estará satisfecha —dijo don Tomás al tiempo que espiraba el humo de su puro.

Balboa clavó en él sus pupilas oscuras y sonriendo apenas le respondió:

—No dude de que lo estará... cuando encuentre una señorita con la que casarme.

—¡No me diga que no está usted casado! —exclamó Güell, entre divertido y admirado—. Si no encuentra una buena esposa entre las bellezas que tenemos en Comillas, no la encontrará en ningún otro lugar.

—A veces no resulta tan fácil para alguien cuyo único afán en la vida ha sido trabajar para prosperar.

Y no mentía. Desde que llegara a Cuba como polizonte en un buque mercante no había dejado de trabajar ni un solo día. Ningún niño debería emigrar como él lo hizo: solo, hambriento, desesperado. Era el salvoconducto a una muerte más que probable o a un futuro miserable de pillería y delincuencia. Si sobrevivió fue por pura voluntad, por cabezonería, por su negativa a rendirse ni aun cuando las tripas se le pegaban del hambre, o las fuerzas no le llegaban ni para arrastrar las sacas de mercancías que ayudaba a cargar y descargar de los barcos que arribaban al puerto habanero. Aquellos fueron los peores tiempos. Luego, la fortuna le hizo un guiño al cruzarse con los Carballo, un matrimonio gallego dueño de un pequeño colmado, que le emplearon como mozo de los recados y le proporcionaron alojamiento en el almacén de la trastienda. La señora Carballo, una mujer con temperamento de mariscal, le enseñó a escribir, pues leer, mal que bien, sabía; le enseñó a hacer las cuentas y anotar los pedidos, a repasar cada noche el libro de contabilidad por si se les había escapado algo. No se acostaba nunca antes de la medianoche. El agotamiento no le daba tregua ni para quejarse. Se hizo hombre en el colmado, donde se deslomaba por aumentar el negocio tanto o más que sus propios patrones, que lo llegaron a tratar como si fuera el hijo que nunca tuvieron. Por eso no se extravió en los oscuros rincones del puerto, como les ocurrió a otros muchachos solitarios, borrachos y maleados; por eso el matrimonio le ofreció quedarse con el establecimiento a un precio razonable cuando decidieron regresar a su terruño en Galicia y le ayudaron a conseguir un préstamo con el que pagarlo. Fueron esa generosidad y la confianza que depositaron en él durante todos aquellos años las que le impulsaron a continuar adelante, con la única ayuda de un aprendiz honesto y trabajador y un mozalbete espabilado. Trabajaba día y noche sin descanso, y gracias a eso pudo abrir al cabo de pocos años otro colmado en Cienfuegos, que buena falta hacía. Y de ahí a hacerse con el ingenio que bautizó con el nombre de Cruz Candela, también en Cienfuegos, fue casi un paso obligado cuando se le presentó la oportunidad.

¿Qué hueco podría haber para el amor en esa carrera

desenfrenada contra el destino de miseria que le habría esperado de no haber sido por los Carballo? ¿Qué derecho tenía él a descansar habiendo enterrado a su familia, habiendo abandonado a su suerte a Candela? Conoció mujeres, sí. Mujeres de todo tipo que lo rondaban como si de él emanara un aroma embriagador que las atraía como abejas a la miel. Él no hacía ascos a una buena bandeja de fruta exuberante y jugosa que degustaba con deleite, pero que no le pidieran nada más allá de unas horas de su físico vigoroso, forjado a base de trabajo duro. Eso era lo único que estaba dispuesto a ofrecer entonces. El resto del tiempo su cuerpo y su mente estaban volcados en su única obsesión: aferrarse con uñas y dientes a esa resbaladiza carta de la fortuna que le había repartido el azar.

La voz del señor Muñoz le arrancó de sus pensamientos devolviéndole a la biblioteca y a la conversación sobre sus intenciones matrimoniales.

—Una joven discreta, dulce y cariñosa es lo que usted necesita, alguien en quien encontrar un remanso de paz para sus días de ajetreo —concluyó el propietario minero—. Velará como un ángel por su bienestar, el de su hogar y el de sus hijos. Yo mismo le presentaré a mi mujer y a mi hija Carmen, para que puedan darle referencias o le aconsejen.

Héctor no pudo sino admirar la majestuosa sala de música preparada para acoger el recital. Todo en ella reflejaba el gusto ostentoso del difunto marqués de Comillas, don Antonio, padre de la señora Güell: los dorados, las maderas nobles, las telas suntuosas. Cada detalle, cada pieza de adorno era un tributo al anhelo de reconocimiento e influencia social de ese hombre. «Una historia similar a la mía», pensó Balboa, y a la de algún otro como el conde de Saro, o el conde de la Mortera, otro indiano enriquecido en las Antillas del que había oído hablar. Sin embargo, ellos formaban parte de una minoría, casos excepcionales que podían contarse con los dedos de sus dos manos; la gran mayoría eran historias de supervivencia, de gente que marchó y salió adelante como pudo, abriendo su pequeño negocio o un empleo decente aunque mal pagado, con el que no consiguieron ni fortuna ni gloria. Y a esos eran a los que llamaban indianos de hilo negro, porque negra, ajada y basta era la ropa con la que regresaban, si es que lograban reunir el capital y el orgullo suficiente para emprender algún día la aventura de volver con las manos algo menos vacías que cuando se marcharon.

El piano de cola Pleyel ocupaba su lugar privilegiado junto al ventanal. A su alrededor se habían dispuesto, en forma de media luna, siete filas de ocho sillas cada una. Algunas damas de mayor edad habían tomado posesión de su sitio en primera línea mientras aguardaban a que hiciera su entrada la aclamada pianista austríaca, Marie von Schulze, a la que los Güell habían traído expresamente de San Sebastián para la velada. Por lo que pudo apreciar, el resto de las señoras se repartía en corrillos por toda la sala con la oreja puesta en la conversación, y el ojo avizor ante cualquier mosca que volara alrededor.

Héctor siguió con la vista los andares basculantes del señor Muñoz en dirección a dos mujeres que, supuso, serían su esposa y su hija Carmen. La joven, rubia, de facciones demasiado afiladas y algo escasa de carnes para su gusto, poco o nada le debía a los genes paternos. Sin embargo, en cuanto Carmen Muñoz se volvió, Balboa corrigió su primera impresión: quizá padre e hija se parecían más de lo que pensaba en esa pose altiva con la que se exhibía en un vestido sobrado de tela y volantes, mientras se abanicaba briosa, con gesto impaciente. Parecía más una aristócrata centroeuropea que la hija de un panzudo propietario de minas. Aun así, debía reconocer que sería una estupenda embajadora de sus intereses en la sociedad santanderina.

Sus ojos barrieron la sala en busca del marqués de Peñubia, a quien había perdido de vista, pendiente como estaba de Muñoz. No tardó en descubrirlo junto a un grupo de señoras que sonreían embelesadas a un caballerete inclinado en un pomposo saludo. Un joven con un cierto aire familiar que no acertaba a identificar. Entre las damas reconoció a la primogénita del marqués, Amalia, pero como si de un imán se tratara, sus ojos se desviaron hacia la figura de Micaela, que observaba la escena con mirada distraída, presente pero ausente, ajena al parloteo que la rodeaba. Héctor delineó su perfil resuelto, la barbilla hendida, la nariz respingona que ascendía hasta la frente amplia y despejada de donde arrancaba su cabello, recogido en un severo moño a la altura de la nuca; de ahí resbaló por la larga línea de su cuello hasta llegar al recatado escote de su vestido color berenjena. El color de las viudas y solteronas. De los rosarios y la beatería. Con todo, en ella adquiría un efecto sereno y tornasolado sobre su piel dorada.

En ese momento, Micaela giró el rostro como si hubiera percibido su presencia, y sus ojos brillantes le salieron al encuentro. Sin veladuras ni remilgos. Le sostuvo la mirada uno, dos, cinco segundos, hasta que el sentido común le arrancó de su influjo recriminándole su distracción: «aléjate, Balboa. No es ella quien te conviene. No te equivoques».

# 16

Cuando su mirada se cruzó con la de él, sintió un súbito brinco en el pecho. Provocado por la sorpresa, más que otra cosa, se dijo Micaela. Porque sinceramente, nunca habría esperado encontrarse con Héctor Balboa entre lo más granado y selecto de la sociedad de Comillas. A él, precisamente, un indiano que no pretendía ocultar su origen humilde bajo la pátina de unos cuantos modales aprendidos y algunos lujos ostentosos. Y, sin embargo, lejos de desentonar, no pudo dejar de advertir que ese hombre, ataviado con una elegante levita de terciopelo negro y pantalones de buen paño inglés, desprendía una determinación y una dignidad que llamaban la atención en esa sala repleta de murmullos, prejuicios y sobreentendidos. Bastaba echar un vistazo alrededor para detectar la mirada apreciativa que le dedicaban algunas damas, entre ellas, la joven y bellísima marquesa de Comillas, María Gayón, de quien decían que buscaba en otros hombres la atención que no le prestaba su esposo, don Claudio, más preocupado por los asuntos espirituales que por los carnales.

—Dicen que tiene un matrimonio blanco —le había murmurado al oído su prima Luisa poco después de que se la presentaran.

—¿Y eso qué significa? —preguntó ella con ingenuidad.

—Que es puro, sin contacto carnal, me lo ha dicho una de las Suárez. —Y señaló de reojo a una joven, cuya risa bebían los tres caballeros que la escoltaban.

—Dudo de que ella conozca esas intimidades. A la gente le gusta demasiado cuchichear.

—Mi madre dice que es posible, porque don Claudio iba para cura cuando se murió su hermano mayor, el heredero, y su padre le obligó a casarse con la niña María, diez años menor que él —insistió su prima, de corrido—. Y todo el mundo sabe que en cuanto ponen el pie en Comillas, él se traslada al seminario y ella se queda en Casa Ocejo mientras construyen el palacio de Sobrellano. Y por eso padece esa ansiedad que le sale por los ojos, como si fuera una perdida.

Más que ansiedad, lo que reflejaban los preciosos ojos claros de la joven marquesa de Comillas, ahora posados en la figura de Balboa, era una admiración y un deseo que no intentaba disimular. No sabía bien por qué, a Micaela le molestó descubrir esa avidez en las pupilas de una belleza como ella, que podría conseguir al hombre que quisiera con solo chasquear los dedos. Decían que hasta el rey don Alfonso se había quedado prendado de la niña María. Pero al parecer, Micaela no había sido la única en captar el interés de la Gayón por Héctor Balboa: una señora ya entrada en años que bien podría ser su madre se acercó a ella con gesto huraño y la apartó de allí agarrándola del codo bruscamente, lo cual provocó una mueca de dolor y rabia en la marquesita. Sintió entonces pena por esa casi niña —apenas era mayor que Amalia— que creyó casarse con alguien dispuesto a amarla, y dio con un hombre insensible que la había encerrado en una jaula de oro por satisfacer los intereses de su padre y de la sociedad. ¿Quién se atrevía a juzgarla y culparla de nada? Fue entonces cuando Micaela cruzó su mirada con Héctor y antes de que pudiera esbozar una sonrisa a modo de invitación, él ya le había dado la espalda y se encaminaba hacia el extremo opuesto del salón, ajeno a los suspiros encendidos que perseguían su andar. Le siguió los pasos hasta ver cómo le presentaban a una señorita de cabello rubio y expresión afectada, ante la cual él se inclinó con un rígido besamanos.

—Ese hombre, el señor Balboa, me resulta un poco intimidante —le susurró Amalia en el oído con la vista puesta en la figura del indiano—. No sé si te has dado cuenta de esa forma de mirar que tiene, como si te traspasara y pudiera leer lo que estás pensando.

Sí, se había dado cuenta. Al principio le inquietaba tanto como a Amalia pero, ahora, esa fijeza en sus ojos ávidos de saber, indagar y entender solo le producía una mezcla de curiosidad y fascinación por la personalidad del señor Balboa.

—... y esta es mi sobrina, Micaela Moreau, que ha venido de Madrid y está disfrutando de una temporada con nosotros. Es institutriz, ha estudiado en Madrid, en la mejor escuela de institutrices de toda España y hasta de Europa, si me apuras. —La voz de su tía traspasó la barrera de sus pensamientos y Micaela volvió su atención al joven imberbe de ojos claros que se había acercado a saludarlas—. Micaela, Francisco Trasierra es el hijo de nuestra querida amiga doña Rosa.

Así que ese era el futuro heredero al que su tía le tenía puesto el ojo para Amalia. Pese al traje sobrio de corte impecable y al empaque con el que se erguía ante ellas, a nadie engañaba: sus facciones redondeadas y su constitución delgada mostraban un hombre aún a medio hacer, que intentaba disimularlo con expresión distante y altanera. Demasiado joven para cargar con el peso de tanta responsabilidad. Una responsabilidad que, hasta el momento, había soportado con estoicismo la señora de Trasierra sobre su cuerpo nervudo y encorvado, cargado con el peso de más años de los que sin duda le correspondían, y que ahora vibraba con orgullo maternal aferrada al brazo de su hijo. Rosa Trasierra la saludó con una leve inclinación de cabeza en señal de reconocimiento antes de volverse a su prima, con una sonrisa muy cumplida:

—Qué guapa estás, Amalia —dijo, al tiempo que se sentaba muy despacio, como si temiera perder el equilibrio—. Ese vestido realza el color de tus ojos, ¿verdad, Francisco?

—Yo no lo hubiera expresado mejor, madre —afirmó el hijo del mayorazgo, dedicándole a la joven una sonrisa tan educada como insulsa—. Pero la señorita Amalia ya sabe que siempre me tuvo rendido a sus pies, ¿no es cierto?

Micaela notó que Amalia se tensaba en su asiento y forzaba una media sonrisa incómoda. Se sabía expuesta ante los Trasierra como un sombrero en un escaparate. Apenas hacía un rato la había acompañado del brazo en un disimulado recorrido por el salón en busca del señor Macías. Desde que visitaron El Capricho, Amalia no dejaba de comentar con su prima cada palabra que dijo, cada detalle que recordaba de aquella mañana en que conoció al joven arquitecto. «¿Crees que lo veremos en el recital? ¿No es un poco extraño que no nos hayamos encontrado con él anteriormente? ¿Cuánto durarán las obras de Villa Quijano?» Micaela sonreía divertida ante el estado de excitación irracional en que vivía su prima desde entonces. Le recordaba un poco a ella misma en aquellos días en que conoció a Rodrigo Dulce en El Retiro, y apenas se atrevía a encararlo sin ruborizarse.

—Les agradezco el cumplido —contestó Amalia con el mismo tono educado y neutro utilizado un segundo antes por el joven, a quien se dirigió para añadir—: Me han dicho que ya se ha instalado en Casa Trasierra, Francisco. ¿No tiene pensado volver a Barcelona? Me temo que la estancia en Ruiloba se le haga muy tranquila en comparación con esa ciudad.

—En esta época no se va a aburrir —intervino doña

Rosa antes de que su hijo pudiera responder—. Durante el día hay mucha faena por hacer en la propiedad y por las tardes no le faltan compromisos sociales, imposibles de rechazar, por otra parte. —Y volviéndose hacia su amiga la marquesa, añadió—: De hecho, se me ocurre que podíamos organizar una comida campestre para los jóvenes, como aquellas que celebrábamos en el prado hace años, ¿lo recuerdas, Angélica?

—Claro que lo recuerdo. Era el acontecimiento del verano, después del baile de los Riera, por supuesto. Es una pena que dejarais de organizarlas...

Doña Rosa perdió el aplomo. Entrelazó sus manos con fuerza e hizo girar, de manera obsesiva, el anillo de zafiros que lucía en su dedo corazón. Hubo un instante de silencio, que su hijo rompió para contestar a la pregunta formulada por Amalia un rato antes.

—Por ahora mis planes son quedarme aquí, aunque tenga que desplazarme en ocasiones a Santander. Mi padre precisa mucha ayuda y ahora que soy abogado, me encargaré yo mismo de algunos de los asuntos pendientes.

La tía Angélica asintió aliviada tras el momento de incomodidad que ella misma había provocado y apostilló:

—Eso está muy bien. Cuando llega la hora, un hijo debe asumir sus responsabilidades. Y una propiedad tan grande como la de vuestra familia resulta difícil de gobernar por un solo hombre. Y más si ya va alcanzando cierta edad. —Una idea pareció abrirse camino en su pensamiento, porque de repente, inquirió—: Por cierto, ¿no ha venido José?

—Oh. No, no ha podido venir aunque le hubiera gustado. Ha tenido que salir esta mañana a Santander por un asunto de negocios urgente —y ante el silencio expectante de la marquesa, añadió bajando un poco la voz—: Un famoso hotelero francés desea construir un hotel de lujo en nuestra costa y José va a hacer todo lo posible por que elija edificar en terrenos de Ruiloba. Si lo consigue, supondría una enorme ganancia para el concejo.

—¡Y también para Comillas, querida! Recibiríamos entre nosotros a las mejores familias francesas y de otros países europeos. ¡Esta tierra podría convertirse en un pequeño Biarritz! —exclamó la tía Angélica, con los ojos haciendo ya chiribitas.

En ese instante, todos los presentes en la sala se volvieron hacia la puerta por la que hacía su entrada la señora Von Schulze. Un murmullo de expectación se elevó por encima de los grupos de invitados, que se fueron disolviendo para ocupar sus asientos en el patio de sillas. Luisa no esperó a contar con la aprobación de su madre para escabullirse junto con sus amigas hacia la zona del piano. Amalia y Micaela prefirieron esperar a que las damas y los caballeros de mayor edad hubieran ocupado sus asientos antes de buscar su acomodo en alguna de las filas traseras que habían quedado libres.

—Micaela, desde ahí no veremos a la señora Von Schulze —protestó Amalia en voz baja al ver a su prima dirigirse a la última fila—. Estaremos demasiado alejadas del piano.

—Pero escucharemos la música perfectamente, que es de lo que se trata.

Amalia le dedicó a su prima una mirada de asombro.

—Creí que apreciabas la música.

—Por supuesto que aprecio la música pero, a veces, estos recitales se me hacen eternos y me entran unas ganas enormes de bostezar —le confesó en voz baja. Señaló dos sillas vacías en un extremo de la última fila, y añadió—: Aquí detrás no importunaré a nadie si eso me ocurre.

La expresión de desconcierto de su prima se transformó de súbito en una risa divertida que intentó disimular tapándose la boca. Antes de sentarse, Micaela buscó con la mirada a Balboa, sin éxito. Pensó que quizá habría salido al jardín a estirar las piernas y fumar, como hacían otros caballeros, a la espera de que comenzara el recital. Sin embargo, tampoco lo distinguió entre ellos cuando los vio entrar y se dispersaron para ocupar los huecos vacíos. Héctor Balboa había desaparecido.

A quien sí vio fue al ayudante de arquitecto, Román Macías, que llegaba en ese instante con paso apresurado, como si temiera llegar tarde. Con un codazo suave, Micaela avisó a Amalia, que al verlo aproximarse apretó la mano de su prima con la respiración en un ay. Lejos de la obra y sin el guardapolvo, el joven Macías parecía un hombre distinto. Quizá fuera por el traje marrón con chaleco de seda adamascada que lucía con la apostura de un dandi. O por su aspecto pulcro y apuesto. O por esa sonrisa cálida y relajada que rezumaba al cruzarse con sus conocidos. Uno de esos conocidos fue el propio Francisco Trasierra, con quien se detuvo a hablar saludándose con efusividad, como si fueran viejos amigos, para luego separarse cada uno por su lado.

—Señorita Micaela, señorita Amalia, qué placer encontrarlas aquí. —Se deshizo en un cordial saludo con la primera, sus pupilas se demoraron en el rostro de la segunda.

—El placer es nuestro, señor Macías. Mi prima y yo nos habíamos empezado a preguntar si le habría surgido algún otro compromiso más interesante —bromeó con ligereza Micaela.

—¿Más interesante que acompañarlas a ustedes? Imposible. —Señaló el asiento libre a la derecha de Amalia—. ¿Me permiten sentarme a su lado?

Micaela dudó antes de responder. Todo el anterior nerviosismo de Amalia se había transformado ahora en un silencio ruboroso del que no atinaba a salir. Lo apropiado, se dijo Micaela, sería que ella ocupara el asiento intermedio entre ambos jóvenes, pero ¿qué sentido tendría? ¿Quién se daría cuenta de que el señor Macías tenía un especial interés en sentarse al lado de Amalia? Nadie, se dijo. Nadie, excepto su tía Angélica y doña Rosa, que desde sus respectivos asientos ya oteaban el patio de sillas, pasando revista a la posición que ocupaban amigas, conocidas y rivales. Doña Rosa se inclinó al oído de su hijo, que giró la cabeza con disimulo para mirar hacia el lugar que ocupaban Amalia y Macías. No debió de parecerle muy alarmante, ya que enseguida recuperó su postura inicial y la charla que mantenía con el caballero sentado a su izquierda. La tía Angélica, por su parte, examinó a Román Macías sin ningún pudor, con la intuición resabiada que tienen las madres para detectar cualquier atisbo de problema, por mínimo que fuera.

—Siéntese, señor Macías. Será un placer contar con su compañía —susurró apremiante Micaela, dejándole paso.

La música del *Nocturno* de Chopin comenzó a sonar casi inaudible, como un lento goteo en una tarde de lluvia. En el salón se hizo un silencio reverencial.

# 17

No fue consciente de que el piano había cesado de sonar hasta que vio salir a las primeras damas del salón con el gesto desmayado, besando el aire de sus abanicos. Detrás de las señoras, aparecieron el resto de los invitados atraídos por el frescor del atardecer que llegaba del mar entremezclado con el olor dulzón de la madreselva. Héctor había preferido escuchar la música apostado junto a la balaustrada de piedra de la gran terraza, con una copa de ron añejo entre las manos. Todavía le resonaba en la cabeza la funesta impresión que le había causado Carmen Muñoz y el escrutinio desganado al que lo había sometido después de que su padre lo presentara como un rico hacendado llegado de las Antillas, un caballero de mundo que se instalaría en su recién construida casona de Santander.

—Pero no estará pensando en regresar de nuevo, ¿verdad? —preguntó ella con voz hueca. Y a Héctor, la pregunta le sonó a condición previa a cualquier acercamiento o negociación, más que a simple curiosidad—. No me imagino cómo podría aguantar en una isla alejada de toda la civilización, ni soportar ese calor pegajoso, casi obsceno, si me apura, del que hablan quienes han viajado hasta allí.

Héctor le dedicó una mirada moteada de desprecio antes de responder. Había conocido a mujeres como Carmen Muñoz, muñecas mimadas, egoístas y caprichosas que paseaban sus ínfulas de «hijas de» como signo de elegancia por las calles de La Habana. Recordó a Elena, la hija de don Nicolás Mendoza, que trajo a maltraer a su socio y amigo Santiago, hasta que lo desechó como a un perro callejero en cuanto la pretendió un señor maduro de labia engolada aunque, eso sí, perteneciente a un antiguo linaje plagado de blasones en la madre patria. Eran mujeres que no terminaban de madurar nunca, vivían en un estado de perpetua insatisfacción y, con los años, se retorcían por dentro como una cepa de sarmiento, incapaces de adaptarse a una realidad que nunca era como deseaban, hasta que terminaban por envenenarse ellas mismas y a cuantos las rodeaban.

—Los primeros momentos suelen ser difíciles, pero luego uno termina acostumbrándose y apreciándolo. No conozco a nadie que no vuelva fascinado de esas islas. Le aseguro que no he echado en falta nada de lo que aquí disfruto ahora.

La joven le devolvió en respuesta una mueca entre airada e incrédula que colmó la paciencia de Balboa. Por mucho afán que tuviera en los negocios del padre, se veía incapaz de soportar día tras día a una mujer así. De hecho, aguantó unos minutos más de conversación por cortesía, antes de despedirse y abandonar el salón hacia la terraza, donde se unió a un corrillo de señores que compartían chascarrillos del lugar. Cuando avisaron del inicio del concierto, todos ellos entraron en el salón excepto él, que optó por quedarse y ahí seguía cuando se apagaron las últimas notas y el eco de los aplausos.

—¿Se esconde de alguien, señor Balboa?

Reconoció ese tonillo impertinente al instante. Se incorporó despacio de su posición reclinada sobre la baranda y se volvió con expresión burlona, callándose la respuesta que le había venido a la mente nada más verla ante sí. En vez de eso, contestó:

—No soy persona de esconderse, señorita Moreau.

—¿Ni siquiera de las damas que le pretenden?

—¿Hay damas aquí que me pretenden? Permítame que lo dude. —Bebió un trago de ron de su copa y luego, con una sonrisa sarcástica, añadió—: Creí que las señoritas educadas como usted prefieren señores más letrados y refinados que yo.

Ella enlazó las manos en su regazo y replicó con el mismo tono cortante que utilizaría con una pupila respondona:

—Mis preferencias no vienen al caso. Ni busco pretendiente, ni tengo intención de casarme.

—¿Y por qué no? —preguntó él, picado por la curiosidad.

A lo largo de los años había conocido a varias solteronas, y juraría que ninguna había elegido ese estado por voluntad propia. Estaba convencido de que casarse y formar una familia era la aspiración de cualquier mujer decente. Y de las indecentes también, aunque esos sueños se solían convertir muy pronto y sin advertirlo apenas en pesadillas de niños harapientos, palizas y abandono.

—Prefiero conservar mi independencia antes que unirme a un hombre a quien solo le interesa una mujer para cubrir sus necesidades, sean del tipo que sean —afirmó resuelta.

—Usted también podría cubrir las suyas, sean las que sean.

—Mis necesidades son muy sencillas, señor Balboa. Solo necesito un aula repleta de niñas dispuestas a aprender y un empleo que me proporcione unos honorarios mensuales suficientes para mantenernos a mi madre y a mí. Eso es todo.

Unas risas altisonantes desviaron la atención de la maestrilla hacia el extremo opuesto de la terraza. Balboa siguió la dirección de su mirada hasta el grupito de damas y caballeros entre quienes se hallaban los marqueses de Peñubia.

—¿Ha estado casada? ¿Prometida?

—No.

—¿Nunca ha estado con un hombre? —En cuanto formuló la pregunta se dio cuenta de lo inapropiado que sonaba y, sin embargo, se regodeó en contemplar el leve rubor que comenzaba a cubrir sus mejillas y la expresión asombrada que reflejaba su rostro.

—¡Eso no es asunto suyo! —exclamó ella, esbozando un gesto de incredulidad.

Él reprimió una suave carcajada. No, no lo era. Probablemente no le habría formulado una pregunta así a cualquier otra joven, pero lo cierto es que sentía un placer extraño al provocar a esa mujer de aspecto recatado y gesto resuelto que, hiciera lo que hiciese, nunca le dejaba indiferente. Héctor deslizó la mirada hasta sus labios y de ahí, al hoyuelo de su barbilla, cuya imaginación recreó como una pequeña muestra de otras suaves hondonadas en su cuerpo. Algún día no se resistiría a acariciar esa hendidura de su piel.

—Tiene usted razón. He sido un maleducado —replicó, simulando la contrición que no sentía. Hizo una seña a un criado que se paseaba entre los invitados con una bandeja y depositó en ella su copa vacía—. Discúlpeme. No pretendía ofenderla.

Ella aceptó sus disculpas con indulgencia, como si de un niño travieso cogido en falta se tratara.

—Estuve prometida hace muchos años. Él era capitán en el ejército, un hombre de honor, inteligente, honesto y maravilloso. Éramos como... —Sus palabras languidecieron en sus labios, su mirada pareció perderse en algún recuerdo pasado durante un instante que a Héctor le pareció demasiado largo. Hubiera querido saberlo todo de aquel hombre, de aquel compromiso truncado. Micaela retomó la frase de nuevo—: Éramos como almas gemelas. Nos habríamos casado si no hubiera muerto antes en una escaramuza rebelde en Cuba.

—Entiendo. —El semblante de Balboa, antes risueño, había adoptado ahora una expresión grave—. Los que nos dejan así, de manera injusta y repentina, siempre serán los mejores en nuestro recuerdo, ¿verdad?

—Sí, creo que sí. Nunca habrá nadie como él —murmuró casi para sí, bajando la vista a sus manos entrelazadas. Pero enseguida, como si fuera consciente de haber dicho alguna inconveniencia, alzó los ojos hasta Héctor y añadió—: Usted también tiene cualidades interesantes y atractivas para las damas.

—No me diga —respondió lentamente, con una sonrisa ladeada—: Ilústreme, por favor.

—Tiene buena planta, es bien parecido... —Micaela enumeraba cada cualidad suya con ayuda de los dedos de una mano, como si estuviera recitando la lista de los reyes godos. A Héctor le pareció deliciosa esa manera de contar—. Puede ser amable si se lo propone, razonable incluso, y aunque sus modales probablemente no sean todo lo refinados que debieran, creo que su... —se detuvo un instante buscando la palabra más apropiada para lo que quería expresar— «naturalidad», por así decirlo, puede resultar hasta seductora para muchas señoritas.

—Se le ha olvidado casi lo más importante, por lo que tengo entendido... —Hizo una breve pausa para deleitarse en la expresión intrigada de Micaela, en sus labios entreabiertos por la expectación, en la tonalidad turquesa de sus ojos límpidos y calmos como las aguas del Caribe. Se inclinó levemente hasta su oreja, aspiró el olor a lavanda que

desprendía y bajando la voz, apuntó casi rozándole el lóbulo con los labios—: Tengo una fortuna considerable.

Ella apartó aprisa el rostro y retrocedió dos pasos para
agrandar la distancia entre ambos.

—Bueno, sí. Eso resultará un punto a su favor en determinados casos —farfulló, hurtándole los ojos.

—¿Para usted no lo es?

—Señor Balboa, le repito que yo no tengo intención de
casarme y menos aún por dinero. Supongo que hay señoritas para las que esa información es importante... —Al
percibir un brillo sarcástico en sus ojos, rectificó—: Muy
importante, lo reconozco.

—¡Micaela!

Ambos se giraron al mismo tiempo hacia el lugar de
donde procedía la voz femenina, junto a las escalinatas
que descendían al jardín. Amalia de Cossío, escoltada por
dos jóvenes, parecía reclamar a su prima con mirada apremiante.

—Debo dejarle —se disculpó Micaela—. Me temo que
he de acompañar a mi prima en su paseo con dos caballeros
que aún no sé si son amigos o rivales: el señor Macías y el
señor Trasierra.

Los ojos de Balboa retornaron con viveza hacia los dos
hombres. Güell le había presentado dos días atrás a Macías,
el prometedor arquitecto y rendido admirador de ese otro
arquitecto catalán del que todo el mundo hablaba por allí,
ya fuera para criticarlo o para elogiarlo: Antoni Gaudí.
A Macías nadie podría negarle el entusiasmo con el que

defendía a su maestro y su proyecto de Villa Quijano, reflexionó mientras lo veía alejarse unos pasos del grupo. Y en cuanto al otro admirador... identificó en el más joven el rostro que le había resultado familiar, poco antes de que comenzara el recital.

—¿Tiene algo que ver con el mayorazgo de Casa Trasierra en Ruiloba? —indagó Héctor sin apartar la vista de él.

—Es el primogénito, Francisco Trasierra. Acaba de regresar de Barcelona para ayudar a su padre en la administración de sus tierras. Es de Ruiloba, como usted. ¿Lo conoce?

Si bien era más estilizado que el padre, Héctor creyó ver en él un cierto aire de suficiencia o de altivez que le recordó a su progenitor.

—No tengo el gusto. ¿Y dice que es un pretendiente de su prima, Amalia? —Sus ojos se desplazaron hasta la figura dulce y espigada de la señorita de Cossío, que olía un pequeño ramillete de jazmín con que le había obsequiado el señor Macías.

—Si me guarda el secreto, creo que mi prima Amalia tiene debilidad por el arquitecto. —Escuchó decir a Micaela a su lado, concentrado en la escena que tenía frente a sus ojos—: ¿Desea que le presente?

Héctor tardó un segundo de más en declinar el ofrecimiento. Prefería mantenerse alejado de Trasierra y de sus descendientes. El amargo sabor del odio siempre terminaba por envenenarle la sangre y nublarle el pensamiento. En su contienda particular no existían los inocentes ni los indultados. Tampoco hacía concesiones. Nada le haría cambiar de opinión cuando llegara el momento de despojar a Trasierra de todo lo que quería, del mismo modo que el mayorazgo no tuvo ningún miramiento para despojarle a él de su familia, de su hogar, de su futuro. Por más que lo intentara, era incapaz de olvidar, incapaz de perdonar.

En esos pensamientos andaba perdido cuando vio venir hacia él a un mayordomo.

—¿Señor Balboa? —Él asintió, extrañado—. Le traigo un recado urgente de su casa.

Y acercándose, se lo susurró al oído.

—Se lo agradezco, señorita Moreau. Pero tendrá que ser en otra ocasión —dijo Héctor, alterado—. Si me disculpa... Ahora debo marcharme.


El mayordomo acudió a su encuentro en cuanto oyó que se abría la puerta de la casa. Le cogió el sombrero con una mano y la levita con otra, después de que Héctor se la hubiera quitado con soltura.

—La cocinera le ha dejado la cena preparada, señor.

—No tengo apetito, gracias.

—Ha venido ese hombre, el investigador. Ha dejado esta nota para usted. —Se metió la mano en un bolsillo de la chaqueta y extrajo un papel doblado que le tendió—: Ha dicho que volverá a buscarle al alba.

Balboa cogió el papel y lo leyó. Habían identificado a una mujer llamada Candela, a quien relacionaban con una tal Antonia Pérez en Bilbao.

—Prepara mi equipaje, Juan. Saldré de viaje por unos días.

# 18

El carruaje hizo su entrada en Santander de buena mañana, a pesar del retraso con que habían partido: su prima Luisa, que se había mostrado tan interesada en acompañarlas días atrás, había cambiado de parecer en el último momento, tras recibir una nota de su amiga Loreto Lizarra avisándola de su llegada a Comillas. Micaela respiró con cierto alivio. Así no se vería obligada a engañar ni ocultarle a Luisa su cita en el colegio de las hermanas Ruano tal y como habían pensado. No confiaba demasiado en ella. Y, por su parte, la pobre Amalia había amanecido con ojeras, la piel mate, y una calentura en el labio. Cuando Micaela le preguntó, su prima le dijo que había pasado mala noche, había dado mil vueltas en la cama, incapaz de dormirse. «Pero me vendrá bien cambiar de aires por un día —añadió—, me despejará un poco.»

Llegaron a Santander justo a tiempo para que Micaela pudiera bajarse en la plaza de Velarde y acudir puntual a su cita con las señoritas Ruano. Atravesó la plaza hasta la esquina suroeste, donde el colegio ocupaba, como no podía ser de otra forma, un edificio señorial de tres pisos, retranqueado tras los soportales. Micaela alzó los ojos a su fachada neoclásica, se detuvo en los visillos de encaje de la entreplanta y en el rimbombante escudo de piedra sobre el dintel de la entrada. Golpeó dos veces la puerta con la aldaba de bronce, y casi al instante apareció ante ella una muchachita, apenas una niña, vestida con un sencillo uniforme de paño gris y delantal blanco.

—Soy Micaela Moreau. Tengo una entrevista con las señoritas Ruano.

La muchacha la examinó rápidamente de arriba abajo y le franqueó el paso con la mirada fija en el suelo. Al adentrarse en el vestíbulo, un perfume dulzón le embotó el olfato. Podían ser nardos. O quizá violetas. O ambas a la vez. La doncella le indicó una sala junto al recibidor donde le pidió que esperase mientras avisaba de su llegada.

Micaela se acomodó en uno de los cinco sillones tapizados en el mismo color rosa pálido que dominaba la estancia. Comprobó una vez más que su boletín de evaluación final y su certificado de aptitud oficial, sellado por la Escuela Normal de Madrid, seguían a buen recaudo en su bolso. Había pensado entregárselos en cuanto empezara la entrevista, como prueba de cuanto había explicado en la carta de presentación enviada meses atrás. Sus referencias eran inmejorables. El día del examen solo se presentaron trece señoritas, por lo que dedujo que no serían muchas las maestras que podían acreditar hoy en día una buena formación, sobre todo, porque nadie parecía considerarla necesaria. Pero ahora no estaba en una escuela pública sino en un colegio privado, serio y prestigioso, en el que los padres debían desembolsar una buena cantidad de dinero por instruir a sus hijas. Y esas credenciales eran importantes, supuso. Apretó un poco más el alfiler de su sombrero, se alisó la falda arrugada por el viaje y estiró las mangas de su blusa hasta ver sobresalir la puntilla de encaje por el filo. Luego, se arrellanó en el sillón, pero al notarse algo incómoda retiró del asiento un cojín de volantes en el que habían bordado una pomposa R de Ruano. Fue entonces cuando se percató de que cada sillón no solo tenía su correspondiente cojín bordado con una letra distinta del apellido sino que, además, el respaldo estaba cubierto por un tapete de ganchillo con la misma inicial. Respiró hondo para tranquilizarse.

A fin de cuentas, todo estaba saliendo bien hasta el momento. Convencer a su tía Angélica de que les permitiera ir a Santander había sido más sencillo de lo que se imaginaba. Aprovecharon para decírselo al día siguiente de la velada. Su tía había vuelto encantada y dedicó el almuerzo a comentar cada detalle que recordaba: la encantadora pareja que formaba el matrimonio Güell, qué deferencia haberles reservado los asientos de la primera fila, junto a la joven marquesa de Comillas y don Claudio quien, por supuesto, no se dignó aparecer. Tampoco el mayorazgo, por más que le hubiera excusado doña Rosa; nada que ver con su hijo Francisco, convertido en un joven guapo y cumplido que ya se comportaba como digno sucesor de su padre —dijo dirigiéndose a Amalia, quien sonrió sin ganas—. Luego ensalzó la interpretación de la señora Von Schulze, aunque le parecía una excentricidad por parte de Eusebio Güell haberla hecho venir de San Sebastián, como si pretendiera competir con los eventos sociales de los Riera, «mucho más refinados, dónde va a parar». No en vano, Agustina Mitjans de Riera, Titina, hija de don Baltasar Mitjans, un banquero asentado en París (de quien ella jamás había oído hablar antes, todo hay que decirlo), se había educado en los mejores ambientes de la capital francesa, al igual que su hermana Amalia. Las dos hicieron muy buenas bodas: «Amalia se casó con nuestro querido Antonio Sánchez de Movellán, que a la muerte de su suegro se hizo cargo del banco. Y Titina se casó con Fermín Riera, un acaudalado financiero catalán con participaciones en varias compañías, además de consejero del mismo banco, que ahora se llama Movellán y Angulo. Si no hubiera sido por Amalia y Antonio, los Riera jamás habrían pisado Comillas ni, por supuesto, habrían construido La Coteruca en lo alto de esa loma».

Fue en ese momento cuando Amalia la interrumpió para comentar que Micaela necesitaba un vestido para el baile que celebraban los Riera en San Lorenzo, dentro de tres semanas, y que habían pensado ir al taller de doña Manolita en Santander. La tía Angélica no puso ningún impedimento; más bien al contrario, aprovechó para pedirles una serie de encargos de la capital. Ella esperaba la visita del señor Matías Zayat, el joyero de San Vicente de la Barquera, para que le revisara y arreglara algunas de sus joyas. La atención retornó a la velada cuando su tía se mostró sorprendida de haber visto a «esa estiradilla, la hija de los Muñoz» conversando un buen rato con el indiano de Ruiloba. Su tío rompió su silencio distraído, y dijo que el señor Balboa andaba buscando esposa entre las jóvenes de buena cuna, y que Muñoz, rápido de reflejos, había salido como una flecha a presentarle a su hija. «Ah, claro. Muy apropiada para un hombre tan arrogante como él, sin duda», afirmó circunspecta su tía. A tenor de las risillas que flotaron encima de la mesa, a todas debió de parecerles divertido. A todas menos a Micaela. El comentario le molestó más de lo que deseaba reconocer. Todavía estaba intrigada por la repentina despedida del señor Balboa tras el mensaje relativo a una tal señorita Candela, que fue lo único que su oído pudo captar.

Oyó el paso ligero de unas zapatillas por el pasillo, y el chirrido de la puerta al abrirse de nuevo. La muchacha de ojos saltones le indicó que la acompañara al despacho de las señoritas Ruano. Al ponerse en pie, Micaela se estiró la falda una vez más y siguió los pasos de la chica. Atravesaron el vestíbulo adentrándose en un largo corredor jalonado de puertas blancas con bonitos cristales esmerilados. Cada una de ellas lucía un cartelito con el dibujo y el nombre de una flor escrito en letra primorosa: Rosas, Calas, Crisantemos...

—Las señoritas Ruano adoran las flores —murmuró la joven como única explicación.

Al llegar al final del pasillo, la muchacha golpeó con

suavidad la madera de una puerta que abrió sin esperar respuesta.

—La visita que esperaban, señoritas —anunció con timidez, y le cedió el paso a Micaela.

Las dos hermanas se presentaron sentadas, una al lado de la otra, detrás de un gran escritorio oscuro de caoba tan solemne como el enorme cuadro de la Inmaculada Concepción que presidía la estancia.

—¡Señorita Moreau! Pase, pase. —Una de las dos mujeres se levantó para saludarla—. Soy Piluca Ruano, directora del colegio, y esta es mi hermana Flor, subdirectora.

Ambas hermanas guardaban un extraordinario parecido entre sí, imposible distinguirlas a primera vista. Todo en ellas era menudo y redondeado: los ojitos se hundían en sus rostros acolchados como botones en un capitoné, sus naricillas respingonas apenas sobresalían de entre los mofletes y las dos sonreían exhibiendo un rosario de minúsculos dientecitos separados entre sí, más parecida a una dentadura de leche que a la de un adulto. A esta semejanza física se añadían los mismos gestos, la misma forma de reír, el mismo tono de voz agudo, casi infantil. Y lo más curioso es que lejos de destacar aquello que podría diferenciarlas, parecían regodearse en fomentar los parecidos: no solo lucían el mismo recogido en lo alto de la cabeza y el mismo tono pálido en los labios, sino que vestían el mismo modelo emperifollado de encajes, aunque en distinto color; una prefería el rosa, y la otra, el lila. Dos colores que predominaban en el conjunto de tapicerías, objetos y adornos de la estancia, más parecida a una casita de muñecas que a un verdadero despacho, si no fuera por el escritorio macizo y el reloj de pared, cuyo péndulo se balanceaba de un lado a otro con un chasquido rítmico, solitario, disciplinado.

Pero, sin duda, lo que más asombró a Micaela era que ambas hermanas parecían moverse en perfecta sincronía: era como si lo que pensara una lo ejecutara la otra, o la frase que iniciara una la completara la otra.

—Les estoy muy agradecida por darme la oportunidad de presentarme, señoritas Ruano —respondió con la mayor calma de la que fue capaz—. Es un honor para mí estar aquí hoy.

Las dos mujeres se levantaron de sus sillones y rodearon el escritorio en dirección a una mesita camilla dispuesta junto a la ventana, en la que reposaba una bandeja con todo lo necesario para tomar café.

—Hemos estado esperándola con curiosidad desde que recibimos su carta —respondió la hermana mayor, Piluca, indicándole que tomara asiento en una de las tres butacas. Sin mediar palabra, Flor Ruano comenzó a servir el café en las tazas de porcelana inglesa. Mientras tanto, su hermana había cogido la jarra de la leche y cortaba el café con un chorrito al tiempo que hablaba—: Sus referencias eran excelentes.

—Muchas gracias. He traído conmigo el certificado del título de maestra de la Escuela Normal, por si desean comprobarlo. —Micaela hizo amago de abrir su bolso.

La directora la detuvo con un gesto de la mano.

—Oh, no se preocupe. Con saber que ha estudiado en la Escuela de Institutrices de Madrid es más que suficiente. Si quiere que le diga la verdad, lo que nos convenció fue que viniera recomendada por la duquesa de Quintanar. ¡La duquesa de Quintanar, ni más ni menos! Debe de tenerla en gran estima porque nos remitió una carta sumamente elogiosa de usted a través de su cuñada, doña Inés Velarde, condesa de Arredondo, una de nuestras mayores benefactoras.

—También nos dio muy buena impresión el hecho de que sea usted sobrina de nuestro admirado marqués de Peñubia, toda una institución en esta tierra —añadió con voz melosa Flor Ruano, sosteniendo su taza en el aire con dos deditos regordetes.

—Para nosotras esa es la mejor garantía de que usted es la persona apropiada para nuestro colegio. Tenga en cuenta que aquí enseñamos a las hijas de las familias más ilustres y distinguidas de Santander y de otras ciudades de alrededor. Contamos con cuarenta alumnas, de las cuales, veinticinco son externas y quince residen con nosotras en régimen de internado ya que proceden de otras capitales de provincia cercanas. Como comprenderá, las tutoras que se encargan de la educación de estas niñas deben ser damas con una educación y una reputación intachable.

La directora hizo una breve pausa e intercambió una mirada con su hermana, como si le cediera el testigo de la siguiente pregunta:

—¿Está usted casada, señorita Moreau? —preguntó con voz aguda Flor Ruano.

Micaela depositó con cuidado la taza vacía sobre el plato y respondió:

—No, estoy soltera. No tengo prometido ni compromiso alguno con nadie. Resido con mi madre viuda, en Madrid. En caso de que me contrataran, nos trasladaríamos a vivir aquí de manera inmediata.

Las dos compartieron una idéntica sonrisa de satisfacción.

—Nuestra institución ofrece alojamiento para las tutoras recién llegadas. De hecho, así le resultará más fácil familiarizarse con las normas y rutinas del colegio de las que ustedes deben dar buen ejemplo. Las niñas son como las plantas, hay que regarlas y vigilarlas constantemente para que florezcan en todo su esplendor y no se marchiten antes de tiempo —afirmó Flor con una risita infantil—. Nuestro lema es: «Una mujer dulce y educada ennoblece a su marido, a su familia y a su casa».

Micaela no supo qué responder a esas palabras.

—Reúne usted todas las virtudes que le exigimos a nuestras maestras, señorita Moreau. —La directora reafirmó su halago tendiéndole a Micaela una bandejita de plata repleta de pastas colocadas en forma de flor—. Si las condiciones le parecen bien, se haría usted cargo de la clase de las Margaritas, es decir, las niñas de once y doce años. Son bulliciosas, pero aún no están en edad de rebelarse, por lo que resultan muy adecuadas para alguien con escasa experiencia, como es usted.

—¿Qué materias les enseñan a las niñas?

—Oh, a esa edad lo principal es que adquieran destreza en los conocimientos que aprendieron el curso anterior: piano, francés, bordado, doctrina cristiana, higiene doméstica, caligrafía...

—Sepa, señorita Moreau, que el colegio de las señoritas Ruano es famoso por la bella caligrafía de sus alumnas —puntualizó la menor de las hermanas, con un brillo de orgullo en los ojos—. En cuanto alguien recibe una carta escrita por una alumna nuestra sabe, indefectiblemente, que ha estudiado en nuestro colegio.

—¿Y no les enseñan aritmética, geometría, historia, ciencias...? —preguntó no sin cierto tono de sorpresa en su voz.

—¡Oh, sí! Todas saben sumar y restar. Pero a esas edades no debemos saturar esas mentes tan tiernas. Son aún demasiado jóvenes y se cansan con facilidad. A los catorce años les enseñamos toda la aritmética que necesitan para llevar las cuentas de su hogar como corresponde a una señorita destinada a dirigir una casa familiar con servicio. Y también estudian geografía de España, que ampliamos a la lista de las capitales europeas en los siguientes cursos.

En ese punto de la conversación, a Micaela ya se le había caído el alma a los pies. El prestigioso colegio de las señoritas Ruano que ella había imaginado ingenuamente como un hervidero de futuras mujeres preparadas para la vida moderna, ese «tan bueno como los internados suizos» a decir de la tía de Victoria, no solo replicaba el absurdo modelo de enseñanza de las niñas en las escuelas públicas, sino que además alardeaba de un nivel de conocimientos muy bajo, por no decir ridículo, en cada curso académico. Su entusiasmo inicial se diluyó en una gran confusión interior, una pesadez mental que entorpecía sus pensamientos. En ese momento, solo era consciente del sonido imparable del péndulo del reloj de pared que resonaba en su cabeza, marcando el paso de los segundos. ¿Qué podía hacer ahora? La perspectiva de regresar a su vida en Madrid junto a su madre y continuar con sus rutinas a la espera de que la confabulación familiar para buscarle pretendiente diera resultado le parecía descorazonadora.

Flor Ruano pareció darse cuenta del estado de estupefacción en el que se hallaba, por lo que tomó la palabra para tranquilizar a la que ya veían como maestra de su colegio.

—Me temo que la estamos asustando, señorita Moreau. Se preguntará dónde tienen cabida los conocimientos más importantes que cualquier dama debe adquirir, ¿no es cierto? —preguntó con una mirada de complicidad resabiada—. No se preocupe: somos conscientes de que estas mujercitas llevarán sobre sus hombros el peso de su hogar y de su posición social, por lo que nos esmeramos en darles la mejor instrucción para que puedan estar a la altura de sus responsabilidades. Los usos y modales que necesita una señorita para manejarse en sociedad, tanto en el ámbito doméstico como en los eventos sociales, son tan valorados en nuestra institución que no hay día que no los trabajemos con las alumnas, desde las más pequeñas a las mayores. Tienen mucho por aprender: desde cómo recibir, las normas de etiqueta y decoro, hasta cómo animar una conversación. —El busto de Flor se hinchó de satisfacción antes de continuar—: Nuestro programa es un modelo a seguir en lo que se refiere a la educación de las señoritas, y no tiene nada que envidiar a ningún colegio internacional de renombre.

Las dos hermanas soltaron unas risitas comedidas. La señorita Piluca procedió entonces a explicarle las condiciones del puesto de trabajo, sus obligaciones y tareas, sus horarios y honorarios. Todo quedó perfectamente claro para Micaela, que se debatía en un mar de dudas.

—Las condiciones me parecen muy bien, señoritas. —Dudó unos segundos antes de proseguir—: Quizá les resulte extraño, pero ¿sería mucha molestia para ustedes si les doy una contestación definitiva en el plazo de un mes? Me gustaría escribir a mi madre a Madrid para comentárselo, a fin de no tomar la decisión yo sola y de manera egoísta.

—¡Faltaría más! ¡Una madre se merece el mayor respeto y consideración! Sobre todo si solo la tiene a usted, ¡pobrecita! ¡Es usted un ángel, señorita Moreau! —Las dos hermanas se deshicieron en un sinfín de halagos en la despedida—. Transmítale nuestros saludos a la marquesa de Peñubia de nuestra parte. ¡Qué encantadora mujer! ¡Digna esposa de su marido!

A Micaela, el interminable pasillo que conducía a la puerta de la calle le pareció a la vuelta más estrecho y asfixiante.

# 19

La puerta del colegio se cerró a su espalda y Micaela se quedó plantada en la calle, con cierto aire ausente, contemplando ante sí la pared rugosa de piedra que rezumaba moho. Necesitó unos minutos para recomponerse, desenmarañar todos esos pensamientos apelotonados en su cabeza y poner orden entre ellos; solo así podría recordar el lugar de encuentro con su prima. «Nos vemos en la iglesia de la Anunciación, no tiene pérdida», le había dicho Amalia antes de descender del carruaje. A lo largo del recorrido que la llevó hasta el templo, le vinieron a la mente imágenes y retazos sueltos de su conversación con las Ruano, sus sorbitos minúsculos de café, sus comentarios sobre algunas conductas que consideraban inaceptables, o sobre la habilidad de determinada alumna con los arreglos florales, o el compromiso de matrimonio de tal otra, envueltos en el empalagoso olor a violetas que flotaba en la habitación... y casi sin darse cuenta, empezó a imaginar su porvenir en esa ciudad, entre esas mismas calles estrechas y empedradas que discurrían de espaldas al mar, bajo el resguardo de la bahía.

Tardó poco más de cinco minutos en llegar frente al pórtico de la iglesia y, al asomarse a su interior umbrío, vislumbró a su prima arrodillada en uno de los primeros bancos. Avanzó a lo largo del pasillo central hasta el altar mayor, donde se santiguó al tiempo que hacía una leve genuflexión, antes de tomar asiento junto a Amalia. Su prima rezaba inmóvil y encorvada sobre sí misma, con la frente apoyada en las manos entrelazadas, los ojos cerrados, los labios silabeando una plegaria muda. Siempre le habían infundido un respeto rayano en la admiración esas personas con una fe tan honda, que les bastaba la oración para encontrar paz y consuelo en sus momentos más difíciles. Su fe nunca había sido lo bastante fuerte como para acudir a Dios en busca de ayuda con la que librar sus batallas.

Micaela rozó el hombro de su prima. Amalia dio un respingo y se volvió hacia ella. Un rastro de lágrimas surcaba sus mejillas.

—¿Qué te ocurre? ¿Por qué lloras? —susurró alarmada.

Su prima le hurtó los ojos. Se limpió con premura las mejillas, y santiguándose, se puso en pie para salir de la iglesia. Micaela la siguió en silencio hasta el exterior, preguntándose qué podría haber sucedido en su ausencia para alterarla así.

—Amalia, ¿qué ocurre? —insistió cuando se vieron solas bajo el pórtico techado—. ¿Has tenido algún percance? ¿Alguien te ha hecho daño?

Su prima negó con la cabeza.

—Entonces ¿qué sucede? Cuéntamelo. —Micaela pasó un brazo protector alrededor de los hombros de su prima y la guio hasta un banco cercano, donde se sentaron.

Ay, Micaela. Sucedía que se le había juntado todo, la noche en vela, la calentura del labio, un cierto destemple del cuerpo, una flojera de ánimo; pero, sobre todo, la honda impresión que le había causado la visita a su amiga Elisa, esa misma mañana, mientras Micaela se entrevistaba con las señoritas Ruano. La había encontrado tan apagada, tan cambiada... Se había casado hacía apenas seis meses con un conocido de la familia, un hombre mayor, propietario de algún próspero negocio en Torrelavega, no recordaba cuál.

—Tenías que haberla visto, Micaela, con lo alegre y animosa que ella era, y parecía un alma en pena. Dice que su marido no es quien aparenta, que no quiere que salga ni sola ni acompañada, salvo que sea con él. Y él no para mucho en casa, viaja con frecuencia y cuando eso ocurre, su suegra la vigila y Elisa se desespera. —Amalia hizo una pausa, su voz se convirtió en un susurro tembloroso—: Mi padre me llamó anoche a su despacho para decirme que el mayorazgo le ha propuesto que nos casemos Francisco y yo. Y tanto padre como madre ven ese enlace con buenos ojos.

Micaela la miró sorprendida. No se esperaba algo así. Cierto era que su tía no escondía su interés por los Trasierra, pero su tío...

—Todavía no han acordado nada, pero dicen que sería

un matrimonio muy ventajoso para mí, para nuestra familia, para todos. Francisco heredará gran parte de Casa Trasierra y aseguran que no tardará en conseguir un puesto de concejal, y después le llegará el momento de ser diputado por Santander en las Cortes. Dicen que nuestra boda uniría a dos de las familias más antiguas y respetadas de la zona. Y ya sabes lo que opina mi madre de Francisco: le parece el yerno perfecto.

—Y tú, ¿qué opinas?

—¿Acaso importa? —replicó su prima con amargura—. ¿Qué quieres que diga? Sé que mi matrimonio con Francisco es el más conveniente para mí y para mi familia, ¿cómo dudarlo? No es la persona que elegiría mi corazón, pero no es menos cierto que el corazón puede romperse con facilidad en manos de quien no lo merece. Madre dice que, con el tiempo, podría llegar a querer a Francisco tanto como si hubiera sido un amor a primera vista pero...

—... pero tú quieres al señor Macías.

Amalia se ruborizó intensamente.

—Es tan... distinto a los demás caballeros que conozco. Tiene esa forma tan agradable de hablar, de reír, de mirarme... Pero ¿qué puedo hacer?

Desde luego, Román Macías no era heredero de un mayorazgo, ni procedía de una familia respetada y conocida en Santander, pero por lo que había oído, su padre era un acomodado comerciante del textil en Barcelona muy bien relacionado con la alta burguesía catalana, entre los que se encontraban el marqués de Comillas y el propio Güell.

Y nadie podía cuestionar que el joven Macías era un arquitecto con la suficiente ambición como para trabajar en los arriesgados proyectos del tal Gaudí, que tan buena fama parecía tener entre el círculo catalán de Comillas.

Micaela tomó a su prima de la mano. Por más que le entristeciera, no debía infundirle falsas esperanzas: los enlaces acordados tenían razones difíciles de rebatir. Y aún era pronto para saber las intenciones del señor Macías.

—Poco consejo te puedo dar yo sobre el matrimonio o el amor, Amalia, salvo que escuches a tu intuición y defiendas tu felicidad —le dijo—. El tiempo termina poniéndolo todo en su sitio.

—Yo soy feliz si las personas a quienes quiero lo son. Y ellos lo serán si me caso con Francisco Trasierra, Micaela. ¿Y no es eso lo más importante? —concluyó su prima, incorporándose. Se empolvó la cara, se arregló el sombrero y le dedicó una sonrisa resignada—: ¿Nos vamos? Y de camino me cuentas cómo te ha ido la entrevista.

—Desean contratarme lo antes posible —respondió sin mirarla directamente.

Esta vez la expresión de su prima reflejó una alegría sincera.

—Estaba segura de que lo conseguirías —le dijo, apretándole el antebrazo en un gesto de emoción—. Vámonos, es tarde. El carácter de doña Manolita empeora según se acerca la hora del almuerzo.

Enfilaron la calle donde se hallaba el piso de la modista más conocida de la ciudad. Si bien no tenía el renombre de madame Honorine ni sus patrones reproducían la última moda de París, toda la sociedad femenina de Santander coincidía en reconocerle su habilidad con las tijeras, con la aguja y con las hechuras, que amoldaba al talle exacto de cada clienta, aun sin tenerlas delante. Antes o después, todas las señoras pasaban por el piso de la modista porque, a pesar de su lengua mordaz y su carácter orgulloso, doña Manolita hacía gala de la suficiente discreción como para ganarse a las damas de mucho copete pero capital menguante que acudían a ella a remendar sus trajes envejecidos. «Si tuviera menos querencia por los volantes, los polisones excesivos y los halagos exagerados, dejaría todo mi vestuario en sus manos», le había asegurado Amalia de camino al taller.

—¡Qué agradable sorpresa! ¡La señorita de Cossío! —exclamó la mujer que salió a recibirlas al vestíbulo envuelta en un olor a rosa y almidón. Según observó Micaela, doña Manolita tenía más aspecto de ama de cría que de modista fina, pese a la cinta métrica que colgaba de su cuello y al alfiletero abrazado a su muñeca acolchada. Era una mujer oronda, de brazos gruesos, andares pesados y respiración trabajosa—. Hacía a su familia en Comillas todo el verano.

—Sí, allí estamos —respondió Amalia mientras se quitaba la chaquetilla a juego con su falda de popelín azul cielo—. Perdone que nos hayamos presentado así, de improviso, doña Manolita. Hemos venido a la ciudad porque mi prima Micaela necesita con urgencia un vestido para el baile de verano de los Riera, ya sabe usted, y hemos pensado que podría ayudarnos. Esta misma tarde nos volvemos a Comillas y no tenemos tiempo para hacer un vestido nuevo, ni mucho dinero que gastar.

—Ya sabe, señorita de Cossío, que para su familia siempre estoy disponible. Su señora madre es la dama con mejor gusto de todo Santander. ¿Y dice que el vestido sería para el baile de San Lorenzo? —preguntó la modista con ojillos brillantes.

Amalia asintió esperanzada.

Doña Manolita se colocó las lentes sobre sus ojos miopes para examinar de pies a cabeza la esbelta figura de Micaela y esbozó una sonrisa de complacencia, como si hubiera resuelto un problema antes de planteárselo.

—Estoy esperando la visita de una buena clienta, pero si nos damos prisa, podré atenderlas hasta que llegue. Acompáñenme por aquí, si son tan amables.

Las condujo por un pasillo oscuro hasta la luminosa sala que albergaba el taller. Dos mujeres a las que la modista presentó como sus ayudantas las saludaron sin apenas levantar la vista de su quehacer. Doña Manolita les indicó que aguardaran mientras ella se dirigía arrastrando los pies hasta un rincón de la sala oculto tras un biombo de tres cuerpos.

—¡Jacinta! —llamó la modista con voz autoritaria—, ven y ayúdame.

Antes de que pudieran darse cuenta, la costurera más joven había recorrido la distancia hasta el biombo para desaparecer detrás. Las dos primas oyeron trastear a las mujeres entre regañinas de la una y susurros de la otra, hasta que Jacinta reapareció arrastrando un maniquí enfundado en un elegante traje de terciopelo. Pocos segundos después, doña Manolita salió con otro maniquí que lucía un vestido de baile salpicado de cuentas de cristal que refulgieron bajo la luz que se colaba por las cristaleras.

—Creo que este le sentará muy bien —dijo mientras terminaba de colocar la tela del escote sobre el bastidor.

Era un vestido de estilo sirena en muselina de color champán, con escote en uve que, a primera vista, a Micaela le pareció un poco exagerado, a pesar del ribete de gasa fruncida en rosa pálido que disimulaba un poco la abertura. Deslizó los dedos por la gasa y pensó que debía de costar una pequeña fortuna. Además, no era un vestido adecuado para alguien que, como ella, prefería pasar inadvertida en ese tipo de eventos.

—Es precioso, pero me temo que no me lo puedo permitir. Y tampoco lo veo muy apropiado para una señorita en mi posición.

—¿Qué posición, Micaela? ¡Eres una dama! ¡La sobrina del marqués de Peñubia! —replicó Amalia sorprendida.

—Soy una mujer soltera, de una cierta edad —enmendó sus palabras con cariño—. No debería vestirme como si fuera una jovencita casadera...

—Usted pruébeselo y luego ya veremos —dijo la modista—. Nada más verla, supe que le quedaría bien con esas hechuras que usted tiene, tan marcadas. Y si no, tenemos este otro. —Su mano señaló el modelo del primer maniquí—: Es menos vistoso, aunque este terciopelo granate sobrepuesto a la falda de raso crema también le favorece a su tono de piel. Pero hágame caso, señorita: pruébese primero el de color champán.

En cuanto se vio frente al espejo, Micaela supo que no encontraría otro vestido que le sentara tan bien como ese. El corsé, algo largo para su gusto, le hacía una figura curvilínea muy bonita, y la gasa realzaba no solo el escote pronunciado sino también la suave línea de los hombros. Amalia y doña Manolita se alejaron unos pasos para contemplarla extasiadas.

—¡Es maravilloso! —exclamó su prima.

La modista se acercó a ella por la espalda y agarró el pellizco de tela que le sobraba del corsé para que se viera con el talle más ajustado. Cogió varios alfileres y los prendió a la tela, observando su figura en el espejo.

—Jacinta, ¡ven! ¡Y tú también, Mariña! —Las dos costureras aparecieron allí al instante. Doña Manolita les señaló el costado—. Mariña, vamos a meterle de aquí un dedo para que no le baile el corsé. La señora que lo encargó, si bien no es gruesa, ha parido ya un hijo, y quiera o no, eso se nota en las carnes. Y la manga la veo un poco holgada; coge un par de fruncidos más en la gasa, Jacinta. Verán qué bien queda —les dijo—, Jacinta es una virtuosa de los fruncidos.

Micaela se giró frente al espejo, de un lado a otro, pensativa. No cabía duda de que el vestido era precioso pero ni aunque se entrampara durante varios años podría costearse algo así. La mirada sagaz de la modista se cruzó con la suya en el espejo.

—Si está pensando en el precio, no se preocupe, señorita —dijo doña Manolita—. La marquesa es una de mis mejores clientas, y por la señorita de Cossío, a quien he vestido desde niña, haría cualquier cosa. Le cobraré lo justo para cubrir los gastos de la tela.

Incluso eso sería ya una cantidad demasiado elevada para ella, que apenas se había traído dinero de Madrid, confiada en que no realizaría demasiado gasto durante la estancia en casa de sus tíos.

—No sé qué decirle... Enseña demasiado escote —dijo, girándose de espaldas al espejo—, por delante y por detrás.

Doña Manolita sonrió con malicia.

—No diga tonterías. Este vestido no es descocado... Tampoco es pudoroso, en eso le doy la razón. Pero ¿quién desea mostrarse pudorosa en el baile de San Lorenzo de los señores de Riera?

—Llévatelo, Micaela, no seas boba. Ese baile es el acontecimiento del verano en Comillas. Ha asistido a él hasta el mismísimo rey don Alfonso. Todo el mundo viste sus mejores galas, y no vas a ser tú menos. Estoy segura de que mi madre estaría de acuerdo conmigo.

Las palabras de su prima la decidieron.

—Me lo llevaré si le sube un poco la gasa del escote para que me cubra algo más el pecho. Al menos, en la delantera —insistió Micaela, contemplando su imagen en el espejo.

Tiró suavemente de la tela hacia arriba y, todavía dubitativa, le preguntó a la modista—: ¿De verdad le sale a cuenta que me quede con este vestido?

Doña Manolita emitió una risa socarrona.

—Ni lo dude, señorita. Me lo encargó una señora que me ha mareado durante meses con un sinfín de cambios, hilvanes y deshilvanes. Y todo, ¿para qué? ¡Para nada! Mucho presumir de apellido, amistades y viajes, y resulta que no podía pagármelo.

—¡Pero doña Manolita! —exclamó Amalia—. ¿Y si vuelve a por él?

—¿Volver ella por aquí? Lo dudo... La despaché con cajas destempladas. ¡Buena soy yo! Esa mujer quiso engañarme, y una es ignorante pero no tonta.

La campanilla de la puerta sonó en ese momento avisando de la llegada de la siguiente cita. Doña Manolita se disculpó y salió con paso apresurado del taller no sin antes despedirse:

—Vuelvan antes de las cinco, que ya tendremos los arreglos listos. —Y mirando a su empleada, le ordenó—: ¡Jacinta! Deja lo que tengas entre manos y ponte con este vestido para que se lo puedan llevar las señoritas esta misma tarde.

## 20

Durante esos largos meses de búsqueda, a Héctor le gustaba imaginar que todo sería distinto para él cuando por fin hallara a Candela. Que dormiría en paz por vez primera desde hacía... demasiados años, y que sus angustiosas pesadillas se desvanecerían como sombras en la noche. Que todo el esfuerzo y los sacrificios realizados esos años atrás cobrarían sentido, habrían merecido la pena. Sin embargo, no contaba con que aquella niña sería ya toda una mujer, una mujer a la que no conocía y de la que apenas sabía nada, salvo lo que había averiguado su investigador: desde que abandonaron Ruiloba, Candela estuvo dando tumbos entre Torrelavega y Santander de la mano de Antonia Pérez, más conocida por la Toña en los lupanares de ambas ciudades. No obstante, allí nadie recordaba a la muchacha. Un tiempo después la mujer colocó a Candela de criada en la casa de unos comerciantes de Castro Urdiales con fama de tener la mano muy larga, y de ahí apareció de nuevo en

Bilbao, donde entró a servir en el hogar de don Ernesto Arellano, un comandante de la Marina española. Allí fue donde su investigador creía haberla encontrado.

Apostado junto a un establecimiento de salazones, Héctor vigilaba de lejos el portal de los Arellano, desbordado por la impaciencia. Sentía cada fibra de su ser dolorosamente tensa, como el amarre de un barco contra el viento. Si no era ella, si no la encontraba... Encendió otro cigarro y espiró el humo hacia el cielo encapotado, sin perder de vista ese edificio del que ya se conocía cada una de sus grietas. Había buscado los rasgos de Candela en las mujeres que había visto entrar o salir del edificio, sin éxito. Temía no reconocerla casi tanto como temía el momento en que se presentara ante ella después de tanto tiempo. ¿Qué le diría? ¿Cómo explicarle todo lo ocurrido?

Caía una leve llovizna cuando se entreabrió de nuevo el portal y vio salir a una criada con un cesto colgado del brazo. Era ella, estaba casi seguro. Caminaba con la cabeza alta y un suave contoneo de cadera que le resultaba muy familiar. Arrojó al suelo el último cigarro con el que había intentado apaciguar su ánimo y en cuatro zancadas la abordó en plena calle.

—Candela —la llamó con voz ronca.

Ella se volvió, sobresaltada. Héctor recorrió con emoción los rasgos inequívocos de su rostro, su pelo negro y abundante recogido en una trenza sobre el pecho, la tez morena y lozana de la mujer en que se había convertido aquella niña, sus ojos afilados como navajas. Esos ojos que lo miraban como quien mira a un extraño.

—¿Quién es usted? ¿Qué quiere? —dijo a la defensiva.

Héctor avanzó un paso más, ella retrocedió marcando distancias.

—Soy Héctor. ¿No me recuerdas?

La mujer frunció el ceño y clavó en él su mirada desconfiada.

—¿Qué Héctor? Yo no conozco a ningún Héctor —respondió, colocando la cesta de parapeto entre los dos—. ¡Quítese de en medio!

Una pareja se detuvo cerca a curiosear, como si asistiera a una riña de enamorados. Él insistió, bajando la voz.

—¿No te dice nada el nombre de Héctor Balboa? —Vio la respuesta en el brillo trémulo de sus ojos y, sin embargo, la expresión de su rostro se endureció de pronto como una roca. Él insistió—: Mírame bien, soy tu hermano. Héctor. ¿No te acuerdas de mí? —Se quitó el sombrero sin apartar la mirada y posó ante ella quieto, muy quieto, bajo la lluvia que comenzaba a calar sus ropas—. Vivíamos en Ruiloba, junto al río. Nuestra madre se llamaba Remedios. Eres igual que ella, nadie negaría que eres su hija.

Por fin un gesto de reconocimiento en ella, aunque fuera de rechazo.

—Yo no tengo hermano, está muerto y enterrado. Me abandonó. Así que... ¡aire! —dijo, dándose media vuelta para alejarse. Él la agarró del brazo con fuerza y ella se revolvió furiosa—: ¡Suéltame o te...!

—¡Candela, escúchame! —le ordenó Héctor, sin soltarla. Al ver que más transeúntes se paraban a mirarlos, añadió con voz contenida—: Solo escúchame y luego te dejo ir.

Ella lo contempló unos instantes en silencio antes de calmarse. Él aflojó la mano y la guio bajo el alero del edificio, a resguardo de la lluvia.

—No sé qué recuerdas de aquellos días después de la muerte de madre. Estábamos los dos solos, tú y yo, una niña de seis años y un chiquillo de doce. Sin nada más que la caridad de algunas personas que no podían hacer mucho por nosotros. El mayorazgo no lo permitiría. ¿Qué habría podido hacer yo? ¿Qué crees que me esperaba allí? Tuve que marcharme, no habría podido cuidar de ti por más que quisiera.

—¡Me dejaste a mí sola *pa* salvarte tú! —replicó ella, con más amargura que rabia.

—¡No! Te dejé para que pudiéramos sobrevivir los dos. Esa mujer, Antonia, pensé que sería buena contigo, que te cuidaría. Yo llegué a Santander a duras penas. Vagabundeé un tiempo hasta que pude colarme en un barco a las Antillas, donde me busqué la vida. Cuando mandé a por ti al cabo de unos años, me hicieron creer que habías muerto en Ruiloba. Descubrí que estabas viva al regresar de Cuba, hace menos de un año y desde entonces no he cesado de buscarte hasta debajo de las piedras, Candela.

Mil veces había imaginado en su cabeza ese reencuentro; mil veces se había visto abrazado de nuevo a la pequeña Candela. Lo que nunca había imaginado era que se enfrentaría a una mujer sin ataduras con el pasado que lo observaba con ojos recelosos, como si no quisiera saber nada de él. Para ella, Héctor no era nadie.

—¿*Pa* qué has venido? ¿Qué quieres de mí? —preguntó suspicaz, examinándolo de arriba abajo, sin ningún disimulo.

—No quiero nada, al contrario. —Sonrió por primera vez—. Déjame acompañarte, es largo de explicar.

Candela lo miró detenidamente y, dando media vuelta, le soltó:

—Pues arreando, que tengo prisa.

Acompasó su andar al de ella y, en el trayecto que llevaba hasta el mercado de abastos, le habló de los motivos de su huida a las Antillas; de los Carballo y del colmado en La Habana, abarrotado por las mercancías más variopintas, de su explotación azucarera de Cienfuegos, de las noticias que le llegaron allá sobre su muerte, de su decisión de regresar con la fortuna amasada a base de esfuerzo, sacrificios y algún golpe de suerte. Y ahí estaba. Había venido para llevársela consigo y cuidar de ella ahora que se había convertido en un hombre adinerado y se había asentado en Santander después de tantos años fuera. Le dijo que se había hecho construir una gran casona con una chimenea inmensa y espacio de sobra para ella y su familia, si es que tenía. Le aseguró que ya no volvería a servir en ninguna casa, porque ahora los Balboa podían codearse de tú a tú con quienes quisieran, con sus patrones los Arellano, con alcaldes, banqueros, aristócratas y hasta con el mismísimo Trasierra de Ruiloba.

—¿El mayorazgo? ¡No sabes lo que dices! —respondió, mirándolo como si estuviera loco—. Ese hombre es de la piel del diablo. ¿Has olvidado lo que nos hizo? ¿Lo que le hizo a madre? ¿Lo que le hace a la gente de la aldea? Tú te escapaste, pero yo lo sufrí en mis carnes. Cuanto más lejos esté, mejor —murmuró ella con la voz agarrada.

—A los enemigos, más vale tenerlos cerca que lejos. Y a José Trasierra todavía tiene que llegarle su momento.

—Conmigo ya le llegó, ¡vaya que si le llegó! —Candela se calló unos segundos, como si evocara lo sucedido quince años atrás, cuando apenas era una muchacha. Con un movimiento enérgico, borró esos recuerdos y enfrentó los ojos de su hermano—: No me queda nada en esa aldea. Ni por todo el oro del mundo volvería a pisar Ruiloba. No mientras ese hombre siga allí —concluyó, bajando la vista a las manos secas y estropeadas que se frotaba sin cesar, como si quisiera arrancarse la piel.

—Vente conmigo a Santander, Candela. Quiero ocuparme de ti. Ahora que te he encontrado, no voy a dejarte otra vez.

Ella solo le dijo que tenía que pensarlo, que a ella no la mandaba nadie salvo sus patrones, claro está, que para eso le pagaban el jornal. Y no podía despedirse así, tan de repente, zas, de un día para otro, «que una es seria y decente, a ver lo que te vas a pensar». Además, tampoco podía dejar solo a Álvaro, el único hijo del matrimonio Arellano, a quien prácticamente había criado ella desde que la salud de doña Teresa empezó a empeorar a poco de nacer el niño, hacía ya ocho años. Doña Teresa, don Ernesto y Álvaro eran la única familia que había tenido todo ese tiempo atrás. La señora fue quien la ayudó cuando se supo preñada de un temporero que se escabulló en cuanto empezó a notársele la tripa, «y así se muera allí donde esté ese malnacido», masculló con rabia. Todavía le partía el alma la pérdida de su bebé durante el parto. Ni siquiera el médico de los patrones pudo hacer nada por salvarlo. Y en cuanto a ella... sentía que algo se le había *desarreglao* por ahí abajo o eso se barruntaba, porque ya nunca más se había quedado preñada, aunque bien es cierto que a los hombres los mantenía a raya. Que ya no se fiaba de ninguno.

—¿Qué le ocurrió a Antonia?

—Ah, la Antonia murió hace mucho. Decían que fue por encamarse con todos esos hombres con los que alternaba, los de la mina, los soldados, los marineros, qué sé yo... —respondió ella, encogiéndose de hombros—. A mí me trató bien, casi como a una hija. Tanto que hasta me dio su apellido cuando me sacó de Ruiloba. Me buscó una casa donde servir para que no corriera su misma suerte. Y en cuanto le llegaron noticias de que el primer patrón me arreaba, ella misma vino de Santander a sacarme de allí. Cuando murió, le pagué el entierro con el dinero que pude reunir de acá y de allá, que yo también he sabido componérmelas bien, aquí donde me ves —concluyó. A Héctor no le cupo la menor duda.

Dos días hubo de esperar Héctor en Bilbao hasta que Candela aceptó marcharse con él, bajo sus condiciones: quería disponer de la libertad de regresar con los Arellano en cuanto quisiera, quería moverse por donde deseara sin rendir cuentas a nadie y necesitaba un tiempo para averiguar si él era una persona decente en la que poder confiar, «porque no basta con compartir la misma sangre *pa* entenderse dos personas», le dijo ella, y él no pudo por menos que darle la razón: la vida los había convertido en unos desconocidos el uno para la otra.

Dos días en los que también aprovechó para recorrer la ría del Nervión desde Bilbao hasta Getxo, en cuya margen se sucedía un rosario de pequeñas ferrerías y muelles de carga y descarga. Chalupas, gabarras, goletas o bergantines entraban y salían por la desembocadura transportando mercancías o personas en dirección a otras ciudades españolas, países o continentes.

Sus pasos se detuvieron en un recodo de la orilla desde donde pudo contemplar el panorama que le ofrecía la margen izquierda: de entre las numerosas chimeneas humeantes, sobresalían cuatro, estrechas y espigadas, que se alzaban al cielo como tantas otras lo hacían en Portsmouth. A su alrededor se desplegaba una intensa actividad de hombres con carretillas repletas de mineral que cargaban o descargaban de los vagones con destino a la fábrica o al muelle. Cuando preguntó a un paisano del lugar qué tipo de fábricas eran aquellas, el hombre le dijo con orgullo no disimulado que esos eran los altos hornos de Nuestra Señora del Carmen, los más importantes de la ría y, a buen seguro, de todo el norte de España, y que si continuaba un poco más adelante por la margen izquierda, se toparía con otra fábrica que apenas si le iba a la zaga, la San Francisco. «Y más allá, en Sestao —prosiguió, señalando con un dedo corto y torcido hacia un saliente de arena—, han empezado a remover las tierras para construir otra en la que, dicen, van a instalar los altos hornos más modernos que existen en este país. Y con el hierro que extraen de la región van a fabricar un acero que competirá con el francés o el inglés.»

Héctor caminó unos metros hasta un montículo al que se encaramó, pensativo. Frente a él, se extendía un paisaje gris de chimeneas, construcciones, grúas, dársenas y mástiles; las dos grandes fábricas de hierro funcionaban a pleno rendimiento, a tenor del trasiego constante de vagones cargados de minerales; y pronto iría a comprobar si era cierto que otro alto horno estaba en construcción. O él estaba ciego o en la ría del Nervión se estaba pergeñando un gran proyecto metalúrgico de dimensiones industriales. No era Portsmouth, pero era lo más parecido que había visto desde que desembarcó en España, el tipo de paisaje que espoleaba su imaginación. El futuro en el que él quería invertir. Ahora solo debía averiguar quiénes estaban detrás de esos proyectos.

A medida que su carruaje se alejaba de Bilbao en dirección a Santander con Candela sentada a su lado, Héctor se reafirmó en su idea de que la suerte era para quien no cesaba nunca de buscarla, desde el amanecer hasta el ocaso, a base de pico y pala.

Las rejas santanderinas de La Somoza se abrieron ante ellos, dándoles paso. Al descender del carruaje, Candela no se esforzó en disimular una exclamación de asombro y Héctor sonrió para sí con íntimo orgullo. Pensó en su madre, en la promesa que le hizo a su hermana, en los muchos sacrificios que habían hecho todos ellos hasta llegar a ese momento. Allí estaban, juntos por fin. No podía apartar la vista de la expresión de estupor con la que Candela recorrió paredes enteladas y suelos de mármol, ascendió la curvada escalinata central hasta llegar al artesonado del techo. Se ruborizó cuando el ama de llaves la recibió como a la señora de la casa, y al llegar al salón, su mano se deslizó despacio por el mármol níveo de la chimenea como si temiera ensuciarlo.

—Es la casa de un señor muy rico... —le dijo su hermana, fijándose en el artesonado del salón—. ¿No tienes mujer, ni hijos?

—Aún no.

—Pues no sé a qué esperas. Es muy grande *pa* un hombre solo, anda que no habrá que limpiar —murmuró. Dio una vuelta sobre sí misma con la que abarcó toda la estancia.

Él esbozó una sonrisa complacida.

—No estaré solo. Tú vivirás conmigo. Y tengo previsto contraer matrimonio pronto.

Candela levantó una figurita de alabastro como si quisiera comprobar su peso y respondió:

—Esto no es *pa* mí, hermano. Tarde o temprano tendré que volver a mi vida.

—¿Qué vida? ¿La de sirvienta de un comandante de la marina? —le reprochó él, injustamente—. A partir de ahora, yo me ocuparé de ti, no te faltará de nada.

Ella saltó a la defensiva:

—Si te crees que voy a pasar de servir en la casa de un militar a servirte a ti, estás muy equivocado. Me las he *apañao* muy bien todos estos años yo sola como *pa* que ahora venga nadie a gobernarme.

Héctor pensó en replicarle que la mala vida que había llevado con Antonia no era, precisamente, «un buen apaño», pero se contuvo. Ambos tenían un carácter fuerte, eso era obvio. Con un poco de paciencia, la convencería de que permanecer juntos era lo mejor para ella, para ambos.

—Mañana partiremos hacia Comillas y tú vendrás conmigo. Tengo allí asuntos que resolver hasta que termine el verano.

Candela se plantó delante de él y negó con la cabeza.

—Te dije que marché de Ruiloba *pa* no volver jamás y no lo haré... Ni por ti ni por nadie.

—Hazlo por madre, entonces.

La expresión desafiante de Candela se desfiguró con el recuerdo.

Tal vez fuera esa resistencia a mostrar su debilidad o tal vez el hecho de descubrir en ella el espíritu bravo de su madre muerta lo que le conmovió. Sintió que algo se resquebrajaba dentro de su pecho y dejaba brotar una corriente de ternura que había permanecido maniatada en el fondo de su alma desde el día en que se embarcó rumbo a Cuba. Durante aquella travesía encerró su miedo y su desamparo tras una coraza de rabia que le habían mantenido vivo todos esos años. Lo único que no pudo acallar fueron los remordimientos. Alimentaban su aguante por el día, le mordían el sueño por la noche. Ni siquiera la emoción de regresar a España, de pisar su tierra y saber que su hermana se hallaba con vida, le había aliviado del peso de la culpa. Pero esa tarde, con Candela en el hogar que le prometió muchos años atrás, algo empezó a cambiar en su interior.

—Nadie te conoce en Comillas y tú no tienes por qué ir a Ruiloba si no lo deseas —añadió él con firmeza, antes de incorporarse con gesto algo cansado—. Podrás quedarte conmigo el tiempo que quieras, Candela, pero cuidaré de ti estés donde estés. Eso nunca lo dudes. Es la única forma que tengo de resarcirte por lo que has pasado.

Candela titubeó. La vio juguetear entre los dedos con un abrecartas de plata que cogió del pequeño secreter junto a la ventana. Héctor sabía que le asustaba la idea de regresar. Podía leer en su interior todas esas dudas que, no hacía tanto, también fueron las suyas. ¿Cómo enfrentarse a los recuerdos? ¿Podría andar sola por aquellos lugares sin dejar de mirar por encima de su hombro? ¿La reconocería alguien? ¿La recordaría José Trasierra?

Dudaba de que un hombre como ese tuviera la suficiente imaginación como para identificar a aquella niña aldeana bajo las elegantes vestimentas de una dama. Y ya se encargaría él de convertir a Candela en una auténtica señorita, irreconocible a ojos del mayorazgo.

# 21

La muchacha que les abrió la puerta los miró con ojos contrariados.

—¿Tienen cita?

—No. Dígale a doña Manolita que nos envía la esposa del interventor del ayuntamiento, doña Asunción Blázquez. Entréguele esta nota de su parte. Soy el señor Balboa y ella es mi hermana, la señorita Candela Balboa —según lo decía, vio cómo su hermana fruncía el ceño al escuchar su nombre real que ahora le sonaba extraño, ajeno. Tardaría un tiempo aún en acostumbrarse a él, después de tantos años escondiéndose tras el apellido de Antonia para huir del mayorazgo.

Con el papel doblado entre los dedos, la chica les hizo pasar a la salita contigua y se perdió en el interior del piso. Los dos aguardaron de pie, en silencio. Héctor se paseaba de un lado a otro, incapaz de permanecer quieto, mientras Candela aguardaba inmóvil junto a la puerta. Sentía sus ojos inquisitivos fijos en él, como si confiara en descubrir la respuesta a todas esas preguntas que no se atrevía a formular. Paciencia, todo llegaría. En los dos últimos días, él también había aprovechado los momentos en que ella estaba distraída para observarla e intentar conocer un poco a la mujer en que se había convertido su hermana.

La modista les hizo esperar, pero al fin se presentó allí con la amabilidad cortés de quien debe cumplir un compromiso. A Balboa no le pasó por alto el examen al que los sometió en un santiamén, ni tampoco el rechazo que percibió en sus ojos al repasar la vestimenta basta y desgastada de Candela.

—Doña Asunción me ha dicho que es usted la mejor modista de Santander. Rápida y discreta. —La modista sonrió por el halago—. Mi hermana acaba de llegar de un largo viaje y necesito que le confeccionen una colección completa de vestidos elegantes, a la moda. Los que lleven ahora mismo las damas más respetadas. Utilice los mejores tejidos, los encajes más finos, no escatime en eso. Le pagaré por adelantado si es preciso, pero deseo que luzca igual que cualquier señorita de bien de Santander.

—Por supuesto, señor. Descuide. Conozco mi trabajo. Visto a las mejores familias de la ciudad —dijo fijando su atención en Candela, que mantuvo la cabeza alta mientras doña Manolita la examinaba de arriba abajo con ojo experto.

—¿Podría tenerlos terminados el próximo jueves? —preguntó Héctor.

Ella lo miró como si hubiera dicho la cosa más ridícula del mundo.

—Ni aunque nos ofrezca el oro y el moro podríamos confeccionar un vestuario entero en una semana, señor Balboa. Todo lo más, le coseremos un traje de paseo y le arreglaremos dos trajes de mañana sencillos. Es lo único a lo que nos podemos comprometer con tanta urgencia. A partir de ahí, y ya con más calma, podremos coserle las prendas que necesite.

—Contrate a más costureras —ordenó sin creerse del todo que coser unos cuantos vestidos fuera tan laborioso.

—No dispongo de más costureras de confianza, señor mío. Puedo conseguir una aprendiza, pero con una aprendiza no solucionamos nada —le respondió airada. No obstante, al ver el gesto preocupado de Héctor, su voz adoptó un tono más conciliador—: Descuide; su hermana podrá marcharse hoy vestida con un traje decente. —Y antes de que él pudiera replicar, se volvió hacia Candela y le dijo—: Si es usted mínimamente cuidadosa, se apañará bien con lo que le entreguemos esta semana.

Su hermana se revolvió airada.

—He lavado, planchado y remendado los trajes de las señoras durante años. Sé muy bien cómo cuidar unos vestidos.

—Pues entonces no hay más que hablar.

Doña Manolita llamó a Jacinta para que acompañara a la señorita al taller y comenzara a tomarle medidas. Ella iría en unos minutos. Candela hizo ademán de protestar, pero un simple gesto de la modista le cerró la boca. Esa mujer no se andaba con chiquitas, se dijo Héctor.

—Tardaremos dos horas al menos. Le recomiendo que salga a dar un paseo; la espera en la salita se le puede hacer demasiado pesada —le dijo la patrona.

—Esperaré dentro del taller. Me gustaría supervisar personalmente los modelos y las telas de los vestidos que elijan —dijo con tono firme.

Doña Manolita se negó tajante. El taller de costura era una sala privada en la que las damas se desnudaban para probarse; los caballeros no podían asomarse por allí de ninguna manera. Si alguna de sus clientas se enterara, pondría el grito en el cielo.

Tal vez unos días antes, Héctor no habría transigido. Sin embargo, el reencuentro con Candela le había aligerado el alma, se notaba apaciguado, de buen humor. ¿Para qué discutir con la modista? El asunto de los trajes era algo nimio, comparado con todos esos planes que tenía en la cabeza para ella: viajes que harían juntos a Madrid, a Barcelona, a Londres; la llevaría al teatro o a alguna velada particular; le pondría una acompañante que le enseñara modales, y profesor de francés o de baile, y la presentaría en sociedad... ¡o lo que deseara!

Héctor consultó su reloj de bolsillo. Podría hacerle una visita a Marga Fontán, la seductora viuda que había aliviado sus meses solitarios de invierno en Santander. Había llegado a tomarle aprecio a esa mujer culta, divertida y libre de prejuicios con quien había pasado tan buenos momentos desde su regreso de Cuba, y no solo en el plano sexual. La viuda Fontán se había convertido en más que una amante, una buena amiga de quien le había costado despedirse. «Un collar de perlas es un buen regalo para poner fin a la relación con tu querida, Balboa —le había dicho el día en que acudió a su piso por última vez, poco antes de marchar a Comillas, mientras contemplaba en el espejo el efecto del nácar alrededor de su cuello—, pero no basta para romper una amistad. Espero que encuentres la esposa que buscas, pero no dejes de visitarme alguna vez, aunque sea para compartir con una vieja amiga un rato de cháchara y una copa de ese ron que tanto te gusta.»

Aun así, nada más poner el pie en la calle cambió de opinión. No había mandado aviso de su visita, y Marga Fontán era de esas mujeres a las que no le gustaba que ni amantes ni amigos se presentaran ante su puerta de manera inesperada.


Micaela escuchó a su prima pedirle al ama de llaves que les prepararan un almuerzo frugal para las dos; el calor húmedo y pegajoso del mediodía les había quitado el apetito. Y que se lo sirvieran allí mismo, en la sala de estar, donde estarían más frescas y cómodas que en el refinado comedor familiar. Abrió de par en par la cristalera del balcón y dejó que una ráfaga de aire fresco se colara en la estancia. Recordó la impresión que se llevó la primera vez que visitó con su madre la casa-palacio de sus tíos en Santander, cuando era aún una adolescente y se asomaron a ese mismo balcón colgado sobre el promontorio. La belleza de la bahía le llenó los ojos de mar y le robó la palabra, para regocijo de su madre. Ahora, esas mismas vistas le infundían la tranquilidad que necesitaba para pensar.

El ama de llaves reapareció con una ensalada de pimientos, unos quesucos de Liébana, membrillo y una jarra de limonada. Micaela picoteó a desgana el queso acompañado de un trozo de pan. Más que el calor, lo que le quitaba el apetito era la enorme decepción, el manto de desánimo que empañaba sus pensamientos tras la entrevista. ¿Qué podía hacer? Ese colegio, esas dos mujeres encerradas en aquel ambiente cursi y afectado, representaban el extremo opuesto a sus propios ideales pero, al mismo tiempo, era consciente de que las opciones que surgirían para ejercer como maestra en cualquier otro lugar serían muy limitadas. Y tampoco podría arrastrar a su madre a un pueblo perdido en alguna remota región de España por su deseo egoísta de dedicarse a la enseñanza. No, algo así empeoraría su estado físico y emocional. Sin embargo, Santander era una ciudad elegante, de buen tamaño, y tendrían cerca a tía Angélica, que las ayudaría a instalarse. Aun así, dudaba de que su madre consintiera en trasladarse allí. Sobre todo ahora que parecía tan optimista respecto a su posible casamiento con el barón de Cabuernas y aprovechaba cada una de las cartas que le escribía para hablarle de él:

La tía Elvira ya está impaciente por trasladarse a Carabanchel porque la mayoría de sus amistades ha huido del calor seco y sofocante de Madrid, en busca de ambientes más frescos. Si no nos hemos marchado todavía ha sido porque no hay tarde que salgamos y no coincidamos con el barón de Cabuernas, ya sea en el teatro, en algún café o en el paseo de Recoletos. Ya casi nos saludamos como si fuéramos viejos amigos. ¡Qué señorío tiene! Da gusto verlo siempre impecable, siempre elegante. La pasada tarde nos dimos el capricho de merendar en Lhardy y allí estaba él otra vez, más solo que la una, así que la tía Elvira —ya sabes cómo es— no perdió la ocasión de invitarle a sentarse con nosotras. El marqués tiene una conversación tan amena que resulta imposible aburrirse. Igual nos habla de las óperas y las cantantes de moda en Europa, que de Victor Hugo, a quien conoció en la Exposición Universal de París de 1878. Nos relató alguna anécdota de la que fue testigo con la reina doña Isabel en su exilio de París, una ciudad que, dice, le tiene subyugado hasta el punto de que le resulta imposible prescindir de visitarla a menudo. Así que aproveché su debilidad por esa capital para hablarle de ti, de que eres medio francesa y hablas francés como una auténtica parisina, y que has leído a Victor Hugo y a todos esos autores que tanto admiraba tu padre. Creo que lo que más le sorprendió fue saber que habías estudiado en la Escuela de Institutrices, y cuando le expliqué que estabas pasando una temporada en

Comillas con nuestro cuñado, el marqués de Peñubia, se mostró muy interesado en conocerte. ¿No es maravilloso, Micaela?

En un principio, las palabras de su madre la habían alarmado; luego, al releerlas por tercera vez, se tranquilizó: no le cabía la menor duda de que se había contagiado de la facilidad de tía Elvira para ver solo aquello que deseaba ver, o incluso exagerar o imaginar cosas que no existían más que en su cabeza. En la carta que puso en el correo a Madrid dos días después, optó por ignorar el asunto del barón de Cabuernas y se explayó en elogiar el ambiente de Santander, insinuando que sería una buena ciudad de residencia para ellas dos, más abarcable, más saludable; incluso había dejado caer que quizá le surgiera una oportunidad de trabajo muy interesante para su futuro de la que todavía no podía avanzarle nada concreto.

Tras el almuerzo, Amalia cayó en un sopor sosegado en el sillón, y Micaela aprovechó para salir a recoger el vestido del taller de doña Manolita. Mientras se colocaba el sombrero, le dijo al ama de llaves que avisara a su prima de que estaría de vuelta a tiempo para emprender el regreso a Comillas.

Descendió la cuesta zigzagueante que rompía la colina en dirección al centro de la ciudad. El azul plateado del mar titilaba entre las copas de los árboles. Tal vez Santander fuera una ciudad pequeña, pero había mucho trasiego de personas y noticias procedentes de todo el mundo y quién sabe qué oportunidades se le presentarían más adelante si decidía aceptar la oferta de las Ruano. Le bastaba con esa posibilidad. A veces, los caminos hacia el propio destino tomaban desvíos impredecibles que no había más remedio que seguir con los ojos cerrados, confiando en lo mejor. Y ella confiaba en que siempre habría jovencitas inteligentes y curiosas, como su propia prima Ana, a las que ya se encargaría ella de enseñar algo más que caligrafía y bordados, aunque fuera a escondidas de los ojos inquisidores de las «hermanísimas». El afán de saber, bien lo sabía ella, tenía la capacidad de sortear cualquier obstáculo.

El tintineo frenético de unas campanillas la arrancó de golpe de sus pensamientos. De repente, se vio en mitad de la calzada, a merced de un tranvía que avanzaba hacia ella implacable como un toro a punto de embestirla.

## 22

Héctor salió del portal de la modista sin rumbo fijo. Pensó ir hasta el puerto a curiosear las previsiones de llegadas de viajeros y cargamentos. Uno nunca sabía con lo que se podía tropezar. A veces se enteraba de información interesante, sobre todo en lo relativo a las compañías navieras. A la altura de la calle Hernán Cortés se detuvo mientras pasaba el tranvía de vapor en dirección a El Sardinero con la chiquillería asomada por las ventanas. Santos Gandarillas había estado avispado al hacerse con la concesión del tranvía a la playa: no era demasiado rápido, pero transportaba más veraneantes en un día de los que transportaba la diligencia en una semana.

Se disponía a cruzar la calzada cuando la vio aparecer a lo lejos. Era ella, la maestra, Micaela Moreau. La reconoció por su inconfundible andar decidido, el porte erguido, el aire absorto. Héctor tenía la sensación de que la cabeza de la señorita Moreau nunca dejaba de rumiar pensamientos, de mantener conversaciones enteras en su interior en las que no admitía réplica.

Antes de que pudiera darse cuenta, la vio lanzarse a cruzar la calle en el momento exacto en que llegaba el tranvía. Su voz de alarma se perdió entre el traqueteo de los vagones y el sonido estridente de las campanillas que avisaban de su paso. Tardó apenas unos segundos en alcanzarla, los mismos que había necesitado ella para percatarse del peligro y apartarse de las vías en el último instante. ¡Demonio de mujer!

—¿Está usted bien? —le preguntó a modo de saludo, todavía alterado.

Ella lo miró como si no lo reconociera. Abrió y cerró la boca sin emitir ningún sonido. Aún tenía el susto metido en el cuerpo.

—Sí, gracias —consiguió decir al fin—. Por fortuna no ha pasado nada.

—¿Nada? ¡El tranvía casi la arrolla! —exclamó indignado por su aparente calma. Sin embargo, cuando se fijó en la lividez de su rostro, suavizó el tono—: Debería prestar más atención.

—Es cierto, no sé en qué iba pensando... —admitió ella con expresión ausente, sin tener en cuenta el reproche en su voz.

—En nada tan importante como su vida, se lo aseguro.

Ella le sonrió como si lo viera por primera vez.

—¿Qué hace usted en Santander?

—Tenía un asunto importante que resolver. ¿Y usted?

—Mi prima y yo hemos venido a hacer unos recados para mi tía. Regresamos al atardecer.

—¿Puedo acompañarla a algún sitio? —se ofreció. De pronto, pasear con la señorita Moreau la parecía bastante más interesante que curiosear solo por el puerto. Hacía un día espléndido y se sentía libre, animado.

—No, gracias. Voy camino de la modista, solo un par de calles más allá.

—No será al taller de esa modista..., ¿doña Manolita?

—¿Cómo lo sabe?

No era muy difícil de deducir, pero le divirtió ver su expresión de asombro.

—Venga conmigo, la llevaré a dar un paseo.

Ella negó con la cabeza antes de responderle:

—Es usted muy amable, pero no. Tengo cita para recoger un vestido.

—No la van a poder atender en un buen rato, créame. Vengo de allí. —El gesto incrédulo de la mujer le llevó a insistir—: No le miento.

—¿Por qué debo creerle?

—Acabo de dejar en el taller a una buena clienta.

—¿Se refiere a esa amiga suya que le reclama en los momentos más inesperados? —le soltó ella, sin morderse la lengua.

—Me refiero a mi hermana, Candela —le contestó él, con una expresión de lo más inocente. Micaela lo miraba suspicaz, sin terminar de creérselo—: Le he encargado un guardarropa entero. La modista me ha despachado sin ninguna consideración hasta dentro de dos horas. Venga y le mostraré una de las mejores vistas de la bahía.

Ella pareció sopesar sus opciones, dudosa.

—Prometo traerla de vuelta al taller antes de que se quiera dar cuenta. ¿O teme que la vean pasear conmigo por Santander?

—¿Tan mala fama tiene usted por aquí, señor Balboa? —replicó ella, con un aire entre burlón y provocador.

—Al contrario, los tengo a todos engañados: me toman por un caballero respetable —replicó él, siguiéndole la corriente.

—¿Y adónde me llevará?

Héctor la tomó con suavidad por el codo y echó a andar hacia el lugar donde había dejado la calesa. Se había quedado una tarde clara, sin asomo de bruma en el horizonte. Una brisa ligera apenas conseguía aliviar el calor del sol en lo alto.

—Tenga paciencia y lo verá.

Condujo el carruaje siguiendo las vías del tren hasta llegar a un cruce marcado con balizas de madera. Cogió el desvío hacia el estrecho brazo de la península de La Magdalena, uno de los dos apéndices de tierra que custodiaban el acceso a la bahía. Unos metros más allá, detuvo el caballo y descendió de un salto frente a la playita con su peñasco en forma de camello. La marea baja lo había hecho emerger.

—Durante el tiempo que estuve en Santander, antes de embarcarme a las Antillas, venía aquí a darme un baño y pescar algo entre las rocas —le explicó mientras la ayudaba a bajar.

—¿Usted solo?

—Alguna vez venía con otros zagales, vagabundos como yo, pero prefería venir solo. Me movía más rápido y pescaba más que ellos —lo dijo sin ánimo de alardear, pero notó cómo ella disimulaba una sonrisita condescendiente.

Recorrieron sin esfuerzo el sendero que ascendía la loma en paralelo a la costa, por el norte. El viento corría más fuerte allí y Micaela tuvo que sujetarse el sombrerito que amenazaba con salir volando. Unos metros antes de alcanzar la cima, Héctor le hizo una seña para que se aproximara al acantilado.

—Venga, acérquese.

Enormes lastras de piedra descendían por la ladera hasta hundirse en el mar. Las olas se batían una y otra vez contra ellas, lamiéndolas antes de alejarse para regresar enseguida. Era un espectáculo del que Héctor nunca se cansaba, ya fuera allí, en Inglaterra o en Cuba. Micaela se situó a su lado. Él señaló dos planchas ladeadas de piedra, semihundidas en el mar.

—¿Ve aquellas rocas?

Micaela se inclinó hacia delante, estiró el cuello, asintió.

—Aquel era mi sitio preferido para pescar centollas. A veces cogía dos o tres, de las grandes. Me comía una casi viva y corría a vender las otras en los alrededores de la lonja, a escondidas de los pescadores.

—Aprendió pronto de negocios, por lo que veo —le sonrió, más divertida que escandalizada.

—Solo era una cuestión de supervivencia —dijo él, avanzando un poco más a lo largo del camino. Recordó cómo le escocían los cortes que los salientes afilados de las rocas le hacían en las plantas de los pies. Aun así, prefería andar descalzo por ahí que deambular sin rumbo por las sucias calles del puerto.

Se detuvo ante el estruendo de una gran ola que se estrelló con violencia contra una de las piedras y la devoró por unos segundos. Le vino a la mente aquella vez en que otra ola parecida o peor estuvo a punto de arrastrarle al mar; lo habría hecho si no se hubiera agarrado como una lapa hasta desgarrarse manos, rodillas y pies. Aquel habría sido su final, no sabía nadar.

—¡Señor Balboa! ¡Mire allí! —La voz de la señorita Moreau le llegó lejana.

Al buscarla, la vio unos metros más allá, en la explanada que ocupaba la parte más elevada de la loma. Se había encaramado de manera peligrosa a una gran roca que sobresalía en el acantilado y señalaba un punto remoto en el mar. No parecía consciente de cómo el viento adhería las telas del vestido a cada curva de su cuerpo y contorneaba su figura, como una sirena. Ni de sus mejillas sonrosadas. Ni de que el sombrerito se le había caído hacia atrás y algunos mechones sueltos revoloteaban al aire como rayos dorados alrededor de su rostro. Ni del efecto que provocaba en él la visión de esa mujer radiante recortada contra el azul del cielo, diríase a punto de echar a volar, libre y liviana. Desde que tenía a Candela a su lado, él también se sentía así, con el espíritu ligero. Como si pudiera empezar de nuevo sin lastre ni pesadillas, como si ya no hubiera nada ni nadie que le impidiera conseguir lo que se propusiera. Fuera lo que fuese.

—¿Está loca? ¡Apártese del borde! —Antes de que ella pudiera darse cuenta, él estaba junto a la roca, dispuesto a subir—. ¡Podría empujarla un golpe de viento!

Fue decirlo y una racha de aire arrancó el sombrero de la cabeza de Micaela, que gritó, sobresaltada. Cuando quiso agarrarlo, ya era tarde: el sombrero ascendió al cielo, alegre, travieso, se dejó mecer de un lado a otro y luego voló hacia el mar, planeando como un pájaro.

—Déjelo, ya no lo va a recuperar —le dijo Héctor, apremiándola a bajar. No le gustaba verla ahí, tan cerca del acantilado.

—Oh, no importa. Solo es un sombrero —dijo con sencillez—. ¿Ha visto usted el barco? ¡Allí!

Héctor siguió la dirección de su dedo hasta divisar un navío que navegaba hacia la bahía a todo trapo, con las velas blancas hinchadas al viento.

—Es un bergantín. Se dirige al puerto.

—¿De dónde procederá? ¿De América? —Ella le había hecho caso y se había apartado del borde del acantilado.

Héctor aguzó la vista. El barco era grande y por su línea de flotación, dedujo que venía muy cargado.

—Probablemente de las Antillas. Ahora baje de ahí.

—Le tendió la mano para obligarla a bajar—. No quisiera ser el responsable de que le ocurriera algo.

Ella tardó unos instantes en apartar la vista del barco y posarla en él. Sus ojos tenían el mismo azul turquesa que las aguas atravesadas por la luz del sol.

—No se preocupe, Balboa. Soy la única responsable de mis actos —dijo con cierto tonillo resabiado, agachándose hasta quedar a la altura de su cara. La falda del vestido formó una corona arrugada a sus pies.

—No mientras esté aquí conmigo, Micaela —dijo llamándola por su nombre por vez primera—. Siéntese y déjese caer. La cogeré. —Vio un brillo obstinado en sus ojos y recordó que a la señorita Moreau no le gustaba recibir órdenes—. Por favor.

Ella suavizó el gesto. Un suspiro de resignación, una sonrisa mal disimulada y Micaela se sentó en el filo de la roca. Apoyó las dos manos en sus hombros y él la agarró por el talle poco antes de que se dejara caer con un leve impulso. La sostuvo en el aire, ligera y sonriente; sus ojos se cruzaron y con ellos, una corriente súbita de deseo de la que ambos fueron demasiado conscientes. A ella se le difuminó la sonrisa, se tensó bajo sus manos. Sintió cómo un torbellino desconocido se interponía entre ellos. Él la bajó despacio hasta posarla en el suelo.

—Debo parecer una loca —dijo en voz baja, al tiempo que se apartaba de él e intentaba arreglarse el pelo revuelto.

—Una loca preciosa, Micaela —respondió él sin dejar de mirarla.

—No se burle, por favor —suplicó avergonzada. Y añadió en un tono casi inaudible—: No debería haber venido.

—¿Y se habría perdido esto? —Sonrió él extendiendo
el brazo, como si tuviera que recordarle la belleza del lugar—. No la creo. Y si así fuera, si se hubiera negado a
venir, creo que la habría arrastrado conmigo, aunque me
acusaran de secuestro.

Ella soltó una carcajada jovial.

—No sería usted capaz, señor Balboa. —La voz había
recuperado su habitual aplomo al hablar—. ¿Volvemos ya?

—¿Es lo que quiere? Todavía es pronto. Si continuamos
un poco más, llegaremos al sitio que le quería enseñar. Venga, le aseguro que merece la pena.

Sentía la necesidad repentina de mostrarle ese rincón
tan suyo en la memoria, el escenario donde empezó a crecer
en él la necesidad de marcharse lejos de allí, de buscar su
suerte en el Nuevo Mundo.

Siguieron la línea de la costa, rodearon el pequeño faro
de La Cerda, cerrado a cal y canto, y continuaron un poco
más, sin perder de vista el mar. Al llegar a un pedrusco en
forma de puño, Héctor se desvió a la izquierda y buscó el
sendero que recordaba en ese punto. Lo encontró detrás
de un matorral tan alto como él mismo. La senda, casi invisible, descendía en una leve pendiente hasta un cortado.

—Es por aquí —le indicó a Micaela—. Tenga cuidado
de no resbalar. Deme la mano.

—No hace falta, gracias —replicó ella, pero según lo
decía, pisó una piedra rodante y perdió el equilibrio. Él la

sujetó con fuerza antes de que se cayera. Se guardó el «ya se lo avisé» que tenía en la punta de la lengua. En cambio, dijo:

—Hay mucha piedra suelta, por eso hay que mirar bien dónde pisa. ¿Cree que podrá?

—Claro que sí. Siga, por favor —respondió, pero lo cogió de la mano.

Poco después llegaron al recodo de tierra oculto tras la maleza que sobresalía como un balconcito sobre la bahía.

—Es aquí.

Héctor la guio hasta un lugar seguro. Ese había sido su escondite durante el tiempo que deambuló por Santander de crío, antes de embarcarse de polizonte. Podía pasarse horas y horas allí sentado, viendo entrar y salir los barcos, vigilando sus maniobras de navegación.

—Tenía usted razón, estas vistas merecen la pena —musitó Micaela, extasiada ante el espectáculo de la bahía y la ciudad a lo lejos.

Unas gaviotas los sobrevolaron antes de alejarse planeando al viento en dirección a las dunas del Puntal. Fue entonces cuando el bergantín que habían avistado en mar abierto apareció ante sus ojos con las velas arriadas, surcando con lentitud las aguas.

—Tiene bandera española. Juraría que es uno de los barcos mercantes de la Compañía Trasatlántica del marqués de Comillas. Suelen abastecerse en los principales puertos de las Antillas como Puerto Rico o Caracas, y recalan en Cuba antes de emprender el viaje de regreso a España.

—Puerto Rico... Cuba... —murmuró ella sin dejar de mirar el barco—. Tal vez algún día conozca todos esos lugares.

—Le gustarían.

—Podrían necesitar maestras allí —le dijo con poca convicción.

—Eso se lo puedo asegurar. Hay muchos niños y pocas escuelas.

—¿De verdad? ¿Dónde? ¿En qué sitios? —Se giró hacia él, presa de un súbito entusiasmo.

Le habría dicho lo que fuera con tal de prolongar esa luz en su mirada.

—En Cienfuegos, o en Trinidad, o incluso en Santiago de Cuba. Podría ir adonde quisiera y enseñar a cuantos niños deseara. Nadie se lo impediría.

Ella se rio. Siguió la estela que dejaba el barco en las aguas tranquilas de la bahía.

—En el fondo, es usted un soñador, señor Balboa —le dijo con suavidad. A Héctor le sonó como una caricia en los oídos.

—¿Y dónde estaríamos sin los sueños? —replicó, recolocándole en el pelo uno de sus mechones rebeldes. Luego, dejó que el dorso de su mano resbalara por la curva de su mejilla hasta detenerse en la hendidura de su barbilla. Tenía esa mirada absorta en la que ahora desearía perderse... o encontrarse, quizá.

La besó ahí mismo, al borde de un precipicio en el que, por un segundo, se sintió caer, embriagado. Se agarró a su cintura como si fuera su ancla a tierra. No debía hacerlo, pero ni lo dudó: deseó besarla desde el momento en que la vio sobre la roca, frente al viento, y poco después, cuando se dejó caer resuelta en sus brazos con la satisfacción de la mujer que se sentía dueña de sí misma; lo deseó con todo su ser en ese instante. Sus labios eran dulces y tiernos y se abrieron a los suyos sin reparos, como si lo estuvieran esperando.

Entonces se oyó un golpe, un quejido y unas risas contenidas procedentes de algún lugar cercano, y aunque a Héctor nada le habría distraído del placer de tener a esa mujer entre sus brazos, ella se apartó de él alarmada.

—Hay alguien ahí —susurró.

Héctor se dirigió hacia unos matorrales próximos y descubrió a dos chiquillos andrajosos a punto de escabullirse por el sendero. Uno de ellos se le escapó, pero al otro lo pilló por la cuerda que le sujetaba el pantalón y, agarrándolo del brazo, lo arrastró entre pataletas y gritos hacia donde estaba ella.

—Al parecer, teníamos unos espectadores indiscretos —dijo Héctor sin soltarlo.

El crío no debía de contar más de diez años, era todo huesos y piel, una piel de tono parduzco, no sabía bien si teñida por el sol o por el tizne polvoriento que la recubría. A Héctor le recordó demasiado a sí mismo tiempo atrás.

—¡Suélteme! ¡No hemos hecho nada!

—Si no habéis hecho nada, ¿por qué os escondíais? No está bien espiar a la gente —le reprendió Micaela, con la severidad de una maestra.

—¡No estábamos espiando! —protestó el niño—. ¡Solo andábamos investigando!

—¿Y se puede saber qué es lo que teníais que investigar aquí? —le preguntó Héctor, a quien el desparpajo del niño cada vez le hacía más gracia.

—A la señora...

—¿Qué le pasa a la señora?

El chiquillo se giró para mirar de reojo a su espalda, como si esperara el auxilio de su compinche, pero el otro crío parecía haberle abandonado a su suerte. «Mal compañero de correrías se ha buscado», pensó Balboa. Aun así, él también echó un vistazo alrededor; no le extrañaría que el otro anduviera por ahí cerca, vigilando.

—Queríamos saber si era suyo un sombrero que hemos encontrado en las rocas, a orillas del mar. Casi se lo llevan las olas.

—¿Es de paja y con flores? —inquirió Micaela, que había mudado el gesto severo por una sonrisa intrigada.

El niño asintió.

—¿Dónde está? —preguntó Héctor.

—Lo tiene el Puñetas —murmuró el zagal de mala gana—. Decía que si era de la señora, nos daría usted una recompensa.

Los dos adultos intercambiaron una sonrisa disimulada de complicidad.

—Ahora mismo vamos a buscar al Puñetas para que nos lo devuelva —dijo Héctor.

—Ese ya se ha *marchao* a venderlo por ahí, señor.

—No creo. Porque querrá su parte de la recompensa, ¿no? —Héctor remarcó en voz alta lo de la recompensa, para que lo oyera el otro chico, si es que andaba todavía por ahí. El niño abrió mucho los ojos y asintió varias veces con la cabeza, sin perder de vista la mano que Héctor se había llevado al bolsillo, mientras le decía a Micaela—: Creo que tengo por aquí dos o tres reales...

De repente se oyó el ruido de unas ramas y vino corriendo un zagal pequeño y pelón, con la nariz llena de mocos, que agitaba el sombrero en la mano y gritaba:

—¡Eh, señor! ¡Señor! ¡Que soy yo el que tengo su sombrero, señor! ¡Que el que lo ha *encontrao* y lo ha *cogío* antes de que se lo llevaran las olas he *sío* yo!

—¡Mentira! —exclamó el otro—. ¡Yo lo he visto primero! ¡Tú andabas detrás de ese cangrejo que se *t'ascapao*!

La trifulca se solucionó con un par de monedas a cada uno, que agarraron con manos ávidas. Lo que ya no tuvo remedio fue el brusco final de su beso con Micaela, ni las incontenibles ganas de más con que le había dejado. El tiempo se les había echado encima, y cuando quisieron emprender el regreso, los críos los siguieron revoloteando alrededor, y la señorita Moreau se escudó en ellos para rehuirle durante todo el camino. Muy a su pesar, Héctor se rindió a la evidencia: el momento de pasión se había disipado y, de pronto, parecía como si nada de aquello hubiera existido.

# 23

Micaela miró de soslayo al indiano, concentrado en guiar las riendas del carruaje. Conducía serio, pensativo, encerrado en su semblante más inexpresivo. «Pues claro, ¿qué esperabas?», se preguntó. Ella se sentía tanto o más confusa que él tras ese beso. ¿Qué había pasado? ¿Cómo había sido tan ingenua? Por más vueltas que le daba, no acertaba a entenderlo. Había ocurrido de una forma tan inesperada, y tan natural, y tan... inevitable. Estaban demasiado cerca uno de otro, eso había sido. Y Héctor Balboa le hablaba con voz grave y suave, evocando lugares que espoleaban su imaginación y agitaban su espíritu ya de por sí inquieto; sí, eso había sido. Eso y el modo en que la miraba, como si ella fuera alguien singular, llamativo, un misterio que él debía desentrañar. Pero ella no ocultaba ningún misterio. Era una simple mujer rendida a los atractivos de un hombre como el señor Balboa. Una mujer que se había dejado llevar por el deseo de besarlo aunque fuera una vez.

Una única vez. Sintió cómo enrojecía de nuevo solo de pensarlo, se humedeció los labios aún sensibles. La suavidad con que la acarició, la firmeza rotunda de su cuerpo. No recordaba que hubiera sido así de intenso y sensual con Rodrigo ni, por supuesto, con Gerardo. Con ellos no se había abandonado tanto.

Por eso ahora le costaba comportarse como si nada hubiera pasado. Por pudor o por vergüenza o por lo que el señor Balboa pensara de ella, la solterona orgullosa de serlo, seducida por la calidez de sus manos firmes alrededor de la cintura. La que apenas unos días antes había defendido con fiereza su soltería admiraba ahora a escondidas esos rasgos masculinos de luces y sombras cincelados a base de golpes y esfuerzo. Notó que él la miraba, pero ella rehuyó sus ojos y guardó un prudencial silencio, a pesar de que todos y cada uno de sus sentidos estaban pendientes de él.

—Hemos llegado. —La calesa se detuvo frente al portal de la modista—. Subiré con usted, si no le importa.

El señor Balboa ya la aguardaba junto a la calesa para ayudarla a descender, pero evitó apoyar su mano en la de él. Temía que notara su temblor.


Les abrió Jacinta, la costurera más joven. A ella la reconoció nada más verla; le anunció que ya tenían casi listo su vestido; si pasaban a la salita de espera, se lo traería en un santiamén. La chica había pensado que venían juntos. Balboa no la contradijo pero la retuvo antes de que desapareciera por el pasillo.

—¿Puede decirme si la señorita Balboa ha terminado ya? Vengo a recogerla.

—Oh. Sí, señor —se apresuró a responder la costurera con mayor miramiento—. Deje que avise a doña Manolita, ella le atenderá. Si hace usted el favor, siéntese en la salita.

Se quedaron a solas, rodeados de un silencio absoluto.

—No sabía que tenía usted una hermana. ¿Tiene más familia? —preguntó por fin Micaela, presa de la curiosidad.

—No —respondió él, escueto—. Solo me queda Candela. Tuvimos que separarnos hace muchos años, cuando éramos niños. Nos hemos reencontrado recientemente.

—Me alegro mucho por usted. Y también por ella, claro está. Debió de ser muy emocionante el reencuentro —insistió Micaela. En esos momentos era lo único de lo que se le ocurría hablar que no resultara embarazoso.

—Y también más complicado de lo que pensaba —dijo él con un amago de sonrisa—. Ella vivía en Bilbao y me ha costado convencerla de que se venga a Comillas conmigo.

—Entonces, quizá tenga ocasión de conocerla.

Él quiso añadir algo, pero oyeron pasos acercándose y ambos guardaron silencio.

—Señor Balboa, qué puntual. —Doña Manolita le dedicó su sonrisa más aduladora. Con Micaela, sin embargo, su saludo sonó a reproche velado—: Señorita Moreau, a lo suyo le faltan unas puntadas; ya pensábamos que no vendría.

—Me he entretenido más de la cuenta —dijo disimulando una mirada reprobatoria a Balboa, que él ignoró.

—No tiene importancia. Jacinta le terminará ya mismo su vestido, verá qué preciosidad. Y en cuanto a su hermana, señor Balboa... —la modista se volvió hacia él—, hemos hecho un esfuerzo muy grande por coserle un vestido de mañana que se pueda llevar hoy puesto, y dos mudas de ropa interior. En unos días podrán pasarse a recoger otro traje mañanero y un vestido de paseo. Más adelante les enviaré el resto. Si me permite... —doña Manolita se alejó sutilmente de Micaela y con un gesto indicó al indiano que la siguiera unos pasos más allá—, quería pedirle a usted el pago de...

A Micaela no le interesaba lo más mínimo lo que la modista quisiera decirle al señor Balboa. Jacinta no aparecía y comenzaba a impacientarse. Salió al recibidor y se sentó en la butaca desgastada del rincón. Oía voces apagadas a través de las paredes, y el correteo de unos pasos retumbaba en el piso superior, pero allí no aparecía ninguna costurera. Si tardaban cinco minutos más, se asomaría al taller y se llevaría ella misma el dichoso vestido, estuviera o no terminado. Se levantó. Examinó la pintura de una virgen colgada en la pared y también el tapete de ganchillo que recubría la repisa con la figura de santa Lucía, patrona de las modistas.

—¿Hay un señor en la sala de espera? —Oyó que alguien le preguntaba a su espalda. Al darse la vuelta se encontró con una mujer poco mayor que ella en el umbral del pasillo—. Me han dicho que estaba aquí. ¿Lo ha visto *usté*?

A Micaela le sorprendió el contraste entre su deje callejero y el opulento traje en el que no parecía sentirse muy cómoda: no dejaba de recolocarse la cinturilla de la falda y los frunces traseros.

—Creo que está tratando un asunto con la modista en la sala. No tardarán en salir —respondió—: Usted es la hermana del señor Balboa, ¿verdad? —dedujo, no tanto por su parecido físico, como por un cierto aire familiar entre ambos—. Yo soy Micaela Moreau. Soy conocida de su hermano.

—Candela... —titubeó un instante antes de proseguir— Balboa, *pa* servirla —dijo la mujer sin apartar la mirada.

Oyeron movimiento en el pasillo. Micaela esperaba ver aparecer por fin a Jacinta, pero se equivocaba. Era Mariña, la otra ayudanta de doña Manolita, que acompañaba a una dama de cierta edad de andares altaneros. Micaela se sintió examinada de arriba abajo antes de que la señora se dignara obsequiarla con una leve inclinación a modo de saludo cortés; a Candela la ignoró y pasó de largo a su lado con una mueca de desagrado en el rostro avejentado. La hermana de Balboa desvió la vista, impasible, y Micaela no pudo sino sentir una corriente de simpatía hacia ella. Aguardó en silencio hasta que la impertinente señora se hubo marchado, y preguntó:

—Mariña, ¿le queda mucho a Jacinta? Me corre un poco de prisa.

—Ya mismo termina, señorita. No se apure, que voy a ayudarla. —La costurera desapareció tras la gruesa cortina del pasillo con la misma premura con la que había llegado.

Volvían a estar solas en el recibidor.

—Si me permite un consejo —se lanzó a decir Micaela con cierta osadía—, no haga caso de actitudes como la de esa señora. Damas malintencionadas habrá muchas en su camino; ignórelas como ellas la ignoran a usted.

—Ah, no se preocupe *usté*, que yo como si *ná* —replicó Candela—. A las señoras de esa ralea las tengo yo bien caladas. De señoras tienen poco, se lo digo yo. Mucho tilín-tilín y poco tolón. Si me miran mal, pues yo les doy la espalda y meneo bien el culo, *pa* fastidiarlas. ¡Que ellas bien que intentan menearse y no pueden, con tanto lazo en el trasero! ¡Que parecen gallinas cluecas!

Micaela soltó una carcajada de puro asombro.

—Discúlpeme, señorita. No lo digo por *usté*, ¡no vaya a creer! —dijo la mujer—. Que *usté* no parece de esas.

—¡Menos mal! —respondió Micaela, divertida ante ese despliegue de sencillez y espontaneidad—. No tiene que disculparse de nada, Candela. Me parece muy bien que no se amedrente ante ellas.

—También le digo que hay señoras y señoras —quiso aclarar ella que, de pronto, parecía más relajada—. Que la señora donde yo servía era un pedazo de pan. Pero esta que ha pasado antes por aquí es de las que te dejan un día entero sin comer y después se santiguan en misa como unas benditas. ¡Si las conoceré yo! ¡Y luego te llaman boba o paleta o algo peor!

—Seguro que conoce el refrán, Candela: a palabras necias, oídos sordos. Y le aseguro que necedades he oído muchas en mi vida, en boca de todo tipo de personas. ¿Ha pensado en fingir una leve sordera cuando se encuentre en determinados ambientes?

Candela Balboa soltó una carcajada exagerada que retumbó en el recibidor y contagió a Micaela. Todavía reían cuando la puerta se abrió y Héctor salió acompañado de doña Manolita.

—¡Ay, Dios mío! ¿Todavía está usted esperando, señorita Moreau? —exclamó la costurera al verla—. Es que no puede una ausentarse ni un ratito, ¿se da cuenta? Voy a preguntar qué pasa con su vestido.

—Veo que ya ha conocido a mi hermana, señorita Moreau —dijo él con una sonrisa cuando se quedaron los tres solos. A Micaela no le pasó por alto que había dejado de llamarla por su nombre de pila—. ¿Hay algo divertido que deseéis compartir conmigo? No me vendría mal en estos momentos. —Miró a una y otra alternativamente, pero las dos se sonrieron y negaron con la cabeza—. Ya veo... Bien. Nosotros debemos marcharnos. ¿Quiere que la llevemos a algún sitio?

—No es necesario, gracias, señor Balboa.

—Espero verla pronto, señorita —se despidió, clavando en ella sus ojos oscuros. Micaela sintió como si volviera a acariciarle la mejilla con la ternura con la que lo había hecho esa misma tarde.

—Vaya con Dios, señorita Micaela —dijo Candela, alejándose hacia la puerta.

—Si necesita algo, no dude en pedírmelo. Su hermano sabe dónde encontrarme.

Él esbozó una sonrisa ladeada.

—Eso ni lo dude, Micaela.

# 24

Durante esa semana, Micaela se presentó en algunas casas de la aldea, aquellas donde sabía de la presencia de niñas. No abordaba a bocajarro a los padres, como había hecho con los de Teresa; al revés, había entendido que solo ganándose la confianza de los aldeanos, tendría una mínima posibilidad de lograr sus propósitos. Así, con tiento y paciencia, indagaba en la vida de la familia. Si veía que pasaban hambre, al día siguiente aparecía con un cesto de viandas que le daba a escondidas la cocinera de sus tíos; si encontraba a un niño como Saúl, con las rodillas y los tobillos en carne viva debido a los hierros con los que deberían enderezarse sus piernecitas torcidas, le llevaba un ungüento especial de la botica con el que aliviar el dolor. Su presencia se hizo habitual en las calles de Ruiloba, donde al poco algunos vecinos la saludaban como a una más al verla. Sin embargo, en cuanto mencionaba algo relativo a las niñas y la escuela, unos y otras enmudecían y continuaban con sus labores, como si sus palabras cayeran en un vacío incomprensible. Micaela se desesperaba.

Fue el párroco don Abel quien la guio hasta Pedro Perea, el carpintero de Ruiloba, un antiguo marinero que se cansó de la vida del mar, buscó una buena mujer en uno de los pueblos costeros y se asentó en el primer sitio en el que le hicieron un pequeño encargo para probar sus habilidades con la madera. Tenía cuatro hijas, ningún varón, y de sus años viajando de puerto en puerto entre continentes le quedaba un ojo tuerto y una colección de mapas donde mostraba a sus hijas el mundo que había conocido.

—Si no ha mandado a las niñas a la escuela ha sido por prudencia. Pedro no es de aquí y no busca destacar. Hable con él, dígale que le mando yo. Es un buen hombre —le recomendó don Abel en un aparte, una de las veces en que visitó a sus tíos.

Micaela le pidió a Conrado que tuviera dispuesta la calesa para la mañana siguiente. Adela y ella irían de nuevo a Ruiloba.

No les fue difícil averiguar dónde se encontraba la casa de Perea. En la entrada de la aldea dos chiquillos les dieron las indicaciones necesarias: «Allá, donde el cabrero», dijo el más pequeño; el otro, mayor y locuaz, alzó un brazo enclenque y añadió:

—Hay que cruzar la plaza, y de ahí, tiren por la calle que sube. Donde vean dos cabras atadas a una estaca, cuenten dos puertas más y ahí es —dijo. A cambio, quiso obtener su propia información y preguntó—: ¿*Pa* qué lo buscan?

—¿Y a ti qué te importa? —le espetó la doncella, con el mismo descaro que había demostrado el niño.

—Para un asunto de la escuela —respondió Micaela, acallando a Adela con una mirada severa. Sacó cuatro reales de su bolsillo y los repartió entre ambos—. Gracias por vuestras indicaciones.

Los críos contemplaron los reales en la palma de sus manos sucias, se miraron entre sí con cara de ilusión, y acto seguido salieron corriendo entre risas y cabriolas hasta perderse por una de las callejuelas.

—Al llegar a la plaza, déjenos junto a la puerta de la iglesia, Conrado —dijo acomodándose de nuevo en la calesa, al lado de su doncella.

La calesa rodó por las solitarias calles de tierra hasta llegar a la plazoleta, también desierta. Oyeron los ladridos de unos perros no muy lejos, y un griterío de niños detrás. Micaela y Adela tomaron la callejuela serpenteante que les había indicado el crío hasta que avistaron a los animales, atados a un sencillo vallado. Les resultó fácil identificar la casa de Pedro Perea: la puerta de madera maciza tenía una aldaba con forma de ancla que Micaela golpeteó tres veces. No hubieron de esperar mucho para que se presentara ante ellas una niña que parecía acostumbrada a ese tipo de visitas repentinas.

—¡Padre! ¡Le buscan aquí! —gritó con voz aguda. Al no recibir respuesta, la niña desapareció en el interior de la vivienda.

Mientras aguardaban, Micaela se fijó en una mujer que

se aproximaba a ellas subiendo la calle con paso enérgico. Una niña seguía su estela a duras penas. No tardó en reconocer a Teresa y su madre, la mujer recelosa que la despidió de su casa con cajas destempladas.

—Usted dijo que si mi hija iba a la escuela, tendría un porvenir mejor —le espetó la mujer sin saludar siquiera. La niña se quedó un paso atrás, con la cabeza gacha, como si le avergonzara volver a verla.

—Así es.

—¿Y podría trabajar de costurera o de maestra, como usted?

A Adela se le escapó una risita que intentó disimular. Micaela la reprendió con la mirada.

—Si eso es lo que ella quiere, podría ser, sí —respondió con cautela. Luego se volvió a Teresa para preguntarle—: ¿Tú quieres ir a la escuela?

La niña asintió con una sonrisa tímida que le llegó al corazón.

El ruido de los cascos de un caballo al trote las interrumpió. Erguido, con la pose de quien desea imponer autoridad, el joven Francisco Trasierra pasó ante ellas azuzando a su caballo con la fusta. Miró de soslayo al grupo y saludó a Micaela con un leve cabeceo extrañado. Ella le devolvió el saludo sin inmutarse y se volvió de nuevo hacia la niña, a quien encontró resguardada detrás del cuerpo de su madre, como un cervatillo asustado. Micaela contempló intrigada al jinete ya distante y de nuevo, a la cría.

—¿Qué ocurre, Teresa?

La madre agarró la mano de la chiquilla murmurando algo entre dientes.

—Usted nos prometió que, si iba a la escuela, mi hija tendría una vida mejor que la nuestra —reiteró sin perder su aplomo—. Que podría marcharse lejos de esta aldea.

—Así es, aunque no está en mi mano que lo consiga. Yo solo puedo...

—Mi hija es una muchacha muy espabilada, ya se lo dije —la volvió a interrumpir la madre, su tono cada vez más impaciente, más desesperado—. Si se aplica bien, ¿la ayudará a salir de aquí? —Micaela sostuvo su mirada apremiante cuando insistió—: Sé que usted puede. He oído hablar de usted en la aldea.

—Hago lo que está en mi mano.

—Pues apúntemela: Teresa Gómez, hija de Chelo Hernán y Juan Gómez. Y vaya después adonde la Juana, la comadrona, que también quiere apuntar a su hija mayor. Y la Margarita me ha dicho que si mi Teresa va, su Loli va.

Y sin darle tiempo a replicar, la mujer tomó a su hija de la mano, se dio media vuelta y enfiló calle abajo con el mismo paso decidido con el que había llegado hasta allí. Cuando Micaela quiso darse cuenta, Pedro Perea estaba de pie en la puerta, con la mirada absorta en la figura de la mujer y su hija que se alejaban sin mirar atrás.

Después de esa conversación, no le costó mucho convencer a Pedro de que permitiera ir a la escuela a sus hijas mayores, de diez, ocho y siete años. El carpintero deseaba que sus hijas aprendieran lo necesario para desenvolverse aquí o allá, donde fuera, que «nunca se sabe los tumbos que da la vida».

Al finalizar la mañana contaba con doce niñas de entre seis y diez años dispuestas a acudir a la escuela en cuanto pasara el verano. Doce alumnas bien podrían formar una clase. Debía informar al maestro para que fuera preparando lo necesario antes de que comenzara el curso.

Pidió a Adela que la esperara en la calesa y se encaminó a la escuela. Subió las escaleras que conducían al primer piso y llamó a la puerta. Por alguna razón, esperaba que fuera el propio maestro quien le abriera y no una mujer bajita, de ojos alegres y mejillas lozanas.

—Quisiera hablar con don Fidel.

—Sí, pase, pase. Está en su despacho —dijo, echándose a un lado.

Se sabía observada con curiosidad. ¿Qué hacía una señorita así en la casa del maestro de una aldea escondida?

—Serán solo unos minutos.

—Por supuesto, no se preocupe, faltaría más. —La mujer ya se había adentrado en un pequeño comedor con los muebles indispensables, apremiándola a seguirla—. ¿Es por algún asunto de la escuela? ¿Por las niñas? Algo me contó mi marido... Ya se lo dije a él: yo podría hacerme cargo de ellas, que también soy maestra, ¿sabe? —No, Micaela no lo sabía. Ni siquiera sabía que el maestro estaba casado. La maestra le indicó una silla en la que sentarse y luego se asomó a lo que debía de ser el pasillo y gritó—: ¡Fidel, tienes una visita!

Apareció el maestro al pronto, con el gesto extrañado de alguien poco acostumbrado a recibir en casa. La miró como si no la reconociera, hasta que por fin cayó:

—Ah, la señorita de las niñas, ¿no? —Se apoyó con ambas manos en el respaldo de una silla, sin intención de sentarse—. Usted dirá.

Micaela no se anduvo con rodeos. Le mostró el papel donde había apuntado los nombres de las niñas dispuestas a ir a la escuela. Don Fidel escuchó en silencio sus explicaciones apresuradas sobre cómo había conseguido convencer a los padres, qué había acordado con ellos, qué material necesitarían. Había que ir pensando en comprar más pupitres y tinteros y otro encerado...

El maestro carraspeó, Micaela calló, consciente de que no le había dejado hablar.

—Lamento decirle que no puedo acoger a tanta niña en la escuela —dijo don Fidel—. Es imposible. No hay espacio y... ¿qué podría hacer con ellas? ¡Si ni siquiera saben leer ni escribir! No puedo descuidar a mis alumnos. Y, además, los distraerían, ya saben cómo son los críos a estas edades...

—La ley dice que niños y niñas tienen la obligación de acudir a la escuela.

—La ley solo obliga a escolarizar a niños y niñas hasta los nueve años, no más. Y en aulas separadas.

—Hay otra aula vacía en la escuela.

—Un aula, un maestro. Es cuanto hay —respondió impertérrito.

—El señor Balboa me prometió que...

—Entonces hable con el señor Balboa —le cortó en seco—. Quizá esté dispuesto a aumentar la asignación a la escuela para que contraten a una maestra. El concejo paga mi salario y apenas nos llegaría para vivir si no hiciera de escribiente de cartas y de otros documentos para los vecinos. Por mi parte, es todo cuanto puedo decirle.

Hablaría con el señor Balboa, faltaría más. Él le había asegurado que las niñas tendrían sitio en su escuela. ¡Tenían un trato! Ella había cumplido su parte: había conseguido inscribir a una docena de alumnas. Ahora él debería cumplir la suya: no solo tendrían que admitirlas, sino que, además, debía contratar a una maestra para enseñarlas. No pensaba defraudar ahora a esas niñas y sus familias.

Con este monólogo cocinándose en su cabeza como un guiso hirviendo, regresó al carruaje. Conrado y Adela estaban tan distraídos en su coqueteo que no se percataron de su llegada hasta que Micaela puso un pie en el escalón y el coche se movió. Esperó a que la doncella se sentara a su lado antes de dirigirse al cochero:

—Volvemos a Comillas. ¿Sabe dónde reside el señor Balboa, el indiano?

—No, señorita. No soy de por aquí.

—Yo lo sé, señorita —replicó Adela—. Está en la casona del viejo juez. —Alzó un poco la voz hacia Conrado y le dijo—: Tire, yo le indico.

Hizo el recorrido sumida en un silencio atravesado. En su cabeza no cabía la posibilidad de que Balboa se retractara ahora de sus palabras y dejara la decisión en manos del concejo o del maestro. Habían transcurrido unos días desde su encuentro en Santander, en los que había pensado en él y en aquella tarde más de lo que deseaba; sin embargo, no dejaría que un beso interfiriera en su acuerdo.

Al entrar en Comillas, se hallaba en un estado de inquietud tal que notaba los tendones agarrotados, los nervios tirantes bajo la piel, las manos sudorosas. Así aguantó hasta que la calesa se detuvo delante de la verja de hierro negro que rodeaba la casona del viejo juez Olano. Micaela alzó la mirada y suspiró.

—No hace falta que me esperen. Adela, dile a mi tía que he ido a hacer un recado y no tardaré en regresar. No menciones nada del señor Balboa, por favor.

—Sí, señorita, descuide.

Atravesó la verja y dio dos golpes en la aldaba de bronce mientras la calesa desaparecía calle arriba. Un mayordomo salió a la puerta.

—¿El señor se encuentra en la casa?

—Sí, señorita —le respondió impasible, cediéndole el paso al interior del vestíbulo.

—¿Podría preguntarle si tiene inconveniente en recibirme? Deseo discutir un asunto importante con él.

En ese instante, una voz atronadora traspasó las paredes y llegó hasta al recibidor. El mayordomo no se inmutó.

—Tal vez sería mejor que volviera en otra ocasión, señorita —le aconsejó el sirviente sin perder la calma.

La puerta se abrió de golpe y de ella surgió un joven alterado que pasó veloz junto a ella sin enfocar otra cosa que la salida.

—¡Y dígale a Herraiz que quiero ese contrato sobre mi mesa esta misma tarde para revisarlo con mis propios ojos! —exigió el indiano desde el umbral de su gabinete.

Micaela contuvo el aliento y permaneció inmóvil, evitando mirarle, como si así pudiera pasar desapercibida antes de marcharse por donde había llegado. Se hizo el silencio en la casa. Notó la mirada oscura de Balboa clavada en ella y, luego, su voz áspera, brusca, atravesando el amplio vestíbulo:

—Señorita Moreau, ¿qué hace usted aquí? ¿Necesita algo?

Pensó en negarlo, disculparse y olvidar sus peticiones a ese hombre capaz de mostrarse tan implacable en sus negocios. Era una faceta de él que desconocía, como muchas otras, a buen seguro. Se lamentó de haber sido tan impetuosa como para presentarse allí de improviso, sin solicitar una cita previa y sin haber ordenado sus ideas lo suficiente como para encararse con él.

—Venía a hablar con usted, señor Balboa, pero creo que he escogido un mal momento. Enviaré mensaje más tarde para saber cuándo le vendría bien recibirme.

Él clavó en ella sus pupilas, en silencio.

—Este es tan buen momento como cualquier otro

—respondió, suavizando su tono. Su brazo se extendió en una clara invitación a entrar en sus dominios.

Ella titubeó, pero se dio cuenta de que ya no tenía escapatoria posible. Cruzó el vestíbulo con la cabeza alta y el paso más firme que pudo marcar. Si había llegado hasta allí, no se arredraría ahora.

# 25

Lo cierto es que no era un buen momento para recibir a Micaela. A Héctor Balboa todavía le latían las sienes y la irritación le impedía pensar más allá de sus planes: había logrado un acuerdo con una compañía inglesa para transportar en sus barcos cargamentos de hierro desde los puertos de Santander y Bilbao hasta Inglaterra, y de allí, traer carbón galés procedente de Cardiff, más económico y de mejor calidad que el asturiano, y a Herraiz no se le había ocurrido traducir el maldito contrato al castellano para que pudiera leerlo, aduciendo que él mismo lo había revisado con su inglés aprendido en Londres. Al sostener entre los dedos el documento redactado en ese idioma indescifrable, Héctor se había exasperado, pese a que el ayudante de su abogado le asegurara que recogía todos los puntos acordados con la compañía inglesa. Y lo había dicho con la verborrea propia de su educación exquisita. Le enfurecía permanecer en la ignorancia, a merced de esos petimetres que lo miraban como si fuera un ave exótica o como si les debiera algo de su riqueza a ellos, a esa ralea de indolentes que por el mero hecho de haber nacido en el seno de familias privilegiadas y haber tenido todas las facilidades para estudiar, despreciaban a los que habían llegado hasta donde estaba él sin más recursos que sus manos y su astucia, y sí, dando un largo y dificultoso rodeo.

Apretó los labios cuando ella pasó a su lado, dejando tras de sí ese olor a lavanda que parecía impregnado en su piel, en su pelo. Todavía tenso, se sentó ante el enorme escritorio de ébano de patas talladas en forma de garras de león, y apoyó los codos sobre la superficie encerada. Se tomó su tiempo para observar a la señorita Moreau, sentada frente a él, envarada y desafiante. Nadie más que él sabía cómo palpitaba entre sus brazos. Nadie más que él veía tras esa pose a la mujer apasionada que era. No, no era un buen momento para enfrentarse a esa mujer extraña que lo atraía con la misma curiosidad con que admiraba la belleza del mecanismo de un reloj suizo.

—Bien. ¿Qué desea? —Apartó a un lado las diminutas piezas de una cajita de música de madera de raíz.

—¿Qué le ha hecho a ese... artilugio?

—Desmontarlo. Quería averiguar cómo funcionaba el mecanismo en su interior.

—¿Y tiene que destrozarlo para ello? —le reprendió ella.

—¿Cómo quiere que lo haga, si no? ¿Sabe que pueden emitir melodías de hasta dieciocho notas musicales? —Se recostó en el sillón, y sonrió para sí al ver la cara de estupefacción con que lo contemplaba la señorita Moreau—. Dígame qué desea.

La joven esperó unos segundos más hasta que por fin arrancó a hablar.

—Antes de nada, perdone que haya venido así, sin avisar. Se trata de nuestro acuerdo a propósito de la escuela de Ruiloba...

Héctor se fijó en la pericia con la que se quitaba el sombrerito de paja adornado con una guirnalda de rosas, y lo posaba en su regazo. Por unos instantes, dejó de atender a lo que decía. Oía su voz, sí, pero no conseguía centrarse en sus palabras, sino en la suavidad de sus labios carnosos y en el turquesa límpido de sus ojos. Se forzó a prestar atención a lo que fuera que estuviese provocando en ella la emoción que reflejaba su cara.

—... así que en principio, son doce niñas las que tengo en mi lista, aunque estoy convencida de que podrían sumarse algunas familias más. Doce niñas dan para formar una clase pero don Fidel dice que no hay sitio en la escuela, y que él no puede hacerse cargo de ellas sin retrasar el programa de sus alumnos.

Esa última frase lo arrancó definitivamente de sus pensamientos.

—Si don Fidel dice que no puede incorporarlas a la clase sin afectar al resto de los alumnos, no seré yo quien le contradiga. La escuela debe continuar a su ritmo. Esos niños son el futuro de este país y el de muchas familias humildes. Necesitamos hombres de la tierra formados para el progreso que no tardará en cruzar el mar Cantábrico o los Pirineos.

—En ese futuro también hay mujeres, y mujeres que necesitan aprender y trabajar tanto como los hombres —replicó ella cortante—. ¿O usted también pretende mantenernos en la ignorancia para que así no podamos opinar sobre lo que nos afecta? Sin educación, aboca usted a esas niñas a la prostitución o a matrimonios precoces que las llevarán a dar a luz niños hambrientos sin futuro, y a morir en una vejez tan precoz como su condición de madres.

Héctor sopesó su respuesta un segundo. Se levantó de su sillón de cuero envejecido y se acercó al ventanal que daba al jardín. Creía en la educación como herramienta para el progreso. Él mismo había visto con sus propios ojos a mujeres trabajando con el mismo afán que los hombres en las fábricas de Portsmouth y, sin embargo, en ese momento no podía ocuparse de ese asunto. Antes de nada, necesitaba resolver otros temas más importantes, como los contratos con los ingleses, las deudas de Trasierra o su alianza de matrimonio. El tiempo corría en su contra, su estancia en Comillas se acortaba. En el acuerdo al que había llegado con Micaela Moreau nunca mencionaron plazos y ahora no podía dedicarse a resolver lo que él consideraba un problema menor.

—De acuerdo, pero tendrá que ser usted la maestra de las niñas.

—Yo no puedo hacerlo, no estoy en condiciones. Mi

estancia aquí es temporal, como usted sabe; estoy aquí gracias a la generosidad de mis tíos, los marqueses de Peñubia. Creo que no sería adecuado y además...

—¿Quiere usted decir que el puesto de maestra en Ruiloba no es lo suficientemente bueno para usted?

—¡No sea obtuso! Quiero decir que debe usted buscar otra maestra. Yo no estoy disponible ni para usted ni para su escuela. —Se incorporó con ímpetu, arrastrando las patas de la butaca. El sombrerito cayó al suelo sin que le prestara la más mínima atención—. Tengo un trabajo de maestra esperándome en otro colegio de señoritas.

—¿Un colegio de señoritas? Usted fue quien se empeñó en que las niñas de Ruiloba fueran a clase. Por lo tanto, es usted quien debería asumir ahora la responsabilidad de instruirlas —insistió él, que se inclinó en su asiento para recoger el sombrero del suelo.

—¡No fue ese el trato que hicimos! —exclamó ella, arrebatándoselo de las manos. El anterior fulgor de sus ojos se había convertido en un brillo acerado, y el único rasgo que delataba su nerviosismo era la forma en que se humedecía constantemente los labios, como si deseara escupirle a la cara su desprecio—. ¡Yo me comprometí a convencer a las familias y usted me aseguró que admitirían a las niñas en la escuela!

—No imaginaba que sería capaz de convencer a tantas familias de montañeses testarudos. Debería ayudarme en mis negociaciones comerciales —repuso él con cierto tono burlón.

—¡Déjese de tonterías! ¡Debe usted cumplir su palabra de caballero!

Héctor contuvo una sonrisa. Admiraba esa mezcla de carácter e ingenuidad de Micaela Moreau. Nunca sabía a qué atenerse con ella.

—No se equivoque, señorita Moreau, yo nunca he dicho que fuera un caballero —contestó sin perder la ironía.

—No hace falta serlo para mantener la palabra dada —replicó ella con desdén mientras comenzaba a recoger sus cosas para marcharse—. Pero ya veo que ni siquiera tiene usted palabra; ni palabra, ni dignidad.

Él se tensó como si lo hubieran aguijoneado. Se incorporó de golpe, se acercó a ella.

—Y usted es una de esas mujeres entrometidas que involucran a todo el mundo en su particular cruzada y, a la hora de la verdad, se escabullen por la puerta trasera para disfrutar de sus bonitos vestidos y sus veladas musicales.

—¿Eso es lo que opina de mí? —Él se sintió traspasado por sus pupilas dilatadas y sombrías. No respondió—: De acuerdo, no se preocupe más de este asunto, señor Balboa. Bórrelo de sus obligaciones, olvídese del trato. Yo me encargaré de resolver mi propia «cruzada», como usted dice. Hablaré con el párroco y con el alcalde y con quien haga falta para que esas niñas puedan asistir a la escuela.

Él le cortó el paso.

—Espere, no se vaya así.

—Déjeme pasar —le ordenó sin amedrentarse ni un ápice. Tenía las mejillas encendidas, los ojos le centelleaban como si quisieran fulminarlo allí mismo. Estaba preciosa—. Si es así como pretende ganarse su respetabilidad, lo va a tener muy difícil, señor Balboa. No sé cómo pude pensar que, a pesar de su tosquedad y su falta de modales, sería fiel a su palabra...

—Siéntese.

Pero la señorita Moreau no le hizo caso. Le había dado la espalda dispuesta a marcharse y él no tuvo más remedio que agarrarla del brazo al tiempo que cerraba la puerta con un golpe brusco.

—Esta conversación ha terminado. —Intentó zafarse, furiosa—. No tengo nada más que decirle. ¡Suélteme!

Héctor no solo no la soltó, sino que la atrajo con fuerza hasta pegar su cuerpo al suyo. Rodeó su cintura con el brazo y notó cómo toda ella se tensaba, inmóvil, bajo su contacto. Estaban tan próximos que podía sentir cómo su pecho subía y bajaba al ritmo agitado de su respiración, le llegaba el aroma que desprendía su pelo y la calidez de su aliento en la piel.

—¿A esto se refería cuando hablaba de mis modales, Micaela? —preguntó él muy cerca de su oído.

Ella apartó el rostro y le dedicó una mirada desafiante.

—¿Es así como consigue siempre lo que se propone, señor Balboa?

Él la soltó tan de repente como la había agarrado. Micaela se frotó el brazo dolorido y se alejó de él unos pasos, los suficientes como para recobrar la calma mientras se adecentaba la blusa y recuperaba la compostura. Notaba las mejillas ardiendo, las manos temblorosas. Lo había sentido tan cerca que, en un mismo instante, lo había deseado y lo había odiado con todas sus fuerzas. Si la hubiera besado de nuevo, no sabía qué habría ocurrido. Solo sabía que el latido frenético de su corazón le impedía pensar con claridad.

Quizá se había excedido en sus reproches. Quizá le había podido la indignación, la impotencia. Quizá había esperado demasiado del poderoso señor Balboa.

—Será mejor que me vaya —dijo sin apenas girar la cara. Lo vio de soslayo, estaba de pie junto al ventanal.

—¿Qué necesita para las niñas? —le oyó preguntar con voz grave, contenida.

Pensó en dejar hablar a su orgullo y decirle que no lo necesitaba, que se las arreglaría sola, que podía guardarse su escuela, su dinero y sus modales para quien lo aguantara, pero se contuvo: no podía hacerles eso a las niñas de Ruiloba. No después de ilusionarlas con la perspectiva de que ellas también aprenderían a leer y escribir, como sus hermanos. Por más que lo deseara, era consciente de que ella sola no lo lograría; sus recursos allí eran muy limitados y pronto se marcharía de Comillas, quién sabe si para no regresar. Las niñas sufrirían una terrible decepción y Micaela jamás se lo perdonaría. Al menos, se dijo, que su enfrentamiento con el indiano sirviera para algo útil.

—Un aula y una maestra —respondió mientras se volvía para encararlo.

—¿Y cómo pretende que encuentre una maestra para Ruiloba?

—Hable con don Fidel —se limitó a decirle—. Estoy segura de que él conoce a una persona a quien podría interesar.

No aguardó su réplica. Salió del despacho como una exhalación, sin mirar atrás, deseando desaparecer de su vista cuanto antes. Atravesó el vestíbulo y abrió la puerta de la calle sin esperar al mayordomo. Ignoró la voz femenina que la llamaba desde algún lugar del interior de la casa y descendió aprisa los escalones que conducían a la verja de hierro.

—¡Señorita Moreau! ¡Oiga! —Ya casi había abierto la cancela cuando la señorita Balboa la detuvo—. ¡Tengo que hablar con usted!

Micaela se movió nerviosa. De una rápida ojeada comprobó que el señor Balboa no la había seguido.

—Ah, Candela. ¿Cómo está? Siento no poder entretenerme, tengo un poco de prisa. Solo he venido a tratar un asunto de la escuela con su hermano —murmuró sin apenas mirarla.

—No se vaya, por favor —rogó la mujer bajando la voz—. Usted me dijo que le pidiera ayuda si la necesitaba.

Micaela se dijo que no podía llegar en ese estado de inquietud ante su tía y decidió regresar dando un largo paseo por las bulliciosas calles de Comillas. Su tía Angélica no había mentido al mencionar la agitada vida social del pueblo durante los meses de estío. A las familias de aristócratas, políticos, industriales y banqueros procedentes de Madrid, Barcelona o Bilbao, se sumaban las familias de los artesanos ebanistas, vidrieros, escultores y demás operarios que habían llegado a la villa atraídos por las obras de construcción de las lujosas residencias de verano, y, sobre todo, del palacio de Sobrellano y la Universidad Pontificia, ambas financiadas por el marqués de Comillas. Tal cantidad de visitantes animaba la actividad de aldeanos y comerciantes del pueblo y alrededores. Las hortelanas madrugaban los días de mercado para escoger sitio en la plaza de Ruiz de Rabía, frente al ayuntamiento, y plantar allí sus taburetes y los cestos de mimbre en los que exhibían huevos frescos, algunas frutas y las verduras recién arrancadas de sus huertos. Las mañanas en que Micaela salía a caminar, veía a las criadas peleándose por los mejores géneros del mercado o por las hogazas que las tahonas no daban abasto a cocer. Las lavanderas se cruzaban por la calle portando cestos repletos de ropas y las amas de cría parecían un ejército uniformado tras los cochecitos de bebés mientras llegaba la hora del baño de ola.

Por las tardes, esos mismos artesanos, operarios y pequeños comerciantes salían con sus familias a pasear entre la calle de los Arzobispos y el Corro Campios, donde a veces se celebraban bailes populares de los que rehuían las familias más pudientes.

El ajetreo callejero apaciguó los ánimos de Micaela y una vez pasado el sofoco inicial, su espíritu práctico se impuso sobre cualquier otro pensamiento. Solo había sido un encontronazo inesperado con alguien en quien había llegado a confiar. Tal vez él nunca lo había considerado un verdadero trato, quién sabe... Pero el párroco, el alcalde y el maestro podrían dar fe de que él se había comprometido a admitir a las niñas en la escuela. Se estremeció de nuevo al recordarlo tan próximo a ella, tan intimidante, tan... ¡mentiroso! ¿Qué podía esperar de alguien así? Don Grosero Balboa no dejaba de ser un maleducado, a pesar de toda esa generosidad de la que hacía gala... la escuela, el puente, el tejado de la iglesia, no eran sino obras financiadas en su propio interés, no le cabía la menor duda.

Colegio de Señoritas Hermanas Ruano
San Francisco, 29
Santander

Comillas, 16 de julio de 1883

Apreciadas señoritas Ruano:
Tengo el inmenso placer de comunicarles que acepto el puesto de maestra que tuvieron a bien ofrecerme en su colegio. Si no surge ningún contratiempo, espero

presentarme ante ustedes a finales de agosto para arreglar todos los detalles y buscar un alojamiento adecuado para mi madre y para mí.

Reciban mi admirado y afectuoso saludo,

MICAELA MOREAU ALTAMIRA

# 26

La mesa retumbó bajo su puño. ¡Maldita mujer! Llegaba hasta él con esa actitud repelente y altanera de señorita sabelotodo, pidiendo, reclamando, ¡exigiendo!, con los ojos chispeantes poseídos de algún poder hipnótico o magnético o embaucador o... Maldita sea. La había tratado como un burdo patán, un auténtico estúpido. La habría besado una y mil veces si hubiera notado un mínimo atisbo de debilidad o deseo, pero no; en sus ojos solo había furia y desafío.

En dos zancadas Héctor atravesó el despacho y se asomó por la ventana que daba al jardín delantero. A través del cristal siguió sus pasos apresurados hasta la verja. Huía de él. Pero entonces apareció Candela, corría tras ella, la alcanzó en la puerta. Las observó hablar: su hermana gesticulaba en alto, excesiva como era; Micaela negó con la cabeza, varias veces; su hermana insistía, unió sus manos, suplicante, hizo dudar a la maestra quien, al final, pareció claudicar. Vio a Candela regresar de vuelta a la casa con expresión triunfal.

Durante el almuerzo, su hermana se mostró especialmente parlanchina. Le dijo que había pensado comprar algunas cosas que faltaban en La Somoza: toallas, manteles de recibir, algún juego más de sábanas, y todo debería ir bordado con sus iniciales.

—Me ha dicho el ama de llaves que aquí hay unas bordadoras muy buenas y he pensado encargárselo a ellas. Necesitaré algo de dinero.

Él alzó una expresiva ceja y la observó con curiosidad.

—Que lo carguen a mi cuenta y pasaré a pagarlo un día de estos. No me gusta que vayas con dinero por la calle.

—Sé manejar los cuartos, Héctor. Y necesito algo para mis gastos de bolsillo, si es que no quieres que vuelva a ganármelo por mi cuenta como he hecho siempre.

—¿Qué gastos? Tienes todo lo que quieres. Solo debes pedírmelo. —Su hermana frunció el ceño y soltó los cubiertos sobre el plato, dejando patente su malestar. Héctor saboreó un sorbo de vino en su boca y luego dijo—: Si crees que vas a engañarme así como así, estás muy equivocada, hermana. Recuerda que procedemos del mismo vientre y yo he sobrevivido, al igual que tú, a la vida en la calle. Y ahora, explícame para qué necesitas el dinero.

Candela no tuvo más remedio que contárselo. Estaba harta de estar recluida en la casa, sin posibilidad de salir más que a la hora del paseo colgada de su brazo, como si fuera una marioneta enfundada en un disfraz. Estaba harta de no tener amigas con las que charlar, ni tan siquiera conocidas como las que tenía en Bilbao, donde solía entretenerse con unas y con otras mientras hacía la compra en el mercado. Y estaba harta de que esas señoritas con las que se cruzaba la miraran con desprecio o peor aún, como si fuera una leprosa a la que mantener a distancia por si les contagiaba algo, no sabía qué. No pretendía convertirse en una estúpida remilgada, pero sí deseaba contar con las mismas armas que ellas para poder buscarse la vida entre tanta cursi papanatas. Y había pensado que la señorita Moreau, que tan amable y educada fue cuando se conocieron en la modista, podría enseñarle algunos conocimientos básicos. Y él mismo le había dicho que no solo era una dama, sino que además era maestra.

—... así que le he pedido que me enseñe. Vendrá a casa a darme clase. Aprenderé a leer, escribir y lo que ella diga.

Héctor abrió la boca para protestar pero enseguida la cerró. No entendía cómo no se le había ocurrido a él. Era consciente de que, a pesar de su apariencia mejorada, Candela seguía teniendo las maneras de una mujer de clase baja. Necesitaba pulirse un poco si quería que la sociedad de Santander los aceptara en su seno a los dos, no solo a él. Aunque fuera a golpe de dinero, inversiones y compromisos matrimoniales.

—No sé qué le habrás hecho esta mañana para que tuviera que marcharse como si se hubiera cruzado con el mismísimo diablo, pero le he prometido que no aparecerás por el gabinete en las horas en que ella venga a la casa.

Pasó la tarde encerrado en su despacho, revisando documentos. De vez en cuando le asaltaba el recuerdo de Micaela Moreau, se removía en su silla inquieto. ¡Demonio de mujer! No entendía de dónde brotaba ese impulso suyo de provocarla, de medirse con ella buscando —se confesó a sí mismo— su admiración, al igual que él —se confesó también de mala gana— comenzaba a admirarla a ella más de lo conveniente. Apartó el pensamiento con un manotazo al aire, como quien aparta una mosca al vuelo. Un gesto que debería llevar más allá y aplicárselo a sí mismo: debía de apartarse de ella, dejarse de tiras y aflojas, de paseos y provocaciones que no llevaban a parte alguna más que a herir sus sentimientos, los de ella. Porque Micaela no era la mujer adecuada para él, la que necesitaba para sus planes.

Se forzó a concentrarse en la lectura de esos folios que, en ocasiones, incluían expresiones legales incomprensibles. Las letras no eran lo suyo. Prefería la sencillez de los números, su exactitud, su infalibilidad. No había interpretaciones posibles a las múltiples operaciones que podían realizarse con el dinero. De una u otra forma, por uno u otro camino, el resultado de la suma final debía ser siempre mayor que al principio, aunque fuera un céntimo. Lo había aprendido de sus años en el colmado. Y eso solo se conseguía manteniendo su capital en movimiento.

—Me va a dejar usted sin ayudantes —le dijo Herraiz esa misma tarde, cuando acudió al despacho con la cabeza alta y el ánimo templado, listo para contrarrestar el malhumor de su cliente con novedades que le resultarían de lo más alentadoras. En su cartera de suave cuero curtido traía copia del contrato con los ingleses en un castellano sencillo que le tendió nada más sentarse frente a él. Pero había otra información más jugosa que le quemaba la boca—: Traigo noticias que le van a interesar.

—¿Sobre Trasierra?

—Eso también, pero primero déjeme contarle algo aún mejor sobre don Carlos Lizarra, el conde de Salinas.

Héctor se repantigó en su sillón dispuesto a escucharle.

—Los hermanos Lizarra están construyendo una nueva fábrica en los alrededores de Bilbao. Una gran fábrica dotada con las últimas innovaciones europeas para hacerse con el mercado del acero en España. Han reunido un grupo de inversionistas que aportarán una parte del capital necesario, entre los cuales se encuentra una compañía inglesa que garantizará contratos de suministro con Inglaterra. Otro de los socios es el futuro consuegro del conde, don Antonio Sánchez de Movellán, propietario de la banca Movellán y Angulo, con sede en París. El resto del capital lo cubrirán entre los dos hermanos Lizarra, ya que desean mantener el control. Sin embargo...

—Carlos Lizarra no posee tanto patrimonio.

El abogado asintió dándole la razón.

—Exacto. Es la oportunidad de inversión que andaba usted buscando, entrar en el negocio metalúrgico. Ahora mismo, el conde estaría más que dispuesto a escuchar proposiciones de matrimonio para su hija de alguien con el suficiente capital como para que pueda cubrirle las espaldas. Usted, además, podrá hacerse con los contratos de transporte del acero en sus buques.

Héctor se levantó de la silla y comenzó a pasear arriba y abajo. En su cabeza ya estaba enlazando ideas, haciendo cuentas, dirigiendo operaciones. Algo le decía que esa fábrica era la misma de la que le había hablado el paisano en su visita a la ría de Bilbao, y que podría ser la gran oportunidad de negocio que buscaba. Él era un hombre de acción. Necesitaba crear, construir, tocar. No había que ser un lince para percatarse de que España llevaba un atraso industrial preocupante respecto a Inglaterra, Francia y otros países europeos, y las opciones de inversión eran escasas. Por lo que había averiguado, las minas de Asturias estaban ya sobreexplotadas; las empresas harineras y cerveceras estaban en declive, y la industria textil, tan boyante en Cataluña, le quedaba muy lejos pese a la buena sintonía que tenía con el círculo de los catalanes en Comillas. No descartaba viajar a Barcelona más adelante, pero por el momento deseaba instalarse en Santander.

—Su hija es la más joven de las señoritas que usted me sugirió, si no recuerdo mal.

—Loreto Lizarra tiene diecisiete años, pero todos los que la conocen aseguran que es encantadora y muy madura para su edad. Desde que falleció su madre hace tres años, se ha hecho cargo de la casa y acompaña a su padre allí adonde va.

—Conocí al señor Lizarra hace unos días, en casa de Güell. —Balboa abrió la tabaquera y le ofreció un cigarro a Herraiz, que se hizo con uno, agradecido—. No parecía muy preocupado, ni especialmente interesado en hablar de negocios.

—Olvida usted que se encuentra en Comillas, el escaparate veraniego del dinero y el poder de España, ¿qué esperaba? El conde se dejaría cortar una mano antes que mostrar sus miserias, especialmente ante la próxima celebración de un acontecimiento en el que él también se siente, en cierto modo, protagonista: el baile anual de los Riera, amigos personales y familia de sus futuros consuegros. Busque el momento propicio y hable con él de sus intenciones. Estoy convencido de que le escuchará con atención.

—Bien. Veré cómo lo hago —dijo pensativo. Jugueteó entre sus manos con la cajita de música que tenía a medio montar, hasta que recordó el otro asunto del que debía hablarle Herraiz—: ¿Y qué sabe de Trasierra?

—De Trasierra, poco. Se oyen rumores de que varios caballeros, entre los que él se halla, le andan siguiendo los pasos a un empresario francés dispuesto a construir un establecimiento hotelero de lujo en la costa de Cantabria. Sin embargo, por lo que dicen, el francés parece más interesado en las faldas de una señora que en el proyecto de hotel.

—¿Quién es ella?

—Eso no lo sé. De quien sí tengo información es de la esposa de Trasierra. —Hizo una breve pausa acompañada de una sonrisa misteriosa. El astuto Herraiz dominaba como nadie las palabras y los silencios, pensó Balboa no sin cierta admiración—. Hace unos días me extrañó cruzármela sola en Santander. Decidí seguirla a distancia un rato y cuál fue mi sorpresa al descubrir que entraba en una pequeña relojería cercana al puerto. Desde el escaparate pude ver cómo extraía de su bolso algunas reliquias familiares. La señora Trasierra está empeñando sus joyas y juraría que lo hace a escondidas de su esposo. Necesita dinero contante y sonante, vaya usted a saber para qué.

## 27

Nada más descender de los carruajes frente a la preciosa portalada de acceso a la casa-palacio de los Trasierra, su prima Luisa le había hecho un repaso en voz baja de cada uno de los jóvenes allí reunidos: las dos Suárez, emperifolladas de pies a cabeza, por supuesto; Carmen Muñoz, con cara de circunstancias; al señor Macías, ataviado con una levita tornasolada en color burdeos, le acompañaban el joven Martorell, hijo del arquitecto elegido por el primer marqués de Comillas para construir el palacio de Sobrellano, y ese dandi catalán con tan buen gusto para la decoración... Vidal no-sé-qué; también estaban los hermanos Piélago y... antes de que Micaela abriera la boca, Luisa emitió un gritito de alegría y salió trotando en dirección a una bonita joven flanqueada por un caballero con el que guardaba gran parecido.

—Es Loreto Lizarra, acompañada de su hermano mayor, Luis, el prometido de Asunción de Movellán —le

aclaró Amalia, a su lado—. Además de guapa, es encantadora.

—No sé cómo puede ser tan amiga de Luisa —apostilló
Anita con malicia infantil.

—¡Ana! No está bien hablar así de tu propia hermana
—le recriminó Amalia en voz baja—. Luisa tiene sus de-
fectos, pero tiene buen corazón, sobre todo cuando se trata de Loreto.

La niña se encogió de hombros, indiferente. La aparición de las pequeñas gemelas Trasierra la distrajo y desapareció con ellas entre los jóvenes que se agolpaban en el
zaguán de la casona, donde Micaela atisbó a ver a Francisco saludando a unos y a otros en su papel de anfitrión. A la
que no vio llegar fue a doña Rosa. La dama surgió de pronto ante ellas, sus ojillos fijos en Amalia, a quien tendió sus
dos manos, en un gesto posesivo.

—¡Qué alegría veros de nuevo por aquí, Amalia! Pasad
adentro, aquí hay demasiado jaleo —dijo, tirando de ellas
hacia el interior de la casa.

—El placer es nuestro, doña Rosa. Muchas gracias por
su invitación. —Amalia esbozó su sonrisa más amable al
tiempo que se deshacía de las manos de doña Rosa y recorría con admiración la sobria nobleza y las dimensiones de
la casona—: Había olvidado lo impresionante que es este
palacio por dentro. Era todavía muy niña la última vez que
vine. ¡Qué artesonados! ¡Y qué tapices! Ahora entiendo el
entusiasmo con el que habla mi madre de este lugar.

—Os enseñaría con gusto el resto de las estancias, pero

no podemos entretenernos demasiado —repuso doña Rosa—. La capilla es una joya familiar, como también lo es el pabellón de caza, ese edificio que veis allí —señaló a través de la ventana una sencilla construcción de piedra en dos plantas situada en un extremo del conjunto—, donde tenían su gabinete los antiguos mayorazgos, incluido el padre de mi esposo. José, sin embargo, prefiere antes el aire libre que los papeles y los libros. Le gusta entrar y salir, moverse de aquí para allá, así que ese edificio lleva varios lustros cerrado.

—Ya habrá otras ocasiones más apropiadas para una visita, doña Rosa. Ahora tiene muchos invitados a los que atender —dijo Amalia.

—Como en los viejos tiempos, hija mía. Si no hemos celebrado nuestra fiesta campestre los últimos años ha sido por las niñas, demasiado pequeñas, y por la ausencia de Francisco —dijo, con cierto pesar en su voz. Buscó el consuelo de su anillo de zafiros en el dedo y lo halló vacío, desnudo. Se recompuso con su mejor sonrisa—: Pero a partir de ahora las reuniones sociales en Casa Trasierra volverán a recuperar su esplendor, ¿verdad, hijo? —interpeló al joven, que acababa de aparecer a su lado.

—Haré todo lo posible por que así sea, madre. Nuestra cita veraniega volverá a ser el equivalente campestre al baile de los Riera —respondió él todo ufano—. Y en la próxima visita del rey le ofreceré al marqués de Comillas organizar una cacería real en nuestra propiedad.

El saberse anfitrión de Casa Trasierra por unas horas le

había imbuido de una verborrea y una soltura gestual algo exagerada, casi ridícula, pensó Micaela, observándole. Pese a las reticencias de Amalia, ella todavía no se había formado una opinión definitiva sobre Francisco. Y en el fondo, no dejaban de darle un poco de pena sus esfuerzos por agradar a Amalia, sus intentos de seducirla con gestos manidos y poco sentidos.

Sin embargo, los ojos de doña Rosa brillaban con orgullo maternal, saltando de su hijo a Amalia y de Amalia a su hijo, como si no existiera pareja más perfecta que esa.

—Le he dicho a Francisco —dijo, inclinándose hacia la joven en actitud cómplice— que después del almuerzo os guíe en un paseo por los lugares donde solíais jugar hace años, así como por las zonas menos conocidas de la propiedad, en la otra margen del río. Y que te explique los planes que tiene para esos terrenos. Verás qué preciosidad.

—Mi padre siempre dice que Las Jarillas es uno de los mejores cotos de caza de por aquí —apuntó Amalia.

Algo se apagó entonces en el ánimo de doña Rosa, a quien se le desdibujó la sonrisa.

—Oh, Las Jarillas... —musitó con la mirada perdida.

—Estoy de acuerdo con el marqués —intervino Francisco de nuevo, con voz despreocupada—, aunque le tengo un especial cariño a Navamedia, donde solía escaparme cuando era un crío. En cualquier caso, el marquesado de Peñubia y Casa Trasierra unidos engrandecerían el nombre de la propiedad a los ojos de toda La Montaña.

Si el joven Trasierra pretendía así avivar el interés de

Amalia, no le sirvió de nada; su prima fingió no haberlo escuchado y volviéndose, preguntó a doña Rosa:

—¿No es hora de marchar ya hacia el prado?

Micaela se dejó caer sobre la manta extendida en la hierba con la respiración entrecortada y el rostro arrebolado por la carrera. Se aireó la fina tela de batista de la blusa que el sudor adhería a su piel. El bullicio, los chillidos y las risas rompían el silencio del entorno, un gran prado que se desplegaba como un tapiz de terciopelo verde bajo los rayos del sol. La brisa cálida traía un suave aroma a espliego y tomillo del monte cercano. Aspiró hondo, risueña, cerrando los ojos al intenso sol del mes de julio. Hacía mucho tiempo que no disfrutaba de esa sensación de juvenil despreocupación, tan oportuna para olvidarse de los últimos acontecimientos. Contempló la imagen del grupo de jóvenes y muchachas pertenecientes a las mejores familias de Comillas, corriendo y divirtiéndose con los juegos, libres de la rigidez de los salones y las buenas maneras, de los corsés enjuiciadores de sus mayores. Algunos hacían gala de cierto descaro, incluso. Ellos se habían despojado de sus chaquetas y levitas; ellas corrían con el bajo de las faldas recogido dejando a la vista sus tobillos blancos y parte de las pantorrillas, muy por encima de lo correcto. Sin embargo, nadie parecía percatarse. O preferían hacer la vista gorda por un día.

Así se urdían los amoríos secretos y los compromisos

aceptables, se dijo Micaela, atenta al cruce de miradas entre Amalia y Román. No era la primera vez que los sorprendía. Poco antes hubo algún cuchicheo al oído, alguna caricia furtiva. Si su tía supiera de su permisividad con esa pareja, la despacharía a Madrid en el primer ferrocarril que saliera. Pero ¿cómo ponerle trabas al amor? ¿Cómo romper esa emoción que embellecía el rostro de Amalia desde que se conocieron y se reflejaba de forma evidente en los ojos del joven arquitecto?

Pronto se dio cuenta de que no había sido la única en percatarse: doña Rosa vigilaba a cierta distancia y poco antes de comenzar el juego de la gallina ciega, Francisco apareció de repente y se las ingenió para agarrar la mano de Amalia. Desde ese momento, no se despegó de ella. De nada sirvieron los disimulados intentos de su prima de escabullirse de su compañía; de nada sirvió mostrarse indiferente o refugiarse en un repentino mutismo; de nada sirvió la mirada celosa y acechante de Román, que no hallaba ocasión de acercarse a ella. Cuando le llegó a Amalia el turno de taparse los ojos, Francisco tomó el pañuelo, se colocó a su espalda y con cuidado de no despeinarla, le vendó los ojos, susurrándole algo al oído que la hizo sonreír.

Micaela vio cómo doña Rosa se aproximaba al grupo hasta situarse junto a Román Macías, con quien inició una conversación con sonrisa amable. No habría nada de extraño si Micaela no se hubiera dado cuenta de cómo mudó, de repente, la expresión del joven arquitecto ante unas palabras de la anfitriona. Su semblante se desencajó, se tornó rígido. Micaela no pudo escuchar lo que doña Rosa le dijo, pero no hizo falta: las miradas de ambos confluyeron en Amalia, que giraba a ciegas sobre sí misma, braceando el aire con sonrisa insegura, ajena a todo cuanto no fuera pillar a alguien del corro a su alrededor. Alguien como Francisco, por ejemplo, que parecía ponérselo fácil, llamándola, ofreciéndose. Cuando al fin logró que ella lo atrapara, se quedó muy quieto mientras Amalia palpaba su rostro con las manos. En ese instante, Macías decidió que ya había soportado suficiente. Se dio media vuelta y se retiró del grupo.

—No se marchará a escondidas y sin despedirse, ¿verdad, señor Macías? —Micaela lo detuvo al pasar por su lado—. Sería una gran decepción para todos.

—¿Qué le hace pensar eso? —replicó él con sonrisa forzada—. No soy de los que esconden la cabeza. Solo necesito dar un paseo y despejarme un poco antes del almuerzo.

Micaela lo observó alejarse con paso enérgico por el sendero que se perdía tras la loma.


El sol caía con la fuerza del mediodía y reverberaba en las distintas tonalidades de la hierba. Una campanilla llamó a almorzar a los invitados. A la sombra de tres grandes robles, habían instalado unas mesas alargadas vestidas de manteles de hilo bordados con delicadas flores, sobre las que reposaban jarras de limonada, bandejas con vasos de cristal y una serie de fuentes de comida tapadas con paños con el fin de alejar a moscas y avispas. Doña Rosa Trasierra podía dar gracias a Dios de que hubiera amanecido el cielo límpido, sin nube alguna que augurara lluvias, y que todo estuviera resultando bien en un evento organizado con tanta premura, casi de un día para otro, como quien dice. Hasta su tía Angélica se había mostrado sorprendida al recibir de forma tan repentina y precipitada la invitación de Casa Trasierra para sus tres hijas, incluida la pequeña Ana, además de Micaela.

—¿Y qué pinta una niña como Anita en una reunión de jóvenes? —había objetado Luisa al saber que su hermana también iría.

—Ya tengo once años, no soy una niña.

—Nuestra Ana será buena compañía para las hijas menores de doña Rosa, que rondan su edad. Además, deben aprender a moverse en las reuniones sociales. Lo vais a pasar muy bien —respondió con tranquilidad tía Angélica. Tras leer el tarjetón por segunda vez, se retiró las lentes que llevaba colgadas de una cadenita y posó los ojos en sus dos hijas mayores—: Por otra parte, es una ocasión espléndida para afianzar vuestras relaciones y amistades con algunos de esos jóvenes caballeros que han venido a Comillas. A buen seguro que Francisco ejercerá de anfitrión, puesto que a don José apenas se le ve por aquí, debe de andar muy ocupado estos días. —Sonrió a su hija Amalia, que bajó la vista al libro que sujetaba entre sus manos.

Micaela, por su parte, había respirado aliviada al saber

que se alejaría de la villa para pasar el día en el campo. Desde aquella tarde en el despacho de Héctor Balboa, unos días atrás, no dejaba de pensar en ese instante confuso, en el atrevimiento de ese hombre imprevisible. Cada vez que acudía a su clase con Candela, todos sus sentidos se ponían en alerta: sentía su presencia alrededor, miraba de reojo a través de puertas entreabiertas, se distraía con el ruido amortiguado de unos pasos en el pasillo. Le resultaba difícil centrarse en la lección, y por si eso fuera poco, esa misma mañana leyó, no sin preocupación, la última carta remitida por su madre, en la que le aseguraba que el barón de Cabuernas se mostraba cada vez más impaciente por conocerla:

Anoche al salir del teatro me confesó que no sabe vivir solo, y por más viajes que emprenda y reuniones a las que asista, se ha dado cuenta de que sueña con llegar a casa y encontrar allí una buena esposa esperándole, con la que compartir el calor del hogar. Yo le di la razón porque ¿qué hombre es capaz de soportar la soledad como la soportamos nosotras, las mujeres? Que yo conozca, ninguno. Y así, sin más preámbulo, el barón me vino a decir que desea casarse con una mujer lo suficientemente joven como para engendrar el heredero que no pudieron darle ninguna de sus anteriores esposas. ¡Casi me ahogo allí mismo de la impresión! Con sutileza, le invité a conocerte, pues estoy segura de que cumples con creces los requisitos de la mujer que busca como esposa, Micaela: eres de buena familia, educada, culta, discreta;

no tan joven y alocada como para que la diferencia de edad suscite comentarios maliciosos en los corrillos, ni tan mayor como para no poder procrear. ¡Pobre hombre! La soledad no es buena compañera nunca, pero aún lo es menos para alguien tan sociable como él. ¡Y pensar que tu tía y yo lo creíamos un mujeriego!

Ni siquiera la releyó como hacía siempre: la guardó en el fondo del cajón de su cómoda, junto a las demás cartas recibidas.

La campanilla del almuerzo sacó a Micaela de su ensimismamiento. Colocó su mano a modo de visera sobre los ojos y buscó a sus primas entre el numeroso grupo de jóvenes desperdigados por aquel rincón del prado. Vislumbró a unos metros del vallado de piedra la figura de Amalia, inmóvil bajo su parasol rosa, algo apartada del puñado de invitados a quienes Francisco señalaba, de norte a sur y de este a oeste, los límites de la propiedad. Su prima volvía su vista cada poco al grupo de Luisa y sus amigas, pendiente de sus voces chillonas, los secretos al oído, el revoloteo alrededor de varios jóvenes encantados de hallarse tan bien acompañados. Sus ojos buscaban entre ellos a Román Macías, sin éxito.

Micaela oteó el final del sendero por el que había visto alejarse al arquitecto: no se veía ni rastro de él. Al preguntar a unas sirvientas por el caballero de la levita burdeos, le dijeron que una calesa había venido a buscarlo hacía un rato. ¿Así era como se enfrentaba a Francisco Trasierra? ¿Esa era su forma de no esconder la cabeza?

—Vámonos a almorzar, Amalia. Aquí ya no hay nada interesante que ver. —Engarzó su brazo en el de su prima y tiró de ella hacia la zona donde servían la comida.

Después del almuerzo, Micaela buscó a Ana allí donde la había visto por última vez: sentada bajo el gran roble jugando a las tabas con las hijas menores de doña Rosa. Se alertó al no ver allí a las niñas sino a la señora Trasierra y don Abel, que bebía con deleite un vasito de vino mientras asentía distraído a lo que fuera que le estuviera diciendo la anfitriona, cuya postura inclinada hacia él semejaba la de una feligresa en plena confesión.

Cuando por fin divisó a Ana cerca del camino, deambulaba de un lado a otro, concentrada en algo que llevaba en la mano. Micaela se levantó y fue a su encuentro, intrigada.

—Anita, ¿qué haces aquí sola?

La niña alzó la cabeza sorprendida. Hizo amago de esconder el objeto en su mano, pero desistió al darse cuenta de que su prima ya la había visto.

—Estoy probando la brújula de papá —respondió resuelta—. Debes guardarme el secreto: no sabe que la he cogido de su cajón. ¿Quieres que nos perdamos y la utilicemos para regresar? Podemos adentrarnos por ese bosque y orientarnos con la brújula dentro de él.

El bosque al que se refería lindaba con el prado y cubría la ladera del monte. Micaela miró al cielo: faltaban varias horas hasta la puesta de sol.

—Está bien. Pero no nos alejaremos mucho, no vaya a

ser que nos topemos con algún animal y tengamos que salir huyendo.

—Mi padre dice que aquí ya apenas quedan animales que cazar, los ha matado todos el mayorazgo.

Se adentraron por un pequeño sendero que discurría entre los árboles hasta quedar casi oculto por hierbas y maleza. Micaela no estaba muy ducha en botánica, pero era capaz de distinguir las encinas, los pinos y algunos castaños enormes, cuyas ramas se extendían como un manto bajo el cielo, ensombreciendo el paraje alrededor. Anduvieron un rato sin rumbo hasta que se vieron rodeadas del silencio de la espesura. No atinaban a saber si debían ir hacia el norte, el sur, el este o el oeste.

—Deberíamos regresar ya, Ana. ¿Qué marca tu brújula?

La niña se fijó en las manecillas temblorosas sobre la esfera.

—Debemos caminar hacia el noroeste —respondió muy seria. Con el brazo, indicó en dirección a un claro que se abría a lo lejos en medio del bosque.

Los crujidos de las ramas bajo sus pies eran los únicos sonidos humanos que escuchaban. Todo lo demás eran graznidos de pájaros ocultos entre el follaje, cantos de cigarras, movimientos de hojas debido, probablemente, a las ardillas. O tal vez a algún zorro. Según avanzaban, escucharon unos gritos entrecortados que se asemejaban a los de un bebé. Micaela le hizo un gesto de silencio a Ana y aguzó el oído con el fin de intentar averiguar de dónde provenían. Oyeron el relincho de un caballo, y también una voz masculina seguida de un grito ahogado, esta vez más claro y definido. Ambas intercambiaron una mirada de intriga. En voz muy queda, Micaela ordenó a su prima que permaneciera allí quieta mientras ella se adelantaba unos metros, pero la niña se negó, con un movimiento obstinado de cabeza. Avanzaron las dos con sigilo, una detrás de la otra, hasta un gran castaño frondoso desde donde pudieron contemplar, aterrorizadas, la escena que tenía lugar a escasos metros de distancia: un hombre trataba de inmovilizar a una niña, que forcejeaba con todas sus fuerzas para librarse del cuerpo robusto que la aprisionaba contra el suelo. La niña se retorcía, gemía, pataleaba al aire con sus delgadas piernas desnudas. El hombre gruñía y maldecía entre dientes mientras le agarraba con una mano las muñecas y con la otra le intentaba tapar la boca antes de que ella le mordiera. Un rugido de dolor rasgó la garganta masculina, que apartó la mano. Liberada de su mordaza, la zagala gritó con todas sus fuerzas, un chillido agudo y sostenido de auxilio que hendió el silencio sepulcral del bosque como si fuera un animalillo herido.

Micaela no lo dudó ni un segundo. Se agachó a coger un palo que encontró en el suelo, se acercó a espaldas del hombre y le asestó un golpe en la cabeza que lo tumbó a un lado, atontado. La muchachita se apartó rápidamente, arrastrándose sobre la tierra, con el terror asomado a sus ojos claros.

—¡Ven conmigo! —le ordenó Micaela, al tiempo que blandía el palo en alto con ambas manos sin perder de vista al canalla, que poco a poco recobraba el sentido. Sin moverse, buscó con la mirada algo que pudiera servirle para inmovilizarlo. A unos pasos estaba su prima, paralizada de la impresión—. ¡Ana, mírame! ¡Ana! —Necesitó unos segundos hasta que la niña reaccionó—. Quítate la cinta del pelo y dámela, aprisa. Y también el cordoncillo de tu vestido.

Espantada, Micaela vio cómo el hombre comenzaba a removerse en el suelo. Cogió la cinta de terciopelo que le tendió su prima y la apremió a sacarse el cordón de algodón que fruncía la cinturilla de su vestido.

—Agárralo fuerte, Ana —le dijo, entregándole la única arma con la que contaba, el palo—. Con las dos manos. Mantente aquí quieta, pero si ves que este miserable hace algún movimiento extraño, golpéalo, ¿me has entendido?

Ana asintió en silencio. Vacilante, plantó los pies en el suelo y sujetó la madera con fuerza. El hombre gimió de dolor. No tenía tiempo que perder. Micaela se agachó junto al agresor, lo empujó boca abajo y le juntó las manos a la espalda con intención de atarlas. Se fijó en la sangre que le manchaba el escaso pelo ralo que le nacía cerca de la sien, pero no quiso detenerse hasta que no le hubo anudado las muñecas lo más fuerte que pudo. Confió en que el cordoncillo trenzado aguantaría. Pensó si atarle también los pies, pero se dio cuenta de que la cinta de terciopelo era demasiado corta.

Solo entonces oyó los breves sollozos de la mocita, acurrucada contra el tronco del castaño. Su mirada osciló vacilante entre la cría temblorosa y el tipejo a sus pies, que había conseguido ponerse de costado. Sus ojos se cruzaron con los de él, llenos de ira.

—Ana, hazme un favor: ve a cuidar de la muchacha y quédate con ella hasta que yo os diga —le dijo en voz baja, al tiempo que se hacía cargo del socorrido palo. La niña titubeó, todavía con el temor en los ojos, pero Micaela le apretó su mano sudorosa con suavidad y le dijo—: Anda, ve. Yo lo vigilaré.

—¡Maldita zorra! ¿Quién eres tú? —masculló el hombre con rabia desde el suelo.

Se volvió a mirarlo, sorprendida de que se hubiera recuperado tan rápido. Su rostro le resultaba familiar, pero no conseguía recordar dónde lo había visto antes. No era joven, más bien al contrario, sobrepasaba la mediana edad y por su vestimenta, de buena hechura aunque desaliñada, no era un labriego.

—Eso no le incumbe. Lo que importa ahora es lo que estaba usted haciendo con esa niña. ¿Sabe que le puedo denunciar ante el alguacil?

El muy miserable soltó una carcajada brutal y la miró con la expresión amenazante de alguien demasiado seguro de su poder.

—¿Y usted sabe quién soy yo? No lo sabe, ¿verdad? No es de por aquí... ¿De veras piensa que alguien va a creerla a usted antes que a mí? —Él intentó incorporarse con torpeza, sin apartar de ella sus ojos despiadados; pretendía intimidarla, acobardarla.

Micaela miró a su alrededor. No sabía dónde se hallaban. El bosque había recuperado su quietud natural, silenciosa y amenazante. Necesitaba pensar con rapidez, decidir qué hacer ahora que tenía a ese hombre herido y maniatado en mitad de ninguna parte y a dos niñas atemorizadas a su cargo. ¿Cómo iban a salir de allí?

Entonces vio el caballo, amarrado al tronco de un árbol. Debía pertenecer a ese individuo, y eso le dio una idea. Tal vez pudieran montarlo las crías y obligar al canalla a encabezar la marcha hasta salir de allí.

—Levántese —le dijo, pero no esperó a que lo hiciera solo. Lo agarró de un brazo y tiró de él sin demasiada delicadeza. Ese hombre le inspiraba asco, rabia y miedo. Ni siquiera sabiéndolo atado y herido se sentía a salvo. Tampoco le hacía gracia que las niñas se le acercaran, pero debían moverse—. ¡Ana! ¿Crees que la niña puede caminar?

Su prima le susurró algo a la zagala, que asintió. Ambas se pusieron en pie, despacio.

De repente, una bandada de pájaros alzó el vuelo de entre la vegetación, rompiendo la quietud. Oyeron a lo lejos el galope de un caballo, amortiguado por el graznido de las aves a su paso. Micaela contuvo el aliento unos instantes, rezando por que el jinete llegara hasta el claro donde ellas se encontraban. Cuando vio aparecer el caballo a lo lejos, alzó la mano y gritó con todas sus fuerzas.

—¡Aquí! ¡Por favor!

Contempló esperanzada cómo el jinete tiraba de las riendas y guiaba al caballo hacia ellas.

Micaela jamás pensó que recibiría con tanto alivio la

aparición providencial del señor Balboa. Ni siquiera tuvo que explicarle demasiado: al indiano le bastó con la mirada que intercambiaron y la actitud asustada de las niñas para hacerse una idea. Su expresión se endureció cuando sus ojos se posaron en el canalla que lo observaba con una mezcla de rabia y estupor pintada en el rostro.

—Balboa, ¿qué hace usted aquí?

—Trasierra. —El nombre sonó como un escupitajo en la boca de Héctor—. Qué sorpresa cruzarnos de nuevo, aunque quizá no sea en las mejores circunstancias.

Micaela no entendía nada. ¿Don José Trasierra? ¿El hombre que había intentado agredir a la chiquilla en mitad del bosque era el mayorazgo, el marido de doña Rosa? ¿Qué clase de caballero era este? Qué decía, caballero... ¿Qué clase de animal era este?

Héctor Balboa ya había descabalgado de su montura y avanzaba hacia ellas con paso firme.

—Me alegro de que esté usted aquí, Balboa. Deséteme, lo primero de todo. Luego le explicaré —dijo en tono imperativo el mayorazgo, conforme le daba la espalda y le mostraba las muñecas atadas—. Estas señoritas se han vuelto locas. Casi me abren la cabeza.

Balboa dirigió la mirada hacia la herida de sangre que manchaba su pelo.

—Lo he golpeado cuando intentaba agredir a la niña —se defendió Micaela, a modo de explicación—. Si no hubiéramos llegado a tiempo, no sé qué habría pasado... No puede desatarle; ese hombre es peligroso, debe creerme.

Golpeado y reducido por una señorita. Esa era la peor humillación posible para un hombre como Trasierra, que alzó la barbilla, desafiante.

—La creo, no se preocupe —aseguró Héctor. Y volviéndose hacia el mayorazgo, le dijo con tono burlón—: Me fío más de la señorita que de usted, Trasierra. Me temo que no podré dejarle libre hasta que no aclaremos lo que ha sucedido.

—No diga tonterías. Estas son mis tierras, esta es mi aldea, no tengo por qué rendir cuentas a nadie de lo que hago o dejo de hacer —replicó el mayorazgo, con furia contenida.

—¿La cría se encuentra bien? —le preguntó Balboa a Micaela.

—Está aterrorizada y tardará mucho en quitarse el miedo que este canalla le ha metido en el cuerpo —respondió ella. Se inclinó hacia la chiquilla, aún temblorosa—. ¿Cómo te llamas?

—Mariana Barea —murmuró.

—¿Vives cerca de aquí?

Mariana asintió con la cabeza.

—En Ruiloba, por el camino del monte. No le cuente a nadie que me han encontrado en el bosque, mi madre no me deja atajar por aquí...

# 28

El mayorazgo era un hombre resistente. Su mayor fuerza era su orgullo, su soberbia. Su desprecio por la gente sencilla. Eso era lo que lo mantenía en pie y lo impelía a atacar a quien se atreviera a cuestionar su autoridad, a quien osara arrebatarle su control sobre cualquier ser vivo, humano o no, que habitara sus tierras. Héctor lo sabía bien. José Trasierra no había cambiado nada; seguía siendo el mismo hombre miserable y destructivo de su infancia. Cuanto más lo miraba, más le hervía la sangre por el deseo de humillarlo, de acabar con él de una vez por todas.

—No creo que sea usted libre de abusar de nadie; menos aún de casi una chiquilla —le dijo.

—¿Quién dice que he abusado de ella? —replicó Trasierra sin inmutarse—. Aquí no ha ocurrido nada. Además, conozco a sus padres, ellos lo confirmarán.

Héctor estaba seguro de que lo harían.

—¿Así es como ha conseguido echar a las familias de

aquí?, ¿violando a las mujeres y a sus hijas? —se enfrentó a él—. ¿Dejándolos morir de hambre si se negaban? ¿Echándolos de sus casas? —Lo miraba y sentía crecer la ira en su interior—. Veo que sigue todo igual que siempre. ¿Se acuerda de mi madre, Trasierra?

El mayorazgo alzó el rostro y lo miró fijamente. Dejó que escudriñara sus rasgos, su figura. Se notaba que no atinaba a identificarlo.

—¿De qué me habla? ¿Quién demonios es usted?

—Dudo de que no la recuerde. Los hombres como usted no se olvidan fácilmente de las personas que se les enfrentan y no se dejan avasallar. ¿Le dice algo el nombre de Remedios Casares? —Entonces sí. Los ojos de Trasierra se agrandaron ante la evidencia, dándole la razón a Héctor—: No pudo con ella, ni por las buenas ni por las malas. Era demasiada mujer para usted. Por eso la echó de su cabaña, a ella y a sus cuatro hijos. Mis hermanos y yo, el mayor. Dudo de que se acuerde de mí, un chico como tantos otros para usted. Yo, sin embargo, no lo he olvidado ni un solo día.

El rostro del mayorazgo era una máscara deforme, contraída. Emitió un gruñido de odio y, antes de que Héctor o Micaela pudieran reaccionar, embistió al indiano con todo su cuerpo hasta derribarlo por tierra. De alguna forma, había conseguido maniobrar para liberarse de las ataduras y la emprendió a puñetazos con él. Ambos rodaron unos metros hechos un amasijo de brazos y piernas pugnando por hacerse con el control de la situación. Trasierra suplía su falta de agilidad con la furia descontrolada que le dominaba, mientras que Balboa asestaba pocos golpes aunque muy certeros. El mayorazgo parecía perder resuello con cada puñetazo recibido. Aun así, en un movimiento rápido, Trasierra se volteó y consiguió inmovilizarlo bajo el peso de su cuerpo. Héctor vislumbró en su mano una navaja surgida de no sabía dónde. Con gran esfuerzo, arqueó la espalda y estiró el brazo hasta el límite de sus fuerzas en un intento extremo por agarrarle la muñeca. Apretó la mandíbula de pura impotencia y en ese instante, apenas tuvo tiempo de ver la trayectoria del tronco que impactaba de nuevo contra la cabeza de Trasierra al son de un grito nacido de lo más hondo de la mujer. El golpe fue tremendo y el hombre cayó inerte de costado. Héctor alzó la cabeza lo suficiente para ver a Micaela a sus pies, con el madero aún en alto. Luego echó una mirada al cuerpo inconsciente del mayorazgo.

—¿Está malherido? —le preguntó ella con un hilo ronco de voz.

Balboa negó con la cabeza y se dejó caer de espaldas en la tierra con un gemido. Necesitaba recuperar el aliento. Le dolía todo.

—Estaré bien en unos minutos. —Se incorporó con dificultad hasta quedar sentado en la hierba. Miró de reojo a la mujer que tenía a su lado, y luego a las niñas, que se habían refugiado de nuevo bajo el castaño, abrazadas—. No ha debido meterse en medio de la pelea..., pero supongo que debo darle las gracias. —Sonrió a duras penas—. Es usted una mujer de armas tomar, Micaela. ¿Ellas están bien?

Micaela asintió y lanzó el tronco tan lejos como pudo. A continuación, sin mediar palabra, rebuscó entre los pliegues de su falda un pequeño bolsillo del que extrajo un pañuelo que humedeció con su propia saliva. Antes de que pudiera reaccionar, se agachó a su lado y comenzó a limpiarle con delicadeza la sangre de la herida abierta en el pómulo. Fue un gesto tan inesperado que Balboa no tuvo tiempo de apartarse. Permaneció inmóvil mientras sentía la caricia de la tela, el calor de su aliento en la mejilla, el tacto de los dedos de Micaela sosteniéndole la barbilla al limpiarle, como nunca nadie había hecho antes. Con los sentidos a flor de piel, clavó las pupilas en su frente amplia, en los rizos claros que escapaban de la disciplina del moño, y respiró despacio. Su tacto le quemaba. Su aroma le enloquecía. Volvió la cara a un lado, intentando distanciarse de su cercanía. Recordó que debería disculparse por lo ocurrido en su despacho hacía dos días. Había perdido el control.

—Ese malnacido... —murmuró ella, rehuyendo sus ojos—. ¿Le hago daño?

—No.

—Las niñas ya están más tranquilas —dijo, esbozando una mínima sonrisa cuando hubo terminado. Se puso en pie sin esfuerzo y añadió—: Tendría que ir a buscar ayuda.

La habría retenido allí, a su lado, hasta que hubiera saciado el deseo que se le había despertado con el simple roce de su piel.

—No hace falta. Ya estoy mejor. —Al intentar levantarse, notó una punzada de dolor momentáneo en la boca del estómago. Respiró hondo al tiempo que intentaba analizar la situación en su cabeza. Si no actuaba rápido, lo ocurrido allí podría volverse contra ellos y destruir muchos meses de trabajo para acabar con ese miserable de Trasierra—. Escuche... No se lo puedo explicar todavía, pero no debe contarle a nadie lo que ha ocurrido aquí.

Por la expresión del rostro de la señorita Moreau, supo que no le iba a ser fácil convencerla. Esa mujer testaruda...

—¿Está usted loco? —exclamó ella—. ¿Cree que voy a silenciar la agresión de este hombre por ser quien es?

—No, le estoy pidiendo que lo deje en mis manos. Que confíe en mí.

—¿Que confíe en usted? ¿Se burla de mí? —replicó ella con una sonrisa incrédula. Ella bajó la voz para que no la oyeran las niñas, distraídas con la brújula, y agregó—: Usted lo que quiere es sacar el máximo provecho de esta situación y dejar a este canalla sin castigo. Ni hablar.

Él le dirigió una mirada desafiante.

—Este hombre y yo tenemos cuentas pendientes desde hace muchos años y ha llegado el momento de que pague por todo lo que ha hecho en el pasado. Si usted lo denuncia, él no dudará en utilizar sus contactos y recursos para tacharla de mentirosa, desprestigiarla y humillarla hasta que no pueda soportarlo más.

—La niña contará la verdad de lo ocurrido.

—La niña no hablará. Sus padres la obligarán a callar por vergüenza o por miedo. Quiera o no, él es el propietario de sus tierras, de su casa, de sus vidas. ¿De verdad cree que se van a alzar contra el mayorazgo?

Héctor vio cómo la señorita Moreau titubeaba, indecisa. Sus ojos iban de las niñas a él y de él a las niñas, como si se enfrentara a una drástica decisión entre ambos.

—¿Cómo sé que no me está engañando una vez más?

—Yo nunca la he engañado. Simplemente...

Micaela soltó una carcajada arisca.

—Simplemente —le interrumpió—, acomoda los tratos a sus intereses en cada momento.

—Mis intereses son los mismos que los suyos en este caso. Le juro que este hombre no se va a quedar sin su castigo. Va a pagar por esto y por todo lo que nunca nadie se ha atrevido a reclamarle.

—Eso espero, señor Balboa. Esta vez no me va a engañar. Si no he sabido nada de este asunto antes de una semana, moveré cielo y tierra para que este miserable sea juzgado como merece. Como bien sabe, mi tío es el marqués de Peñubia y su hija menor es una de esas dos niñas. Tenga por seguro que mi tío no dudará en enfrentarse a ese hombre, sea él quien sea, si se entera de que su hija pequeña ha sido testigo de algo tan deleznable —afirmó, convencida de sus palabras.

Le debía una disculpa sí, pensó Balboa, alejándose de ella. Sin embargo, de lo que más se arrepentía ahora era de no haberla besado en su despacho, cuando tuvo ocasión de hacerlo.

## 29

Dejaron al mayorazgo en la linde del bosque, junto a la tapia de piedra que rodeaba su propiedad, amodorrado pero consciente. Si no lo encontraba nadie antes, él mismo podría llegar a casa por su propio pie. O eso dijo Héctor Balboa, después de soltarlo ahí de cualquier forma y sin ningún miramiento. Ella aguardó unos minutos, hasta cerciorarse de que Trasierra estaba consciente y se movía. Nadie, ni siquiera ese hombre, se merecía terminar tirado en una cuneta como un perro.

Cuando quiso darse cuenta, Balboa y las niñas se habían alejado de ella un buen trecho y tuvo que apresurar el paso hasta alcanzarlos. Él caminaba delante, llevaba las riendas del caballo. De vez en cuando vigilaba el estado de las dos muchachitas, cuyos cuerpos se balanceaban desmadejados a lomos del animal. También lo sabía pendiente de ella; sus ojos se cruzaban cada vez que él giraba la cabeza para comprobar que no se quedaba atrás, y Micaela se lo agradecía sin palabras. Por más que quisiera, no podía apartar los ojos de ese hombre contradictorio que conseguía hacerla oscilar del desprecio al respeto, del rechazo a la atracción. A su lado se sentía débil y fuerte, segura y vulnerable, intrépida y tímida al mismo tiempo. Jamás ningún hombre había desencadenado en ella unos sentimientos tan confusos e intensos como el indiano.

Al llegar al cruce, el sendero se bifurcaba en dos: el camino que conducía a la aldea y el que llevaba hacia el prado de los Trasierra, Héctor quiso acompañarlas un trecho más.

—No, por favor. Debe llevar a Mariana a su casa cuanto antes. Está desfallecida, no aguantará mucho más, y nosotras estamos muy cerca del prado donde se encuentran los demás. —Balboa no insistió. Bastaba echar un ojo a la muchacha para darse cuenta de que ella tenía razón. Aun así, no se decidía a marcharse. Micaela parecía exhausta, necesitaba saber que llegaban a salvo—. Váyase. Y dígale a sus padres que llamen a un médico; lo pagaré yo, si es preciso.

Por fin, su rostro serio se distendió en una media sonrisa ladeada.

—No diga tonterías o hará que me arrepienta de dejarlas marchar solas.


Resultaba extraño regresar al ambiente festivo de la comida de los Trasierra, y fingir que nada había pasado. Que no habían tenido la mala fortuna de cruzarse con José Trasierra en el bosque, que no habían visto lo que les sería difícil olvidar, y que no muy lejos de aquellos corros y risas, había una muchacha que llegaba a la casa paterna llorando su vergüenza inocente y su cuerpo dolorido.

—Necesito que guardes el secreto durante unos días sobre lo que ha pasado hoy, Ana. Sé que estás asustada, pero te prometo que me aseguraré de que ese hombre reciba lo que se merece. —Micaela odiaba pedirle eso, involucrarla en el pacto que había hecho con Balboa, pero no le quedaba otro remedio. A pesar de lo que hubiera podido decir, temía que la buena sociedad de Comillas, incluidos sus tíos, no las creyera. Ni siquiera confiaba en que le dieran mayor importancia a su testimonio o al de Ana. Miró con preocupación a su prima—. ¿Estás bien, Ana?

La niña no había pronunciado palabra durante la mayor parte del trayecto; toda su atención estaba concentrada en la dichosa brújula que sostenía en la palma de su mano, como si necesitara algo racional a lo que aferrarse. Se maldijo por haber accedido a ese desafortunado paseo en el bosque. No deberían haber estado allí. Ninguna niña debería presenciar esas escenas cuya dureza violentaría cualquier espíritu, y en especial, el de las almas más tiernas e inocentes. Divisó a lo lejos las copas de los tres grandes robles bajo los cuales habían dispuesto a mediodía las mesas. Ana alzó la vista de su brújula y aminoró el paso.

—¿Qué pasará con Mariana? ¿No podría ayudarla la señora Trasierra? Seguro que si se lo contamos, doña Rosa podría hacer algo —dijo la niña de pronto, con voz insegura—. El señor Trasierra es un hombre horrible, deberían saberlo.

Sí, deberían saberlo. Quizá ya lo supieran. Las familias ocultaban a menudo secretos inconfesables que terminaban pudriendo a sus miembros, uno a uno. Desde que la conoció, a Micaela le pareció ver en doña Rosa una ansiedad melancólica que atribuyó a la preocupación por el futuro de sus hijos. Tal vez esa no fuera la peor de sus preocupaciones.

—Te aseguro que lo sabrán en su momento. Esperaremos a que el señor Balboa se encargue de que ese hombre no vuelva a hacer daño a nadie más.

—¿Tú confías en él?

No. Sí. Un sí con reparos. Un sí poco convincente, de quien desea protegerse contra la decepción que supondría verse traicionada por él.

—Sí.

—Entonces yo también.

—Dentro de unos días, cuando ambas estemos más calmadas, tú y yo haremos una visita a Mariana y así nos cercioraremos de que se encuentra bien. —La niña asintió con expresión grave. Ella se recompuso el peinado, se limpió la cara con su pañuelo, limpió también la de Ana y adecentó su vestimenta—. Ahora, volvamos junto a los demás y finjamos que no ha ocurrido nada. ¿Podrás hacerlo?

Su prima asintió.

—Será como fingir cada día que me gusta bordar, leer poesía y tocar al piano las mismas partituras una y otra vez, con tal de que mi madre me deje en paz un rato.

Lo curioso fue que cuando llegaron, nadie parecía haber reparado en su ausencia. De hecho, les sorprendió comprobar que apenas había nadie por allí salvo las niñas Trasierra correteando tras el aro, las criadas atareadas en recoger los restos de la comida para colocarlos sobre la carreta, y don Abel, que dormitaba recostado en su silla con los brazos cruzados y la barbilla hundida en el pecho.

Ana se dirigió despacio hacia sus amigas y Micaela se dejó caer en la silla que antes había ocupado doña Rosa. La tensión de los últimos acontecimientos le sobrevino de golpe, como si la hubieran estirado hasta el límite de sus fuerzas dejándola exhausta. Había sentido mucho miedo; miedo y rabia.

Don Abel emitió un ronquido tan profundo que él mismo se despertó sobresaltado, con los ojos idos. Cuando por fin se ubicó en su sitio, la miró despistado. Recorrió el lugar de lado a lado entornando la vista al sol incandescente.

—¿Los demás aún no han regresado del río? —preguntó.

—No creo que tarden —respondió Micaela siguiéndole la corriente.

El párroco se arrellanó de nuevo en la silla y cruzó las manos apergaminadas sobre su regazo.

—Esta es la mejor hora, al caer la tarde...

Permanecieron en silencio contemplando la cara oeste del monte iluminada por una hermosa luz anaranjada que lo hacía parecer casi irreal. Micaela se dejó invadir por una extraña calma, como si la belleza y el orden de la naturaleza actuaran como un bálsamo sobre su espíritu angustiado. Con todo, su cabeza no dejaba de darle vueltas a lo que había visto y oído esa tarde en el bosque.

—Don Abel, creo que usted conoció a la madre y a los hermanos del señor Balboa cuando vivían en Ruiloba. El propio señor Balboa me lo dijo.

El párroco sonrió con la distancia del tiempo.

—Ah, sí. Remedios Casares. Una gran mujer, fuerte, tenaz... —se detuvo, pensativo—; y orgullosa, también. Cuando enviudó, fue la que sacó adelante a sus hijos, sin una mala cara, sin una queja. No se rendía nunca, trabajaba de sol a sol, sin descanso.

—¿Y qué ocurrió? He oído algo sobre un enfrentamiento con el mayorazgo.

Don Abel guardó silencio más tiempo del que Micaela podía resistir. Parecía haberse perdido entre recuerdos muy lejanos.

—Supongo que no desvelo ningún secreto por contarlo ahora —dijo con voz cansada—. Esta historia la recuerda todo el mundo por aquí porque marcó un antes y un después en la vida de la aldea. Y han transcurrido ya muchos años desde entonces. —El cura hizo una breve pausa intentando calcularlos—. Veintitrés, ni más ni menos. Ocurrió pocos meses después de la muerte repentina del anterior mayorazgo, don Jaime Trasierra. Don José era muy joven entonces. Vivía en Madrid, disfrutaba de la vida disipada de la capital, vida sufragada por su padre, por supuesto; él apenas aparecía por Ruiloba o lo hacía a desgana, obligado. Nunca estuvo muy apegado ni a la tierra ni a sus obligaciones, pero al morir don Jaime, no tuvo más remedio que regresar a la casa. ¡Y en mala hora! El joven mayorazgo no tenía ningún conocimiento de la propiedad y lejos de dejarse guiar o aconsejar por Saturnino, el encargado de confianza de su difunto padre, José no supo otra forma de hacerse respetar que a base de mano dura y un mal entendido sentido de la autoridad. Remedios y Héctor, los padres del señor Balboa, habían sido arrendatarios del mayorazgo durante casi diez años. Hacían buena pareja. —Su rostro se iluminó con una pequeña sonrisa—. A él lo apodaban el Correlobos porque se había enfrentado varias veces a una manada que diezmaba sus cabras y las de otros vecinos de la aldea. Era buena gente, trabajador, honrado, cumplidor. No muy buen cristiano, eso es cierto; era un descreído, algo testarudo, pero un buen hombre, a fin de cuentas, para quien Dios debía de tener otros planes. Remedios enviudó un año antes de que muriera don Jaime, y mal que bien consiguió sacar adelante su terruño y a sus hijos. Pero aquel año aciago la cosecha se malogró, perdieron varias cabras de golpe, y los niños no estaban tan crecidos como para salir a cazar, aunque el chico, Héctor, ya merodeaba de aquí para allá. Ese año fue duro para toda la aldea pero, sobre todo, para esa familia. Al principio parecía que don José se interesaba por el bienestar de Remedios y de sus hijos pero un día, de la noche a la mañana, resolvió echarlos de su casa alegando que adeudaban una añada de pago. ¡Ya ve usted! ¡Una añada eran minucias para él en aquellos momentos en que el mayorazgo era una propiedad boyante y su padre le había dejado una buena herencia!

—Pero ¿nadie intercedió por ellos?

—Sí, hija, sí, pero no hubo forma. José Trasierra no tuvo compasión ni atendió a razones. Ni a las mías ni a las de nadie. Decía que una mujer sola con cuatro críos de entre doce y seis años no podría hacerse cargo del arriendo. Hubo en la aldea quien aseguraba que lo que pretendía don José era dar ejemplo a los demás. Atemorizarlos. Fuera como fuese, en pleno otoño de lluvias, los obligó a abandonar su cabaña con los escasos enseres que tenían y buscar refugio en la aldea. Por lo que sé, hubo convecinos que se apiadaron de ellos y los acogieron unos días. Después se fueron al monte y se cobijaron en una choza de pastor abandonada y medio derruida que apenas si los resguardaba de la lluvia. Allí los encontré yo. Alguien vino a avisarme de que los habían visto allá arriba, escondidos como animales. Cuando llegué, los dos chiquitos ya estaban muy enfermos y Remedios tenía mucha fiebre. El doctor dijo que era cólera. —El párroco meneó la cabeza con tristeza, como si tuviera delante la misma escena sombría—. Los niños no aguantaron ni esa noche y Remedios murió a los dos días. Los únicos que se libraron fueron Héctor y la pequeña Candela, a quienes su madre no dejaba entrar en la cabaña temiendo el contagio. Ambos se habían resguardado bajo unas rocas, a los pies de un castaño. Parecían dos animalillos; estaban ateridos de frío y de miedo. Héctor se subió a su hermana a la espalda y no consintió que nadie la cogiera en todo el camino de vuelta hasta la aldea. Me los llevé a la sacristía unos días. Los bañamos, los calentamos, los alimentamos. El mayorazgo no quiso saber nada de ellos; y yo... yo no podía llevármelos tampoco, así que se los encomendé a Antonia Pérez, una viuda sin hijos que regentaba la fonda del camino. Pocos días después, Héctor desapareció.

—¿Desapareció?

—Se marchó. Dejó a su hermana con Antonia y, una noche, desapareció. Luego él mismo me ha contado que deambuló por pueblos y aldeas hasta llegar a Santander y una vez allí, se embarcó de polizón en un barco que lo llevó a las Antillas. Ahora resulta fácil decirlo porque ya ve, ha regresado hecho un indiano rico, pero si no se hubiera marchado, Héctor habría acabado mal aquí. Es orgulloso como su madre y testarudo como su padre. Y la muerte de Remedios le endureció el corazón y el carácter. Dejó de ser un niño de la noche a la mañana y se convirtió en un hombre. —El párroco se irguió de la silla con mucho esfuerzo y sentenció—: Y ahora que ha vuelto, suscita no pocas envidias y rencores injustos. Hay quien quiere ver en sus obras el sello del indiano rico y presuntuoso, pero se equivocan: alguien como Héctor Balboa no regresa a una tierra a la que no debe nada por el gusto de hacer ostentación de su fortuna. Si ha regresado es por alguna razón más fuerte que el dinero.

# 30

Micaela pensaba que le resultaría más fácil mantener en secreto el asunto de José Trasierra ante sus tíos. Sin embargo, cada vez que se reunía toda la familia, tan ajenos a lo ocurrido, sentía que estaba traicionando su generosidad, la confianza con que la habían acogido como a una más. Y no solo eso: en su engaño, arrastraba consigo la inocencia de la propia Ana. La de Ana, la de Mariana y la de muchas otras muchachas como ellas, forzadas por hombres como don José. Comenzó a desvelarse de madrugada y, harta de dar vueltas en la cama, se levantaba con las primeras luces del amanecer, cuando empezaban a trastear las criadas en la cocina, y salía a pasear sin rumbo fijo. A esas horas entraba desde el mar un viento cortante, pero no le importaba: el aire húmedo de la mañana, mezcla de salitre y pino, le despejaba la mente y alejaba todos los pensamientos oscuros que le impedían dormir. Y entonces pensaba en Héctor Balboa, en el beso de La Magdalena, en la rabia con la que se enfrentó a Trasierra, en la promesa que le había hecho, y un cálido hormigueo le recorría el pecho y el cuerpo entero. Era un paseo corto, pero durante ese breve espacio de tiempo se sentía liberada del peso del silencio.

Sobre todo, le costaba mantenerse callada ante Amalia. Lo ocurrido con Macías en la comida campestre había ensombrecido la expresión risueña de su prima, como si comenzase a vislumbrar el final de sus juegos de romanticismo juvenil y el principio de la vida para la que había sido educada. Esa vida de acomodo a normas, relaciones y encuentros sociales encorsetados que las señoras defendían como si constituyera la mejor herencia que pudieran dejar a sus hijas. Eso sí, era una herencia envenenada: exigía los mayores sacrificios para engrandecer el buen nombre de la familia generación tras generación. O al menos, que no perdiera lustre. De ahí la insistencia machacona de la tía Angélica sobre la conveniencia del matrimonio de Amalia con Francisco Trasierra. Entre puntada y puntada de su bordado, la tía hilvanaba el rosario de virtudes y bondades de esa familia, con un título menor, sí, pero con un linaje y un patrimonio en tierras que ya querrían para sí muchos nobles de la zona. Y no solo eso; estaba convencida de que Amalia se llevaría muy bien con doña Rosa porque ambas tenían un carácter muy parecido, suave, flexible, sacrificado, poco dado a quejarse ni a llamar la atención.

Una de las criadas tocó suavemente en la puerta y cruzó la estancia hasta el rincón donde la marquesa cosía, acaparando la luz de la tarde que entraba por el ventanal. Se dirigió a ella en un tono de voz tan bajo que, por más que las jóvenes aguzaron el oído, les costó oír sus palabras.

—No esperábamos a nadie. ¿Quién es? —inquirió su tía, apartando su labor a un lado con gesto de contrariedad.

—Los señores de Trasierra —respondió la criada ya sin tanto sigilo.

El rostro de la tía pasó del asombro a la satisfacción en apenas unos segundos. Micaela, por su parte, se tensó ante la idea de encontrarse de nuevo frente a frente con ese hombre. Miró de reojo a Anita. El libro abierto sobre su regazo se había deslizado de sus dedos y casi se le cae al suelo. Tía Angélica ordenó a la criada que preparase lo necesario para servir la merienda en la salita. «Sírvela en el juego de café inglés, no en el de la Cartuja, Dolores», añadió. Luego se alisó la falda, se tanteó el peinado y acució a sus hijas a que recogieran sus bastidores y cestillos de costura, antes de pasar revista al aspecto de cada una de ellas.

—Amalia, date unos pellizcos en las mejillas, hija, que estás muy pálida y van a pensar que estás enferma —dijo, estirándose el borde de encaje de las mangas.

—Madre, ¿es obligatorio que me quede? Debo terminar esta lectura para mi lección de mañana con Micaela. —Anita exhibió como excusa el libro abierto en sus manos.

—Por supuesto que debes quedarte —replicó Luisa—. Si tienes edad para ir a las reuniones sociales en el campo, tienes edad para recibir.

La marquesa chistó a las dos muchachas para que se callaran y salió de la estancia aleteando una mano en señal de permiso a su hija menor, que se escabulló por la puerta del despacho. Micaela no sabía qué hacer. No podía ausentarse así, sin más, sin ninguna excusa convincente. Amalia se aproximó al ventanal y contempló el horizonte gris con la mirada perdida, mientras Luisa se dejaba caer con desgana en el tresillo isabelino.

—Espero que no se alargue demasiado la visita o no nos dará tiempo a acudir a la velada de los Güell. Había quedado en verme allí con Loreto.

Amalia se volvió hacia su hermana, anhelante.

—¿Hoy es jueves? —preguntó con los ojos puestos en el reloj de pared.

Las cinco. La velada solía comenzar a las siete, justo después de misa. Amalia sabía que allí encontraría a Macías. Pero si la tía no iba a misa, tampoco acudiría a la velada.

—Jueves todo el día. ¿Y sabes con quién se cruzó Loreto ayer en el paseo? —preguntó Luisa con su expresión más inocente—. Con el señor Macías, que acompañaba a las Suárez. ¡A las Suárez! ¿Te lo puedes creer?

El pequeño atisbo de ilusión que había despertado por unos minutos a Amalia de su letargo se apagó. Micaela maldijo en su interior la crueldad de Luisa.

Las voces de doña Rosa y de la tía Angélica se hicieron cada vez más audibles según avanzaban por el pasillo hasta aparecer en el umbral de la salita.

—Niñas, mirad quién ha venido a visitarnos. —La tía Angélica entró en primer lugar seguida de doña Rosa. El marqués y el señor Trasierra no los acompañaban.

—Espero no haber interrumpido ninguna actividad importante... —dijo la dama a modo de saludo.

Tanto la tía como las jóvenes se apresuraron a negarlo. La figura menuda y encogida de doña Rosa parecía reavivarse en cada nuevo encuentro, como si floreciera lentamente.

La criada entró en la sala y depositó la bandeja de la merienda en una de las mesas auxiliares más cercanas al tresillo.

—Dolores, ¿le has servido café a don Tomás y a don José en el despacho? —preguntó la tía Angélica.

—Sí, señora, pero el señor me ha pedido que les llevara solo un platito de almendras. Se habían servido unos licores y no deseaban nada más.

—José no es de mucho dulce —reconoció doña Rosa.

Las manecillas del reloj avanzaban lentas pero inexorables. Micaela era la única que parecía darse cuenta de las miradas cada vez más frecuentes de Amalia al reloj, del jugueteo nervioso de sus manos, del mutismo ausente con el que se había retirado hacía ya un rato de la conversación que mantenían las demás. El repique de las campanas con la primera llamada a misa la sacó de su ensimismamiento. La tía Angélica hizo caso omiso a las campanadas. Esa tarde no acudiría a la iglesia. Micaela extendió la mano hacia el brazo de su prima en un discreto gesto de consuelo, al que Amalia apenas respondió.

El tío Tomás y don José aparecieron juntos en el umbral de la puerta. Ambos sonrientes, sonrosados, henchidos de un nuevo sentimiento de confraternidad masculina que flotaba a su alrededor como el humo de los habanos que exhibían entre los dedos. Llegaban hablando de las bondades de lo que sería «la *Riviera* montañesa», de hoteles de lujo, balnearios y de un futuro grandioso para Comillas y Ruiloba como lugar de esparcimiento y reposo de gente adinerada.

—Si convenzo al francés de que no hay mejor ubicación para su hotel que nuestro tramo de costa, el siguiente paso será traer el ferrocarril hasta aquí. Y si hay que ir a Madrid y reunirse con el ministro de Fomento, se va. —La voz del señor Trasierra se elevaba con cada exigencia de lo que consideraba «la salvación de La Montaña»—: Y si hay que presentarlo en las Cortes ante el rey..., ¡se presenta!

—Pero esos terrenos, ¿no pertenecen al concejo, José? —El tono de su tío sonó cauteloso.

El mayorazgo hizo un ademán despectivo con la mano.

—Ya no. Convoqué una reunión con los alcaldes de la mancomunidad para que se lo vendieran al pelele de mi cuñado por dos pesetas antes de que corrieran rumores extraños. Unas monedas por aquí, unas promesas por allá, y firman lo que sea. —Trasierra emitió una risilla maliciosa y se adentró en la salita, por lo que no pudo advertir el gesto reprobatorio con que lo observaba el marqués a su espalda.

Fue esa voz, aguda, desagradable, lo que aceleró el pulso de Micaela. Se retrajo en su asiento y fijó la mirada en el reborde de encaje de su blusa.

—¡Dios mío, José! ¿Qué te ha ocurrido? —exclamó su tía al verle la herida cosida en la cabeza y un leve moretón cerca de la sien.

—Oh, ¿esto? —Se palpó la costra con la mano y dijo—: No es nada. Una caída tonta en el bosque.

—Pues ya puedes tener cuidado. Por caídas así hay quien se ha quedado en el sitio, ¿no es así, Rosa? —La señora Trasierra bajó la vista, sin responder. Luego, su tía agregó—: José, creo que no conoces aún a mi sobrina Micaela, ¿verdad? Es la hija de mi hermana Isabel, que vive en Madrid. Está disfrutando de una temporada de descanso entre nosotros, después de graduarse en la Escuela de Institutrices.

Micaela se levantó de su asiento con parsimonia, controlando el temblor de su cuerpo, y alzó el rostro hacia don José, que parpadeó unos segundos al reconocerla. Lejos de alterarse, el rostro del mayorazgo se expandió en una sonrisa irónica al tiempo que se llevaba el puro a la boca.

—No, no he tenido el gusto. Mis obligaciones me han mantenido alejado de la ajetreada vida social de Comillas, muy a mi pesar. Es un placer, señora...

—Señorita —replicó Micaela.

—Es un placer, señorita. Así que institutriz... —Él la recorrió de arriba abajo, en un gesto que revolvió el estómago de Micaela—. Mis dos hijas pequeñas han llegado a esa edad en la que necesitan alguien con más carácter, firmeza y sentido común que su madre. Mi querida esposa es demasiado blanda y pusilánime para convertirlas en dos señoritas obedientes. —Doña Rosa bajó la vista sin hacer amago de protesta—. Tal vez podamos llegar a algún arreglo usted y yo...

—¡Eso sería magnífico, José! —exclamó la tía Angélica, ajena al encogimiento silencioso de doña Rosa.

—Máxime ahora que, por fin, vamos a emparentar —concluyó el mayorazgo, solazándose en una larga bocanada de su puro a la espera de que sus palabras calaran en el entendimiento de los presentes.

Y eso ocurrió muy rápido. La tía Angélica dirigió una mirada inquisitiva a su marido. Él asintió con satisfacción.

—José y yo hemos acordado el matrimonio de Francisco y Amalia en unas condiciones muy favorables para ambas familias —anunció el marqués en respuesta a su esposa, que había pasado del asombro al entusiasmo con el que se abrazó a doña Rosa, felicitándose mutuamente.

Luisa profirió un grito de alegría y se abalanzó a rodear el cuerpo rígido de su hermana, cuyo rostro se había teñido de una lividez mortecina de la que nadie parecía percatarse, salvo Micaela. La dulce y comprensiva Amalia, siempre pendiente de todos, siempre sacrificada, dispuesta a complacer a todo el mundo, era la moneda de cambio perfecta en ese tipo de arreglos sociales y familiares. Amalia acataría sin una queja, sin una mala palabra, el deseo de sus padres. Todo fuera por el bien de la familia, por el futuro de sus hermanas y de sus descendientes.

La mirada de desconsuelo de su prima lo decía todo.

—¿No es maravilloso, hija? —La tía Angélica se acercó

a ella tan emocionada que no parecía darse cuenta de la sonrisa forzada de su hija mayor—. Empezaremos a organizarlo todo entre doña Rosa y yo, pero no lo anunciaremos hasta dos semanas después del baile de los Riera, que un compromiso como este se merece su propio protagonismo. Así tendremos tiempo para terminar de fijar la fecha de la pedida, el lugar de celebración y otros detalles importantes. ¡Va a ser todo un acontecimiento social!

—Sí, madre.

Micaela no tardó en arrepentirse de haber accedido tan fácilmente a la petición de Balboa sin valorar las consecuencias. Los días siguientes vio cómo Amalia se apagaba sumida en una resignada tristeza ante el inminente anuncio de su compromiso con Francisco, sin que ella pudiera hacer nada por animarla. Se le revolvía el estómago de pensar que su prima pudiera llegar a vivir bajo el mismo techo que ese hombre. ¿Qué otros secretos escondería esa familia? ¿Y si Balboa no cumplía su palabra? ¿Y si Trasierra tenía razón y nadie las creía?

# 31

La furia sorda que sintió aquella tarde —la chiquilla encogida en un silencio humillado, el gesto hosco de la madre al ver llegar a la muchacha en su compañía, el dolor resignado del padre al conocer lo ocurrido— se transformó con el paso de los días en una fría obsesión por acabar con Trasierra y verlo hundido, repudiado por los suyos, aniquilado. Muerto. Deseaba verlo muerto, maldita sea.

Verbalizar así ese sentimiento de repulsión que lo reconcomía por dentro lo calmó. El odio no le traería nada bueno, al contrario; le hacía perder la perspectiva que necesitaba para tomar decisiones y actuar. Y había decidido esperar a ejecutar las deudas del mayorazgo para despojarlo de su casa, de sus tierras, de su patrimonio y de todo lo que rodeaba su posición social, antes de asestarle el golpe final y denunciarlo a la justicia. Arrebatárselo todo sería un castigo peor que la misma muerte, tan proclive a suavizar retratos, olvidar viejos agravios y redimir a pecadores. Tal

vez todos esos prohombres de La Montaña fueran bene-
volentes con determinadas conductas de Trasierra, pero no
lo serían tanto si supieran de sus abusos a niñas que podrían
ser sus propias hijas. O tal vez sí.

Héctor no esperó para abandonar durante unos días
Comillas en dirección a Santander. Allí le esperaba Herraiz,
con quien trazó sus siguientes pasos: que si ahora vamos al
notario a consultar las últimas anotaciones en las propiedades de don José; que si corramos al Café Suizo, que es la
hora del aperitivo del señor juez; que si ese era amigo de
Trasierra y terminó escaldado, y aquel otro «es el hijo
de don Pelayo, el que le desplumó en un par de noches a
los naipes». «Sus vicios, sus excesos y sus deudas han reducido su círculo de amistades, que ahora se cuentan con los
dedos de una mano. Sin embargo, aún quedan muchos que
saben de sus relaciones e influencias en las esferas políticas
y temen enemistarse con él... En España los negocios no
prosperan sin que haya algún político de por medio, ya
sabe», aseguró el abogado, más preocupado por los asuntos
financieros que por la cuestión de la niña: «Olvídese de eso,
señor Balboa. Nadie lo va a juzgar ni condenar por un
simple tema de faldas, aunque esas faldas sean todavía cor-
tas». A Héctor le hervía la sangre cada vez que percibía ese
halo de indulgencia masculina en torno a la figura de don
José, cuya «única falta era la debilidad de la carne, tan com-
prensible, por otra parte; esas aldeanas corretean por ahí
sin corsés y con las carnes desbordadas, sin ningún recato»,
les llegó a decir en confianza el juez Olano, cuando acudió

a tantear su opinión sobre si denunciarlo a la justicia o no. Se le cayó el alma a los pies.

Durante su estancia en la capital, nada le serenaba tanto como refugiarse en el silencio acogedor de La Somoza, subir a la torreta y contemplar la inmensidad de ese mar siempre bravo que le empujaba a no rendirse jamás. No se rendiría, pero se sentía asqueado. Impotente. Irritable. El ambiente rancio y viciado que rodeaba todo lo que tenía que ver con Trasierra comenzaba a impacientarle.

Resolvió adelantar su regreso a Comillas, harto de los circunloquios estériles, de las medias tintas y del «vuelvan ustedes mañana» con que los había despachado más de un caballero en Santander. Allí no tenía nada más que hacer.

—En cuanto haya fijado las condiciones de ejecución de la deuda con el procurador del mayorazgo, hágamelo saber —ordenó a Herraiz antes de marcharse—. Al menos en lo que se refiere a su patrimonio, no se saldrá con la suya.

No dejaba de pensar en el instante en que Trasierra se diera cuenta de que todas sus propiedades habían pasado a ser suyas, del hijo de Remedios Casares. Ahora era su turno: le había dado instrucciones precisas a Herraiz de que toda la familia Trasierra debía abandonar su hogar en los próximos días. Que se llevaran lo que quisieran, pero quería verlos en la calle.

Dos días después, al regresar de su paseo a caballo, Héctor encontró el sombrero y el bastón de su abogado en el rellano. Interrogó a su mayordomo con la mirada y este le confirmó sus suposiciones. El señor Herraiz lo esperaba en el despacho. En cuanto el letrado alzó su rostro contrariado hacia él, supo que algo no iba bien.

—¿Qué ha ocurrido? ¿Es sobre Trasierra? ¿Lo tenemos?

El abogado bajó la vista a sus papeles, incómodo. Se revolvió en su asiento, colocándose los faldones traseros de la levita y respondió con una breve negación de cabeza:

—No, señor. Su procurador vino a solicitar una prórroga de dos semanas y no tuve más remedio que concedérsela. —Héctor clavó en su abogado una mirada gélida de reproche y el hombre se vio en la obligación de justificarse—: No habría sido propio de caballeros rechazar su petición, Balboa. Tenga en cuenta que estamos hablando de Trasierra, un apellido muy poderoso en estas tierras. Se relaciona con diputados, alcaldes, jueces o notarios de aquí a Santander o San Vicente de la Barquera, y no dudo de que se habría despachado a gusto si nuestro bufete hubiera actuado de manera poco honorable en este tema. —Herraiz intentaba mantener la calma, pero las palabras se le atropellaban en la boca al hablar. Se había preparado un buen discurso, sin fisuras, que continuó exponiendo—: Y usted también habría salido perjudicado cuando se desvelara que se esconde tras esa sociedad. Por más que don José no sea una persona excesivamente apreciada, pertenece al círculo de las familias más respetables de la comarca, es uno de ellos. Basta que se sientan agraviados para que cierren filas en torno a él y lo dejen a usted, el intruso arribista, al margen. Si no respeta sus códigos, le cerrarán todas sus puertas, perderá cualquier oportunidad de asentarse y prosperar en esta tierra.

Honorabilidad, lealtad, respeto. Exigían a los demás aquello de lo que carecían ellos mismos, o al menos, alguien como Trasierra. Hipócritas. ¿Callarían también si supieran de las agresiones a niñas por parte de ese hombre? ¿O lo sabrían ya y lo silenciaban por encubrirse unos a otros, hoy por ti mañana por mí, sin importarles el daño causado a unas cuantas familias de labriegos ignorantes?

—¿Cuál ha sido el trato, entonces? —masculló conteniendo su rabia.

—De hoy en quince días Trasierra pagará, al menos, la mitad de sus deudas; en caso contrario, su sociedad pasará inmediatamente a ser la dueña de sus propiedades en Ruiloba. Hemos redactado un nuevo acuerdo con estas condiciones, firmadas ante notario —respondió el letrado sin perder la calma en ningún momento, ni siquiera al despedirse poco después de su cliente—: No se preocupe, señor Balboa, si don José no ha reunido hasta ahora esa abultada cantidad de dinero, no la podrá reunir en dos semanas. Después de San Lorenzo, las propiedades serán suyas.

Una intuición, ya fuera fruto de su temperamento desconfiado o de su amarga experiencia con la naturaleza humana, le decía a Héctor que Trasierra tramaba algo, que si había solicitado dos semanas más no era por postergar lo inevitable sino porque el viejo zorro se guardaba algún as en la manga. Una última triquiñuela con la que escabullirse de sus obligaciones y de sus responsabilidades.

La voz de Candela llamando a la criada a voz en grito desde la escalera le arrancó de sus pensamientos. Miró las agujas en el reloj de pared. A esa hora debería estar en su clase matinal con la señorita Moreau. Salió al rellano a tiempo de ver a su hermana desaparecer en dirección a la cocina, apremiando a Rosario a preparar un desayuno en condiciones para la maestra, que no se encontraba bien.

No se lo pensó dos veces. Subió las escaleras de dos en dos y recorrió el trecho de pasillo que conducía hasta la sala de estar. La puerta estaba abierta. Micaela reposaba la cabeza contra el respaldo del sillón con los ojos cerrados, el semblante pálido y desencajado. Se acercó a ella despacio, temiendo alarmarla. Su primer impulso fue deslizar un dedo por la línea de ese perfil delicado que iba desde la frente hacia la punta de la nariz respingona y, de ahí, descender hasta sus labios mullidos y húmedos, rodear la barbilla hendida y caer por el abismo de su cuello de porcelana hasta el ribete de fino encaje de su blusa. Podría hacerlo, pero se contuvo.

«No juegues con fuego, Balboa, o terminarás abrasado.»

# 32

Micaela se desesperaba ante la falta de noticias. Cada mañana recorría el trayecto que separaba la casona de sus tíos de la del indiano con el deseo de cruzarse con él y exigirle respuestas. Necesitaba verlo, saber de él, pero no aparecía. Días atrás, al pasar delante de su despacho vacío, oyó decir al mayordomo que debía limpiarse antes de que regresara el señor. Al parecer, se hallaba fuera, pero ¿dónde?, ¿qué estaba haciendo?, ¿es que se había olvidado de ella, de las niñas? Le daba reparo preguntar a Candela, quien eludía comentar nada acerca de su hermano o de sus actividades, tal y como habían acordado al principio entre las dos.

—Tiene mala cara, Micaela. Está paliducha. ¿Le pasa algo? —preguntó Candela, preocupada. Había terminado de copiar en su cuaderno la última frase del dictado y se había quedado un rato esperando, pluma en mano, a que su maestra continuase.

Micaela negó al tiempo que reposaba la cabeza en las

manos, con los codos apoyados en la mesa de nogal. Había sentido un leve mareo, un sudor frío en el cuello, las sienes palpitantes. Respiró hondo varias veces.

—Estoy bien. Ya ha pasado. Creo que debería haber tomado algo más que una simple infusión en el desayuno.

—¿Una infusión? ¡Ya me parecía a mí! Tanta *refinura* no es buena, se lo digo yo. Voy a tener que enseñarla alguna que otra cosa que ustedes, las señoritas de bien, no saben. Si me dan a mí una infusión para desayunar, ¡me caigo redonda al suelo antes de dar tres pasos! —se mofó Candela, que se levantó de la mesa y fue hasta la pequeña rinconera donde reposaba una frasca de cristal con un líquido transparente que vertió en una copa—. Beba un trago, le sentará bien. Es anís. Antonia decía que nada mejor que un buen lingotazo al despertar para enfrentarse al mundo.

Micaela hizo una mueca de repulsa al notar la quemazón del alcohol en su garganta. Su pupila sonrió vigilante y luego, dirigiéndose a la puerta con paso resuelto, añadió:

—Voy a pedir que nos traigan un desayuno como Dios manda: chocolate caliente y unos mantecados. O mejor, voy yo misma a buscarlo. ¡Ni se le ocurra moverse de ahí!

Cuando quiso replicar, Candela ya había desaparecido. Micaela apartó a un lado la copita de anís. La habitación quedó en silencio. El único ruido provenía del martilleo constante que sentía dentro de la cabeza. Recostó la coronilla contra el respaldo del sillón y cerró los ojos con las manos entrelazadas. Se sentía destemplada, y no es que estuviera incubando ninguna enfermedad, bien lo sabía ella. Era esa vieja sensación de pequeñez, de ahogamiento, de indefensión ante todo aquello que se le escapaba de las manos. Oyó unos pasos aproximarse, pensó que sería Candela.

—¿Se encuentra bien, señorita Moreau? —La irrupción de la voz grave y severa de Héctor la sacudió. Al abrir los ojos lo descubrió junto a su sillón, contemplándola con la preocupación reflejada en el rostro.

Ella se incorporó, aturdida. La impresión de verlo allí alivió al instante la angustia que la atenazaba. Esa misma impresión borró de golpe las preguntas que le tenía preparadas desde hacía días. Iba en mangas de camisa, con un chaleco marrón ceñido a su torso esbelto, una chalina color crema mal anudada y la pelambrera encrespada como si acabara de levantarse de la cama. Parecía más joven y más alto que de costumbre. Más atractivo, también.

—Sí, no se preocupe. Ha sido una indisposición sin importancia. —La voz le salió apresurada, impaciente. ¡Tenía tantas cosas que decir y tan poco tiempo para hacerlo antes de que regresara Candela! Se puso en pie frente a él, dispuesta a aprovechar la ocasión—: Señor Balboa, necesito hablar con usted en privado. Es importante.

—Por si no lo sabe, el concejo de Ruiloba va a contratar a la mujer del maestro para que dé clase a las niñas —se anticipó Balboa—. He ampliado el presupuesto de la escuela y arreglarán la segunda aula.

—Lo sé. —Esbozó una leve sonrisa nerviosa—. Estuve

allí hace unos días en una reunión con las madres. Se lo agradezco en mi nombre y en el de todas ellas. —Apoyó una mano en el respaldo del sillón como si necesitara algo sólido en lo que sustentar su frágil estabilidad, tomó aire y continuó—: No, no es eso de lo que quería hablarle. Es del asunto de Trasierra.

Él se removió incómodo.

—Me temo que en ese tema no puedo darle buenas noticias: las acciones que tenía previsto emprender contra él deberán esperar dos semanas más.

—¿Dos semanas? ¿Por qué? ¿Qué ha ocurrido? —Micaela se irguió, alerta.

—Han surgido algunas complicaciones inesperadas —respondió él, escueto.

¿Complicaciones inesperadas? ¿Qué excusa era esa? ¿Qué puede haber más sencillo para un hombre como él que denunciar una agresión? Micaela se resistía a creerlo. Y si fuera cierto, no soportaría la tensión de aguardar dos semanas más; no podría continuar fingiendo ante sus tíos, sus primas, ni callar ante Amalia, que lloraba por Macías mientras su madre revoloteaba a su alrededor, organizando ya los detalles del futuro compromiso que aún debía permanecer en secreto. Tampoco se veía con ánimo de soportar día sí día también la visita de doña Rosa y su hijo, sin cuestionarse si lo sabrían, si estarían encubriendo al esposo y padre con tal de conseguir un buen casamiento que les garantizara algo de protección.

—¿Qué tipo de complicaciones? Necesito estar al tanto de lo que haga en relación con Trasierra, señor Balboa. La vida de mi familia y de otras personas puede verse afectadas.

—Sería muy largo de explicar ahora, no lo entendería... Esa duda sobre su capacidad de comprensión la enervó.

—¿Sabe lo difícil que es para mí ocultar lo ocurrido a mis tíos? ¿Y convencer a Ana de que guarde silencio sobre algo que jamás debería silenciar? —Cada frase que pronunciaba estrangulaba su garganta quebrándole la voz, robándole la entereza que pretendía mostrar ante Balboa. Pero ya daba igual, las palabras salían de su boca con la fuerza de un torrente contenido demasiado tiempo—. ¿Sabe lo que es callar cuando mi tía se pasa las tardes ensalzando a esa familia que desea para mi prima Amalia? ¿O saludar a la señora Trasierra y a su hijo apretando los dientes? ¿Sabe lo que es contenerse, sonreír, acatar? —Tomó aire y sin esperar su respuesta, le espetó—: Usted no sabe nada. A usted solo le preocupa usted mismo, sus asuntos, sus venganzas. Y cada día que pasa, yo me siento más sucia por dentro, más miserable.

Las lágrimas ya habían desbordado los ojos y se deslizaban en regueros sobre su piel. No se reconocía a sí misma. Y notaba cómo la miraba él, como si tampoco la reconociera, como si hubiera descubierto en ella a una mujer distinta, una de esas mujeres que recurren al llanto como argumento irrebatible en sus discusiones. Y eso le dolió aún más. Así pues, cuando él extendió despacio la mano y acarició su mejilla húmeda con el dorso de su dedo, Micaela dio un paso atrás. No deseaba su compasión ni su consuelo ni que le diera la razón como a una joven débil y remilgada, superada por las circunstancias. Solo pedía que la escuchara, que comprendiera y la ayudara a comprender, sin apartarla, sin subestimarla como a una niña pequeña. Solo quería...

—Trasierra tenía razón —admitió entonces Balboa—. Nadie cuestionará su palabra ni su honor por una simple muchacha de aldea a la que no dudarían en culpar de incitarle al pecado o la inmoralidad. Ese hombre tiene mala sangre, está hasta el cuello debido a las deudas de juego, mantiene a una querida en Santander, y creo que oculta a su familia su verdadera situación económica y sin embargo... nadie desea tenerlo como enemigo. Créame, mi abogado y yo lo hemos consultado con varias personas. Ningún juez estaría dispuesto a ordenar su detención por un asunto que consideran más un desliz que un delito.

—¿Un desliz? —atinó a decir, con ojos espantados—. ¿Cómo pueden echarle la culpa de la agresión a una niña? ¿Quiénes admitirían una acusación así sobre sus hijas? ¿Qué clase de hombres son esos?

—De la peor, sin duda, pero son más de los que piensa. Ninguno moverá un dedo por Mariana.

—Me está diciendo que usted tampoco hará nada —murmuró, apartándose de él.

Él la agarró con suavidad del antebrazo, no la dejó ir.

—Le estoy diciendo que me ocuparé de Trasierra por

otros cauces. Y que tendrá su castigo por lo que le hizo a la niña —le aseguró con voz grave y contenida.

Se sentía derrotada. Había depositado tantas esperanzas en Héctor Balboa, que se sentía incapaz de ver más allá de esas cuatro paredes oscuras. Aquello ponía el punto final a un episodio que tanto Ana como ella deberían olvidar y callar para siempre, como si nada hubiera ocurrido. En el fondo, es lo que hacían otras muchas mujeres de una forma u otra, ¿no? Aceptación. Acomodo. Y parecían felices. ¿Por qué ella no podía serlo también? ¿Por qué nunca podía conformarse? ¿Por qué se empeñaba en ir a contracorriente? Se le volvieron a empañar los ojos aunque, esta vez, se tragó las lágrimas.

—Señorita Moreau... —Balboa la tomó de la barbilla y alzó su cara hasta él. La miró fijamente, de esa manera tan oscura e intensa que tenía, como si le traspasara la mente y leyera con facilidad en su interior—. No quiero verla así. Le prometo que esto no ha terminado.

—Para nosotras, sí, señor Balboa.

—No, Micaela. —La firmeza de su negativa contrastaba con la suavidad con la que pronunció su nombre—. No quiero que piense eso. ¿Es que ya no confía en mí?

Clavó en él sus ojos azules. Confiaba más de lo que jamás podría confesarle, pero ¿de qué le servía ahora su promesa? ¿Le ayudaría a explicar a Ana por qué era mejor no volver a mencionar nada sobre don José? ¿O podría resarcir a Mariana y a su familia por la agresión? No. No les serviría de nada.

—En este momento, es usted el único en quien puedo confiar. ¿A quién podría recurrir si no? —reconoció, forzando una sonrisa—. No tengo a nadie más.

Debió callarse eso último pero era la verdad. A nadie podía acudir en busca de consuelo o desahogo más que a él, y lo necesitaba. Necesitaba apoyarse en su fortaleza, escuchar de su boca que había actuado bien, que ella sola no hubiera podido enfrentarse a todo, aunque cada nervio de su cuerpo le gritara lo contrario. Sintió sus ojos fijos en ella, impenetrables.

—Venga conmigo mañana a San Vicente de la Barquera —dijo de pronto. Ella lo miró suspicaz—: Me han hablado de un buen joyero que tiene allí su taller y quiero encargarle un regalo para mi hermana. Necesito que me ayude a elegirlo.

Ella se separó de él, extrañada.

—¿Cómo voy a ir con usted a San Vicente? Tendría que buscar una buena excusa.

—Estoy seguro de que encontrará la manera. Y le vendrá bien. —Sonrió cautivador—. Iremos a primera hora y estaremos de vuelta antes del almuerzo. La recogeré con mi carruaje a las nueve detrás del ayuntamiento.

—Pero... —El corazón se le aceleró.

Ese instante de duda fue suficiente para que les llegara con nitidez el tintineo de la bandeja con el desayuno procedente del pasillo. Ella se apartó bruscamente, dando la espalda a Balboa.

—¡Héctor! ¿Se puede saber qué estás haciendo aquí?

—Candela, bandeja en mano, se había detenido en el vano de la puerta, y lo miraba como si hubiera cometido un acto imperdonable.

—Debía comentar un asunto urgente con la señorita Moreau, pero ya está todo aclarado —respondió él sin inmutarse. Y antes de que su hermana pudiera recriminarle nada, añadió—: No te pongas así. Me he comportado en todo momento como un caballero. La señorita Moreau te lo podrá confirmar. Sabe que conmigo no tiene nada que temer; al contrario, me preocupo por ella.

Micaela sintió el peso de sus pupilas en ella, pero no se atrevió a mirarlo, ni siquiera cuando él se dio media vuelta y abandonó la estancia. Se rodeó la cintura con los brazos, presa de una súbita sensación de abandono. Se notaba las mejillas ruborizadas, el pulso desbocado. ¡Qué vergüenza! ¡Ojalá pudiera esconderse en algún sitio donde nadie la viera así, ni siquiera Candela! Y menos aún ese hombre que tan pronto se comportaba con ella como un caballero, tan pronto como un hombre tosco y sin modales. ¡Que se preocupaba de ella, había asegurado! ¿Por qué tenía que decir esas cosas? ¿Es que no se daba cuenta de lo que significaban para ella? Confianza, ternura, afecto; tal vez, una mínima llama de esperanza al amor correspondido. Permaneció de espaldas unos segundos más de lo normal. Alargó la mano y cogió la copa de anís abandonada sobre la mesa. De un trago rápido, apuró hasta la última gota, maldiciendo el haberse enamorado de Héctor Balboa.

# 33

Esa mañana, poco antes de partir, el criado del señor Güell llegó con una nota en la que le avisaba de que Carlos Lizarra, conde de Salinas, le esperaba esa misma tarde en su residencia para hablar de negocios. «Por fin», pensó Héctor mientras se guardaba el papel en el bolsillo de su levita. Le exasperaba la lentitud con la que avanzaban determinadas cuestiones en esos ambientes sociales. Hacía días que le había pedido a Eusebio Güell, su gran valedor entre las buenas familias de Comillas, que le ayudara a concertar esa reunión y, a falta de noticias, había comenzado a preocuparse: el asunto más importante, el único que le había llevado a instalarse allí ese verano, parecía estancado.

Ahora, por fin, había llegado el ansiado momento. Su gran oportunidad. Dudó si cancelar el paseo a San Vicente con Micaela, pero lo descartó. No quería decepcionarla de nuevo.

—Juan, mande recado enseguida a la casa del conde

confirmando mi visita. Dígale que estaré allí a primera hora de la tarde —le ordenó al mayordomo, que lo había seguido hasta la puerta de su carruaje—. Y avise a la cocinera y a la señorita Balboa de que tengan preparado el almuerzo un poco antes de lo habitual. Tengo trabajo que hacer antes de la reunión.

—Sí, señor. —El hombre le tendió los guantes y el bastón, pero Héctor rechazó ambos. Los guantes le molestaban, y nunca sabía qué hacer con el bastón en las manos.

Al llegar al centro del pueblo, le pidió al cochero que detuviera el carruaje a la espalda del ayuntamiento. Se bajó, impaciente, y consultó el reloj ajeno a las campanadas de la iglesia que marcaban las nueve. Oteó la calle hacia un lado, hacia otro. Luego decidió rodear el edificio del consistorio e hizo un alto bajo los soportales; era día de mercado en la plaza, dudaba de que a Micaela se le ocurriera cruzar entre el gentío. De vuelta al carruaje, aguardó junto a la portezuela unos minutos más hasta que se hartó. Pasaban más de diez minutos de las nueve. Temía que no acudiera a la cita, y se lo tendría bien merecido. «Asúmelo, Héctor, aunque no te lo echase en cara, le has fallado.» Tal vez él no fuera capaz de expresarlo tan bien como ella, pero conocía de sobra la sensación de frustración e impotencia que tanto angustiaba a Micaela. Eso fue lo que más le escoció el día anterior: verla sufrir así a causa de su propio fracaso con Trasierra.

Apenas se había acomodado en el asiento cuando la portezuela se abrió y entró ella como una exhalación. Se dejó caer en la bancada, frente a él. Traía el rostro sofocado, la respiración trabajosa, pero ahí estaba, con su sombrerito de florecillas azules y el abanico aventando una sonrisa de disculpa. Había decidido dar un rodeo por un camino menos transitado aunque más largo, y el último tramo tuvo que recorrerlo al trote, dijo casi sin aliento. Héctor no pudo por menos que sonreír con íntimo alivio y golpeó dos veces el techo para que iniciaran la marcha.

—He avisado de que pasaré toda la mañana en la lección de piano con la señorita Balboa —dijo ella. Héctor soltó una carcajada al imaginar a su hermana mínimamente interesada en las notas musicales—. No se ría, mi tía se toma muy en serio la formación musical de las señoritas. ¿Ha pensado qué desea regalarle a Candela?

—Cuento con que usted me ayude a decidirlo. Tal vez un colgante o un anillo.

—No creo que un anillo sea apropiado. A su hermana no le gusta lucir las manos.

—¿Ve como tenía que acompañarme? Yo no hubiera sabido elegir. —Clavó en ella sus ojos complacidos.

Ella simuló un amago de sonrisa y desvió la vista a la ventana. No tardaron en dejar atrás la ría de La Rabia, pronto llegarían a San Vicente. Héctor tenía un vago recuerdo de ese pueblo. Antes de que muriera su padre, lo había acompañado al mercado un par de veces para vender las pieles de lobo que cazaba. Caminaban a buen paso monte a través, rodeaban las aldeas y atravesaban las rías hasta llegar al puente de la Maza a primera hora de la mañana. Recordó la impresión que le causó la primera vez que cruzó el puente, del que decían era el más largo de todo el norte de España, con sus veintiocho ojos inundados de agua.

El coche de caballos recorrió la calle principal de San Vicente y se detuvo a unos metros de la revuelta del castillo. Allí descendieron. Según las indicaciones que tenía, el taller ocupaba una sencilla casa de piedra encajonada entre dos grandes casonas.

—¿Conoce al orfebre? —le preguntó la señorita Moreau mientras esperaban frente a la puerta de madera maciza.

—Solo sé que se llama Matías Zayat, que es de Toledo, y que, según la señora de Güell, posee un gusto exquisito para diseñar joyas y unas manos prodigiosas para hacerlas realidad.

Micaela asintió, recordaba el nombre: ese mismo verano lo había oído de labios de su tía Angélica. Sin duda se trataba de un orfebre de altura.

Les abrió un muchacho imberbe y desgarbado, envuelto en un mandil que le quedaba, a todas luces, grande. Puso tal cara de asombro al verlos que Héctor se preguntó si habrían hecho bien yendo allí. El chico los guio hasta una estancia en la que la luz entraba tamizada desde un patio interior, y arrancaba reflejos dorados y plateados de las partículas que flotaban en el ambiente.

—Maestro, tiene visita —anunció el aprendiz.

Un hombre de edad avanzada, encorvado sobre una pequeña balanza de metales, alzó la vista por encima de sus lentes. Tenía una pupila negra y otra blanquecina, velada. Se levantó con esfuerzo y se aproximó a ellos mientras los examinaba con curiosidad.

—¿Qué se les ofrece?

—Venimos a ver sus diseños de orfebrería para encargarle una joya —dijo Héctor al tiempo que echaba un vistazo a una pieza de filigrana en oro a medio terminar que brillaba sobre la superficie de trabajo.

—Por supuesto, señor. ¿Saben lo que quieren?

—Tal vez unos pendientes o un collar... Si tuviera algún modelo o dibujos de muestra sería de gran ayuda —respondió Micaela.

—Acompáñenme. —Les hizo una seña con un dedo largo y nudoso para que lo siguieran a través de una puertecita lateral abierta en mitad del taller—. Disculpen el desorden —dijo al entrar en la habitación contigua—, aquí no suelen venir visitas, más bien soy yo quien se desplaza a casa de los señores para tomar nota de sus encargos o realizar arreglos menores.

A diferencia del taller repleto de herramientas, frascos y moldes, los únicos muebles que allí había eran un espejo colgado en la pared, un arcón, un sillón de cuero repujado y un escritorio vacío. El orfebre abrió el arcón, extrajo una libreta y un cofre de madera labrada y los depositó sobre el escritorio. Sin prisa, se sacó del pantalón una cadenita con un manojo de llaves e introdujo la más pequeña en la cerradura del cofre. Al levantar la tapa, dejó al descubierto una bandeja dividida en compartimentos con numerosas piezas de oro y plata, además de algunas gemas y piedras preciosas.

—Aquí tengo algunos modelos que podría enseñarles... —murmuró, hurgando entre ellas con su dedo nudoso hasta que pareció encontrar lo que buscaba: unos pendientes de perlas en forma de lágrima.

Se los tendió a Micaela, que se los superpuso sobre los lóbulos de sus orejas y se volvió hacia Balboa, con una sonrisa expectante. Sus ojos turquesa tenían un brillo seductor que él no le había visto nunca.

—¿Le gustan? A la tez morena de Candela le favorecerá el color nacarado de las perlas —dijo ella.

Héctor fingió examinarla con ojo crítico a la vez que se recreaba en su visión. Con o sin joyas, Micaela Moreau brillaba con su propia luz.

—Sinceramente, creo que a usted le sientan mejor.

Micaela sonrió meneando la cabeza, como si lo diera por imposible.

—Es usted muy amable —dijo al tiempo que dejaba con cuidado los zarcillos sobre la mesa—. Sin embargo, hemos venido a por el regalo de Candela. Hágame caso: encárguele unos pendientes como estos al maestro Matías. ¿O prefiere que veamos otras opciones?

—Tengo otros diseños. Pueden ustedes elegir lo que prefieran.

El orfebre abrió el cuaderno y les mostró el dibujo de un collar hecho con varios cordones de oro unidos en un medallón de lapislázuli, que a ella le pareció excesivo; y

también una cruz de Caravaca con incrustaciones de aza-
bache que descartó de inmediato, y una gargantilla de perlas que la hizo dudar. Héctor dejó que se ocuparan ellos.
Se retiró a un lado y se apoyó en el escritorio para contemplar a placer a Micaela. Disfrutaba del interés con el que
examinaba los diseños y la seriedad con la que sugería alguna modificación.

—Señor Balboa, ¡mire esto! —Micaela le mostró un
broche de hilos de oro y minúsculas piedras de colores con
la forma de una mariposa—. ¿No le parece una maravilla?
—La expresión de su rostro ya lo decía todo por sí misma.
Se lo colocó en el pecho, por encima del corazón y lo miró
con ojos expectantes, a la espera de su veredicto. Al ver que
tardaba en responder, ella misma emitió su sentencia, alzando la barbilla en ese gesto altanero que tanto le había
molestado semanas atrás y tanta gracia le hacía ahora—: Es
original, delicado y exquisito. También sería un regalo precioso para Candela.

Héctor sonrió como si estuviera de acuerdo aunque, en
realidad, dudaba de que su hermana apreciara tanta delicadeza.

—Ese broche podrían llevárselo ahora mismo, si lo desearan —dijo el maestro Matías, atento a las reacciones
de los dos—. Aguarden, puede que también les guste esto...
—Hurgó dentro de un saquito de terciopelo y sacó una
cadena de la que colgaba una aguamarina engastada en pla-
tino, del tamaño de un sello. Micaela ahogó una exclamación admirada—. Es un encargo, pero podría hacer uno

similar. Caballero, ¿quiere probárselo a la dama? —Su ojo negro, astuto, se clavó en Héctor.

Héctor cogió la cadena y balanceó la gema a la altura de sus ojos. La luz que entraba por la ventana traspasó el cristal tallado y reflejó las miles de tonalidades azuladas que guardaba en su interior. Casi tantas como los ojos de Micaela.

—Vuélvase —le pidió tras abrir el enganche.

Micaela le ofreció su nuca tersa y blanca. Héctor pasó con cuidado la cadena alrededor de su cuello, se la abrochó con dedos torpes. La delicada piel femenina se erizó a su tacto. Nunca sus manos le parecieron tan toscas como ese instante en que acarició la suavidad de su nuca en un gesto instintivo. Sintió un leve temblor en el pulso, apartó la mano. Ella no se movió; permaneció muy quieta, sin apenas respirar. Cuando él le susurró al oído «ya puede verse», Micaela alzó la cabeza y se contempló en el espejo, fascinada por el efecto de la aguamarina sobre su rostro. Tan fascinada como lo estaba él, plantado a su espalda, con las manos quemándole por tocarla. Sus ojos se encontraron a través del espejo, y sus miradas se fundieron un segundo fugaz, ajenos a todo.

—¿Le gusta? —oyó preguntar al joyero. Héctor se obligó a apartar la vista de Micaela y fijarla en el hombre, que agregó—: Podría diseñarle el aderezo completo para su prometida: el colgante, la diadema para el pelo, los pendientes, un brazalete, un broche y la sortija.

A Héctor le costó asimilar lo que el orfebre le decía.

Cuando lo hizo, la palabra «prometida» comenzó a resonar en su cabeza con desagradable insistencia. Pensó en su cita con Lizarra esa misma tarde, en sus planes, en el objetivo que le había llevado hasta allí.

—No, no es necesario —le respondió al tiempo que se alejaba de ella.

El hombre asintió aunque lo observó con expresión de afable curiosidad.

—Como usted desee.

—Me llevo el broche de la mariposa y hágame unos pendientes de perlas similares a los que nos ha mostrado. En cuanto al colgante..., guárdeselo.

—Me alegro de que me haya hecho caso —le dijo Micaela mientras dejaba que el maestro Matías le desabrochara el enganche.

—¿Cómo no iba a hacerle caso? Usted es la que más sabe...

—Y por esa razón me ha traído consigo —concluyó ella, sin perder la sonrisa—. Ha sido un placer acompañarle, señor Balboa. A Candela le van a encantar sus regalos, ya verá.

Héctor se apoyó de nuevo en el escritorio. En uno de los compartimentos del cofre vio un juego de tres alfileres coronados de pequeñas turquesas en forma de botón. Se dijo que ese sería un buen obsequio para ella, unos alfileres a juego con sus ojos. Un detalle de cierto valor, si bien poco comprometedor.

—No tenía por qué hacerlo —le dijo ella al abrir la

cajita que le había preparado el joyero y descubrir embelesada los alfileres. Uno tras otro, se los colocó en el sombrero en cuanto subió al carruaje de vuelta a Comillas.

—Es solo un detalle por su ayuda. Hace juego con esas florecitas que luce hoy... —dijo Héctor.

—Ah, son nomeolvides. ¿Verdad que son bonitas?

Héctor asintió. Tan hermosas como ella.

—Pida un deseo, rápido —dijo al ver que el carruaje se disponía a cruzar el puente de la Maza sobre la ría de San Vicente.

Micaela sonrió y cerró los ojos.

—Ya.

—Si quiere que se cumpla, aguante la respiración hasta que hayamos cruzado el puente.

Ella tomó una gran bocanada de aire, infló las mejillas y cerró la boca con los labios fruncidos como en un beso. Su rostro se iba coloreando según sobrepasaban la mitad del puente y al llegar al final, respiró con fuerza.

—¡Conseguido! —exclamó—. ¿Usted no ha pedido nada?

Él negó con la cabeza sin dejar de sonreír.

—Yo debo de ser un caso perdido. Mis deseos jamás se cumplieron.

# 34

Los rayos del sol alcanzaron el tapete envejecido de cuero sobre el escritorio. Héctor tiró de su leontina y consultó la hora en la esfera de nácar: las tres. Aún tenía tiempo para preparar la reunión con Lizarra. En sus manos sostenía el informe de Herraiz sobre la situación actual de la metalurgia en España, y concretamente, en el norte. Si la información era exacta —y no dudaba de que lo fuera, dada la eficacia de su abogado—, auguraba un próspero futuro para la industria siderúrgica en Vizcaya. La ría de Bilbao llevaba siglos sirviendo como puerto de entrada y salida de minerales y mercancías hacia Inglaterra y el resto de los países europeos. Poseían las minas de hierro sin fósforo que demandaban las compañías inglesas para la fabricación de acero; poseían las vías de ferrocarril necesarias para transportar el mineral hasta las fábricas, el apoyo financiero de entidades pujantes como el Banco de Bilbao y contaban con hombres como el conde de Salinas y otros propietarios

industriales —los hermanos Ibarra y don José María Martínez de las Rivas, dueños, respectivamente, de los dos altos
hornos que había admirado a orillas del Nervión—, hombres con el empuje necesario para llevar adelante ese gran
proyecto industrial en la ría de Bilbao. Allí era donde él
quería estar, en la punta de lanza del progreso, en la vorá-
gine de las grandes decisiones industriales y empresariales
que transformarían el país a semejanza de Inglaterra o
Francia.

El conde lo recibió, cordial y cercano, en su residencia,
un palacete oculto a la vista de curiosos tras un grueso muro
de piedra. Acomodados en la biblioteca, don Carlos sirvió
sendas copas de brandi, le ofreció un cigarro que él aceptó,
y tomó asiento dispuesto a escuchar al indiano de quien tan
buenas referencias le había dado Güell.

Más de dos horas después, al despedirse del conde, Héctor Balboa había tomado buena nota de dos cualidades que
le habían sorprendido de ese hombre: la primera era
que tras su apariencia mundana, casi frívola, de noble
amante del lujo y los placeres de la buena vida, el conde
ocultaba una mente aguda y perspicaz a la hora de calibrar
personas y negocios. En cuanto Balboa le habló de sus na-
víos, de sus inversiones en firmas nacionales e inglesas, de
su apuesta por los sectores que él consideraba de progreso
para la economía del país, el conde de Salinas aparcó su
título a un lado y dejó que don Carlos, el empresario hábil
y ambicioso, se hiciera cargo de la situación y le contara a
grandes rasgos el proyecto industrial que su hermano y él

habían pergeñado para producir acero con hornos Martin-Siemens, los únicos que lograban láminas de calidad para la fabricación de todo tipo de buques. Hasta la fecha, no había ninguna fábrica ni propietario industrial en el país que los tuviera. Ellos lo harían, tendrían las instalaciones más modernas, los mejores ingenieros traídos incluso de Alemania, y sus hornos serían la punta de lanza de un nuevo y próspero mercado, el del acero. Héctor se contagió del entusiasmo arrollador del conde; sus ojos se llenaron de la imagen que él dibujó a través de las volutas de humo de su cigarro, de los logros compartidos, de los éxitos futuros, y en su mente ya no tuvo cabida nada que no fuera formar parte de ese proyecto, costara lo que costase.

La segunda cualidad que llamó la atención de Balboa era que el empresario sentía auténtica debilidad por su hija Loreto. A lo largo de la reunión se había sentido examinado, medido y valorado a ojos de un padre exigente, celoso del bienestar de su hija. Héctor había respondido con honestidad a todas las preguntas que, con mayor o menor sutileza, le había lanzado don Carlos sobre su familia, sus creencias y convicciones. La mirada reconcentrada del noble parecía absorber cada una de sus palabras y sus gestos, como si en ellas se hallase la llave de la felicidad de su hija.

Así, cuando Héctor afirmó que estaba dispuesto a invertir parte de su capital en una empresa a la que le unieran vínculos más estrechos que los económicos, el conde se tomó unos segundos antes de responder:

—Hablemos claro, Balboa. Usted conoce mi situación

y yo conozco la suya. A usted le avalan sus éxitos en las Antillas, cuenta con buenos apoyos y una posición económica boyante, pero intuyo que necesita algo más que eso para prosperar en sus negocios. Yo tengo cierto renombre, experiencia y reputación...

—... pero necesita desprenderse de preocupaciones monetarias para centrarse en el negocio del acero —le interrumpió Héctor con aplomo—, afianzar su posición dominante dentro del grupo de accionistas, forjar alianzas con otros empresarios y también con los políticos de Madrid. Necesita el respaldo leal e incondicional de alguien que comparta sus intereses —concluyó.

—¿Y ese alguien es usted? —El tono del conde sonó muy escéptico.

Héctor se recostó contra el respaldo del sillón, consciente de lo que se jugaba. Necesitaba controlar sus impulsos, transmitir solidez, tranquilidad. Todas sus ambiciones se jugaban en esa partida. Bebió un trago de brandi, dejó la copa sobre el velador y cuando el licor hubo templado su ansia, dijo:

—Podría ser yo, si llegamos a un acuerdo. Puedo poner a su disposición parte de mi capital y mi patrimonio, si usted está dispuesto a concederme la mano de su hija.

Cosas más extrañas debía de haber escuchado el conde en su vida, puesto que no se inmutó. Se limitó a observarlo con mirada penetrante, cavilando sus opciones, contrastando todo lo que ya sabía del indiano con la personalidad del hombre que se sentaba ante él.

—Los lazos familiares no garantizan lealtades ni ganancias, como sabrá —dijo finalmente.

—Tiene usted razón. Sin embargo, ambos somos hombres de negocios, acostumbrados a vivir en el filo de la navaja. A veces se gana, a veces se pierde... Pero no nos gusta dejar pasar las buenas oportunidades. Y le aseguro que esta lo es, para usted y también para mí. —Sus labios dibujaron una sonrisa socarrona, casi divertida, para añadir—: En cuanto a las lealtades, soy un hombre de palabra y, como buen montañés, duro de roer. Mis decisiones, ya sean acertadas o equivocadas, las mantengo siempre que los demás mantengan las suyas.

—¿Qué pretende conseguir?

—Quiero participar de su proyecto, Lizarra. Seré mucho más que un socio para usted. Seré el marido de su hija, un miembro más de su familia, alguien en quien podrá confiar a ciegas siempre que necesite un aliado. Además de mi capital, le ofrezco mis contactos en Inglaterra, incluso alguno que me queda en Estados Unidos, si fuera necesario. Podríamos llegar a un acuerdo para la utilización de mis buques en el transporte del acero. Y a cambio, deseo participaciones en la empresa y un puesto en el consejo de dirección.

El conde removió lentamente la copa de brandi en su mano al tiempo que le dedicaba una mirada apreciativa.

—Me gusta usted, Balboa. Aunque no lo crea, no abundan los hombres con agallas por estas tierras. Hay demasiado terrateniente, demasiado noble venido a menos y comerciantes venidos a más cuya ambición parece ser emular las costumbres de la clase alta, todos pagados de sí mismos. La mayoría prefiere mirarse el ombligo de su casa y de su tierra en vez de buscar otros horizontes; se lamentan de nuestro atraso económico pero raro es quien se remanga para sacar adelante el país; menosprecian las ideas y avances técnicos que vienen de fuera, como si procedieran del mismísimo demonio, que eso es lo que claman en misa los sacerdotes desde sus púlpitos. Y así, prefieren estar a buenas con la Iglesia y con el gobierno de turno, y morirse con el patrimonio intacto. —Don Carlos hizo una pausa y le tendió a Héctor una caja de madera y plata repujada, repleta de cigarros habanos de donde este escogió uno y el conde eligió otro—. Creo que sería un buen marido para mi hija y un buen socio para nuestra empresa... Sin embargo, no obligaría a Loreto a casarse con alguien que no deseara. Si acordamos una alianza de matrimonio entre usted y mi hija, será con la condición de que ella dé su consentimiento.

Sus planes de futuro en manos de una jovencita. Así pues, pensó Héctor, no tendría más remedio que cortejar a la hija del conde si deseaba entrar a formar parte de ese proyecto industrial. Se dijo que no le resultaría difícil encandilar a la niña, enamorarla con algunas lisonjas y caricias hasta verla caer en sus brazos. No, no le costaría mucho seducir a Loreto Lizarra y convertirla en su esposa, una esposa que le abriría por fin las puertas de los círculos económicos y sociales más influyentes. Ese había sido su plan desde el primer momento. Entonces ¿qué era eso que chirriaba en su cabeza como el gozne de una puerta desajustada al imaginarse su vida con la pequeña Lizarra? ¿Por qué no le dominaba la misma sensación de triunfo que había sentido cuando se hizo con el ingenio de Cruz Candela? ¿Por qué no se le borraba de la cabeza el rostro decidido de la señorita Moreau?

# 35

Les habían indicado que la casa de Mariana estaba situada en los aledaños de la iglesia, en una de las calles estrechas y sinuosas que terminaban perdiéndose en la vereda del río. Era una de esas viviendas de piedra y adobe, similar a todas las demás excepto en las macetas de flores que alegraban las ventanas. Unas puertas más allá, dos ancianas tejían mimbre sentadas al tímido sol de la mañana. Micaela tocó dos veces con los nudillos. Nadie abrió. Acercó la oreja a la puerta de tosca madera maciza, con la vista puesta en Ana, que aguardaba a su lado, expectante. Desde aquella tarde aciaga, estaba más silenciosa que de costumbre y también más distraída en sus clases, que interrumpía de vez en cuando con preguntas inesperadas sobre el origen de la maldad, el pecado, el castigo divino y el castigo terrenal. «¿Puede acusar una niña a un adulto ante un juez, Micaela? ¿Qué justicia es mejor, la de Dios o la de los hombres?»

Así pues, esa mañana, nada más despertarse, Micaela se había colado en la habitación de Ana y le había dicho que se vistiera, que se iban juntas a Ruiloba con la excusa de una clase de botánica práctica a la que sus tíos no pusieron ninguna objeción. Su prima, de natural dormilona, saltó de la cama con el ímpetu de un saltamontes.

—¿Has sabido algo del señor Balboa? —le preguntó en voz baja mientras la doncella vertía agua en la jofaina.

—Aún no, pero eso no quita para que podamos hacer una visita a Mariana y averiguar cómo se encuentra, ¿no te parece? —le había respondido Micaela. Si esos supuestos caballeros se negaban a denunciar a Trasierra, ella encontraría quien lo hiciera antes de que fuese demasiado tarde para Mariana.

Tocó en la puerta de nuevo. No se oía nada en el interior, ni voces, ni ruidos. Todo lo más, el cacareo de unas gallinas y el maullido de un gato en lo alto del muro de piedra reverdecido de musgo. Las viejitas las miraban de reojo y meneaban la cabeza.

—¿Saben si vive aquí una niña llamada Mariana? —les preguntó Micaela, avanzando unos metros hacia ellas—. Hemos venido de Comillas para verla.

—Sí, sí. Allí, allí —las dos ancianas asintieron a la vez con la cabeza—, pero han salido.

Cuando estaban a punto de volver sobre sus pasos, vieron aparecer por el final de la calle a tres labriegos de rostros curtidos, andares pesados y azadas al hombro. Al reparar en ellas, el que marcaba sus pasos con un cayado frunció el ceño y escupió a un lado. Algo debió de murmurar porque los otros dos las examinaron sin ningún disimulo.

—¿Qué se les ofrece en mi casa? —preguntó el del cayado al llegar a su altura. Los otros dos también se detuvieron y permanecieron quietos junto a él, como estatuas de granito.

—Venimos a visitar a Mariana.

—Está ganándose el jornal, como todos por aquí, señorita.

—Solo veníamos a saber cómo está. Estábamos con ella el día en que... ya sabe... la agredió...

La expresión del hombre se tornó hosca.

—Que yo sepa, nadie ha agredido a mi hija. En esta aldea vivimos familias honradas, trabajadoras y bien avenidas, ¿sí o no? —interpeló a los otros dos, que asintieron con la cabeza sin dejar de mirarlas—. Mariana está muy bien. Así que váyanse y déjemos en paz. No necesitamos más problemas.

—¡Pero si nosotras lo vimos! —exclamó Ana como si su testimonio les fuera a convencer de la verdad—. Mariana y yo nos escondimos detrás de un árbol y...

—Si les digo que no ha ocurrido nada, es que no ha ocurrido nada —le cortó el hombre, el gesto hostil y la mirada desafiante, clavando la azada en la tierra—. Ella les dirá lo mismo, y cualquiera de por aquí sabe que es tan cierto como que la carne se pudre bajo tierra.

—Esta aldea es pequeña y tranquila, señoritas —dijo

uno de los dos hombres, el que aparentaba más edad—. Tenemos nuestras casas, nuestro terruño, nuestros animales... No nos metemos en jaleos y nadie se mete con nosotros.

—Pero el señor Balboa la acompañó hasta aquí, él les pudo explicar... —vaciló Micaela.

—Ese Balboa ni sabe, ni tiene mando en esta aldea —le espetó desdeñoso el padre de Mariana.

—Se refiere usted al indiano, el hijo del Correlobos, ¿verdad? Ese que cree que porque arregle un puente y construya una escuela se va a ganar el cielo. —El tercer hombre soltó una risotada desagradable.

—Váyanse, señoritas —repitió el padre de Mariana alzando la voz, impaciente. Al ver que ninguna de las dos hacía amago de moverse, gritó—: ¡Que se vayan, coño!

Ana pegó un respingo y retrocedió unos pasos. Micaela miró a ambos lados de la calle, deseosa de pedir ayuda a alguien. Las viejas habían dejado de tejer y observaban la escena sin perder detalle. Una de ellas levantó un dedo huesudo y torcido con el que parecía señalarles el campanario que despuntaba sobre los tejados. Micaela cogió a su prima de la mano y se alejaron a paso ligero calle abajo, en dirección a la iglesia. Tal vez encontrara a don Abel y pudiera contarle. Necesitaba hablar con alguien capaz de tranquilizar su conciencia y guiarle en lo que debería hacer. Porque sabía que algo debía hacer ella por su cuenta, al margen de lo que planeara Balboa.

Rodearon la iglesia hasta la puerta lateral, que se abrió

con un chirrido oxidado. El interior del templo era austero pero más luminoso de lo que reflejaba su aspecto exterior, de muros altos y ventanucos alargados y estrechos. Una mujer arrodillada en el pasillo frotaba el suelo con un paño. Alzó la vista al oír sus pasos. Llevaba una pañoleta gris bien prieta en torno a su cabeza, que resaltaba unas cejas negras y pobladas bajo las cuales apenas se distinguían dos pupilas hundidas.

—¿A quién buscan?

—¿Está aquí don Abel? —preguntó a su vez Micaela.

—¡Mariana! —exclamó Ana al descubrir a la moza un poco más allá, también arrodillada en el suelo, cepillo en mano, junto a un balde de agua.

Micaela siguió a su prima hasta donde se hallaba la chica. Tenía la cara sonrojada del esfuerzo, la pañoleta casi suelta, los ojos huidizos.

—Mariana, estábamos preocupadas por ti. ¿Cómo estás? ¿Vino a verte el doctor? ¿Has tenido algún problema? —Las preguntas se agolpaban en su boca.

—La chica está perfectamente. ¿Qué desean? —replicó con desdén la mujer de expresión huraña, levantándose del suelo.

Micaela clavó sus ojos inquisitivos en ella.

—Madre, son las señoritas de las que le hablé. —La voz de Mariana era un susurro emitido casi al cuello de su camisola cruzada. Se secó las manos en el mandil antes de incorporarse y calzarse los zuecos que había dejado junto a uno de los bancos—. Estoy bien, muy bien, señorita Micaela, gracias —respondió en voz baja la muchacha, sin apenas mirarlas.

—El señor cura no está. Llegará pasado mañana —apuntó su madre, en tono algo más suave.

—¡Señorita Micaela! —Su nombre resonó por toda la iglesia. Al girarse, Micaela reconoció a Chelo, la madre de Teresa. La mujer asomó de detrás del altar, con un trapo en una mano y un cáliz de plata en la otra.

—Chelo, pero ¿de dónde sale usted? —Micaela sonrió al verla. Ya no le sorprendía cruzarse por doquier con esa mujer de gesto adusto y enérgico, que lo mismo atravesaba el pueblo en su busca que llamaba de puerta en puerta convocando a las mujeres a la reunión con la nueva maestra—. ¿Cómo está Teresa?

—En la casa la he dejado a cargo de todo. Anda persiguiendo a su hermano todo el día; ahora le han entrado las prisas por aprender a escribir. —Se rio, ocultando con la mano su boca mellada—. ¿Qué la trae por aquí? Don Abel no está.

—En realidad, veníamos en busca de Mariana. Ana y yo queríamos saber cómo se encontraba después del percance con el mayorazgo, pero al parecer, somos las únicas preocupadas por ella. —La madre de la muchacha le dio la espalda y se arrodilló de vuelta a la faena y Micaela saltó—: ¿Usted también prefiere esconder lo que le ocurrió aquella tarde a su hija en el bosque?

La mujer fingió no oírla. Siguió con su tarea, resoplando. Frotaba en círculos la superficie de barro cocido, como si pudiera sacarle brillo.

—Sole, ¿qué es eso que dice la señorita? —Chelo Hernán había bajado los tres escalones que separaban el presbiterio de la bancada. Se plantó junto a la mujer y le espetó—: ¿Tú también, Sole?

—Yo también, ¿qué?

—¿Tú también vas a agachar la cabeza y callar cuando ese canalla viole a tu hija?

—¿Y qué quieres? ¿Que vaya ante su puerta y me enfrente a él? —La madre se incorporó para encararse a Chelo—. Y luego ¿qué? ¿Adónde iríamos cuando nos eche a patadas? ¿Qué nos quedaría? ¿Qué les quedó a los Molledo? ¿Y a los García? Ahí tienes sus casas derruidas y sus tierras en manos de otros. A Mariana no llegó a hacerle nada, gracias a Dios. Estas señoritas la ayudaron —dijo, mirando a Micaela de frente por primera vez—, y el indiano nos la trajo, y eso que les agradeceré eternamente. Nos callamos, sí, pero también nos cuidaremos de que la niña no vuelva a andar nunca sola por ahí.

—Nadie os ha pedido que os enfrentéis a él vosotros solos —replicó Chelo—. Lo que digo es que no lo escondáis, que no hay nada de lo que avergonzarse. Que lo compartáis con el resto de la aldea, que pidáis ayuda, que nos unamos y actuemos todos en defensa de nuestras hijas. Un día llegará en que todos juntos podamos pedirle cuentas a ese bastardo.

—Ese bastardo es el dueño de nuestra tierra, del concejo entero. No hay nadie que le silbe cerca.

—Tal vez sí, aunque no será fácil —intervino Micaela

esta vez. Al escuchar las razones de Sole, se dio cuenta de que había sido muy ingenua al pensar que bastaría con que los padres lo denunciaran. Ya lo había dicho Balboa. La realidad era muy diferente allí, en una aldea perdida de La Montaña—. Pero Chelo tiene razón: deben estar unidas, apoyarse unas en otras. Es la única posibilidad de conseguir algo. —Se giró hacia su prima, que escuchaba en actitud reconcentrada, y sonrió decidida—. Algo pensaremos todas juntas, ¿verdad, Ana? El señor Balboa, por su lado, y nosotras, por el nuestro.

# 36

En los últimos días todas las conversaciones que escuchaba aludían, de una forma u otra, a ese dichoso baile. Al pasar cerca de algún grupo de señoras, Héctor cazaba al vuelo preguntas sobre el número de invitaciones enviadas —«más de trescientas», decía una; «quinientas», aseguraba otra—, sobre si habría un menú al estilo francés —«los señores de Riera tienen una excelente cocinera parisina que los acompaña a todos los lados», apuntaba alguien— o si la velada se prolongaría hasta el alba como había ocurrido el verano anterior, cuando el rey don Alfonso expresó su deseo de ver amanecer desde las torres de La Coteruca. El palacio-castillo de los Riera, construido sobre una de las lomas de Comillas, ofrecía unas envidiables vistas al mar y a los Picos de Europa.

Pero no solo eran las damas las que hablaban del baile; en los corrillos de caballeros se elucubraba sobre si acudiría este político o aquel otro; si se dignaría hacer acto de presencia algún miembro del gobierno de Sagasta, tan debilitado por problemas internos y tan necesitado de apoyos; se barajaban los nombres de senadores que tal vez asistirían —la banca Movellán y Angulo, propiedad del cuñado del señor Riera y en la que él mismo participaba, era un reclamo lo bastante importante para los políticos de Madrid— y se preguntaban quién sería ese general que, al parecer, había declinado la invitación porque los Riera se habían negado a incluir en ella a su querida a instancias de la mujer del susodicho. A nadie interesaba rebajar la categoría de los invitados, por supuesto. Cuanto más distinguidos y poderosos los nombres de los asistentes, más se elevaba el prestigio del resto de los asistentes. Un día después podrían abrir el periódico y rememorar el baile a través de las palabras del cronista que había aguantado hasta bien entrada la madrugada para redactar una gacetilla detallada del evento. Por suerte para algunos, el hecho de que este año no acudiera el rey había permitido a los señores Riera abrir un poco más la mano a algunas familias que, aun poseyendo un buen capital y un título —reciente, eso sí—, se vieron desplazados en el baile al que asistió el rey por el numeroso grupo de políticos, militares y nobles que formaban parte del séquito del rey y su familia.

Héctor escuchaba los comentarios con expresión neutra, asentía cuando debía asentir, sonreía cuando todos sonreían, se escondía en el deleite con el que saboreaba su cigarro o se alejaba con la excusa de saludar a alguien si notaba que le llegaba el turno de intervenir con algún comentario al respecto. Nadie sabría si se contaba o no entre los invitados.

En el tiempo que llevaba en Comillas no había tenido oportunidad de conocer en persona a Titina Mitjans y Fermín Riera, un matrimonio sin hijos ya entrado en años que se prodigaba poco en los paseos y en las reuniones, si bien pertenecía a las mejores familias de la villa. Y tampoco había sido consciente de la gran trascendencia social de esa cita hasta hacía poco, cuando el conde de Salinas mencionó que sus fechas de estancia en Comillas estaban ligadas al baile anual de los Riera en la noche de San Lorenzo, un acontecimiento del que disfrutaba tanto Loreto como él mismo desde que su hijo Luis se había prometido con una de las jóvenes Movellán, sobrina del matrimonio.

—Los Riera me han confirmado que asistirá José María Martínez de las Rivas, un empresario industrial de Bilbao a quien debe conocer, y confían en que acuda el ministro de Fomento. El ministro de Marina todavía está dudoso —le dijo don Carlos en el despacho de su palacete la tarde en que le presentó a su hija, la jovencísima Loreto Lizarra.

No sabía qué le habrían contado sobre él para que, al encontrarse frente a frente, la joven le escrutase desde el fondo de sus inmensos ojos de color caramelo, ocultando un leve rubor en sus mejillas con la templanza de una dama que se sabe señora de la casa. Balboa siguió los delicados movimientos de sus manos al servir el café, la elegancia con que se sentaba; gozó de la aparente atención —admiración, incluso— con la que le escuchó hablar de su ingenio azucarero en Cienfuegos, de las dificultades de negociar con los norteamericanos, de las perspectivas de la política colonial española en las Antillas que tanto interés suscitaba en su padre; le fascinaron sus modales exquisitos, tan naturales que parecían una extensión más de su carácter. Balboa tuvo que reconocer que Loreto Lizarra era tan encantadora como le había descrito Herraiz. Recordó su candor al preguntarle si era cierto que las mujeres antillanas amamantaban a sus hijos, ya crecidos, en cualquier lugar, a la vista de todo el mundo.

Él no pudo por menos que sonreír. Sí, era cierto entre las comunidades nativas de la isla, pero allí la crianza de los críos era algo tan común que nadie se escandalizaba, al contrario, lo consideraban muestra de salud, de vida, de esperanza. Él mismo se había contagiado de ese efecto hipnótico, reverencial, que tenía el contemplar el pecho hinchado y rebosante de una madre amamantando a su hijo sentada a la sombra de un platanero, junto al almacén de caña.

Un profundo rubor puritano tiñó el cuello y las mejillas de Loreto ante su explicación. Balboa se dijo que pese al halo de madurez que rodeaba a la hija del conde, era imposible cerrar los ojos a su excesiva juventud. ¿Qué podría tener en común un hombre pegado a la tierra, al trabajo, inquieto y ambicioso como él, con una joven inocente y virginal de diecisiete años, cuyo mundo se reducía a las reuniones de salón, a las modas y los chascarrillos sociales?

¿Qué vida los esperaría a ambos? «Es casi una niña, por Dios.»

El cuerpo cálido y rotundo de Micaela Moreau se coló de nuevo en su pensamiento. Nadie más que ella conseguía desarmarlo con una simple frase, con su sonrisa desafiante, con un gesto generoso y espontáneo, libre de cualquier artificio. En la visita al taller del joyero Zayat se había dado cuenta de lo tentadora que podía ser esa mujer, y lo fácil que podría resultarle hacerle renunciar a todo aquello por lo que llevaba luchando desde hacía años. La fiereza con la que Micaela defendía lo suyo, su familia, sus convicciones, sus ideales, e incluso, a todas esas mujeres y niñas que no tenían nada que ver con ella, provocaba en él una mezcla de deseo y ternura a la que le resultaba difícil resistirse. Sus ojos se posaron en el rostro cándido que tenía enfrente y entonces supo que la dócil Loreto Lizarra era el tipo de mujer que necesitaba, justo lo opuesto a Micaela Moreau, con quien tendría que medirse cada día en un tira y afloja que no sería sino una distracción a sus propósitos. Una debilidad.

—Nada me gustaría más que conocer a De las Rivas, don Carlos, y al ministro de Marina, si finalmente asistiera, pero me temo que tendré que esperar a otra ocasión —respondió con el tono más intrascendente que pudo. Había ideado una buena justificación a su ausencia que nadie cuestionaría—. Me ha surgido un asunto de negocios por el que debo viajar a Madrid ese mismo día.

A Balboa no se le escapó el leve mohín de decepción de

Loreto. Don Carlos bebió el último trago de su copa y se dirigió al mueble bar para servirse de nuevo.

—Permítame que le diga que no creo que haya nada más... conveniente para usted que asistir al baile, Balboa. De hecho, si esos asuntos suyos están relacionados con gestiones ministeriales o empresariales, quizá no necesite viajar a Madrid y pueda solucionarlos allí mismo, en La Coteruca. —Antes de que Balboa pudiera replicar, el conde alzó la mano y añadió—: Por otra parte, los señores de Riera ya están al tanto de que acudirá con nosotros en calidad de acompañante de mi hija, una invitación que hacemos extensible a su hermana, por supuesto.

Héctor se recostó contra el respaldo de su sillón esforzándose por mantener la expresión imperturbable.

—Se lo agradezco, aunque mi hermana no se encuentra en Comillas. Ayer mismo se marchó a Bilbao a visitar a una buena amiga de la familia.

Era solo una verdad a medias. En realidad, Candela no había dudado en salir corriendo en cuanto recibió un mensaje de la señora Arellano, su antigua patrona, avisándole de que su hijo estaba muy enfermo y ella no se sentía con fuerzas para cuidar del niño, que se despertaba por las noches llamando a Candela a gritos. Él se opuso desde el primer momento: «No tienes por qué regresar allí. Y en calidad ¿de qué? ¿De su criada? Tú ya no eres criada de nadie». Fue inútil. Su hermana quería a ese niño como si fuera su propio hijo y le dijo que si le ocurría algo, no se perdonaría jamás el no haber respondido a su llamada.

—Señor Balboa, no querrá hacernos un feo a mi hija y a mí —insistió Lizarra.

No, no era esa su intención. Todo lo contrario. De hecho, concedió, sería un placer acompañarlos.

# 37

Al descender del carruaje de los Lizarra al pie de la escalera de piedra, el palacio de La Coteruca le pareció más imponente aún que desde la distancia. Las torres con las almenas iluminadas se alzaban hacia el cielo como dos guardianas en la noche, una noche de luna llena que dotaba al edificio de un halo resplandeciente, casi irreal. Y por si cabía alguna duda, dos hileras de velas señalizaban la doble escalera alfombrada en rojo, como el majestuoso ascenso al escenario de un gran teatro.

—Parece un castillo de hadas, ¿verdad? —musitó Loreto al llegar junto a él.

Balboa sonrió. Sí, era un castillo de cuento y él era el afortunado que llegaba con una de las jóvenes más elegantes y hermosas de Comillas, dispuesto a forjar el futuro que tanto tiempo llevaba planeando.

—Entonces usted será mi princesa durante el baile, espero —le respondió aludador.

Tampoco tenía necesidad de fingir los halagos: esa noche la pequeña Lizarra brillaba tanto como el collar de esmeraldas engastadas en oro que lucía en su escote. El vestido de seda verde no hacía sino realzar la cualidad nacarada de su piel, haciéndola parecer más frágil y etérea, como una preciosa muñequita de porcelana.

La joven rio, nerviosa, se subió el liviano chal de chantillí que cubría sus hombros, y se giró en busca del brazo de su padre, que ya se había abierto paso hasta ellos entre el grupo numeroso de recién llegados. Los carruajes no dejaban de sucederse uno detrás de otro, vomitando invitados a los que se podía clasificar de un vistazo en dos grupos: el de la discreta elegancia y el de la orgullosa ostentación. Balboa se había cuidado bien de indagar a través de su mayordomo cuál sería el vestuario más apropiado para no desentonar con la distinción de los Lizarra. «El frac, por supuesto», le había respondido el mayordomo, extrayendo de su armario el conjunto de chaqueta negra con sus solapas de seda, el chaleco cruzado de color crema, los pantalones negros aún sin estrenar y el sombrero de copa, todo confeccionado a medida en la sastrería madrileña de Ventura Vergara, sobrino del famoso sastre Juan Utrilla, ya retirado. Bastó la mirada de admiración de Loreto Lizarra al verle llegar para saber que su mayordomo se había ganado su sueldo.

En lo alto de la escalinata, una vez traspasada la imponente puerta de entrada, el matrimonio de los señores Riera recibió al conde y su hija con grandes muestras de cariño, que extendieron a Balboa en cuanto don Carlos lo presentó como un buen amigo de la familia.

—Los amigos de Lizarra son nuestros amigos, señor Balboa. Sea usted bienvenido a nuestra casa —le dijo el señor Riera con un fuerte apretón de manos.

Balboa disimuló la fascinación que le produjo el vestíbulo forrado de un mármol impoluto color crema, las plantas exóticas en los rincones, los centros florales repartidos por mesas y estantes, las paredes vestidas con valiosas pinturas entre las que destacaban sendos retratos del rey y de su madre, la reina doña Isabel: a la izquierda, don Alfonso posaba de medio cuerpo en uniforme de gala y, a la derecha, una joven doña Isabel lucía un elegante vestido de raso azul y encaje. «Debe de ser un Madrazo —murmuró junto a él el conde—, ningún pintor la ha retratado con tanta delicadeza y detalle como él.» Balboa guardó silencio aunque grabó en su memoria el nombre del admirado pintor. También enfrentadas, dos puertas de doble hoja abiertas de par en par a ambos lados del vestíbulo dejaban ver cada uno de los salones simétricos de la casa: del ala oeste surgían las notas de una orquesta que ejecutaba en ese momento una sonata en la sala de baile; en el salón del ala este se habían dispuesto las mesas del bufé iluminadas con espléndidos candelabros de plata, así como el rincón de fumar de los caballeros, todavía poco concurrido.

—Me temo que no tendremos más remedio que darle gusto a mi hija y mezclarnos un rato con la juventud antes de poder retirarnos al salón que más nos interesa: el de la política y los negocios que gobiernan España —le confió el conde con sonrisa burlona al ver que Loreto se dirigía hacia la sala de baile.

Él asintió con un movimiento de cabeza. Temía ser incapaz de disimular el íntimo orgullo que exudaba al verse allí, el pobre niño aldeano mezclándose como uno más entre la flor y nata del norte de España. O si me apuras, de España entera.

Por más bailes a los que hubiera podido acudir en su vida —y no eran tantos, a Micaela le sobraban dedos en una mano para contarlos—, pocos eran comparables a este. Mirara adonde mirara saltaba a la vista el toque distinguido que lo impregnaba todo: desde la exquisita bienvenida con que los habían recibido los señores de Riera en la entrada, a los inmensos salones iluminados por magníficas arañas de luces, ennoblecidos con muebles y valiosos objetos de arte «traídos de las mejores casas de decoración de París», le advirtió su tía. Micaela se demoró un instante en el umbral para admirar el ambiente bullicioso que se elevaba por encima de la música, antes de seguir los pasos de sus primas entre la multitud de invitados y sus risas comedidas, las miradas fugaces y enjuiciadoras disimuladas tras el aleteo de los abanicos de plumas o el humo anillado de los habanos. Ahora entendía la insistencia de doña Manolita y Amalia para que eligiera el vestido color champán: parecía un baile digno de reyes. Las damas competían en lujo y belleza con vestimentas de telas maravillosas —tules, rasos, sedas, muselinas y encajes— elaboradas a base de rebuscados drapeados que dotaban a sus cuerpos de la anhelada forma de un reloj de arena: hombros al descubierto, cinturillas de avispa y escotes níveos y generosos donde exhibir sus mejores joyas del brazo de uno de esos caballeros que se hinchaban como pavos dentro de elegantes uniformes de gala o de fracs confeccionados por los mejores sastres.

Sus tíos no daban dos pasos sin detenerse a saludar a unos u otros. Ahí estaban los Piélago, recién llegados de su viaje a Cádiz y, sin embargo, al día de cuanto había ocurrido esas semanas en el pueblo; fue la señora Piélago quien le cuchicheó a su tía que los Suárez no habían sido invitados al baile, para satisfacción de ambas, «que aquí sigue habiendo clases». A los Trasierra los distinguieron de lejos, entre el gentío; decidieron que más tarde se reunirían con ellos en el bufé. Unos pasos adelante se detuvieron con los Sánchez de Movellán, casi inaccesibles, como si fuera Amalia Mitjans y no su hermana Titina la anfitriona del baile. En los sencillos y afables condes de la Mortera apenas se entretuvieron porque la tía Angélica vislumbró de refilón, un poco más allá, a doña Luisa Bru, viuda del primer marqués de Comillas, toda una institución entre las grandes damas de la villa, a la que convenía mostrar sus respetos lo antes posible. Fue en uno de esos intercambios de besamanos y palabrería hueca cuando Micaela dejó vagar sus pupilas por las siluetas varoniles a su alrededor, esperando hallar entre ellas al señor Balboa. Por más que escudriñó espaldas y perfiles de caballeros, no vio ni rastro del indiano, aunque sí se percató de alguna que otra sonrisa admirada que le salía al paso, infundiéndole confianza.

Poco antes del comienzo del baile, las señoras con hijas en edad de merecer habían ocupado sus asientos en la hilera de sillas dispuestas a lo largo del salón, como si de un escaparate de muñecas se tratara. Se sentaban muy erguidas en sus asientos y simulaban prestar toda su atención a la charla mientras echaban miraditas a uno y otro lado, vigilando los movimientos de tal o cual caballero hacia sus rivales. Ellas mismas, con su tía al frente, habían ocupado una posición muy deseada desde donde podían abarcar de un vistazo todo el salón, además de la puerta de entrada.

—Créeme: es mejor estarse callada, ser discreta. Ya tendrás tiempo de hablar y mostrar tus conocimientos, aunque deberías saber que no siempre es lo más conveniente para ti, Micaela —le dijo su tía mientras inspeccionaba con disimulo las familias que tenían alrededor—. Si hablas como un hombre, a muchos señores les puedes parecer intimidante o poco femenina y perderán cualquier pizca de interés en ti.

Micaela optó por callar, una vez más. ¿De qué le servía enfrentarse a su tía por algo que no solo no entendería, sino que criticaría con la virulencia de los que se sienten atacados en los cimientos inamovibles de sus creencias? En ese momento, toda la atención de su tía había virado hacia un caballerete, rubicundo y mofletudo como un querubín, que se aproximaba con paso de pato hacia ellas. El joven se inclinó a saludarla con un pomposo besamanos y a continuación se volvió a Luisa, a quien solicitó un baile. La mirada de complacencia de su tía bastó para que tanto su hija como Micaela supieran que el joven era de su agrado, antes incluso de que les susurrara de forma casi inaudible:

—Es el hijo de los Hinojosa, su padre es juez en el Tribunal Superior de Santander. Me han dicho que está estudiando judicatura en Madrid, y que ya le han buscado un buen puesto en un juzgado para cuando termine, hasta que coja la experiencia necesaria para solicitar el traslado aquí. Y aquel —señaló a otro caballero algo mayor, de aspecto desenvuelto— es un López-Dóriga, una familia muy respetable; su padre y su tío fueron alcaldes de la ciudad en su día, así que no sería de extrañar que él también se presentara para alcalde cuando deje de zascandilear de aquí para allá. Por eso anda la señora Suárez como una gallina clueca detrás de él para una de sus niñas.

Por este y otros comentarios similares, Micaela dedujo que para un buen casamiento bastaba con que la familia ocupara una buena posición social, al margen de que el joven en cuestión fuera un chico serio o un tarambana de poco fiar. Su tía solía decir que en esas edades era incluso deseable que los hombres se desfogasen a sus anchas para así «adquirir mundo y volver de buena gana al redil familiar», antes de pasar por la vicaría.

—Como Francisco Trasierra, por ejemplo; tras su estancia en Barcelona ha regresado más centrado y maduro que antes —murmuró con satisfacción al verlo aparecer

ante Amalia, y reclamar su primer baile como futuro prometido.

Su prima torció el gesto de forma imperceptible, pero
abrió su carnet de baile y apuntó con pulcritud el nombre
de Francisco por delante de otros jóvenes que ya habían
pasado por allí antes que él. Trasierra respondió con la
sonrisa envarada de quien se ve ya dueño de vidas y propiedades.

—¡Loreto! —Luisa se levantó de su asiento y alzó la
mano llamando a su amiga, a quien había visto entrar al
salón del brazo de su padre.

Casi lo intuyó antes de verlo, cuando el corazón le
empezó a latir desbocado. Lo divisó por detrás de la figura menuda de Loreto Lizarra, sobresaliendo una cabeza al
menos entre la multitud de invitados. El pelo domado, las
facciones relajadas, el porte imponente, absorbiéndolo
todo como sabía que acostumbraba hacer con esos ojos
penetrantes a los que no se les escapaba detalle. Los mismos ojos que se posaron en ella con un brillo indescifrable.
Por un instante, casi pudo sentir en su piel cómo la desnu-
daba con la vista, recorriendo despacio cada parte de su
cuerpo, de la cabeza a los pies. Micaela le sostuvo la mirada con la frente alta, esforzándose por controlar el terre-
moto interno que la embargaba. Los separaban unos cuantos metros, pero antes de que pudiera darse cuenta, el
conde de Salinas y su hija repartían efusivos saludos a los
marqueses, mientras Héctor Balboa esperaba a una distancia prudente. ¿Era casualidad que estuviera allí o venía

acompañando a los Lizarra? Y en ese caso, ¿qué hacía allí con ellos?

—Tengo el placer de presentaros al señor Balboa, un amigo de la familia. —Loreto extendió la mano invitándole a aproximarse con una confianza que sorprendió a Micaela. El conde, por su parte, había tomado asiento en la butaca libre junto a sus tíos y charlaban en un aparte.

—Nos conocemos, ¿verdad, señor Balboa? —repuso enseguida Amalia, recordando las circunstancias en las que se habían cruzado con el indiano—. Coincidimos en la escuela de Ruiloba, y posteriormente nos vimos en el recital de los Güell. ¿Lo recuerda?

—Por supuesto, señorita de Cossío. Tengo buena memoria para recordar a las jóvenes más encantadoras de Comillas —dijo, mirando de soslayo a Micaela—. Señorita Moreau, es un placer verla.

—Lo mismo digo, señor Balboa. Veo que saca tiempo para todo en su ajetreada vida —le dijo con un ligero retintín, tras un rápido vistazo a Loreto. Se arrepintió en el acto de sus palabras, impulsadas por un absurdo ataque de celos.

—Jamás descuido mis asuntos, como usted ya sabe —repuso él sin inmutarse.

—Mi padre puede dar fe de eso —apostilló Loreto con una sonrisa de admiración—. Dice envidiar la energía que es capaz de desplegar el señor Balboa en sus negocios.

—¿Ha tenido noticias de su hermana? ¿Cuándo tiene pensado regresar? —preguntó Micaela por cambiar de tema. Le molestaba la familiaridad con la que Loreto hablaba del señor Balboa, como si fuera alguien de su círculo más cercano.

Antes de que él pudiera responder, su prima Luisa emitió un gritito de sorpresa. A alguien debía haber visto porque enseguida se volvió a su amiga, le susurró algo al oído y ambas se alejaron a un rincón apartado entre cuchicheos. A Micaela le llamó la atención la expresión ceñuda con la que Héctor observó el comportamiento de las dos jovencitas.

—Intuyo que ha cambiado usted de idea respecto a su determinación de permanecer soltera —dijo él una vez que retomaron la conversación.

—En absoluto. ¿Por qué dice eso? —replicó Micaela, picada por la curiosidad.

—Ha dejado en el armario su vestido de solterona invisible. —Sus ojos se deleitaron en la curva del escote que delineaba sus senos—. Dudo de que ahora pase tan desapercibida como le gustaría a alguien como usted, que no aspira a encontrar marido.

Ese comentario le dolió como un picotazo. ¿A santo de qué venía eso? Micaela se irguió con orgullo.

—No creo que el hecho de que una señorita se vista de forma apropiada para una fiesta signifique indefectiblemente que desea buscar marido —respondió sin poder controlar el tono cortante de su voz—. ¿O es que no tengo derecho a vestirme y mostrarme como cualquier otra mujer por el simple placer de disfrutar de mi soltería, señor Balboa?

—El señor Balboa no se refería a eso, Micaela —terció con suavidad su prima Amalia, conciliadora.

—Claro que se refería a eso. Los caballeros como el señor Balboa piensan que las mujeres existen por y para complacer a los hombres. Y que solo ellos pueden juzgar si debajo de estos vestidos cabe quizá algo de inteligencia y buen juicio.

El señor Balboa le dedicó una mirada burlona con la que consiguió confundirla. Estaba disfrutando a su costa.

—Creo que no tiene usted ni idea de lo que me complace de una mujer —dijo bajando la voz. Pronunciaba sus palabras despacio, como si se regodeara en ellas—. Si lo supiera, probablemente se sorprendería, señorita Moreau.

—Si lo supiera, no dude de que haría lo imposible por evitar complacerle —repuso ella de inmediato.

Héctor Balboa no replicó. Se limitó a sonreírle desde el fondo de sus ojos negros.

—Al menos, permítame decirle que está usted preciosa esta noche y que, por mi parte, no necesita ningún tipo de complemento externo para demostrar su valía.

Tuvo que bajar la cabeza para esconder el súbito azoramiento que tiñó sus mejillas de un rojo fuego.

—Señor Balboa, ¿le parece que vayamos en busca de mi padre? Se ha ido al salón del comedor con los marqueses de Peñubia. —Loreto Lizarra había regresado junto al indiano, ligera y resplandeciente como una flor.

—Por supuesto. Ha sido un placer, señoritas. Espero

que disfruten de la fiesta. —Inclinó levemente la cabeza y enlazando el brazo de Loreto, se alejaron de ellas.

Micaela observó a la pareja en silencio. Fue entonces cuando se fijó en el broche que adornaba el recogido del peinado de la joven. Un broche de piedrecitas de colores con forma de mariposa, el mismo que ella había elegido en el taller del joyero Zayat. Notó un nudo en la garganta y una repentina flojera se adueñó de su cuerpo. De pronto tenía la sensación de que su peinado se había aplastado, el vestido color champán había perdido su empaque, y ella, toda la ilusión por el baile.

—¿Queréis saber algo increíble? —Luisa las miró a las dos—. Dice Loreto que el señor Balboa la ha pedido en matrimonio a su padre. Todavía no sabe si le gusta o no, pero ¿os imagináis? ¡Loreto, casada con ese indiano! Cuando se lo cuente a madre, no va a dar crédito.

«¿Lo ves, Micaela? Tantas ilusiones vanas.» ¿Qué tenía ella que ofrecer? Sabía que no era mujer para él, que carecía de los atractivos que podrían interesarle a alguien como Héctor Balboa: no poseía la belleza y el encanto de Loreto, ni su juventud, ni su docilidad, ni una dote a la altura, ni algo tan codiciado por los indianos como un título nobiliario. Ni siquiera era dueña de esa lengua afilada que a veces le resultaba difícil contener cuando se hallaba en su presencia. No poseía nada. Nada. Solo se tenía a sí misma. Y a su madre. Y él... él tampoco era el hombre con el que habría soñado alguna vez, se dijo. Sin embargo, con nadie como con Héctor Balboa se había sentido tan libre para ser ella misma en todo momento, tan dueña de sus palabras y de sus actos.

—¿Te encuentras bien, Micaela? —le preguntó Amalia con preocupación—. Estás pálida. ¿Quieres que vayamos a por una limonada?

Estaba a punto de responder que no hacía falta, que había sufrido un ligero vahído quizá debido al ambiente cargado por el humo, los perfumes empalagosos y la acumulación de personas, cuando vio venir hacia ellas a Román Macías, esbelto e impecable en su frac. Se aproximaba en compañía de otro joven a quien parecía escuchar distraído, ya que toda su atención estaba centrada en Amalia.

—Señoritas... Confiaba en verlas aquí esta noche. —Hizo una breve inclinación de cabeza a Micaela y Luisa antes de clavar sus ojos expectantes en Amalia.

Su prima alzó la vista como si hubiera recibido un aguijonazo. Micaela notó cómo tomaba aire y alzaba el mentón para responderle:

—¿Por qué dice eso, señor Macías? Creíamos que era usted el que no tenía mucho interés en coincidir con nosotras. Desde su repentina marcha de la comida de los Trasierra no hemos sabido nada de usted.

La sonrisa que hasta entonces había lucido el joven arquitecto se apagó en sus labios.

—Hemos sufrido una serie de complicaciones en la obra, por lo que apenas he disfrutado de vida social estos días atrás. Y respecto a lo ocurrido en la comida en los

Trasierra... Espero que tengamos ocasión de hablar, señorita de Cossío. ¿Me concederá un baile esta noche?

—Me temo que no va a ser posible...

Micaela apretó el antebrazo de su prima en un gesto con
el que pretendía infundirle calma y ánimo al mismo tiempo,
y dijo:

—La noche es muy larga, ¿no es verdad, Amalia? Seguro que hay algún hueco todavía para usted, señor Macías.

Su prima cogió su carnet de baile en silencio y lo revisó
sin dejar traslucir ninguna emoción.

—Le reservo el tercer baile, señor Macías. ¿O para entonces ya se habrá marchado usted? —dijo con tono irónico, tan extraño en ella.

—Estaré aquí puntual como un reloj —respondió él con
una sonrisa radiante antes de alejarse.

Poco después, los acordes de la música comenzaron a
sonar provocando un gran revuelo entre los invitados.
Francisco Trasierra apareció como salido de la nada y enlazó por el brazo a Amalia para conducirla junto a las parejas que ya se alineaban en el centro de la sala; los seguirían
el joven Hinojosa y Luisa, más pendiente de lucirse ella que
de atender a su acompañante.

Micaela permaneció inmóvil en su asiento, rodeada a
ambos lados por sendas filas de sillas vacías. En su cabeza
reinaba un silencio atronador, doloroso, desde el que observaba los giros perfectamente acompasados de las parejas
sobre la tarima de madera al ritmo de una música que ni
siquiera oía. De pronto se sentía ridícula, torpe, disfrazada

con un vestido que no le correspondía. Ese no era su sitio, jamás lo sería.

Siguió con los ojos los gráciles movimientos de sus primas, más consciente que nunca de todo lo que la separaba de ellas: no era solo la edad o la belleza de su recién inaugurada juventud. Era también esa despreocupación ingenua ante el presente; era su confianza en un futuro brillante del que no se sentían responsables sino merecedoras; merecedoras de una vida acomodada, de un hogar donde reinar, de la protección y la seguridad que, por supuesto, les correspondía garantizar a los hombres; era la convicción de que pertenecían a un lugar, a una clase, a un determinado círculo social que velaría por sus mujeres siempre que se sometieran a sus normas y valores. Era Platón. Era Descartes. Era doña Concepción Arenal y doña Emilia Pardo Bazán. Era el espíritu libre de Alphonse Moreau y la inconformista Victoria Velarde y la inocente Mariana Barea y todas las Teresas de España, y el mundo desconcertante que se apagaba, estrechaba y empequeñecía ante sus ojos cada día.

# 38

—Y ahora, señores, si me disculpan, voy a hacer los honores a los anfitriones en nombre de su majestad el rey y del presidente Sagasta. —Don Germán Gamazo, ministro de Fomento, dio por terminada la reunión informal que había mantenido con un grupo de propietarios e industriales, entre los que se encontraban Balboa y el conde.

Una reunión que había resultado muy fructífera para su próxima inversión, en opinión del indiano. El político se había interesado por los hornos elegidos en la nueva fábrica de acero que los hermanos Lizarra estaban construyendo en la ría del Nervión —«Los Martin-Siemens, sin ninguna duda, señor ministro», respondió don Carlos—, por los planes de producción —«Confío en que podremos conseguir la misma calidad en el acero que los ingleses»—, así como por la competencia de las fábricas de los Ibarra y de Martínez de las Rivas. Después de discutir sobre las industrias extranjeras, varios caballeros reclamaron más medidas proteccionistas para el algodón catalán, y para la producción minera, y para los cereales castellanos, y más aranceles a esos productos extranjeros que venían a competir con mejores precios y mayor calidad que los españoles, cuyos procesos de fabricación seguían siendo tan anticuados como costosos. «No disponemos de capital para invertir en esas técnicas nuevas que aplican los alemanes, franceses e ingleses en sus fábricas», se quejaba uno. «La gente apenas tiene dinero para comprar pan... ¿Cómo va a comprar nuestros productos si se encarecen aún más?», se quejaba otro. El ministro despachó a diestro y siniestro con promesas vagas envueltas en mucha palabrería altisonante. El grupo de caballeros comenzaba a disolverse cuando alguien planteó una última cuestión al ministro:

—Disculpe, señor Gamazo...

A Balboa le bastó escuchar la voz pastosa de José Trasierra a su espalda para que su ánimo se tornara sombrío. Hasta ese momento, había conseguido olvidarse de él. Nada más llegar, al entrar en la sala de baile, su rostro le salió al encuentro desde la distancia como una bofetada. Trasierra le había dirigido una mirada cargada de desprecio a través del humo de su cigarro y él le dio la espalda ignorándolo, por respeto al conde y su hija. Trasierra. Siempre Trasierra. Se habría enfrentado de nuevo a él allí mismo, desenmascarándolo ante toda esa gente que lo creían un hombre de bien. Escuchó cómo se presentaba al ministro, él y el caballero que le acompañaba, un señor francés, de ojos audaces y nariz afilada, que sonreía con expresión de entender de la misa la media. Héctor apretó la mandíbula y esperó a saber qué pretendía el mayorazgo del señor ministro.

—Estoy seguro de que a varios de los caballeros aquí reunidos les interesará conocer su opinión sobre la construcción de un tramo de ferrocarril entre Santander y Comillas. Como ve, la villa se está convirtiendo en un lugar de encuentro y veraneo de familias nobles y muy respetables procedentes de las principales ciudades de España, y existe un proyecto liderado por monsieur Faure, aquí presente, para construir el primer establecimiento hotelero de lujo aquí cerca, en el concejo de Ruiloba. Algo que, sin duda, sería muy estimulante para atraer más capital extranjero a nuestro país, ¿no cree?

El ministro se acarició con lentitud una punta de su bigote gris, sopesando su respuesta. No debía de ser la primera petición descabellada que recibía. Una línea de ferrocarril para cubrir el trayecto entre Santander y Comillas, un pueblo que, una vez finalizados los meses del verano, veía desaparecer más de la mitad de su población de regreso a sus lugares de origen.

—Si no recuerdo mal, me han remitido ustedes un escrito sobre este tema. —Don José asintió satisfecho—. Lo tengo sobre la mesa de mi despacho. Lo examinaré a mi vuelta, aunque el gobierno tiene en estos momentos asuntos más urgentes e importantes que resolver.

—Dotar a esta zona de La Montaña de una vía de comunicación sería un gran proyecto de progreso para su gobierno, señor ministro —insistió Trasierra al ver que el político intentaba zafarse de él.

—Es posible, pero las prioridades ahora son otras —le replicó el ministro con sequedad. Se despidió de los presentes con lo que sonó como una orden—: Caballeros, olvidemos por un rato la política y disfrutemos de la magnífica velada de esta noche.

Al alejarse el ministro, José Trasierra y Héctor Balboa quedaron frente a frente. El mayorazgo lo examinó de arriba abajo sin disimular su desprecio y luego su mirada se desvió al conde de Salinas, que intercambiaba saludos con otro caballero. Trasierra apretó la mandíbula e hizo amago de decir algo, pero el francés se le adelantó:

—Un *monsieur* muy *agréable*, su ministro. Es hora de beber una copa de vino, *n'est-ce pas, mon ami? Allez!*

Él no se movió de su sitio hasta perder de vista a Trasierra, poco antes de que el conde se volviera a él y dijera en tono socarrón:

—¡Un tramo de ferrocarril hasta aquí! Algunos industriales vizcaínos llevan años reclamando al gobierno un nuevo ramal de ferrocarril para el transporte de minerales, como el que han construido los Ibarra con una compañía inglesa, y no ha habido manera, pese a la riqueza que genera. Si se lo concedieran a esos hosteleros, todo el sector minero vizcaíno se pondría en pie de guerra.

—Sí, pero al igual que usted, en Comillas tienen residencia industriales y aristócratas con mucha influencia en el gobierno... ¿Cree que cabe alguna posibilidad?

El conde negó con la cabeza de forma categórica.

—Le digo yo que no. Y, además, ¿quién sería el loco que querría construir un hotel de lujo en este lugar, teniendo a tiro de piedra una ciudad grande y populosa como Santander, cada vez más apreciada por sus baños de ola? O San Sebastián, si me apura, algo más alejada de aquí pero próxima a los balnearios de Biarritz y a la costa francesa. Se lo digo yo: ese proyecto sería un suicidio empresarial.

Un suicidio o una salvación, según cómo se viera. A Héctor le soliviantaba pensar que de tener éxito esa empresa, supondría un respiro para el mayorazgo, la salida a las deudas que lo ahogaban. Y por vez primera desde su regreso de Cuba se enfrentó a la idea de que, quizá, todos sus planes por ver a ese hombre derrotado podrían fracasar.


La orquesta comenzó a tocar la tercera pieza de la noche, un vals de Strauss. Micaela se dejó mecer en su asiento al compás de la música suave y ligera, tan ligera como los pies de las parejas que iban y venían como si flotaran sobre la tarima. Ante sus ojos pasó el rostro arrebolado de Luisa, rendida a su nuevo acompañante, el joven Martorell, y el de Loreto, a la que no había visto bailar con Balboa ni una sola vez —tampoco ahora—, y se dejaba llevar por un caballero que la guiaba tieso como un soldadito de plomo. Se recreó en la bella estampa que formaban Amalia y el señor Macías, abstraídos ambos en una conversación de miradas y palabras contenidas con las que parecían decírselo todo.

Hacían muy buena pareja, lo supo desde el primer momento. Ambos tenían un carácter confiado, generoso, optimista. Macías, más extrovertido, poseía la firmeza y la resolución que le faltaban a Amalia; ella, por su parte, le aportaría la calma y el apoyo incondicional que él necesitaría a lo largo de su carrera profesional. Y lo más importante de todo, bastaba contemplarlos juntos para darse cuenta de que estaban profundamente enamorados.

—Micaela, querida. —Su tía apareció de pronto a su lado con gesto impaciente—. Vente conmigo, la señora Riera nos va a presentar a un caballero que tiene mucho interés en conocerte.

—Te lo agradezco, tía, pero no es necesario que te preocupes por mí —respondió sin moverse de su sitio—. Estoy disfrutando muchísimo de contemplar a todas esas parejas bailando el vals.

Su tía se volvió hacia la pista con curiosidad. Se solazó un rato en el espectáculo de las parejas bailando al son de la música hasta que sus ojos distinguieron a su hija Amalia con Macías. Micaela notó cómo el ceño y los labios de su tía se fruncían en una mueca de preocupación momentánea. Le duró poco; el tiempo que tardó en divisar a Francisco en el lado opuesto de la pista, pendiente de su hija mayor.

—¡Tonterías! Estás aquí demasiado sola. Vamos, le prometí a tu madre que haría lo posible por arreglar tu futuro, y eso es lo que estoy haciendo. Vamos, vamos —la apremió con dos golpecitos de varilla de su abanico cerrado—. No hagamos esperar a la señora Riera. Tu tío se encargará de vigilar a las niñas.

Micaela se levantó de su asiento a regañadientes. Juntas, cruzaron la sala y el vestíbulo y continuaron hasta la esquina más alejada del salón comedor donde se escuchaba el murmullo grave de las conversaciones que mantenían los corrillos de caballeros dispersos por la estancia. Divisó al señor Balboa mimetizado como uno más en un grupo que escuchaba atento el discurso de un señor con mucho empaque. Oyó decir que era el ministro de Fomento.

En el otro extremo, alrededor de la enorme chimenea de mármol, doña Titina Riera les hizo una seña silenciosa con la que las invitó a tomar asiento a su lado en uno de los grupos más numerosos, donde un hombre de pelambrera cana, lentes tristonas y barba de chivo ocupaba una posición central.

—Es don José María de Pereda, el gran escritor de nuestra tierra —le susurró la tía al oído.

Micaela lo observó con curiosidad. Había oído hablar de él, aunque no había leído ninguna de sus obras. La voz airada de un joven irrumpió en el debate que se estaba produciendo:

—Pero, don José María, ¿cómo puede admitir que una mujer como esa juzgue su talento como el de «un huerto hermoso, bien regado, bien cultivado pero de limitados horizontes»? ¡Limitados horizontes, usted! —protestó cada vez más exaltado.

El resto de los presentes le coreó, dándole la razón. El

escritor sonrió con condescendencia y pidió calma con las manos.

—Tranquilidad, caballeros. La opinión de esa gran mujer, doña Emilia Pardo Bazán, se merece todos mis respetos. Nos carteamos con cierta frecuencia, mantenemos una relación cordial fruto de la admiración mutua que nos profesamos por nuestra labor de escritores, y aunque sea una mujer con unas ideas un tanto... originales en relación con algunas cuestiones...

—¿Originales? ¡Dirá radicales! ¡Ofensivas! —intervino otro de los caballeros, esta vez un militar—. ¿A quién sino a ella se le ocurre pedir que las mujeres puedan ocupar un asiento en la Real Academia de la Lengua? ¿Qué mujeres estarían en condiciones y disposición de arrebatarle el puesto a alguno de nuestros más prestigiosos académicos?

A Micaela le vinieron a la cabeza más de una: doña Concepción Arenal, doña Faustina Sáez de Melgar o doña Rosalía de Castro, por nombrar literatas a las que ella admiraba. Y seguramente habría muchas otras cuya obra todavía desconocía.

—¡Y encima se atreve a opinar de todo lo divino y lo humano desde su columna semanal en *El Imparcial*, con la falta de sensatez propia de las mentes femeninas! —exclamó otro.

Al escuchar estas palabras, Micaela se removió en su asiento. Su tía le dedicó una mirada de advertencia con la que apagó cualquier deseo de intervenir en la polémica.

—Sin duda es una dama muy viajada, muy leída... muy

culta, en definitiva... —La voz de Pereda se elevó por encima de las demás, como si quisiera justificar el comportamiento de doña Emilia, aunque no por eso desaprovechó la ocasión para lanzar su propio juicio de valor—: Pero coincido con ustedes en que eso no significa que pueda opinar sobre cualquier cosa que no sea literatura, con acierto y buen criterio. Dudo de que el director de *El Imparcial* se haya sentido a gusto publicando esas columnas en las que trata asuntos tan graves como la pena de muerte, el indulto, la situación de las mujeres en nuestro país o incluso el divorcio. —Hizo una breve pausa antes de concluir con ironía—: No me extraña que haya quienes piensen que doña Emilia se pone los pantalones para escribir.

Para mayor indignación de Micaela, una sonora carcajada general puso punto final al asunto. Doña Titina se levantó del sofá con la discreción de ciertas mujeres dotadas de una elegancia innata con la que parecen levitar sobre el suelo, sea cual sea su edad. Cuando se hubieron alejado unos metros, la anfitriona expresó su propia opinión:

—No conozco a doña Emilia en persona pero, sinceramente, no creo que esos sean temas apropiados para una dama decente, por muy de alta cuna que sea. Vengan, acompáñenme —dijo, abriendo paso a través del salón.

A escasos metros del balcón abierto junto al que fumaban tres señores ya maduros, les pidió que aguardaran un momento mientras ella avisaba al caballero en cuestión. Doña Titina apenas necesitó acercarse del todo: en cuanto el señor la vio, se disculpó con sus contertulios y fue al encuentro de la anfitriona, quien lo guio hasta ellas.

—Les presento a don Jesús Alonso, barón de Cabuernas, un buen amigo de la familia que, por desgracia, no se prodiga mucho por estas latitudes. Prefiere visitarnos en nuestra residencia de París antes que viajar hasta este «rincón alejado de todo», como lo llama él.

—Alejado está, sin duda —respondió cordial el barón, tras saludarlas con formalidad—. Pero ya sabe, querida Titina, que por ustedes iría al fin del mundo.

La dama se rio complacida.

—No se dejen engañar por su apariencia inofensiva. Quedarán atrapadas por sus muchos encantos —les dijo a las mujeres, propinándole a él un par de palmadas en el brazo.

Micaela necesitó unos segundos para relacionar al hombre que tenía delante con la descripción del barón afable y mundano que le había trazado su madre en las cartas. A su apostura distinguida de señor de edad ya madura, se sumaba un rostro agradable, de rasgos suaves e indefinidos. Lo único que desentonaba en él eran las cejas grises y pobladas de marcada trayectoria ascendente, que le daban un aire a aristócrata libertino del que parecía muy consciente. Micaela admitió que, en conjunto, tenía cierto atractivo.

—¿Y qué le ha traído de visita a nuestra tierra? —le preguntó su tía.

—La hospitalidad de mis queridos amigos los Riera, el placer de disfrutar de un baile digno de un rey y encontrarme aquí con ciertas personas que tenía mucho interés en saludar... —Sus ojos se posaron en Micaela, con la expresión de alguien habituado a tasar objetos de valor con ojo experto—. Señorita Moreau, debo reconocer que su madre, a quien he tenido el placer de acompañar en ocasiones este verano en la capital, se quedó corta al hablarme de su encanto personal.

—Me extraña, señor. Mi madre tiende a presentarme mejor de lo que soy.

—¡Ay, querida! ¡Siempre tan humilde! —le recriminó la tía Angélica con una risa falseada. Luego se dirigió al barón como si necesitara explicarse—: No le haga caso, mi sobrina es una joya por descubrir, don Jesús, pero es tan discreta y prudente que suele pasar inadvertida, mal que pese a mi hermana. ¿Dice usted que la conoce? Es raro que Isabel no me haya avisado de que usted vendría a Comillas.

—Lo decidí de improviso. Desde que falleció mi esposa no tengo grandes ataduras, por lo que, de vez en cuando, cedo a mi naturaleza impulsiva, como cuando era más joven —admitió el barón.

La señora Riera aprovechó la llegada de un sirviente con una bandeja de bebidas y excusó su presencia, una vez cumplido su cometido.

—Todavía se mantiene usted joven, don Jesús, qué cosas dice —dijo su tía con tono adulador.

—De hecho, me siento como si estuviera viviendo ahora una segunda juventud, sin grandes obligaciones ni responsabilidades, excepto mi labor en el Senado, por supuesto —dijo, no sin un cierto orgullo en su voz.

Ofreció una bebida a las señoras y cogió para sí una copa de coñac que templó en la mano. Paladeó un sorbo con el mismo deleite con el que contemplaba la figura de Micaela.

Al cabo del rato, Micaela no tuvo más remedio que aceptar que el barón de Cabuernas había resultado ser exactamente como lo había descrito su madre: ameno, cortés y refinado tanto en sus modales como en su conversación, que saltaba de los temas más mundanos a los más cultos, sin decaer ni un instante. Fue así como consiguió que la sonrisa no se le borrara de la cara en toda la noche, excepto cuando creyó ver en sus pupilas el brillo oscuro del deseo, y ella desvió la vista, turbada.

—¿Querrá usted conceder un baile a un vejestorio como yo? —le preguntó con una sonrisa juvenil que contradecía sus palabras.

Micaela vaciló. Temía haber olvidado los pasos que llevaba tantos años sin practicar. De poco le valieron sus reticencias iniciales; don Jesús la convenció para que bailara con él no una, sino ¡tres piezas de música! Desde el momento en que la tomó con una mano y posó la otra en su talle, la condujo con tanta soltura y suavidad que sus pies pronto encontraron el ritmo y la destreza perdidos todo ese tiempo atrás. Bailar, girar, impulsarse, gozar del presente ajena a todas esas siluetas de contornos difusos en las que no conseguía fijar sus ojos ni un segundo... Se le escapó una carcajada de puro deleite que el barón recibió como un halago y redobló el paso con alegría. Micaela lo siguió, sintiendo el flujo vigoroso de la sangre recorrer cada centímetro de su cuerpo.

Al cabo del rato, de camino al tocador de señoras, Micaela no pudo sino reconocer que, por encima de todas sus cualidades, don Jesús era un seductor sutil pero implacable. Sabía cómo tratar a las mujeres, cómo lisonjearlas con jovialidad y elegancia, cómo estrechar milímetro a milímetro la lazada de seda que iba tejiendo en torno a ellas hasta que ni tenían ni deseaban escapatoria alguna. En su compañía, ella misma había olvidado sus pensamientos sombríos para disfrutar del placer de sentirse admirada y deseada en los ojos de un caballero como él.

# 39

Balboa exhaló una bocanada de humo blanco hacia el cielo estrellado antes de apagar su cigarro con dos toques secos contra la balaustrada de piedra, como si así también pudiera apagar los pensamientos que le inquietaban: la impunidad que envolvía a Trasierra, el viaje precipitado de su hermana a Bilbao, el compromiso con Loreto Lizarra. Sobre todo, esto último. Había abandonado durante un rato las tertulias políticas de caballeros para ir en busca de la hija del conde, a quien había encontrado bailando con un joven bien parecido, aunque algo atildado en su vestir y en su manera de moverse. Parecía uno de esos dandis que empezaban a proliferar en tertulias y teatros. Los observó con una indiferencia tal que él mismo se alarmó. Le asaltó la duda de si estaría cometiendo una equivocación fatal e irreversible, si esa insatisfacción constante que le impulsaba a ambicionar más y más no le estaría ahora tendiendo una trampa en la que quedaría atrapado de por vida. Fue entonces cuando decidió salir a respirar un poco de aire fresco a la terraza anexa al salón de baile.

Ese lugar apartado parecía aislado en una quietud casi milagrosa. Recordó esa misma quietud en sus noches solitarias en el ingenio de Cienfuegos, el aire dulzón detenido entre las hojas de la caña, el chirrido de cientos de insectos invisibles, el llanto desconsolado de algún crío en los barracones cercanos, las guajiras de amores traicionados apenas susurradas al son de los bongos con las que los nativos despedían el día. Él se apostaba en la oscuridad del porche de la mansión y se dejaba acompañar por las voces lejanas, las risas coreadas, las palmadas sordas, mientras vaciaba su cuerpo del cansancio de la jornada. Unas veces, le bastaba eso para descansar tranquilo. Otras, esas canciones cadenciosas le incitaban a buscar la tibieza de un cuerpo femenino que mitigara sus horas de soledad. Las mujeres lo acogían con solo mirarle a los ojos hambrientos de compañía. Por un instante, añoró la sencillez de aquella vida. La que le había hecho ser quien era ahora.

Aspiró con fuerza. Ahora se hallaba bajo el cielo de Comillas y ahí, el aire era fresco y olía a sal. Lanzó el cigarro apagado lo más lejos que pudo.

Era en ese tipo de reuniones, entre toda esa gente privilegiada, cuando más dividido se sentía entre sus deseos de formar parte de esa sociedad rica y acomodada capaz de virar el destino de un país entero en pos de sus intereses, y su profundo desprecio por esa misma sociedad estancada, soberbia, insensible a lo que ocurría a su alrededor y cerrada en sí misma frente a todo lo que llegara de fuera. Una cosa había aprendido en las últimas semanas: podía contenerse y callar, pero le costaba lo indecible fingir, y fingir era la quintaesencia de cualquier miembro o aspirante a ese círculo social.

Respiró hondo una última vez antes de regresar al salón. Un gemido sofocado llamó su atención en la oscuridad de la terraza. Avanzó despacio unos pasos más y aguzó los sentidos. Le pareció distinguir en la penumbra la silueta de un sofá-balancín que rechinaba con los movimientos de una pareja. Permaneció inmóvil unos instantes, atento. Oyó un chasqueo de besos, risas silenciadas, el frufrú de una tela y después la voz susurrante de un hombre: «Mi vida, mi amor. ¿Qué me das? ¿Qué me has hecho?».

Amor, qué sentimiento tan temible y tan desconocido.

En silencio, abandonó la terraza y se adentró en el bullicio estridente del salón.


—Señor Balboa, ¡qué sorpresa encontrarnos aquí!

Frente a él se hallaba la última mujer a la que esperaba ver en esa velada: Marga Fontán, exultante y cautivadora en un sugerente vestido de seda rosa de amplio escote, del que rebosaban sus generosos senos más allá de lo que algunas damas considerarían decoroso.

—Señora Fontán, es un placer. Está usted espléndida, como siempre. —Le rozó el dorso enguantado de su mano con los labios—. Tampoco yo esperaba verla en Comillas.

La mujer se le acercó un poco más con una sonrisa cómplice.

—Le confieso que ha sido una invitación cursada en el último momento, a través de un señor muy conocido por aquí. Una persona con muchas influencias, por lo que se ve. Ha debido mover Roma con Santiago para incluirnos, empeñado en mostrarle a mi acompañante unos terrenos de su propiedad y hacer negocios con él. —Se encogió de hombros con indiferencia—. ¿Cómo negarse a un baile de esta categoría? Máxime cuando André se enteró de que asistiría el marqués de Casa Pombo, a quien tiene mucho interés en conocer. ¿Sabe si ha venido? —Héctor hizo un gesto dubitativo—. Bueno, da igual. Confieso que yo tenía cierta curiosidad por asistir a este baile.

—¿Y cuál es su impresión?

Marga Fontán le recriminó la pregunta indiscreta con una mirada traviesa.

—Entre nosotros: decepcionante. Demasiados negocios, demasiada política, demasiados modales recatados y poca diversión. —Esperó a que Balboa se terminara de reír y agregó—: Dígame, ¿ha elegido ya a su incauta prometida?

Si bien confiaba en la viuda, Héctor prefirió guardar un discreto silencio. Más allá del acuerdo verbal alcanzado con el conde, la decisión estaba en manos en Loreto. Y para ser sincero, no se estaba esforzando lo suficiente por enamorarla. Cada vez que lo intentaba, se veía seduciendo a una niña. Dirigió la mirada hacia la pista de baile, donde una pareja captó enseguida su atención: la señorita Moreau bailaba con un señor maduro que la estrechaba con demasiada confianza. ¿Qué hacía ella con un caballero que podría doblarle la edad? ¿De dónde había salido ese hombre?

—En cuanto tenga alguna novedad, se lo haré saber, descuide —repuso distraído.

—Más le vale. —Acompañó su sonrisa divertida con dos golpecitos de su abanico en el pecho de Héctor—. Ya le dije que tengo buen ojo para predecir si serán una pareja más o menos avenida y mínimamente feliz, que es más de lo que pueden esperar la mayoría de los matrimonios convenidos de por aquí.

—Estoy seguro de ello. —Apretó la mandíbula al ver que Micaela respondía con una carcajada vibrante a las palabras que le estuviera dedicando ese carcamal, y sus pupilas ya no pudieron desprenderse de la silueta curvilínea de la maestra deslizándose con brío por todo el salón.

—¿Es esa a la que parece devorar con los ojos? —preguntó la viuda con interés.

La agudeza de ella fue suficiente aviso para Balboa, que apartó la mirada para esbozar la sonrisa con la que lo negaría todo.

—Y usted, ¿no me va a presentar a su acompañante? ¿Lo conozco? —inquirió no sin curiosidad. Le sorprendía ver a Marga Fontán sola, sin la compañía de dos o más hombres alrededor.

—Lo dudo. Es un caballero francés, un empresario. Es galante, inteligente, divertido, culto... —La voz de la viuda sonó como un arrullo ensimismado—. Y dice haberse enamorado de mí. ¿Hago bien en corresponderle o debería proteger mi corazón para que no se reseque cuando resuelva sus negocios aquí y regrese a París?

Una intuición, casi una certeza, se abrió paso en la mente de Balboa, que volvió toda su atención a su antigua amante.

—¿Se trata de monsieur Faure, el hostelero al que acompaña don José Trasierra?

—¿Cómo lo ha sabido?

—Estaba allí cuando se lo ha presentado al ministro de Fomento.

—El señor Trasierra cree que esta zona es perfecta para construir el hotel que André desea. ¿Usted qué opina?

—¿De verdad quiere saberlo?

—Por supuesto, deme su opinión honesta como amigo y como hombre de negocios. Si le soy sincera, en nuestra relación André es muy discreto respecto a sus planes, pero ya me conoce, me resulta difícil mantenerme al margen de los asuntos particulares de mis amantes. Me gusta ser útil de alguna manera.

Héctor no dejó pasar la ocasión que le brindaba Marga Fontán para jugar sus propias cartas contra Trasierra.

—Estoy seguro de que su monsieur Faure se dará cuenta por sí mismo de que ni Ruiloba ni Comillas son lugares para ubicar un hotel de esas características, Marga. —Se permitió la licencia de llamarla por su nombre de pila al constatar que no había nadie cerca que pudiera escucharle.

—Pero Comillas es un pueblo en crecimiento, don José

nos ha mostrado todas esas construcciones palaciegas en marcha. Y nos ha asegurado que conseguirá traer el ferrocarril hasta aquí para que los veraneantes puedan venir de todas las partes de España.

—En cuanto comienza septiembre, todos estos nobles y propietarios industriales hacen su equipaje de vuelta a Madrid o Barcelona o Bilbao y no regresan hasta el año siguiente. Aquí solo quedan los pescadores y los peones de todas esas obras faraónicas. Y respecto al ferrocarril..., olvídese. No va a llegar a esta zona en muchos años, si es que llega alguna vez —aseveró Balboa con convencimiento.

La música cesó, las parejas de baile se deshicieron. Héctor buscó a Loreto con la vista, sin hallarla. A quien sí divisó fue a la señorita Moreau, un segundo antes de que abandonara el salón.

—Entonces ¿usted no cree que sea un buen negocio? —preguntó Marga Fontán.

Héctor la invitó a tomar asiento en unas butacas cercanas, donde podrían hablar con más tranquilidad. Le llevó poco explicarle por qué no creía que lo fuera y qué otra alternativa se le había ocurrido a él.

El ruido súbito de un silbido precedió a una pequeña explosión similar a un zambombazo. Entró del exterior a través de los balcones y arrancó de los invitados una exclamación unísona de asombro, seguida de mucho movimiento y algunas carreras hacia el jardín.

—¡Por fin empieza la diversión! —exclamó Marga Fontán, acompañándose de un palmoteo corto y amortiguado—. Don José nos aseguró que lanzarían fuegos artificiales desde una de las torres. No sé dónde se ha metido André. Si me disculpa, Héctor, voy a intentar rescatarlo de dondequiera que esté.

Sus ojos la escoltaron distraídos en su recorrido hacia la puerta, donde se perdió entre el resto de los invitados que abandonaban la sala.

Mientras se debatía entre si salir al jardín en busca de Loreto Lizarra o regresar al comedor con el resto de los caballeros, vio aparecer de nuevo a Micaela con el peinado impecable y la cara resplandeciente. Miró a uno y otro lado, desconcertada por el aspecto medio vacío que presentaba el salón, con apenas algunos corrillos de personas de edad avanzada desperdigados en los mejores sillones.

—¿Busca a alguien? —le preguntó Balboa, aproximándose a ella.

Micaela le miró sorprendida.

—A mis primas y a un caballero... —balbuceó sin dejar de escudriñar cada rincón de la sala.

—¿Se refiere a ese señor con el que bailaba, que bien podría ser su padre?

—El barón de Cabuernas no es tan mayor como usted piensa —replicó ella, cortante.

—A su lado, lo parecía —dijo él sonriendo. Y luego, como restando importancia a su comentario, agregó—: No están aquí. Han salido todos al jardín por los fuegos artificiales y en cuanto a su barón... creo que lo he visto marcharse en dirección al bufé. —Al ver que Micaela no se decidía, le ofreció su brazo—. ¿Me permite acompañarla al jardín?

Ella vaciló unos segundos, pero se enlazó con él. Las luces rojas, amarillas y azules adornaban el cielo nocturno cuando descendieron por las escaleras de granito en dirección al jardín. Los criados habían clavado un rosario de antorchas en los márgenes del sendero de grava que conducía hasta una gran rotonda donde se concentraban los invitados.

—Supongo que no es el momento de preguntarle por nuestro... asunto —aventuró cautelosa Micaela.

Él apretó la mandíbula antes de responderle.

—No descansaré hasta hacer justicia, Micaela, ya se lo dije. —Caminaron en silencio unos pasos. Lo único que se oía alrededor era el siseo de los fuegos en su ascensión al cielo—. ¿Está disfrutando del baile?

—Oh, sí. Muchísimo. —Respiró hondo y le dedicó una sonrisa confiada—. Hacía tanto tiempo que no bailaba... Parece mentira que los pies recuerden los pasos tan fácilmente. Claro que siempre es más sencillo cuando tu pareja es un buen bailarín. ¿No baila usted?

—No es una de mis mejores habilidades, a diferencia de su barón, con quien la he visto bailar muy a gusto. ¿Tiene mucha amistad con él? —le preguntó aun a costa de parecer un hombre dominado por los celos.

—Más bien es mi madre quien ha entablado amistad con él este verano en Madrid. A mí me lo ha presentado la señora Riera esta noche. Es íntimo amigo del matrimonio.

Hace poco más de un año perdió a su esposa y, al parecer, se siente muy solo. —Ella caminaba relajada a su lado, como si él fuera un viejo amigo. Le dedicó una mirada cómplice antes de inclinarse y decirle de forma confidencial—: Si le digo la verdad, todo esto lo han urdido entre mi madre y mis tías, que no se resignan a mi soltería y quieren emparejarme con él.

Él se tensó al escucharla.

—¿Y lo van a conseguir? —Al ver que ella esbozaba una sonrisa enigmática como única respuesta, agregó—: No creo que sea un hombre adecuado para usted.

Ella arqueó una ceja inquisitiva.

—¿Por qué piensa eso? Es un hombre educado, encantador, culto... Y todo un galán... a pesar de su edad, como usted dice. —Titubeó un momento antes de continuar, pensativa—: ¿Sabe? Creo que hay caballeros que parecen haber nacido con un conocimiento innato sobre las mujeres y la manera de seducirlas.

—Y seguro que ese señor es uno de ellos —murmuró entre dientes.

—No lo dude —asintió ella riéndose—. Resulta difícil resistirse a su despliegue de atenciones y halagos. Y en cierto modo, es agradable disfrutar un rato con un hombre que te hace sentir tan...

—Ahórrese los detalles —le cortó Balboa. No quería escuchar nada más. Su risa ilusionada y el brillo de sus ojos le escocían como las heridas de las hojas de caña en la piel.

—¿No le interesa mejorar sus habilidades para seducir a las señoritas? —replicó ella provocadora. Le reían los ojos—. Quizá le vendría bien en algunos aspectos... Por ejemplo: ¿sabe que don Jesús es capaz de reconocer el perfume que lleva una mujer? Le basta con acercarse levemente a nuestro cuello y distingue las esencias como si se tratara del mejor perfumista francés...

Balboa no la dejó continuar. Tiró de ella hacia un recoveco abierto entre dos setos altos y espesos y la aprisionó con su cuerpo contra el muro vegetal. Micaela dejó escapar un grito de asombro:

—Pero ¿qué hace?

Él la miró fijamente. No necesitaba acercarse a su cuello para oler la fragancia a lavanda que aún desprendía su pelo. Deseaba besarla, sentir el tacto de su piel, el sabor de su boca. La deseaba entera, toda para él.

—La voy a besar —replicó él en voz baja, inclinando despacio la cabeza hacia ella. Sin embargo, a pocos centímetros de su boca se detuvo y mirándola a los ojos, añadió—: Si no lo desea, dígalo ahora, antes de que ambos nos arrepintamos.

Ella se humedeció los labios, levantó la barbilla para enfrentarlo con la viveza de sus ojos marinos y Héctor ya no pudo resistir más la tentación de esa boca generosa que se le ofrecía con descaro y sin remilgos, con la misma determinación que esa mujer demostraba para todo.

Podría haberlo hecho. Podría haberlo rechazado echándole en cara su compromiso con Loreto Lizarra, su honor, su decencia. Pero en el momento en que se perdió en el oscuro de sus ojos, supo que no lo haría: amaba a ese hombre imprevisible y contradictorio que tan pronto le suscitaba recelo como admiración, ternura y deseo. Lo amaba a sabiendas de que nunca sería correspondida. De que no era suficiente para él.

Entreabrió los labios ya humedecidos y él la estrechó contra su cuerpo devorando su boca con la misma avidez y pasión que ponía en todo. Se aferró a él, a sus hombros robustos, y correspondió sus ansias con un suspiro ahogado. Bastó eso para que Balboa profundizara en su beso y sus manos se perdieran entre piel y telas, apretándola contra su cuerpo firme, exigente. Micaela sintió el latido desbocado de su corazón que reverberaba por cada recoveco de su interior, y la despertaba al deseo de una forma que jamás había imaginado. Dejó que los labios de él le recorrieran la delicada línea de su cuello hasta morderle el lóbulo de la oreja, y arrancar de ella un gemido de placer.

—Señor Balboa... —balbuceó, con la respiración agitada.

—Héctor —la corrigió él, sin apenas despegar los labios de su piel.

Ella posó la mano en su nuca y enredó los dedos en el pelo fosco y abundante.

—Héctor... Creo que deberíamos parar... Por favor, puede vernos alguien.

Él alzó el rostro y la miró con tanta ternura que no pudo por menos que sonreír halagada.

—¿Ya se ha arrepentido?

—Estamos en mitad del jardín, expuestos a los ojos de cualquiera.

—Están pendientes de los fuegos, nadie nos echará en falta —le dijo, deslizando despacio el pulgar por la hendidura aterciopelada de su barbilla. Luego, acercó su boca a la de ella con una delicadeza inimaginable en un hombre como él.

Micaela se estremeció de deseo. Toda ella, sus labios, sus senos, su vientre, reclamaba las caricias de sus manos poderosas, el calor de su cuerpo. Se alzó de puntillas y, rodeando su cuello, lo atrajo hacia sí con un ímpetu que la habría avergonzado de pensarlo. Pero ahora no pensaba, solo sentía, se dejaba llevar por sensaciones nuevas para ella. Contuvo el aliento cuando notó que sus dedos se deslizaban sobre la tela de su escote, retiraban con habilidad el filo de gasa fruncida y aprisionaban sus pechos erguidos mientras ella sentía crecer la excitación en su interior y buscaba alivio en la presión que ejercía contra sus caderas, contra su sexo, deseando fundirse con él piel con piel.

Una gran explosión en forma de traca los sobresaltó a los dos. Ambos miraron al cielo salpicado de una miríada de lágrimas de colores, sin apartarse el uno del otro. Las luces languidecían en su camino al suelo y ellos recuperaron el resuello de sus respiraciones. Poco después, la noche se quedó en silencio. Los fuegos artificiales habían finalizado.

Micaela retrocedió un paso y comenzó a adecentarse el vestido y el peinado.

—¿Tanta prisa tiene por alejarse de mí? —preguntó él.

—Se terminó el espectáculo —se disculpó ella. Una ola de súbita timidez le impedía mirarlo a los ojos—. Debemos regresar cuanto antes. Mi tía tiene un especial sentido del olfato para estas cosas. Y si me viera con usted...

—Si la viera conmigo..., ¿qué ocurriría? —replicó Balboa con gravedad.

Ella guardó un silencio elocuente. ¿Qué podía decir?

—Ya entiendo. Qué mejor razón para abandonar la soltería que contraer matrimonio con un barón, ¿no es cierto? —soltó él, con un deje de hiriente ironía en la voz.

Micaela recibió sus palabras como una bofetada.

—Yo no he dicho eso, pero ya que lo menciona... Dígame, ¿no es usted quien va a casarse con Loreto Lizarra, la hija del conde de Salinas? —Él dio un paso atrás y se mesó el pelo en un gesto nervioso, como si lo hubiera pillado en falta. Eso fue suficiente respuesta para Micaela, que intentó esbozar un amago de sonrisa—. No tema, no se lo estoy recriminando. Era simple curiosidad.

—El compromiso con la señorita Lizarra no está cerrado todavía —objetó él con voz contenida, como si esa afirmación encerrara todas sus dudas y expectativas.

—Pero usted ya ha pedido su mano, así que se cerrará, si ella así lo desea. ¿No es cierto?

Él apretó los labios y esta vez no eludió sus ojos. El murmullo de la gente de vuelta al baile se oía cada vez más cercano. La música comenzó a sonar de nuevo en la casa. Ambos se miraron en silencio.

—Sí —respondió escueto.

Una risa femenina les llegó del otro lado del seto.

—Y así será, señor Balboa. Harán muy buena pareja. —Sonrió a duras penas—. No se preocupe. Por mi parte no ha ocurrido nada, y espero que por la suya tampoco —dijo, imprimiendo a su voz una firmeza que le arañaba la garganta—. Debo irme, no hace falta que me acompañe.

Micaela dio media vuelta y se alejó de él sin mirar atrás.

# 40

El repiqueteo de la campanilla de la entrada llegó hasta la salita mirador rasgando la calma muda en la que transcurría la tarde. Micaela retrajo la mirada, perdida en algún punto del jardín, al libro de *Madame Bovary* abierto en su regazo. Había dejado a la pobre Emma Bovary estancada en una de sus erráticas ensoñaciones de romanticismo hueco y egoísta. Colocó con cuidado el cordoncillo de seda en la última página leída del libro, y lo posó sobre el velador, dejando escapar un leve suspiro. Apenas había conseguido avanzar tres párrafos en la última hora. En los últimos cuatro días, en realidad.

El reloj de pared marcó las cinco, casi a la par que las campanas de la iglesia.

Unas voces familiares procedentes del corredor interrumpieron los quehaceres de sus primas. Micaela se dijo que llegaba puntual, como cada tarde. Ana, sentada frente a ella con un tomo de ilustraciones botánicas entre las manos, ni siquiera alzó la vista. Su prima Amalia, en cambio, le dirigió una compasiva mirada de entendimiento.

—¿Hoy también viene? —preguntó casi en un susurro.

A Micaela no le dio tiempo a responder. La puerta se abrió y se escuchó con claridad la voz masculina que venía acompañando a la tía Angélica.

—... y a primera hora de la mañana se han marchado los penúltimos huéspedes de los Riera; solo quedo yo que alargaré algún día más mi estancia abusando de la confianza de mis queridos amigos —le decía el barón a la tía Angélica, que lo traía del brazo como si ya hubieran forjado una amistad inquebrantable—. Ahora que todo ha terminado con éxito, Titina podrá descansar unos días. Esta mañana ha recortado la gacetilla que publicó *El Diario de Santander* y algún otro diario comarcal sobre ese fin de fiesta magnífico, chocolatada incluida, que pudimos disfrutar los que aguantamos para ver el amanecer en lo alto de los torreones. ¡Qué espectáculo! ¿Verdad, señorita Moreau? —Sus ojos se posaron en Micaela, la única de las cuatro jóvenes que se había levantado a recibirlo.

Micaela asintió con sonrisa distraída. Tenía un recuerdo lejano, difuso, de todo cuanto ocurrió después de su encuentro con Balboa. Mientras los invitados regresaban del espectáculo pirotécnico en el jardín, ella corrió a ocultarse tras la primera puerta que halló abierta al final del pasillo, en lo que parecía una salita de costura. A oscuras y en silencio, recuperó poco a poco el control de su cuerpo, de su aliento, de su corazón desbocado. En su cabeza repiqueteaban sus propias palabras: «No se preocupe, no ha ocurrido nada, harán una buena pareja», pero sentía los labios hinchados, y el vestido sudoroso, y el pecho oprimido por un dolor punzante que le decía lo contrario. «No ha ocurrido nada —se repitió—. Sabías que nunca ocurriría, Micaela. ¿Quién desearía a alguien como tú, teniendo a mano a tantas señoritas preciosas como ellas?» Lloró por la decepción y después lloró de rabia y de pena. Pena de sí misma. «No, no. Eso no.» La autocompasión era el sentimiento más destructivo y teatrero de todos, se recriminó; se recreaba en su propio papel doliente, algo que le asqueaba desde la muerte de Rodrigo. Odiaba que la miraran como si fuera una viuda virgen, la novia eterna guardando ausencias de por vida. Siempre pensó que esa era la razón por la que su madre se había obsesionado con que se echase un novio lo antes posible. También ella percibía esas miradas compasivas en familiares, conocidos e incluso en desconocidos a los que algún indiscreto había susurrado su historia.

Cerró los ojos en la oscuridad y creyó escuchar las palabras que siempre repetía su padre cuando la encontraba triste: «Llora lo que necesites, pero no te regodees en el sabor de tu llanto». Se limpió las lágrimas y se recompuso como buenamente pudo tras una máscara de fingida serenidad con la que se quedó junto a don Jesús el resto de la noche, como si su mera compañía le bastara para evadirse lejos de allí, a algún rincón olvidado de su mente donde no pudiera pensar en Balboa y lo que no había ocurrido.

—Ah, sí. Se refiere a ese amanecer único entre mar y

montaña que tanto admiran ustedes, los visitantes —convino su tía—. Tuvimos suerte de que fuera una noche despejada. ¿Desea una copita? —El barón asintió. Ella se desligó de su brazo y corrió al aparador donde guardaba las botellas de licor—: Niñas, ha llegado don Jesús.

—Sigan, sigan con lo que estén haciendo, señoritas, por favor —protestó él, alzando la mano a modo de disculpa—. Odio que me hagan la visita y, a fin de cuentas, llevo cuatro días seguidos importunándolas con mi presencia.

—¡Qué tontería! Nos encanta recibirlo en casa, ya lo sabe usted —replicó la tía—. Tomás estará a punto de regresar del casino. He pedido la merienda, pero mientras llega, tal vez Micaela podría mostrarle el jardín y el pequeño rincón de las calas. —La tía lanzó una significativa mirada a su sobrina para que se marchara con el barón, a solas.

A ella le permitía licencias que jamás consentiría a sus hijas.

—Será un placer, por supuesto —repuso él.

A pesar de la hora, en el jardín hacía una temperatura agradable. A media mañana el cielo se había cubierto de una masa uniforme de nubes que se abrían de vez en cuando para dejar pasar algún rayo de sol. Micaela guio al barón de Cabuernas a través de los parterres de flores ordenados por clases y colores, de tal forma que, vistos desde algún punto elevado, conformaban un colorido tapiz enmarcado por cuatro hileras de árboles.

—Ah, hortensias... Eran las preferidas de mi primera esposa —dijo él al pasar junto a un gran macizo de flores crecidas hasta la altura de la cadera. Pasó el dorso de la mano alrededor del globo de pétalos azules y arrancó unos cuantos de una de ellas. Micaela lo miró con curiosidad. Hasta ahora don Jesús no había mencionado nada de sus anteriores matrimonios—. Debía de tener más o menos su edad cuando murió. Una joven preciosa, aunque demasiado frágil. Siempre lo fue. Todo lo contrario a usted, por fortuna. —La observó de soslayo antes de avanzar con lentitud hacia el siguiente parterre lleno de rosas blancas y amarillas.

Micaela lo siguió unos pasos por detrás, pensativa.

—La muerte nos llega a todos, de una forma u otra, en el momento más inesperado —respondió al fin.

—Cierto, cierto —concedió don Jesús, girándose hacia ella con una sonrisa ladeada—. He enterrado a dos esposas, la primera era débil de espíritu y la segunda tenía la debilidad en la sangre. Créame que he aprendido a valorar la naturaleza de las mujeres. Usted es una mujer fuerte, sana e inteligente. Con una larga vida por delante, espero.

—¿Qué quiere decir?

—Señorita Moreau, dudo de que no conozca ya mis intenciones: soy un hombre de una cierta edad, pero no un anciano. —Se estiró el elegante chaleco de seda como si necesitara reafirmarse ante ella—. Poseo posición y fortuna, y no tengo previsto pasar solo lo que me resta de vida. Deseo casarme pronto con una mujer decente, sana y educada que pueda darme descendencia y me cuide hasta mi muerte, llegado el caso.

La peculiar declaración de intenciones le pilló desprevenida. Sí, su madre le había puesto sobre aviso de los propósitos del barón, pero no esperaba que la declaración se produjera tan pronto, ni que la formulara de una manera tan pragmática y carente de emoción. Pero ¿qué esperaba?, ¿que se enamorara de ella?, ¿que le confesara un amor apasionado? Al menos debía agradecerle el no haberla engañado con falsas promesas, ni haber fingido sentimientos postizos detrás de su galantería.

—Pero yo...

—Usted reúne todas esas condiciones —la interrumpió con excesiva suavidad—, es encantadora, amable y, además, no parece tener perspectivas de matrimonio a la vista. —Al ver cómo la expresión antes perpleja de Micaela se tornaba defensiva, agregó con tono conciliador—: No se ofenda, creo que sería un buen matrimonio para ambos. Su madre me contó que tiene usted interés en la enseñanza; algo muy loable, desde luego. Nuestros hijos tendrán la mejor educación que una madre puede dar.

—Apenas nos conocemos, don Jesús...

—Querida, sé lo suficiente de usted. Solo piénselo. Yo no puedo alargar mucho más mi estancia aquí, señorita Moreau. Y usted tampoco debería, su madre la echa de menos.

—Mi madre se encuentra bien —replicó. No le gustaron las confianzas que ya se tomaba.

—¿Eso le dice en sus cartas? —La comisura de sus labios se alzó en una sonrisa agazapada—. Su madre es una mujer muy sensible. Se preocupa por usted, ya lo sabe, y estoy seguro de que tanto ella como toda su familia aprobarían nuestro enlace.

—Por supuesto que sí. Mi madre teme por mi futuro cuando ella no esté, pero sabe que no debería preocuparse por eso...

—Conozco a un doctor en París —la cortó don Jesús—, especialista en dolencias respiratorias. Podría hacerle venir a Madrid para tratar a su madre.

Micaela lo miró con suspicacia.

—¿Haría usted eso por nosotras?

—Lo haría por mi futura esposa.

Que su madre recuperara la salud era más de lo que podía esperar. Ya casi no recordaba cómo era cuando gozaba de una condición física normal. Nunca había sido una mujer fuerte, pero durante la infancia de Micaela su madre tuvo buenos momentos. Y ella tenía ahora en su mano conseguir que mejorara. Solo debía renunciar a su afán de independencia, de libertad; a su vocación de maestra y su aspiración de proporcionar a las niñas una buena educación, para convertirse en una mujer casada.

La proposición de don Jesús llegaba justo cuando todas sus convicciones y sus sueños se tambaleaban por culpa, precisamente, de otro hombre del que había cometido el error de enamorarse. Un error de debutante ingenua. O de solterona renegada. A su edad, se creía inmune al amor cuando en realidad, razonó, de lo que huía era de esos Gerardos ocultos en cada señor que le presentaban.

Pero entonces había conocido a Héctor Balboa, con sus maneras bruscas. Un hombre consciente de sus carencias y de sus contradicciones, pero nunca avergonzado de ellas. Él la había hecho sentir más mujer y más fuerte que ningún otro. Y ahora eran él y ese vacío doloroso en su interior lo que le empujaba a refugiarse en la seguridad y la protección que le prometía el barón de Cabuernas.

—¿Estás bien, Micaela? —le preguntó Amalia al cabo del rato, cuando el barón ya se hubo marchado y todos se preparaban para asistir a misa de siete—. Desde hace unos días se te ve apagada, como si estuvieras incubando algo.

Mientras le contaba a su prima los planes del barón de Cabuernas, Micaela se preguntaba si sería posible incubar la tristeza.

—Don Jesús me ha pedido matrimonio —respondió con una sonrisa vaga—. Desea una esposa para cuidar de su hogar y de los hijos que desea engendrar. Y yo he sido la elegida.

# 41

Allí donde miraba, Micaela veía belleza, inteligencia, exquisitez; mil detalles reveladores de una sensibilidad única, distinta. Nada le sorprendió más que saber que el señor Gaudí apenas había viajado fuera de los límites de Cataluña. Esa obra era fruto de una mente libre y prodigiosa que le gustaría conocer en persona. Las referencias a la naturaleza y a la música se hallaban por doquier: en las vidrieras de las ventanas —un gorrión sobre el teclado de un órgano, una colorida libélula con una guitarra—, en los azulejos de los baños, en los barrotes del balcón forjado que rodeaban el minarete, asemejando claves de sol.

—Su cliente, don Máximo, es un apasionado de la música y la botánica, y eso lo ha tenido presente el señor Gaudí al proyectar la casa —aseguró Macías mientras las guiaba por el interior de El Capricho, como empezaban a llamar a Villa Quijano, con el entusiasmo propio de un discípulo rendido a la sabiduría del maestro.

—Queda ya poco por rematar de los interiores y el señor Díaz de Quijano nos ha avisado de que pronto regresará a España y tiene prisa por instalarse aquí, esté o no esté finalizada la construcción.

Recorrieron de un extremo a otro la primera planta en forma de U, la más avanzada en las obras. Empezaron en la habitación principal, por donde entraba la luz del amanecer, y terminaron en el cenador y el encantador rincón de la sala de fumar, orientado a poniente, al que se accedía a través de un maravilloso arco lobulado.

—Y esta es la estructura de lo que será el invernadero. —Román se detuvo a mitad del pasillo y señaló un amplio anexo acristalado que ocupaba una especie de patio en el corazón de la casa—. No solo albergará las plantas exóticas que don Máximo piensa traerse de Cuba, sino que, además, con su orientación al sur, proporcionará luz natural al resto de las estancias. ¿No les parece un prodigio de inteligencia?

Micaela se rio y asintió, observando hasta el mínimo detalle. Cada estancia tenía su sentido en el conjunto; cada elemento, su porqué.

—Es tan... distinto, ¿verdad, Amalia? —Se volvió a su prima pero ella solo tenía ojos para Macías.

Micaela no había podido negarse cuando Amalia le suplicó que aceptase la discreta invitación que les había hecho llegar el señor Macías para visitar el interior casi terminado de Villa Quijano. Quizá esa cita fuera su última oportunidad de averiguar si lo que sentía por el arquitecto era más que un simple capricho, si todas esas promesas que el joven había susurrado en su oído durante el baile de los Riera eran reales o solo una retahíla de palabras embriagadoras que habían volado barridas por el amanecer del día siguiente. Desde el baile, Francisco no la dejaba ni a sol ni a sombra; se presentaba de visita en los momentos más insospechados, y todas las tardes aparecía puntual para acompañarlas en la hora del paseo. Así que, mientras su madre organizaba el menú, elegía vajilla, cristalería y cursaba invitaciones a sus más allegados para el anuncio del compromiso de su hija con el primogénito de los Trasierra, las dos primas se escabullían a primera hora de la tarde en dirección a la finca donde se construía Villa Quijano.

—Y ahora, vengan por aquí —les indicó el arquitecto, cogiendo de la mano enguantada a Amalia. Las situó frente al enorme ventanal del salón—. Cierren los ojos.

Las dos obedecieron y esperaron. Oyeron los pasos sigilosos de Román desplazándose por la habitación y luego... un débil tintineo, como campanillas lejanas, o tal vez fuera una sutil melodía proveniente del exterior. Micaela abrió los ojos y buscó el origen del sonido hasta descubrirlo: las guillotinas de las ventanas emitían al caer ese pequeño homenaje musical en la sala donde, al parecer, don Máximo pensaba colocar su piano y celebrar veladas culturales con amigos y conocidos. Macías las observaba expectante con la ilusión desbordando su mirada.

—Es increíble. ¿De dónde sale? ¿Cómo lo ha hecho? —Amalia tenía la misma expresión que una niña que acaba de presenciar un truco de magia.

—Ingenioso, ¿verdad? Ha dispuesto un mecanismo tubular en el interior que vibra cuando las ventanas se abren o cierran.

El recuerdo de Héctor Balboa y su caja de música irrumpió de golpe en la mente de Micaela. Tenía la certeza de que si estuviera allí, habría subido y bajado las ventanas cuantas veces fuera necesario hasta averiguar qué las hacía sonar de esa forma. Sonrió con nostalgia mientras probaba a subir y bajar lentamente una de las guillotinas. Luego se asomó al balcón y se sentó en el banco-barandilla de forja pensado para disfrutar de las veladas musicales en las tardes reposadas de la villa. Otra demostración del ingenio del señor Gaudí, que parecía haber visualizado con nitidez esos momentos de placer acomodado en uno de los espléndidos palcos exteriores.

Cuando volvió a adentrarse en el salón, Amalia y Macías no estaban. Pensó que habrían continuado con la visita. Salió al pasillo, lo recorrió hacia un lado, hacia otro, sin hallarlos; le preguntó a un operario con quien se cruzó si había visto al señor Macías, y el hombre le señaló el invernadero. Micaela regresó sobre sus pasos y allí los vislumbró, en un recoveco semioculto, fundidos en un beso apasionado que bien podría convencer a la tía Angélica de que la felicidad futura de Amalia jamás estaría junto a Francisco Trasierra, sino allí, con el joven arquitecto catalán que la sostenía entre sus brazos con la misma ternura y determinación con la que sería capaz de construir el mismísimo Taj Mahal para ella. Y tras el beso, la timidez ruborosa de ella, los susurros de él, las caricias, las miradas, el roce de los labios recorriendo el contorno de su rostro.

Micaela retrocedió un paso, se refugió tras un machón. Sintió un cierto pudor entremezclado con una punzada de dolor ante esa intimidad en la que se reconocía a sí misma con Balboa, no hacía ni una semana. «No se preocupe, por mi parte no ha ocurrido nada», recordó de nuevo sus propias palabras. Ahora aquello le sonaba muy lejano, casi irreal, frente a la presencia rotunda, insistente del barón de Cabuernas y su propuesta de matrimonio.

—¿Amalia? —elevó la voz a modo de aviso a la pareja—. Amalia, debemos irnos ya.

La joven no tardó en aparecer desde el otro extremo del pasillo. Traía las mejillas arreboladas, la sonrisa contenida, los ojos brillantes. La siguió Macías al cabo de un minuto, simulando examinar dos azulejos que traía en su mano.

—Muchas gracias por mostrarnos esta maravilla, señor Macías —le dijo Micaela—. Ha sido todo un detalle por su parte.

—Espero que nos veamos pronto de nuevo, señor Macías —se despidió Amalia, tendiéndole la mano.

—No lo dude, señorita Amalia —replicó él inclinándose. A Micaela no le pasó desapercibida la mirada de complicidad que le dedicó a su prima—. Señorita Micaela, ha sido un placer.

Ambas descendieron en silencio la cuesta que conducía a la salida de la finca. Cuando perdieron de vista la casa y al señor Macías, Amalia enhebró su brazo en el de su prima y con un suspiro emocionado, anunció:

—¡Micaela, reza por mí! Román se va a presentar ante padre para pedir mi mano en cuanto lleguen sus padres a Comillas, en unos días.

La noticia hizo detenerse a Micaela en mitad del camino. La contempló con una mezcla de sorpresa y preocupación.

—Queda solo una semana para la celebración de tu compromiso con Francisco, Amalia. Y tu madre ya tiene casi terminados los preparativos. Si va a dar ese paso, tendría que hacerlo cuanto antes. Y aun así...

—Román dice que convencerá a mi padre. Sea como sea, lo hará... Y yo iré a encender cada día una velita a san Antonio.

A duras penas reprimió Micaela una carcajada. Hubiera sido cruel burlarse de su inocencia, de su fe ciega en el santo de los matrimonios, novios y enamorados.

—San Antonio te lo agradecerá, pero tal vez no sea suficiente —dijo. Su prima perdió un poco la sonrisa—. Si de verdad quieres a Román, debes hablar con tus padres cuanto antes. Explícales qué ha ocurrido, háblales de él y de sus pretensiones de matrimonio. Tu padre es un hombre razonable. Allánale en lo posible el camino a Román para que, el día que se presente ante ellos, los convenza de que él es mejor opción que Francisco Trasierra y toda su heredad. —La cogió de ambas manos y la miró a los ojos con una mezcla de cariño y pena—. No esperes a que todo ocurra a tu alrededor, Amalia. ¡Échale tú también una manita a san Antonio!

Micaela, por su parte, arrimaría el hombro: no tenía nada en contra del joven Trasierra, pero de lo que estaba segura era de que don José tendría que explicar muchas cosas si tanto interés tenía en ese matrimonio. De eso ya se encargaría ella.

# 42

Balboa lanzó el documento sobre el escritorio, hastiado. Era la tercera vez que intentaba concentrarse en el acuerdo prematrimonial que le había enviado el conde, sin éxito. Era inútil. A cada intento de lectura sus pensamientos huían a Micaela, al brillo de sus ojos azul turquesa, al sabor adictivo de sus besos. Le llegaba incluso su fragancia de lavanda como si la tuviera allí delante y pudiera tocarla con sus propios dedos. De hecho, su aroma parecía acompañarle a todas partes: en sus cabalgadas matinales por el monte, en la verja de la entrada e, incluso, en su despacho. Daría lo que fuera por acariciar una vez más esa piel delicada como la seda y sentirla estremecerse entre sus brazos, suave, ardorosa, palpitante. Llevaba sin verla desde el baile de los Riera, y la ausencia prolongada de Candela no le había ayudado a facilitar un encuentro. Sacó el reloj de bolsillo y consultó la hora por enésima vez. Salvo un percance imprevisto, confiaba en que el carruaje que traía de vuelta a su hermana de Bilbao no tardaría en llegar a Comillas.

Se arrellanó en el sillón y posó la vista en los papeles que contenían aquello por lo que había luchado tanto tiempo: su proyecto de convertirse en propietario industrial, el acceso a una familia de renombre y a los círculos de poder que le permitirían desarrollar sus planes futuros; reconocimiento, alianzas, apoyos, nuevas oportunidades. Razones que consideraba lo suficientemente poderosas como para aceptar desposarse con una joven por la que no sentía nada y a la que apenas conocía. Unas semanas antes eso no había supuesto ningún problema para él, todo lo contrario. Y, sin embargo, ahora...

Golpeteó la superficie de la mesa con su pequeña cerillera de plata. El conde de Salinas había partido hacía unos días en compañía de su hija a la capital vizcaína y habían quedado en encontrarse allí en el plazo de una semana con el fin de sellar ante notario el acuerdo económico y el compromiso matrimonial.

Pensaba en ello cuando la puerta de su despacho se abrió bruscamente.

—Disculpe, señor, no he podido detenerlo...

El mayordomo no pudo terminar la frase. José Trasierra se abrió paso por delante de él e irrumpió en la estancia con aire desafiante.

—Así que aquí es donde se esconde, Balboa, en el despacho del viejo juez... Debo reconocer que a veces la vida da vueltas extrañas —dijo mientras paseaba la mirada por la estancia. Se detuvo en la figurilla de la diosa de la justicia posada en una esquina del escritorio y agregó—: Creerá que este lugar y sus amistades le dan licencia para moverse a su aire por aquí y meterse donde no le llaman... pero está usted muy confundido. En esta zona no se mueve ni una brizna de hierba sin que yo lo sepa. Y sé que se está inmiscuyendo de nuevo en mis asuntos, Balboa.

Héctor se enderezó en el sillón y lo observó sin perder la calma. ¿A qué se refería? Era imposible que el mayorazgo conociera su identidad tras la sociedad que había comprado sus deudas, a pesar de que habría disfrutado lo indecible admitiéndolo allí mismo.

—No sé de qué me habla, Trasierra.

—Por supuesto que lo sabe, no se haga el tonto. Le hablo de monsieur Faure, el hotelero francés que habría construido un hotel de lujo en Ruiloba si no se hubiera cruzado usted en su camino.

—Ah, eso —respondió Balboa con tranquilidad, recostándose en el sillón—. Me gustaría colgarme esa medalla, aunque solo fuera por el placer de arrebatarle un buen negocio, Trasierra, pero lo cierto es que me limité a dar mi opinión personal sobre la posible ubicación del hotel en Ruiloba cuando la señora Fontán me la solicitó.

En realidad, había hecho mucho más, pensó sonriéndose. Le habló a Marga de cierto terreno a la venta en Santander, frente a la ensenada de Mataleñas, propiedad de un conocido suyo. Un lugar con unas vistas espléndidas, la playa a unos metros, el centro de la ciudad a tiro de piedra.

La ubicación perfecta para un establecimiento hotelero como el que proyectaba monsieur Faure, en su opinión, y se ofreció a ponerlos en contacto con su propietario. Pero Trasierra no tenía por qué saberlo.

—Ah, sí. Su amante, la señora Fontán.

—La señora Fontán y yo no tenemos ninguna relación.

—No son esas mis noticias. —Sonrió Trasierra sarcástico—. ¿Lo sabe Faure? Yo diría que no. Así que le propongo un trato: usted se reúne de nuevo con su amiga y con monsieur Faure para convencerlos de que reconsideren la ubicación. Les dirá que ha visitado el terreno de Ruiloba y no tiene nada que envidiar al que desean adquirir en Santander, y yo no digo nada sobre usted y la viuda.

Balboa le dedicó una sonrisa burlona.

—Aunque fuera cierto lo que dice, que no lo es, sobrevalora usted mi capacidad de influencia. Me temo que el francés es un empresario más hábil y astuto de lo que usted se imagina. He sabido que él ya había solicitado los permisos necesarios para levantar su futuro hotel en Santander, y no en Ruiloba, como a usted le gustaría.

—Miente —masculló, arrojando sobre la mesa los papeles que llevaba en la mano—. Faure estaba muy interesado en Ruiloba. Por eso insistió en venir al baile de los Riera: deseaba conocer de primera mano el ambiente de nobles y propietarios industriales que atraerían a otros muchos veraneantes de la misma condición.

Balboa soltó una carcajada estentórea.

—¿Eso cree? Está usted mucho peor informado de lo

que yo pensaba, Trasierra... —se mofó de él—: Faure acudió al baile porque pensó que allí coincidiría con don Juan Pombo. Él sabe que es el dueño de todo El Sardinero, del casino, del Gran Hotel y que proyecta un nuevo balneario en la playa. Supo que estaría en el baile, así que aprovechó para ponerse en contacto con él... a su costa. Y a estas alturas me imagino que estarán hablando de negocios en el lujoso despacho de Pombo —aventuró más por provocarle que por que poseyera información al respecto—. Buena jugada la del francés.

El mayorazgo se tambaleó ligeramente. Sus amistades le fallaban, sus confidentes le ocultaban información relevante, otros personajes empezaban a ocupar nuevas posiciones en el poder de la ciudad. Por un momento, Balboa creyó ver un fogonazo de duda en sus ojos, del que se recuperó enseguida. Trasierra tomó aire e, irguiéndose, siseó con odio:

—¡Sé que usted ha tenido algo que ver en todo esto! No sé cómo, pero lo averiguaré.

—Sabe tan bien como yo que está acabado, Trasierra. Y todavía no he terminado con usted. El juez Olano me escuchó con suma atención cuando le conté cómo agredió a la cría de Ruiloba. —Y no mentía. Lo hizo, aunque luego despachara el asunto sin darle mayor importancia.

—No me amenace, Balboa. Quizá pueda engañar a todos esos catalanes, pero sé quién es usted, no lo olvide: sus raíces son las de un aldeano miserable que traicionó a su madre al abandonar a su hermana al cuidado de una puta mientras hacía fortuna. Es posible que a Güell y compañía les interesara conocer su verdadera historia, ¿no cree? —Sus ojos sanguinolentos lo miraron fijamente. De algo podía dar fe Héctor: Trasierra mantenía intactas todas y cada una de sus dotes intimidatorias—. No se atreva a enfrentarse a mí o saldrá escaldado, se lo advierto.

—En algo tiene usted razón, Trasierra: yo jamás olvido. Ni olvido mis deudas ni olvido a mis deudores. Téngalo usted bien presente.

# 43

Echaba de menos sus clases con Candela y el rato posterior de charla amigable entre dos mujeres que se entendían bien y habían llegado a apreciarse. Micaela se sentía muy a gusto con esa joven campechana, poco dada a sutilezas o verdades a medias, que tan pronto se reía de su ignorancia como le contaba, no sin cierta nostalgia en la voz, anécdotas curiosas de su vida anterior como criada. «No sé los hombres, pero las mujeres de las clases pobres no somos tan mansas como esas señoritas amigas de usted, que se pasan el día suspirando. Allá en Bilbao yo me movía a mis anchas, que las mujeres como yo aprendemos desde muy chicas a manejarnos en la calle y a defendernos.» También dejaba caer de vez en cuando comentarios sobre su hermano —inocentes o intencionados, Micaela no sabría decir—, sus idas y venidas, y el carácter huraño que se gastaba en las últimas semanas. «Algo le preocupa, pero a mí no me cuenta nada. Y digo yo, ¿pa qué están los hermanos si no es *pa* ayudarse cuando lo necesitan? Con dinero o con lo que pueda dar cada quien, ¿verdad? Pues eso que le digo yo y nada. Nanay. Que está todo bien, que son imaginaciones mías, que son cuestiones de negocios, dice. *Usté* que se mueve por esos ambientes tan finos ¿ha oído algo por ahí?» Ella le respondía que no, pero Candela se quedaba mirándola fijamente, como si no terminara de creerla.

Lo cierto es que también echaba de menos el rastro que dejaba la presencia cercana de Héctor, la simple posibilidad de verle. Esa posibilidad que ella misma se negaba cada vez que daba un gran rodeo con tal de evitar su calle, su casa. Ansiaba verlo tanto como lo rehuía, a pesar de sus esfuerzos por olvidarlo y seguir adelante con el mejor ánimo. Luisa no había vuelto a mencionar nada sobre el compromiso de Loreto Lizarra con Balboa, y ella lo agradecía. Las mañanas transcurrían lentas como una procesión de penitentes y en cuanto a las tardes... Don Jesús había regresado a Madrid, aunque en su última visita le había arrancado la promesa de darle una contestación al final del verano.

Y su estancia en Comillas se agotaba día tras día.

En una de las visitas a la casa de doña Luisa Bru, su tía Angélica se topó con doña Inés Velarde, tía de Victoria, que se hallaba de paso en un viaje a Oviedo. La marquesa tuvo que tragar bilis y forzar una sonrisa beatífica cuando doña Inés le contó que las hermanas Ruano estaban encantadas ante la perspectiva de que Micaela diera clases en su colegio: «Una joven de buena familia como ella, con título de la

Escuela Normal de Madrid y de la Asociación para la Enseñanza de la Mujer, de don Fernando de Castro, qué maravilla».

Esa misma tarde, de regreso a la casa, ya en su gabinete y delante de Micaela, a quien había hecho llamar a su presencia, la tía Angélica explotó:

—¿Que una sobrina mía, sobrina de los marqueses de Peñubia, trabaje como simple empleada en el colegio de las Ruano? —Micaela nunca había visto así a su tía: su piel traslucía venas y tendones debido al sofoco; no cesaba de parpadear, frenética. Abría y cerraba el abanico con fiereza al tiempo que recorría el gabinete de un lado a otro, sin parar de hablar—. ¿En qué estabas pensando? ¡Por Dios, Micaela! ¡Trabajar! —Escupió esa palabra como si fuera el peor de los insultos—. ¡Pero si ni siquiera hemos enviado a nuestras niñas a ese colegio lleno de hijas de comerciantes y palurdos enriquecidos! ¡Las de los Suárez estudiaron allí, con eso te lo digo todo! Todavía no entiendo cómo una condesa de la talla de doña Inés puede ser benefactora de esa institución y jactarse de ello.

—Porque financia cuatro becas para niñas de familias sin recursos, tía —respondió en voz baja en un intento de exculpar a la tía de su amiga Victoria de cualquier sombra de duda.

Había optado por callar y aguantar el chaparrón hasta que arreciase, pese a que cada minuto que pasaba, cada desprecio pronunciado por su tía era un golpe a sus esperanzas. Desde la perspectiva de sus tías, el único propósito de su soltería, su único deber, era el de dedicarse a cuidar de su madre enferma.

—¡Ja! ¡Lo que nos faltaba! —Angélica lanzó al aire una carcajada seca que murió en el gesto duro de su boca. Luego se acercó a ella y la señaló con la punta de su abanico cerrado para añadir—: Te voy a decir una cosa, Micaela. Si quieres arruinar tu vida, la de tu madre, la memoria de tu abuelo Alonso Altamira y el buen nombre del marqués de Peñubia, hazlo lejos de nosotros, en el pueblo más remoto de España o de América, me da igual, pero en algún lugar perdido de la mano de Dios, donde no te conozca nadie. —La miró en silencio unos segundos antes de reanudar su recorrido por la estancia—. ¡Qué humillación! ¿Qué te hemos hecho nosotros, Micaela? Dime, ¿qué te hemos hecho para que nos devuelvas así todo el cariño que te hemos dado en esta casa? —le espetó al tiempo que se derrumbaba en su butacón.

El cuerpo de su tía se encogió de pronto sobre sí mismo y, tras un tembloroso suspiro, las lágrimas comenzaron a derramarse en un llanto silencioso que desarmó a Micaela.

Tenía razón. Había sido una egoísta, una ingrata. Desde su llegada, había pagado con engaños y ocultamientos la confianza de sus tíos, y no se lo merecían. Se agachó a su lado conteniendo ella también las lágrimas, y pensó que lo único capaz de consolarla y resarcirla del dolor que le había causado era desvelando su último secreto: la inesperada proposición de matrimonio del barón de Cabuernas, un acuerdo que colmaría las aspiraciones de las tres hermanas Altamira.

—¿Te ha pedido que te cases con él, así, tan de repente? —preguntó incrédula, sorbiéndose la nariz y limpiándose las lágrimas con leves toques de su pañuelito bordado.

—Tiene prisa por casarse —dijo Micaela a modo de justificación—. Le debo aún una respuesta...

—Oh, Micaela, querida... Pero, entonces, ¿lo de las Ruano...?

Micaela hizo un leve movimiento de negación con la cabeza.

—¡Deberías haber empezado por ahí! ¡Tendremos la boda en otoño! ¡Tienes que volver a Madrid de inmediato para darle un sí grandioso! —Exhibió una sonrisa todavía sollozante—: ¡Pero no te irás antes de que celebremos el compromiso de Amalia!

Ah, el compromiso. La dulce Amalia nunca encontraba el momento de reunir a sus padres y hablarles de su amor por Román Macías. Un día porque notaba a su padre preocupado; el siguiente, no se sentía con fuerzas; el otro, porque necesitaba ensayar y preparar bien su pequeño discurso. Y mientras, el tiempo transcurría inexorable hacia la fecha del anuncio, para el que apenas quedaban cuatro días. Ay, Amalia.

Así pues, aquella última semana y con poco más que hacer, Micaela se había volcado en las lecciones de Anita, en su curiosidad viva e insaciable que le exigía leer, repasar y preparar algunas materias antes de enseñárselas a la niña.

—¿Quién crees que mandaba más, Isabel o Fernando? —le preguntó Ana esa tarde, interrumpiendo de pronto la lectura de su libro de historia—. Ella tenía un reino más grande antes de casarse.

Micaela sonrió. Colocó en su lugar correspondiente los libros utilizados de la biblioteca, extrajo un título de astronomía y se sentó en la mesa de nogal cuadrada, al lado de su alumna.

—Sí, pero la Corona de Aragón era un reino más rico y muy influyente. Digamos que fue un matrimonio muy beneficioso para ambos. Al casarse, firmaron un documento por el cual se comprometían a actuar como uno solo y compartir el poder. Y ella demostró ser una mujer con carácter y mucha determinación. Hay un dicho que dice: Tanto monta...

—... monta tanto Isabel como Fernando —terminó de citar la niña como un sainete—: Pero entonces, si una mujer puede ser reina como Isabel la Católica o Isabel II y gobernar un país al igual que un hombre... ¿por qué no puede ser alcalde o juez o médico?

Micaela soltó una carcajada divertida.

—Tienes mucha razón, Ana. Deberíamos hacerle esta misma pregunta a tu padre y a los señores que se reúnen en el casino, a ver qué opinan —dijo con una íntima oleada de satisfacción por la lógica del razonamiento de su prima—. Continúa leyendo y cuando hayas terminado, lo comentamos todo.

Se recordó a sí misma hablar con su tío sobre los estudios futuros de Ana. Era una niña muy inteligente, dotada de una sensibilidad especial que podría llegar adonde quisiera siempre y cuando recibiese el apoyo y los estímulos necesarios. Incluso sin apoyo, su pupila poseía la curiosidad y capacidad suficientes para aprender por sí misma y satisfacer su mente inquieta. Lo que más le preocupaba a Micaela era que Ana se convenciera de que los límites de su inteligencia no dependían de su condición femenina, como tal vez alguien pudiera hacerle creer en algún momento, sino de su propia curiosidad y su afán de conocimiento. En realidad, ¿quién podía conocer los límites de otra mente humana? Le mostró ejemplos de mujeres singulares en la historia de la humanidad como Hipatia de Alejandría, quien destacó en matemáticas y astronomía; o la francesa Émilie du Châtelet, matemática, física y traductora del tratado de Newton en el siglo XVIII; la escritora Margaret Cavendish; y hacía poco más de diez años había muerto Mary Fairfax, científica y astrónoma escocesa, que se ganó un puesto en la Real Sociedad Astronómica de Gran Bretaña. La mayoría de ellas habían pasado prácticamente desapercibidas en su comunidad. Y, sin embargo, ellas eran el mejor ejemplo de que las mujeres tenían la misma capacidad intelectual que los hombres cuando ni el entorno social ni la educación suponían un impedimento o un muro infranqueable para sus aspiraciones.

Unas voces masculinas se colaron a través de la puerta entornada que comunicaba la biblioteca con el despacho del marqués. Ocurría a menudo: el tío Tomás solía entrar y salir de la biblioteca con frecuencia, dejándose la puerta abierta. Micaela se dirigió allí para cerrarla discretamente pero, al agarrar el picaporte, reconoció la voz del mayorazgo.

—... es una oportunidad de inversión irrepetible, Tomás —decía—. Sería de tontos dejarla escapar; para eso necesito el dinero de la dote de manera urgente.

—¿Cuánto?

—Un millón.

Se hizo un largo silencio. Micaela oyó cómo su tío se dejaba caer en el sillón de cuero. La madera envejecida de las patas crujió bajo su peso. Uno de los dos prendió una cerilla. Ella permaneció inmóvil, pegada a la ranura entreabierta, aguantando el aliento. Miró de soslayo a Ana, tan concentrada en su lectura que no levantaba la vista del libro.

—Es mucho dinero. Más de lo que habíamos acordado de dote, José —oyó responder a su tío.

—Lo sé, lo sé. Pero la diferencia entre lo que acordamos y el montante total será en forma de préstamo que te devolveré peseta a peseta antes de un año, puedes estar seguro. O si prefieres, puedo designarte candidato de mi circunscripción para las elecciones provinciales por el partido conservador, que será el próximo en gobernar. Puedo hacerte diputado provincial... —Micaela escuchó el chasquido del sillón al removerse inquieto el marqués. Creyó oír una negativa leve o tal vez fuera un carraspeo, no sabía. Y luego, la voz de Trasierra de nuevo—: No te lo pediría si no estuviera convencido de que es una magnífica inversión, Tomás.

—¿Y ese proyecto de hotel en el que andabas?

—Ese proyecto está en el aire, el francés se lo está pensando. Y tampoco estoy seguro de que sea tan buena inversión como parecía en un principio —dijo Trasierra, simulando despreocupación.

—Podrías sacarle mucho más rendimiento a Casa Trasierra si te dedicaras tú a explotarla.

—¿Explotar yo las tierras? ¿Enfangarme de barro, perfumarme con estiércol, seducir a las vacas? ¿Qué placer hay en eso? ¿Qué grandeza? —Su risa sonó tan agria como sus palabras—. No me vengas con monsergas, Tomás. Yo no soy un hombre de campo, nunca lo he sido. No se puede amar lo que te esclaviza. Y las tierras no producen capital contante y sonante, no lo suficiente como para evitar que el apellido de mi familia quede reducido a los muros de una casona en una aldea perdida. Mírate a ti: además de tus propiedades, cuentas con un buen capital al que le sacas mucho rendimiento gracias a las inversiones financieras. Eres una persona influyente entre políticos y empresarios de Madrid y Santander.

—Muchos matarían por tener lo que tú tienes. La tierra siempre permanece, por mucho que cambie todo alrededor, y es generosa si se la sabe explotar bien.

José Trasierra hizo un gesto despectivo.

—La riqueza está en el comercio, en las exportaciones e importaciones, en las especulaciones en banca, en inversiones como esta de la que te hablo. El dinero llama al dinero, tú lo sabes. Y con los beneficios que obtenga, haré los arreglos que necesita la casona para recobrar el esplendor que tenía en tiempos de mi padre, recuperaré el linaje de los Trasierra. Esa casa solariega es lo único que de verdad me importa conservar. Casa Trasierra será para mis hijos, para nuestros hijos, Tomás. Pronto seremos consuegros, el nombre de nuestras familias estará unido a partir de ahora. Así pues, ¿me ayudarás?

Al otro lado de la puerta, Micaela se mordió el labio de pura rabia.

—Veré qué puedo hacer. —La respuesta del marqués sonó como una concesión resignada—. Vuelve esta tarde y hablaremos.

Los sillones arañaron el suelo de madera. El sillón del tío Tomás, con un ruido seco. La butaca del señor Trasierra, más ligera, con un chirrido más agudo.

—Hasta esta tarde, entonces —se despidió el mayorazgo. Y luego, la puerta del despacho se cerró y los pasos de don José se difuminaron hacia la salida.

Oyó a su tío sentarse de nuevo en su sillón con un suspiro abrumado, como si hubiera contenido el aliento durante toda la charla con Trasierra. Micaela se apartó de la puerta, vacilante. Vio que Ana la observaba desde su sitio y se llevó el dedo a los labios en señal de silencio mientras, con un gesto, la conminaba a continuar con su lectura. Si don José conseguía su propósito, ya no habría marcha atrás. El destino de ambas familias no solo estaría unido, también condenado. Amalia sería infeliz toda su vida y la mancha de fango que arrastraba Trasierra los salpicaría sin remedio.

Tanto si la creía como si no, pensó que debía contarle a su tío todo lo que sabía sobre ese hombre antes de que tomara ninguna decisión definitiva. Se dio media vuelta y llamó con dos toques suaves a la puerta del despacho.

—¿Sí? —La voz del marqués sonó cansada.

—¿Podemos hablar unos minutos, tío? —Micaela temía que la despachara con la excusa de que no era el momento, pero él le indicó con la mano que tomara asiento en la butaca que tenía enfrente—. La puerta de la biblioteca estaba entreabierta y no he podido evitar escuchar parte de la conversación con don José.

El marqués alzó una ceja sorprendido.

—Eran asuntos privados, Micaela. No habla muy bien de ti eso de escuchar tras las puertas.

—Lo sé, tío. Pero precisamente porque los he escuchado, estoy aquí sentada. Hace días que debería habérselo contado pero... Es sobre don José. Unas semanas atrás, en la comida campestre de Casa Trasierra, Ana y yo fuimos a pasear por el bosque y nos topamos con él. —Micaela bajó la vista a su regazo, pensando la mejor forma, la menos vergonzante, de explicar lo que ocurrió aquella tarde—. Estaba..., en fin... Intentaba...

Tomó aire y se lo soltó, sin más. Sin paños calientes, sin ocultar detalles, tal cual ocurrió y tal cual lo presenciaron Anita y ella.

—¿José Trasierra? —Tomás no daba crédito—. No es posible... ¿Estás segura? ¿No lo confundirías con otro hombre?

Ella negó con la cabeza.

—¿Y dices que Ana lo vio todo? Por Dios bendito. —Se levantó de golpe de su asiento. Parecía aturdido, incapaz de hacer encajar esa imagen de Trasierra con la persona que él conocía—. Me resulta tan increíble...

Antes de que Micaela pudiera responder, una voz casi infantil los interrumpió:

—Padre, ¡es verdad! —Ana estaba en el vano de la puerta, con las lágrimas aflorando en sus ojos castaños.

—¡Hija! ¿Qué haces ahí? No debes escuchar las conversaciones de los adultos —le recriminó débilmente.

—¡Pero es que yo también lo vi, padre! Don José atacó a Mariana, la estaba aplastando con su cuerpo contra la tierra, y ella casi no podía respirar... Y también intentó golpear a Micaela, pero el señor Balboa la defendió —dijo la pequeña.

Su padre le hizo un gesto de calma. Había escuchado suficiente.

—¿El señor Balboa también estaba allí? —Los ojos graves de su tío se clavaron en Micaela.

—Nos oyó gritar y acudió a ayudarnos —respondió ella. Tras una breve pausa, añadió—: Creo que debería usted hablar con Balboa, tío. Dispone de información sobre otras conductas y actividades poco honestas de don José que le conviene conocer.

Su tío se frotaba las sienes como si necesitara relajar las profundas arrugas que le fruncían la frente y el entrecejo.

—Debe de haber una explicación razonable para todo

esto, estoy seguro. No puedo juzgar a José así, a la ligera, sin escuchar lo que tenga que decir. Cuando vuelva esta tarde por aquí, le preguntaré sobre el asunto. Vosotras, mientras tanto, no digáis nada.

Micaela se retiró del despacho con la extraña sensación de que su tío deseaba con todas sus fuerzas exculpar a Trasierra de la agresión a Mariana y de cualquier otra falta que hubiera cometido. Le bastaría cualquier detalle nimio, cualquier excusa que don José pudiera esgrimir en su defensa. No es que su tío dudara de ellas, eso no, es que parecía resistirse a admitir algo que podría derruir la visión honorable de su mundo ordenado. Por eso, cuando lo vio salir como cada mañana, chistera encajada, bastón en mano, y encaminarse con paso decidido al casino, supo que no acudiría a Héctor Balboa para averiguar nada que pudiera enturbiar la relación que mantenía con el mayorazgo.

—Adela, necesito que me hagas un favor. Anda y cámbiate. Tendrás que darte prisa.

## 44

Su tío les advirtió a las dos: nada de malas caras; nada de comentarios ni insinuaciones durante la visita de los señores Trasierra. No deseaba ninguna escena de mal gusto entre las paredes de su hogar. Si no guardaban silencio, él sería el primero en echarlas de la salita. Hablaría con Trasierra en su despacho y lo aclararía todo con él. Y, por supuesto, les avisó también, no había ninguna necesidad de alarmar ni a doña Rosa ni a la tía Angélica hasta no conocer toda la verdad.

—¿Qué verdad? ¿La suya, tío? —le espetó Micaela, dolida—. Pensé que era usted un hombre justo.

—¿Y no es justo escuchar a todas las partes antes de tomar una decisión? —le replicó él sin inmutarse.

Sí, si todos los testimonios tuvieran la misma consideración. Si la honorabilidad y las justificaciones de un hombre no pesaran más que el daño infligido a una mujer. José Trasierra podría humillar a su esposa, deshonrar a una joven, agredir a cuantas muchachas quisiera, que nadie vendría a exigirle cuentas. Solo Dios lo haría cuando le llegara la hora. «Demasiado tarde para muchas de ellas», pensó mirando a Amalia, tan ajena a la conversación que mantenían la tía Angélica y doña Rosa a propósito del lugar elegido para el enlace, como el propio Francisco, que, sentado próximo a ella en el sofá, hojeaba ausente el diario de avisos de la comarca. A Micaela no le costaba mucho imaginar cómo sería el matrimonio entre ellos dos: correcto y distante en la intimidad, encantador y amable ante los demás. Como tantos otros. Las decepciones y los sinsabores se mantenían de puertas adentro o, peor aún, se los guardaba cada cual para sí y los ponía a macerar entre rencores y amarguras.

En realidad, dudaba de que nadie en esa sala fuera consciente de la trascendencia de lo que estuvieran hablando los dos progenitores a unos metros de allí, en el despacho cercano; nadie salvo ella misma y tal vez Ana, que jugaba una partida de damas con Luisa sin mucho entusiasmo. Sus fichas negras parecían en clara desventaja frente a las de su hermana, que se desperdigaban por todo el tablero.

—El primer domingo de mayo es una fecha muy bonita para una boda. Quizá podría pedirle al obispo don Vicente que la oficiara en la iglesia de Santa Lucía... —escuchó decir a doña Rosa con poca convicción.

—¿Santa Lucía? —Se extrañó la tía Angélica—. No niego que sea una iglesia bonita pero una boda como esta, máxime si es el obispo quien la oficia, debería celebrarse en la catedral, ¿no crees, Amalia?

La joven alzó los ojos como si regresara de algún lugar lejano y luminoso.

—Perdona, madre... ¿decías?

—Vuestra boda, hija. En la catedral o en la iglesia de Santa Lucía, ¿dónde preferís? —alternó la vista entre su hija y Francisco.

—Donde vosotras decidáis, madre —contestó ella con un tono de indiferencia tal que habría llamado la atención de cualquiera, a excepción de la de su propia madre, acostumbrada a la mansedumbre de su hija mayor.

—¡Pero, Amalia! ¿Cómo puedes dejar que decidan sobre el día más importante de tu vida? —replicó Luisa, exasperada, apartando sus ojos del damero de madera—. Cuando yo me case, será donde yo quiera y como yo quiera.

—Podrás elegirlo todo menos el novio, Luisa —se burló su hermana pequeña al tiempo que movía ficha para comerse dos de sus damas blancas.

—A mí me gusta la iglesia de Santa Lucía —afirmó Francisco sin apartar la vista del periódico.

Doña Rosa bebió un sorbo de su infusión de hierbaluisa antes de decir:

—Angélica tiene razón, hijo: la catedral es más adecuada. Y estoy segura de que tu padre opinará lo mismo. Escribiré al obispo para avisarle de que nos reserve esa fecha; él ya está al corriente del compromiso, por la confianza que nos une. —Sus ojos se dulcificaron al dirigirse a su futura nuera—: Don Vicente bendijo el compromiso nada más enterarse de quién sería la prometida, dijo que no podíamos haber hecho mejor elección para Francisco. Y yo también lo creo así... ¡Seréis tan felices juntos!

La mano de Amalia tembló y el chasquido de la porcelana al caer contra el suelo enmudeció el ambiente. Todos los ojos se volvieron a Amalia, que contemplaba, ausente, la taza que se le había escurrido de entre sus dedos inertes.

—¡Ay, hija! ¡La tapicería! ¡Y el pantalón de Francisco! —exclamó la tía Angélica al ver las manchas de chocolate esparcidas entre el adamascado del sofá y el pantalón de su futuro yerno. Cogió la campanilla al alcance de su mano y la movió frenética, llamando al servicio. Enseguida apareció la criada, a la que ordenó—: Trae la escobilla, el recogedor y una gamuza para limpiar esto, Dolores, que se ha caído una taza de chocolate.

Micaela se agachó a su lado y con el pañuelito frotó despacio las minúsculas manchas marrones salpicadas por el bajo de su falda ante la mirada absorta de su prima, que permanecía inmóvil.

—No hay de qué preocuparse. Solo te has manchado un poco el vestido, Amalia. Tal vez deberías ir a cambiarte.

—No tiene importancia —dijo con un hilillo de voz casi inaudible—. En realidad, ya nada importa, ¿verdad?

Micaela la obligó a callar con un apretón a su mano helada.


Puede que solo fuera una impresión suya, pero Micaela se dijo que algo había cambiado en la relación de su tío

Tomás con don José Trasierra al llegar a la salita. La expresión de natural afable de su tío se había transformado en un gesto teñido de gravedad y preocupación que trataba de simular, manteniéndose ocupado en las pequeñas tareas propias de un anfitrión que atiende a sus invitados con solicitud. Una actitud muy distinta al mayorazgo, que se mostraba absurdamente campechano y locuaz, como si de alguna manera se hubieran invertido los papeles entre ambos desde su encuentro por la mañana.

—Ah, ¡por fin habéis terminado! —exclamó la tía Angélica al verlos aparecer por la puerta—. ¿Ya está todo resuelto?

—Todo resuelto —se adelantó a responder don José mientras el marqués servía sendas copas de coñac, una que le ofreció a Trasierra y otra para sí mismo—. Queda algún fleco pendiente, pero cuando hay voluntad, siempre hay entendimiento entre dos personas.

El tío Tomás desvió la vista al líquido ambarino que agitaba entre los dedos.

—Cómo no iba a haberlo, ¡si nos conocemos de toda la vida! —afirmó con convencimiento la tía Angélica.

—No te creas, Angélica, que hay por ahí algunos que andan clavándote el puñal por la espalda cuando menos te lo esperas —dijo Trasierra.

—No te hagas mala sangre, José —replicó ella—. ¿De qué sirve? Nuestra tierra es pequeña y todos nos conocemos. Tomás y yo damos fe de vosotros, ¿verdad, Tomás?

—Claro, querida —respondió él mientras le tendía a doña Rosa la bandeja de pastas.

—Os lo agradezco, pero no será necesario; el anuncio del compromiso de nuestros hijos cerrará la boca a más de uno —dijo Trasierra con sonrisa ladina. Micaela lo aborreció al recordar esa misma sonrisa suya en el bosque, diciéndole que nunca podría medirse contra él, que nadie creería sus acusaciones—. Hay un puñado de malas lenguas que se dedican a lanzar calumnias de tal calibre sobre mi persona que hasta mis amigos más cercanos empiezan a cuestionarme.

—¡Qué barbaridad! ¿Se sabe quiénes son? —La tía Angélica miró, escandalizada, a doña Rosa, y de nuevo retornó a don José.

Él hizo un gesto despectivo. Incluso puede que el brillo sarcástico de sus ojos estuviera destinado a Micaela, no estaba muy segura. A ella le sublevó su desvergüenza, su cinismo. No soportaba verlo ahí de pie, tan pagado de sí mismo, tan confiado en el apoyo ciego e incondicional que le brindaban sus tíos.

En ese momento, solo Micaela percibió cómo la puerta se entreabría sigilosa. El rostro de Adela se asomó por el resquicio buscándola con los ojos. «Ya han llegado», dedujo. Hizo un gesto leve de asentimiento a la doncella, que se retiró en silencio.

—Padre, si me dices quiénes son, podemos denunciarlos por injurias —escuchó replicar a Francisco, poniéndose en pie—. Los llevaremos a los tribunales.

Trasierra le restó importancia con un gesto.

—No es necesario, hijo. No hay que prestarles mayor atención.

—Tal vez haya más testigos que usted no tenga en cuenta, don José —saltó por fin Micaela, incapaz de contenerse por más tiempo.

Sintió los ojillos de don José como dos aguijones clavados en su rostro.

—Me temo que no, señorita Moreau. ¿O quizá conoce usted a alguien?

—Sabe usted que sí.

—¿Se refiere al desafortunado incidente en el bosque en el que ayudé a esa niña que se había caído y estaba malherida?

—Micaela, basta. —La voz del marqués se elevó en la sala y cortó en seco la réplica de su sobrina—. No es el momento ni el lugar. El señor Trasierra me ha dado las explicaciones oportunas.

—Entonces ¿lo cree a él? —preguntó Micaela.

La tía Angélica posó la taza de café sobre la mesa y los miró a los dos alternativamente, sin entender nada. De pronto, el ambiente de la sala se había cargado de un silencio tenso, expectante.

—¿De qué habláis? ¿Tomás?

Micaela se levantó y, asomándose al pasillo, llamó a Adela. De vuelta a su sitio, prefirió permanecer de pie, aguantando las miradas de todos los presentes sobre ella.

—Micaela, pero ¿qué es esto? —balbuceó su tía.

El rostro de doña Rosa había adquirido una palidez mortal.

La puerta se abrió y entró la última persona a la que Micaela esperaba.

—¡Candela! ¿Qué hace aquí?

Vestida con un sencillo traje de mañana, la hermana de Héctor Balboa se adelantó con gesto resuelto. Paseó sus ojos oscuros por cada uno de los presentes, se demoró un segundo de más en José Trasierra, antes de volverse a Micaela.

—Me han dicho que el marqués quería escuchar lo que tuviéramos que decir sobre ese hombre. —Hizo un gesto despectivo con la cabeza hacia el mayorazgo—. Y a eso he venido, a contar lo que sé de él. Que ya no tengo por qué callar. —Lo miró de frente, encarándolo—: ¿Sabe quién soy?

Trasierra se volvió al marqués, indignado.

—Tomás, esto es inadmisible. No voy a aguantar...

De nuevo se abrió la puerta y Adela franqueó el paso a un grupo de mujeres titubeantes encabezadas por Chelo; la seguían Sole y su hija Mariana, que no se atrevía a alzar la vista del suelo, y tras ellas, otras tres aldeanas, alguna muy joven, ninguna mayor de treinta años. Entraron en la elegante sala y avanzaron despacio hasta colocarse, como un pequeño ejército, detrás de Candela, que se había plantado en su sitio con expresión decidida.

—Míreme, don José, no me venga ahora con requiebros. —Se colocó ante él, con los brazos en jarras—. Soy la culpable de esa cicatriz que le atraviesa la cara... ¿me recuerda ahora el señor? —Eso sí que captó la atención de Trasierra, que a tenor de la expresión de su rostro, la había reconocido. Aun así, ella agregó en voz alta y clara—: Candela Balboa Casares, la hija de Remedios Casares, ya sabe usted de quién le hablo. Me parezco mucho a ella, me lo decía Antonia, la mujer que me adoptó. En aquel tiempo yo no tenía edad de saber de su obsesión por mi madre, ni de lo que le hizo usted. Nadie hablaba de aquello. De haberlo sabido, me habría escondido cada vez que aparecía por la aldea y sentía yo que me vigilaba cuando apenas era una mujer; o habría estado más prevenida la tarde que me asaltó en el callejón y me arrastró al cobertizo para abusar de mí. ¡Hasta en la tumba quería usted deshonrar a mi madre, malnacido! Quería hacerme a mí lo que no pudo hacerle a ella.

Doña Rosa no era la única que miraba a su marido con ojos de espanto; su tía y sus primas habían palidecido también.

—Menos mal que también en eso soy hija de mi madre y aquel día le marqué la cara bien marcada con una aguja de arpillera —seguía Candela—. ¡Ojalá hubiera tenido un cuchillo encima y se lo hubiera clavado sin pensar! Esa misma noche, la Antonia me sacó de Ruiloba por si volvía usted a por mí, y en el camino me lo contó todo, hasta lo que yo había olvidado. Pensé que nunca más volvería a pisar la aldea, del miedo que le tenía. Pero resulta que he vuelto. Que aquí estoy, en mi tierruca, con mi hermano, con mi gente. Y yo ya no le tengo ningún miedo. O no ese miedo de antes, el de cuando era casi una muchacha y me perseguía usted hasta en los sueños.

—¡Es todo mentira! ¡Se lo ha inventado! —exclamó Trasierra, con ira—. ¡Me culpa a mí por la muerte de su madre, cuando fue el cólera! ¡Los dos quieren echarme la culpa, ella y su hermano, ese Héctor Balboa!

—Tío, podemos escuchar los testimonios de otras mujeres de Ruiloba a quienes, a buen seguro, don José conocerá —propuso Micaela.

—¡Ni hablar! ¿Qué pintan ellas aquí? ¿Vais a prestar atención a las tonterías que digan esta pandilla de aldeanas ignorantes? —farfulló Trasierra.

—Padre, escúchalas, por favor... —musitó Ana con voz suplicante.

La voz de su hija menor hizo reaccionar al tío Tomás, que cortó en seco las protestas de Trasierra:

—He oído todas tus explicaciones, José. Ahora me gustaría escuchar qué tienen que decir ellas.

Una por una, a trompicones, con frases entrecortadas y silencios prolongados, las mujeres desgranaron las incontables afrentas sufridas por parte de ese hombre, don José Trasierra, durante años y años:

«A mí me arrastró hasta el río y allí mismo me golpeó con su fusta, me desgarró la camisola, me violó...»

«... fuera adonde fuera estaba él, esperándome. Era tal el miedo con el que vivía, que dejé de comer, de dormir y casi hasta de respirar, y luego supe que se había encaprichado de otra, de la Andrea... la pobre, que en paz descanse»

«... el día que mi hija me contó que se había cruzado con él en el monte y le había dicho lo guapa que se estaba poniendo, fue el día en que me lancé a la calle en busca de la señorita Micaela. Jamás permitiré que le haga a mi Teresa lo que me hizo a mí», concluyó Chelo encarándose a él.

Cuando le llegó el turno a Mariana, la muchacha ya no se escondía detrás de su madre. Relató entre sollozos el intento de agresión de don José en el bosque, el terror, el ahogo, la impotencia. Todavía lo sentía cada noche, su aliento pegajoso sobre su rostro, sus manos aprisionándola como grilletes, el cuerpo pesado y apremiante, inmovilizándola contra la tierra húmeda. Al terminar de hablar temblaba como una hoja al viento, incapaz de enfrentarse a él, ni siquiera allí, flanqueada por su madre y esas otras mujeres que se revolverían contra quien fuera si ese hombre intentaba algo.

—¡Zorras mentirosas! ¡Estás mintiendo! ¡Todas mentís! —gritó Trasierra fuera de sí, abalanzándose hacia ellas.

—¡José, por Dios! —Doña Rosa se levantó de su asiento, con intención de interponerse en su camino.

El mayorazgo la echó a un lado sin contemplaciones y tuvo que ser Francisco quien lo detuviera, sujetándolo con fuerza.

—¡Déjame! Voy a hacer que se traguen sus palabras —dijo Trasierra fuera de sí.

—Padre, ya basta —le ordenó Francisco con voz contenida—. Hemos oído suficiente.

Los ojos iracundos de Trasierra se clavaron con desprecio en su hijo.

—¡Es mentira! ¡Solo quieren destruirme! ¡Ensuciar nuestro buen nombre! A estas las han pagado, vete a saber cuánto y de qué manera, para que me calumnien y así acabar conmigo.

—No son ellas, José —dijo doña Rosa, con una serenidad desconocida en ella. No necesitó alzar la voz para hacerse oír. Por primera vez en mucho tiempo, sus palabras sonaron firmes y claras al dirigirse a su marido—. Llevas haciéndolo tú solo desde hace años, sin ayuda de nadie. Este día tenía que llegar, tarde o temprano, y nosotros no te acompañaremos a partir de aquí.

—¡Qué humillación! ¡Y en mi propia casa, Dios mío! —murmuró la tía Angélica, espantada. Se volvió hacia su marido y le suplicó—: ¡Tomás, haz algo!

Ya lo había hecho. El tío Tomás se había colocado al lado de Francisco como apoyo y no se había separado de él, por si acaso.

—José, será mejor que os retiréis ahora. Hablaremos mañana... o en otro momento —dijo mientras ayudaba a ponerse en pie a doña Rosa, que se agarró con fuerza al brazo compasivo del marqués.

José Trasierra parecía haber perdido de repente toda su energía. Con la cabeza hundida entre los hombros, se sujetaba al respaldo de una butaca, sin alzar la vista.

—Francisco, hijo. Vámonos —dijo la dama con voz queda.

Su hijo no pareció oírla. Permanecía de pie frente a su padre. Su rostro reflejaba todas las emociones desatadas esa tarde: la incredulidad, el desconcierto, la humillación, la vergüenza provocada por aquel a quien consideraba un hombre respetable, un modelo de conducta. Con sus carencias y sus faltas, sí, pero un caballero a fin de cuentas. ¿Tan ciego había estado?

—¡Francisco! —Amalia corrió hacia él.

Micaela intentó detenerla, intuyendo sus intenciones.

—Amalia, ahora no... —musitó en voz baja.

Su prima dudó un instante ante la mirada inquisitiva de su prometido.

—¿Qué ocurre? Si tienes algo que añadir a este esperpento, dilo ahora, Amalia —dijo Francisco—. Aquí, delante de todos. Poco más nos va a sorprender después de lo que hemos escuchado ya.

La joven bajó la vista, repentinamente avergonzada de su impulso, pero él insistió una vez más, como si supiera lo que vendría a continuación:

—Quiero oírlo, Amalia. Dilo.

—Francisco, te pido por favor que me perdones. Lo siento tanto... No puedo casarme contigo. Créeme que no tiene nada que ver con tu padre, te lo juro —le dijo, mirándolo a los ojos—. Tú eres un buen hombre, jamás dudaría de ti, jamás. Tú no eres como él, lo sé.

Él la miró con rostro inexpresivo. Cuando Amalia prosiguió, apretó la mandíbula y se mantuvo erguido, como si ese fuera el último gesto de dignidad que le quedaba en aquellas circunstancias.

—No se trata de ti, Francisco. Estoy enamorada de otro, no te merezco. Debería haberlo dicho antes, lo sé. Como ves, yo también soy una cobarde y... perdóname —susurró con los ojos inundados de lágrimas.

Un silencio tenso se instaló en la sala. Micaela compadeció a ese joven que parecía destinado a enmendar los errores y delitos de su progenitor: en apenas una hora, todo su mundo se había venido abajo.

—Madre, vámonos —dijo él, tendiendo la mano a su madre.

Doña Rosa se desprendió del brazo del marqués, pasó junto a don José sin siquiera mirarlo y se enlazó a su hijo, en quien se apoyó para abandonar la sala con toda la dignidad acumulada a lo largo de tantos años de humillaciones y desplantes de su marido.

Las mujeres también se retiraron en silencio, tras despedirse de Micaela. Candela la invitó a su casa, quería explicarse, necesitaba hablar. Ninguna había ido allí a reclamar una justicia que sabían imposible; solo deseaban hacerse oír fuera de los límites de la aldea, que todos lo supieran. Querían vivir sin miedo en sus hogares, en sus tierrucas; querían asegurarse de que ese hombre nunca volvería a molestarlas. Pero ese hombre se había desplomado sobre la silla y escondía el rostro entre las manos. Era débil hasta para afrontar la vergüenza.

Amalia se giró hacia sus padres. La tía Angélica se había sentado, apabullada por la gravedad y el dolor que había visto en esas mujeres. Su semblante había perdido de golpe el color y contemplaba la escena con la mirada perdida, incapaz de reaccionar: Rosa, Francisco, esas pobres mujeres... ¿Cómo no se había enterado antes? ¿Qué pensarían sus hijas? ¿Qué pensaría el resto de sus conocidos cuando supieran lo ocurrido? Agarró la mano de su marido, de pie a su lado. Él la miró, sereno y apretó su mano con cariño. «Ya ha pasado todo, querida», murmuró.

—Padre, por favor, no me obligues a casarme con Francisco. —Amalia se había acercado a ellos, todavía llorosa—. Seré infeliz toda mi vida de pensar que tuve la oportunidad de casarme con quien quiero y no lo hice.

La tía Angélica se levantó despacio, como si llevara sobre sus hombros una pesada carga.

—¿Es necesario discutirlo ahora? —inquirió con voz débil.

—Pero, madre, por favor... —suplicó Amalia.

El gesto de la tía se suavizó un tanto al mirarla, pero fue el tío Tomás quien tomó la palabra:

—Ahora tu madre necesita reposar un poco. Han sido demasiadas emociones acumuladas en una tarde —dijo al tiempo que enganchaba del brazo a su esposa—. Lo hablaremos más adelante con calma, hija.

# 45

Micaela agrupó sus libros en el lateral del baúl, intentando remover lo menos posible los vestidos primorosamente doblados y colocados uno sobre otro por la mano eficiente de Adela. De un vistazo, repasó la alcoba: el armario vacío, las sombrereras apiladas una sobre otra, sus objetos de tocador listos para ser guardados y, extendido sobre la cama, su vestido de baile. Acarició despacio la gasa fruncida alrededor del escote. Todavía desprendía una tenue fragancia a lavanda entremezclada con otros olores más mundanos. Le trajo el recuerdo, una vez más, de aquella noche en el jardín: los besos, las caricias de sus manos cálidas, el deseo palpitante. Su aroma tan masculino. Las ganas confusas de yacer y de volar. Y después... Atesoraría para siempre el recuerdo de Héctor Balboa, el causante de esta última llama de pasión que había prendido en su interior. Su último amor perdido. Vio que Adela había hilvanado una improvisada funda de algodón para proteger el vestido en el baúl. Echaría de menos la discreta vivacidad de la doncella ahora que regresaba a la quietud de su casa en Madrid, junto a su madre y la fiel Dora.

—Señorita, ¿puedo entrar a limpiar su alcoba? —le preguntó una criada asomada al vano de la puerta.

—Sí, enseguida termino.

Hurgó en su joyero entre las pocas piezas que poseía. Ahí estaba el camafeo de Minerva que no había vuelto a ponerse desde el baile. Escogió una sencilla cruz de oro y ónix heredada de su abuela materna y los pendientes a juego. Eran los mismos que había llevado el día anterior, en la pedida de mano de Amalia. El joven Macías no había dejado pasar ni un día desde que sus padres llegaron a Comillas para solicitar, tarjeta mediante, una visita de cortesía a los marqueses de Peñubia y a su hija Amalia. «Qué respetuoso y formal, este joven», se congratuló la tía Angélica, a quien esos detalles la conquistaban. Lo cierto es que a Román Macías y a sus padres les resultó más que fácil agradar a sus tíos. Don Xavier Macías, propietario de una próspera fábrica textil, y su esposa, doña Montse Vendrell, tercera hija de un vizconde catalán, destilaban amabilidad, educación y discreción.

Revisó de nuevo los cajones del secreter, ya vacíos. En su bolso de mano había guardado las cartas de su madre y la novela de *Madame Bovary*, ya terminada. Su tío le había regalado *Marianela* de Benito Pérez Galdós, para el viaje en ferrocarril. Esa sería su última noche en Comillas. Al alba, el carruaje la llevaría a la estación de Santander para coger el tren a Madrid. Su estancia allí había tocado a su fin, pese a las súplicas de sus primas para que se quedara una semana más.

Imposible. Su madre la reclamaba en casa.

Su tía Elvira y su tío Hilario tenían previsto emprender en breve un viaje de placer a Oporto y no deseaban dejarla sola en Madrid. Era hora de retornar a casa. Además, la tía Angélica la azuzaba a volver cuanto antes, no fuera que el barón de Cabuernas se arrepintiese de su proposición o conociera a otra mujer o enfermara... Dios no lo quisiera, pero ¡vete tú a saber! Y ella, ¿qué podría decir? Una congoja paulatina dominaba su ánimo desde hacía días, oprimiendo su mente, su pecho y su corazón, como un corsé invisible.

En su cabeza se habían empezado a diluir las razones que la habían conducido hasta allí, hasta ese punto de su vida. Esa misma mañana había puesto en el correo una misiva a las hermanas Ruano renunciando a su puesto de maestra por «motivos ajenos a su voluntad». Poco más podía decir para justificar su repentino cambio de parecer sin sonrojarse de vergüenza. Se casara o no con don Jesús, su tía Angélica jamás admitiría esa posibilidad. Y ella lo había aceptado. Amaba y respetaba a su familia, no deseaba enfrentarse a ellos, ni perjudicar a sus tíos o a sus primas en una ciudad tan pequeña como Santander, donde todo se retorcía o magnificaba hasta la ridiculez.

Abrió las sombrereras y extrajo un tocado sencillo de una única pluma que se colocó en la cabeza. La mañana había amanecido entre neblinas, pero ahora se colaba a través de la ventana el intenso olor de los jazmines y los trinos alegres de los pájaros. Se enfundó los guantes de algodón y, con paso firme, abandonó su habitación en dirección a la calle.

La casa del viejo juez Olano estaba extrañamente silenciosa cuando el mayordomo la hizo entrar. Enseguida supo por qué: Héctor se había marchado la tarde anterior a Santander y de allí continuaría viaje a Bilbao, le explicó Candela, y parecía mentira lo tranquilos que se habían quedado desde su partida. Sí, Micaela también notó esa falta de nervio o agitación que se respiraba en el ambiente cuando faltaba Héctor.

Recordó la mañana en que llegaron los últimos trajes de la modista mientras daban su clase habitual en el gabinete. Candela se había atascado en una oración y ella la guiaba de palabra en palabra. De repente sintió cómo se le erizaba el vello de la nuca y supo que él estaba allí, a su espalda. Héctor había abierto la puerta con sigilo y las observaba en silencio, con una paciencia desconocida en él. No quería interrumpir, les había dicho, pero había pensado que a su hermana le gustaría mostrarle los vestidos nuevos antes de que se marchara. A Candela le faltó tiempo para salir corriendo; deseaba probárselos y desfilar delante de ella para que le aconsejara con cuál la veía mejor, cuál debía ponerse en cada ocasión. Los dejó a solas a los dos, en medio de un silencio tan inesperado que Micaela se vio impulsada a romperlo con una pequeña broma a cuenta de la lección que habían dejado a medias, la lectura de algunos fragmentos de literatura española. Los ojos de Héctor sonrieron con picardía: «No sea tan estricta, Micaela; a mi hermana le vendrán bien las sugerencias y consejos que pueda darle para vestir con elegancia». En cierto modo, tenía razón. Héctor se sentó a su lado, sobre el brazo mullido del sillón, y se interesó en los libros que tenía sobre la mesa, desconocidos para él. Estaba relajado, contento. Ella le mostró el cuadernillo de lectura con ilustraciones y le leyó un par de versos de la «Canción del pirata» de Espronceda que a Candela tanto le gustaba —«Que es mi barco mi tesoro / que es mi dios la libertad»—, y él la escuchó con verdadera atención y la mirada fija en sus labios, como si quisiera absorber todo cuanto le enseñaba. O eso pensaba ella, hasta que murmuró: «No se enfade, pero no hago más que pensar en besarla de nuevo», y ella se quedó sin habla. Por supuesto, no la besó, muy a pesar suyo. Micaela no lo habría rechazado.

—Me alegro de que haya venido. Entre unas cosas y otras llevamos unos días de mucho trajín —dijo Candela.

—No sabía que conocía usted al señor Trasierra. De haberlo sabido...

Micaela dejó el final de la frase en el aire, flotando entre las dos. De haberlo sabido, quizá le habría contado el incidente con Mariana, habría desahogado sus inquietudes e impaciencia con ella, le habría pedido consejo, y tal vez eso les habría llevado a compartir algo más que los cuadernillos silábicos de lectura y las charlas intrascendentes en ese mismo gabinete donde se hallaban ahora las dos unidas por una nueva causa: la de las mujeres de Ruiloba contra Trasierra.

—Fue muy valiente al enfrentarse a él, Candela.

Ella sonrió, restándole importancia con un sencillo gesto de la mano.

—Nunca lo habría hecho si usted no nos hubiera empujado. Ocurrió hace mucho tiempo y yo misma deseaba borrarlo de mi cabeza. ¡Fíjese si quería olvidarlo que hasta le hice prometer a Héctor que no me obligaría a visitar Ruiloba por miedo a cruzarme con ese hombre otra vez! —Sonrió casi avergonzada de sí misma—. Pero la otra mañana, cuando se presentó en nuestra casa su tío, el marqués, preguntando cosas sobre José Trasierra..., que el Señor me perdone, pero pegué la oreja a la puerta y escuché todo lo que mi hermano le contaba, con pelos y señales.

A Micaela le sorprendió saber que su tío se había desviado de su camino para hablar con Balboa. Ah, qué injusta había sido con él.

—Después de eso fue cuando decidí volver a la aldea. Quería saber qué había sido de la casa de Antonia, de mis amigas de entonces, la Chelo, la Pruden, la Andrea... —Candela enmudeció, sus ojos oscuros brillaban más que de costumbre—, pobre. ¿Sabe que murió al dar a luz al hijo bastardo del mayorazgo? —Micaela negó con la cabeza—. El bebé murió unas horas después... y el mayorazgo ni se enteró. Busqué a la Chelo, que se echó a llorar al verme al cabo de tantos años. ¡Qué tontina! Casi me hace llorar a mí también. Ni sé el tiempo que estuvimos de cháchara mientras yo la ayudaba en sus tareas. Y entonces apareció por ahí su doncella de usted, esa muchacha, Adela, que venía a la carrera, roja como un tomate, a traer un mensaje de su parte. Dijo que si queríamos acabar con los abusos del mayorazgo, arreáramos a hablar con el marqués de Peñubia, que usted nos esperaba allí y nos acompañaría. Y ¿cómo me iba a quedar yo de brazos cruzados contra el que mató a mi madre y destruyó a mi familia? —Candela meneó la cabeza y chasqueó la lengua—. Ni hablar. El día que intentó propasarse conmigo le marqué la cara bien marcada y hui con la Toña para no volver nunca más. Pero resulta que he vuelto; estoy en mi tierra, con mi gente. Y no tengo por qué tener miedo de regresar a Ruiloba por culpa de ese hombre. Por eso me sumé a ellas.

—Me alegro de que lo hiciera, Candela. Por lo poco que sé, mi tío no quiere saber nada de él y la gente de bien le ha dado la espalda. Su hermano estará orgulloso de usted.

Candela dudó.

—Pues no le sabría decir —respondió ella, encogiéndose de hombros—. Lo primero que hizo cuando se enteró de lo ocurrido en casa de su tío fue abroncarme por no haberle avisado. Yo creo que le dio rabia no haber estado allí para enfrentarlo él también. —Sonrió, maliciosa—. Y después no me dejó en paz hasta contarle todo, palabra por palabra, como en un confesionario. Fuera como fuese, a los dos nos ha liberado de una carga muy pesada, Micaela. Al fin hemos destapado a ese malasombra, lo hemos humillado delante de los suyos, ¿entiende? —la interpeló como si necesitara su bendición final.

—Lo que no entiendo es cómo su hermano logró contenerse para no matar al mayorazgo en el bosque.

—Es que yo no se lo conté, señorita... Suficiente tenía con la culpa que ha arrastrado todos estos años atrás por lo que ese diablo le hizo a nuestra familia. Mi hermano necesita perdonar y perdonarse, Micaela, vivir en paz consigo mismo y curar sus heridas con paciencia y amor, todo el amor que se merece. Todavía estamos a tiempo, sobre todo él. ¿No cree?

—Por supuesto que sí... —Micaela se esforzó por sonreír. Un silencio nuevo, de sobreentendidos, se interpuso entre las dos. Héctor se había marchado y no podría despedirse de él. Asuntos de negocios y personales, también, le había dicho Candela—. ¿Conoce a la novia?

—¿A la señorita Lizarra? No, todavía no. Parece ser que la señorita y su padre marcharon a Bilbao un día antes de mi regreso a Comillas. —Candela se levantó de su asiento para coger la botella de anís que tan buen servicio les había hecho en otras ocasiones y dispuso dos copitas sobre el velador—. Mi hermano dice que es una señorita muy educada y agradable aunque sea hija de un conde, pero le preocupa que sea demasiado joven. Él me preguntó mi opinión y yo... ¿qué quiere que le diga? Arreglos más raros he visto en mis años de sirvienta pero, a la larga, tanta diferencia de edad siempre acarrea problemas en el matrimonio, se lo digo yo. —Le tendió la copita de anís a Micaela y antes de llevarse la suya a los labios, añadió—: Le dije que usted sería mejor esposa para él, Micaela. Y yo la querría como si fuera mi propia hermana.

Micaela casi se atraganta al escucharla. Su rostro adquirió de golpe un vivo color rojizo que no pudo ocultar ante la mirada inquisitiva de la mujer.

—Ay, Candela... Pero ¿cómo se le ocurre? —balbuceó ella—. Entre su hermano y yo nunca ha habido nada...

La hermana soltó una carcajada.

—No estoy ciega, Micaela. He visto cómo la mira él y cómo reacciona usted cada vez que aparece —dijo mientras cogía una rosa del espléndido ramo que perfumaba la estancia. Se lo había enviado el abogado Herraiz esa misma tarde—. Sé que entre ustedes se ha cocido algo; no sé cuándo ni cómo, pero lo sé. Así que cuando me habló de la señorita Lizarra, que si tal y que si cual, y luego me preguntó... yo le di mi opinión sincera, que es lo que deben hacer las personas que bien te quieren, ¿no cree? —Micaela la miraba de hito en hito, y no respondió—. Y luego, que haga lo que le dé la gana. Que lo hará, no lo dude.

Las dos se perdieron unos minutos en sus propios pensamientos. Ella nunca había tenido ninguna opción con Balboa. Tampoco la había buscado, más bien al contrario: se había esforzado por mantenerlo a distancia. Así que no tenía nada que reprocharle. Le hubiera gustado verlo por última vez, despedirse de él, pero ya no habría ocasión.

—He venido hoy a despedirme, Candela. Mañana salgo para Madrid.

—Pero regresará en septiembre, ¿verdad? Para entonces nosotros estaremos ya en Santander y podremos seguir con nuestras lecciones.

Micaela depositó la copa ya vacía sobre el velador.

—Me temo que no voy a regresar —dijo en un tono de voz apagado—. Si le parece bien, he pensado que mi prima Amalia podría ayudarla en su formación. Ella estaría encantada de hacerlo.

—¿Y qué hay de su trabajo en ese colegio de Santander?

—He renunciado a él. En realidad, no era demasiado apropiado para mí —explicó, restándole importancia—, y además, he recibido una proposición de matrimonio de un caballero de Madrid.

—¿Se va a casar? —El tono de Candela era una mezcla de sorpresa e incredulidad—. ¿Y va a dejar abandonadas a todas esas niñas?

Micaela forzó una sonrisa. Sí, pero al menos las niñas ya tenían una escuela y una maestra para ellas.

—La vida está hecha de renuncias, grandes y pequeñas, Candela. Algunas son necesarias para conseguir tus propósitos; otras son inevitables si deseas proteger lo que más quieres.

## 46

Balboa aprovechó su estancia en Santander para repasar con Herraiz la marcha de sus negocios, sus últimas transacciones, los contratos con los ingleses, el asunto de Trasierra. La noticia de la acusación realizada por su hermana y otras mujeres de Ruiloba en la casa del marqués de Peñubia había corrido de boca en boca por la aldea, cuyos vecinos no terminaban de creerse que el señor por fin recibiera su castigo, por pequeño que fuera, después de tantos años de fechorías e impunidad. Quedaba por ver cómo aceptaría el «escándalo Trasierra» la sociedad de Comillas, cuando al fin corriera la noticia, porque más pronto que tarde lo haría. Y todo gracias a Micaela y su obstinación. «¡Dichosa mujer!», murmuró entre dientes con una sonrisa en los labios.

A él ya solo le restaba darle la puntilla al mayorazgo arrebatándole lo que todavía le servía de escudo: su casa, sus tierras. El último plazo de la deuda ya se había cumplido y por más que el apoderado de don José les estuviera dando largas, el hecho es que Casa Trasierra había pasado a ser legalmente de su propiedad.

—Dígale al abogado de Trasierra que le damos quince días para desalojar la casa —le dijo a Herraiz con un pie en el escalón de la berlina que le conduciría a Bilbao.

—Dudo de que puedan hacer el traslado tan rápido, señor Balboa. Es muy precipitado para una residencia tan grande.

Héctor se acomodó en el asiento y alzó la cortinilla granate en el interior del carruaje. El campanario de la catedral de Santander destacaba entre los edificios. Dejó caer la tela y se volvió a Herraiz:

—Si doña Rosa y sus hijos necesitan unas semanas más, concédaselas. Pero Trasierra deberá marcharse antes de quince días, esa es la única condición que impongo. —Se quitó la levita y la dejó extendida en el banco frente a él—. Y, por favor, esté pendiente de Candela en mi ausencia. Si no le es demasiada molestia, le agradecería que le hiciera alguna visita. Temo que pase demasiado tiempo en Ruiloba.

El último asunto que le recordó a Herraiz antes de emprender su viaje fue el contrato de Lizarra. ¿Había introducido las modificaciones que le apuntó? El abogado asintió. ¿Tenía alguna objeción legal? Ninguna. Aun así, insistió en que le hiciera llegar la nueva versión en cuanto la tuviera en sus manos; deseaba revisarla una vez más antes de entregársela a don Carlos.

—¿Le preocupa algo, señor Balboa? —inquirió el abogado, bregado en los humores de su cliente.

—No —replicó él, escueto, antes de ordenar al cochero que reanudase la marcha. Nada que pudiera expresar con palabras. Era una sensación extraña, como si se le escapase algo irrecuperable.

Esa sensación se le fue disipando a su llegada a Bilbao y en el transcurso de los días siguientes, a medida que se dejaba contagiar del entusiasmo de los hermanos Lizarra por La Bilbaína, la que sería «la fábrica de acero más moderna de España», decía el conde sin ningún empacho a quien quisiera escucharle. Ángel Lizarra, más prudente y reservado, sonreía con tímido orgullo. Si Carlos era el rostro amable y seductor del proyecto, su hermano era la cabeza financiera, «el equilibrista de los números», como lo llamaba el conde no sin un punto de admiración que no tardó en compartir el indiano. Cuando rubricaran el acuerdo de compromiso, Héctor financiaría la mitad del paquete mayoritario de acciones que le correspondían al conde en la sociedad compartida con su hermano, y, además, tendría la opción de entrar como socio minoritario con el mismo porcentaje que poseían los otros cuatro socios ya confirmados. Esa participación le daba también derecho a formar parte del consejo de administración de la fábrica, tal y como él deseaba. El monto total constituía una pequeña fortuna como contraprestación a su futuro matrimonio con Loreto Lizarra. Una excelente inversión.

Durante la estancia en Bilbao tuvo ocasión de acompañar al conde de Salinas en sus visitas a los despachos del Banco de Bilbao, de los Murrieta, y del gobernador de Vizcaya, así como los de otros grandes propietarios de empresas suministradoras de materiales y servicios que alimentaban la pujante industria del Nervión. El conde los conocía a todos y se movía con la soltura que le confería saberse uno de ellos, pulsando intereses e intercambios de favores beneficiosos para unos y otros.

Los últimos días habían recorrido las explotaciones mineras que abastecerían los altos hornos, y habían visitado un par de astilleros a lo largo de la ría, a petición de Héctor. Candela le había contado a su regreso de Bilbao que su antiguo patrón, don Ernesto Arellano, andaba yendo y viniendo a Madrid porque, según su esposa, le habían nombrado miembro de una comisión ministerial que asignaría el contrato de construcción de tres cruceros de guerra y tres cañoneros que renovarían la envejecida Marina española.

A don Carlos no le costó mucho averiguar más detalles entre sus contactos de la capital: efectivamente, en breve se publicaría el Real Decreto con las condiciones, pero ya se sabía que entre los requisitos demandados a la adjudicataria constaba que máquinas y materiales debían proceder de la industria española y que solo admitirían acero producido mediante el sistema Martin-Siemens, utilizado en los buques ingleses. El mismo sistema que ellos habían instalado en La Bilbaína.

—Presentemos una propuesta para conseguir ese contrato de la Marina, Lizarra. Sería una forma de asegurar la producción de la fábrica durante varios años —propuso

Balboa tras escuchar la información que había conseguido don Carlos.

—Nosotros no somos constructores de barcos —objetó su hermano.

—¡Pero solo La Bilbaína fabrica ese acero! Ningún otro astillero de la Península lo tiene, ni Cádiz, ni Barcelona. ¡Seremos los únicos con hornos Martin-Siemens! —replicó Héctor, implacable—. Y la ubicación en la ría es inmejorable.

A los hermanos Lizarra les comenzó a sonar bien la idea y el conde discurría rápido.

—Nos bastaría con formar una sociedad conjunta con otras compañías que nos complementen. —Don Carlos clavó una mirada inquisitiva en su hermano, que asintió aún vacilante—. Y necesitaríamos socios que aporten su experiencia y conocimiento en ese sector. Y buenos anclajes en Madrid, por descontado.

—Tengo un buen amigo en una de las mejores compañías navales de Portsmouth a la que podría interesarle invertir en el proyecto si, además, obtiene suministro de acero a buen precio —dijo pensando en su compadre, Antón Portas.

—Una alianza con una compañía inglesa..., muy hábil, Balboa. Hable con su amigo. Viajaremos a Inglaterra, si es preciso —resolvió sin ningún asomo de duda. Sus ojos fulguraban con la emoción de la imagen que se construía a marchas forzadas en su cabeza.

—Deberíamos constituir una sociedad independiente

de La Bilbaína, participada por ella en un porcentaje a decidir, pero independiente —apuntó Ángel Lizarra.

—Estoy de acuerdo. Y crearemos un astillero nuevo adaptado a los buques que fabriquemos con nuestro acero, recuperaremos la tradición astillera de la ría, que fue mucha no hace tanto tiempo, y armaremos la mejor oferta presentada por una compañía española. ¡Una gran idea, Balboa! —exclamó el conde con renovado entusiasmo.

Un par de días después accedieron invitados a la fábrica de Nuestra Señora del Carmen, propiedad de los omnipresentes Ibarra. Sus sentidos habían absorbido con avidez cada explicación recibida, cada tarea implicada tanto en la producción más artesana de las ferrerías como en la producción industrial de los altos hornos, para almacenarla en su memoria. «Estas vigas son para el nuevo edificio de la Biblioteca Nacional en Madrid, cuyas obras se han reanudado hace unos meses tras años paralizadas», les explicó el jefe de ingenieros de la fábrica, viejo conocido de Lizarra, señalando un lote listo para su traslado. De todos era sabido que los Ibarra también se habían hecho con el contrato de suministro de hierros y aceros para el edificio de la Bolsa de Madrid.

Estructuras de construcción, forjas, trenes, vías de ferrocarril, planchas de acero, barcos, maquinaria... Allí lo vio claro: el mundo futuro se iluminaría con las bombillas eléctricas de Edison, retumbaría con el sonido incesante de las máquinas fabriles y se construiría a base de hierro, acero y otras muchas combinaciones de minerales de las que ya se oía hablar. Le maravillaba descubrir las posibilidades que se abrían ante él si fuera capaz de aprovechar la cantidad de recursos disponibles en la ría.

—He concertado cita en la notaría el lunes próximo por la mañana para la firma del contrato —le anunció don Carlos en el carruaje que los llevaba de vuelta al centro de Bilbao. Héctor recordó que aún no le había entregado a Lizarra el documento definitivo que Herraiz le había hecho llegar por correo urgente.

—Creí que su hija debía dar su consentimiento al matrimonio —respondió Héctor con cautela—. Aunque quizá usted disponga de más información que yo respecto a las intenciones de Loreto...

El conde sonrió al tiempo que le daba unas palmaditas en el antebrazo.

—Conozco a mi hija y sé que usted le agrada. No tardará en decírselo, ya verá.

Él no estaba tan convencido. Desde el día de su llegada, la actitud veleta de Loreto le producía cierta desazón; pasaba de la tibieza a la formalidad en cuestión de segundos, como si una vocecita interior le llamara la atención cada vez que se permitía ciertas confianzas. También era cierto que la joven le trataba con mayor familiaridad a pesar de su carácter reservado, así que no sabía qué pensar. Estaba confuso. De vez en cuando la sorprendía observándole con la fijeza de alguien cuyas cavilaciones discurren por derroteros pedregosos que ensombrecían su ánimo.

Por un lado, esa indefinición le exasperaba: ahora que

había vislumbrado cómo hacer realidad sus proyectos de futuro de la mano de los Lizarra, no pensaba renunciar a ellos. Por otro lado, cada día que transcurría sin una respuesta suya le embargaba una extraña sensación de alivio a la que se resistía a ponerle nombre. El nombre de otra mujer que rondaba sus sueños.

—¿Lleva usted mucho tiempo esperando, señor Balboa? —le preguntó Loreto desde el último tramo de la escalera de caracol, al verlo sentado en el butacón del vestíbulo—. Mi padre bajará enseguida.

Héctor se puso en pie y contempló la figura de la joven enfundada en lo que le pareció un revoltijo de telas superpuestas en cascadas que difuminaban sus contornos en una silueta irreconocible.

—No se preocupe —respondió, inclinándose a besar la mano enguantada de Loreto—. Suelo aprovechar estos ratos vacíos para repasar en mi cabeza asuntos pendientes.

—Espero que la cena le ayude a olvidarse de todos ellos. ¿Sabe que los Satrústegui son mis padrinos? La señora Satrústegui ha sido casi como una madre para mí en los momentos en que más echaba en falta a la mía, y su casa es como mi segundo hogar.

No lo sabía, no. Fue cuando se dio cuenta de que conocía más al conde de Salinas y sus negocios que a la que pronto podría ser su esposa. En esos últimos días se había esforzado en prestar más atención a sus gustos y aficiones, pero siempre surgía algún tema interesante que discutir con don Carlos y que le distraía de sus propósitos. Ya tendrían tiempo de conocerse mejor durante el compromiso.

Loreto Lizarra engarzó el brazo de su padre y salieron los tres a la calle Correos, atestada de los muchos feligreses que habían escuchado misa de siete en la catedral y aprovechaban el vientecillo fresco que ascendía del río para pasear por la orilla. Echaron a andar con paso tranquilo en dirección a la calle Arenal, donde se hallaba la residencia de los Satrústegui, un magnífico piso ubicado en uno de los mejores edificios frente a la ría. El conde dejaba caer a su paso comentarios sobre algún comercio destacado o un edificio noble donde vivía tal o cual familia, y su hija puntualizaba con buen humor sus opiniones. Balboa los escuchaba en un estado de distraída atención, mientras dejaba vagar la mirada entre parejas, familias y niños que correteaban alrededor. Su vista se detuvo en la figura de una mujer parada ante un escaparate. Se fijó en el color trigueño del pelo, en el porte erguido, en sus formas curvilíneas. Era ella. La acompañaba un soldado esmirriado vestido de uniforme, pero estaba seguro de que era la señorita Moreau. Se lo dijeron también sus andares cadenciosos cuando ella echó a andar calle abajo. Balboa farfulló una disculpa inaudible a don Carlos y su hija, apretó el paso y alargó la zancada en pos de la pareja a la que vio detenerse unos metros por delante de él, a la altura de una confitería. Avanzó tres pasos más, los suficientes para examinarla de frente en el preciso instante en que ella se giró hacia el soldado y él abrió la puerta del establecimiento, cediéndole el paso.

La decepción le golpeó en el pecho. No tenía ningún parecido con Micaela; sus ojos eran dos botones apagados y diminutos; su boca, una línea fina y tristona. Y aun así, ¡había deseado con tanta fuerza que fuera ella!

Los Lizarra lo alcanzaron con expresión inquisitiva.

—Lo lamento. Creí ver a un conocido entre tanta gente, pero me equivoqué —aclaró con sonrisa de circunstancias.

Los tres reanudaron la marcha, aunque él ya no podía dejar de escudriñar cada rostro femenino buscándola. Pronto creyó verla en los rasgos aislados de muchas mujeres distintas: en una risa vivaz cercana; en la señora de mirada altanera; en el gesto perplejo de una joven ante la impertinencia de un mozalbete. Era ella, siempre.

El resto de la noche no pudo despojarse de esa extraña sensación de pérdida alojada como un molesto perdigón en su interior. Saludó cortés a los Satrústegui y al reducido grupo de convidados, cuyos nombres ni siquiera intentó retener; tomó asiento donde le indicaron; degustó los elaborados manjares de la cena simulando interés en las conversaciones de los comensales sentados cerca de él; se fijó en la actitud jovial de Loreto para con sus compañeros de mesa y, sin embargo, absolutamente ajena a él. Jugueteó abstraído con las migas de pan sobre el mantel, y antes de que sirvieran el postre, ya había tomado una decisión.

—Loreto, debemos hablar —le dijo a la joven en cuanto los invitados se levantaron de la mesa. Los caballeros se retiraban a la sala de fumar; las damas se dirigían al saloncito donde continuarían la tertulia.

—¿Ahora? —preguntó ella con un hilo de voz.

—Puede ser ahora o puede ser mañana; aquí o en su casa, donde desee —respondió él, suavizando el tono.

Loreto Lizarra parpadeó varias veces, pero no eludió su mirada.

—Le pediré a Rosana que nos enseñe el último cuadro que está pintando en su gabinete. Tengo mucha confianza con ella y nos dejará privacidad para hablar.

Loreto no tardó en volver a su lado acompañada por su amiga, la hija de los Satrústegui, una señorita que suplía con su carácter jovial un físico poco agraciado. Los condujo fuera del salón, atravesaron un pequeño distribuidor y, de ahí, continuaron por un largo pasillo hasta la puerta que daba acceso a lo que ella llamó su «atelier de pintura», una estancia muy luminosa en un extremo del piso, en cuyas paredes colgaban a modo de mosaico lienzos de diversos temas y distinta ejecución: bodegones de pincelada fina y minuciosa —«debería esconderlos, pero me da pena: fueron los primeros que pinté»—, marinas de grandes trazos grises, azules y blancos, paisajes y un retrato a medio pintar de alguien con un leve parecido a su padre —«el modelo carecía de suficiente paciencia», se quejó con un suspiro resignado.

Héctor se detuvo ante una acuarela que llamó su atención por su aparente simplicidad.

—¿Ve la diferencia entre mis pinturas y esa? —Se rio la joven—. Esa es una acuarela de un grandísimo pintor, Mariano Fortuny. Se titula *Calle de Preciados*, me la trajo mi padre de uno de sus viajes a Madrid. ¿Verdad que es una pequeña obra de arte?

Héctor no lo pudo negar. El paisaje tenía una luz y un movimiento especial. A continuación, sus ojos se posaron en otra pintura, una marina del Cantábrico embravecido bajo un cielo tormentoso, que le fascinó hasta el punto de interesarse por su precio.

—Pero yo nunca he pretendido vender mis cuadros... —objetó la muchacha—. ¿Cómo podría ponerle precio a algo que disfruto tanto haciendo?

—Póngale un precio a su esfuerzo, que no ha debido de ser poco.

Resultó ser un precio tan bajo que Héctor insistió en elevarlo hasta lo que él consideraba aceptable. La joven entonces los dejó a solas en el taller con la excusa de prepararle el lienzo para que se lo llevara esa misma noche consigo.

—Ha sido usted muy amable —dijo Loreto agradecida.

—No ha sido amabilidad sino interés; el cuadro me gusta realmente y llenará una de las paredes vacías de mi despacho en La Somoza.

—Es usted un hombre extraño, señor Balboa —dijo ella mientras recorría con un dedo el estante lleno de botecillos de pintura y pinceles—. Tan distinto a los caballeros que conozco...

—Soy consciente de nuestras diferencias, Loreto. Y no me refiero solo a la edad; sus amistades, la educación recibida... Sin embargo, jamás me he avergonzado de mis orígenes humildes y no lo voy a hacer ahora. —Hizo una pausa en la que intentó escoger la mejor forma de expresar con suavidad una decisión difícil—: Por eso, creo que un matrimonio entre nosotros...

—No voy a casarme con usted, señor Balboa —le interrumpió ella en voz baja pero muy clara. Él enmudeció de golpe. La miró con curiosidad expectante, los cinco sentidos atentos a sus siguientes palabras—: He intentado con todas mis fuerzas hacerme a la idea de un matrimonio con usted porque sé que mi padre lo necesita, y es lo que él desea, por más que lo disimule. Lo sé, créame. Igual que sé que nunca me obligará a casarme con usted... —Ella clavó en él sus ojos acuosos. Sus labios temblaron, su voz hizo amago de quebrarse antes de proseguir—: Pero precisamente por eso, pensé que debía hacerlo. Por él. Porque él me quiere y respeta mi decisión tanto como yo lo quiero y lo respeto a él. Aun así, por más que lo pienso, no puedo hacerlo, señor Balboa... —Alzó el rostro para mirarlo de frente, sin remilgos ni rubores—. No me pregunte por qué. Lo único que puedo decirle es que lo respeto demasiado. Sería una mujer desdichada y le haría infeliz a usted y a cuantos nos rodearan. Espero que me comprenda y no me lo recrimine.

Balboa tardó unos segundos en reaccionar. A punto había estado de ser él quien diera ese mismo paso.

—Por supuesto que lo comprendo, Loreto. —Esbozó una sonrisa tranquilizadora—. Si es así como lo siente, ha tomado la decisión correcta, no se apure. Le agradezco su honestidad y su valentía

—¿Cómo se lo explico a mi padre? ¿Qué ocurrirá ahora?

—No se preocupe por eso. Hablaré con su padre y entre los dos encontraremos una solución alternativa al compromiso. A ambos nos interesa, y estoy convencido de que su padre prefiere, ante todo, verla feliz.

Ella asintió con la cabeza varias veces y suspiró, también con cierto alivio. Por primera vez la vio relajada a su lado.

—¿Está usted molesto conmigo?

—Al contrario, Loreto —le respondió él, con aplomo—. Pocas mujeres habrían tenido el arrojo de tomar una decisión así. Espero que, cuando llegue el momento, elija usted al hombre que la merezca.

—¿Que se ha marchado a Madrid? ¿Cuándo? —exclamó Héctor al escuchar de boca de su hermana que Micaela ya no estaba en Comillas.

Había obligado al cochero a realizar el trayecto entre Bilbao y Comillas lo más rápido posible con la esperanza de encontrarse con Micaela esa misma tarde. Lo tenía todo planeado: se presentaría en la casa de los marqueses a la hora de las visitas para hablar con ella. Le diría... Ah, ¡tenía tantas cosas que decirle! Pero eso sería después de besarla hasta saciarse de ella.

—Hace casi diez días. Tú te acababas de marchar a Bilbao. Vino a despedirse y... me dio la impresión de que le hubiera gustado despedirse también de ti, Héctor. Ya no hay nada que hacer. No va a regresar.

—¿Cómo que no va a regresar? —le espetó él con creciente irritación, paseándose de un lado a otro de la salita.

—Renunció al puesto de maestra en Santander porque no sé qué barón le propuso matrimonio. Un caballero avispado, no como otros —replicó su hermana con la misma tranquilidad con la que podría explicar cómo hacer buñuelos.

Héctor se detuvo inmóvil en medio de la estancia con los ojos clavados en las hábiles manos de su hermana con la aguja de ganchillo. Sacrificar la enseñanza por el matrimonio, ¿ella? ¿Micaela? Recordó al vejestorio del que ella había hablado con admiración en su paseo por el jardín. Pero fue a él a quien besó, se dijo recordando la pasión con la que ella le había devuelto los besos. No, era imposible que la señorita Moreau hubiera accedido a ese matrimonio.

—Juan, prepara una maleta con dos o tres mudas —le ordenó al mayordomo—. Mañana mismo me voy a Madrid.

Antes debía averiguar dónde hallar a Micaela. Tal vez la señorita de Cossío pudiera darle la dirección. Con esa esperanza salió por la tarde al paseo, y quiso la casualidad que se cruzara con los marqueses de Peñubia, acompañados de unos amigos. Saludó con simpatía a don Tomás y después se interesó ante la señora de Cossío por su sobrina.

—¿Se refiere a Micaela? —le preguntó la dama con gesto altanero.

—Voy a viajar a Madrid y tengo intención de visitarla.

A la señora se le tensó el gesto.

—No sé si sabe que mi sobrina se casa este otoño con el barón de Cabuernas. Toda la familia está muy ilusionada con ese enlace, especialmente su madre, la viuda de Moreau.

—No lo dudo. Aun así quisiera...

—Señor Balboa —le cortó la marquesa—, mi sobrina y mi hermana se encuentran ahora en Sevilla, invitadas por el barón. Pasarán allí una temporada, es todo cuanto le puedo decir. Si me disculpa... —Y sin más, se volvió para charlar con otra dama.

Héctor regresó a la casa y se encerró en su despacho. Si Micaela se hallaba en Sevilla junto a su prometido, ya no había nada que hacer.

De poco le había servido el esfuerzo realizado durante la última semana por renegociar lo antes posible un nuevo acuerdo con los Lizarra. Se afanó en convencer a don Carlos de que el rechazo de su hija no tenía por qué influir en su alianza: estaba dispuesto a mantener su inversión inicial si así lo quería el conde y, si no, aportaría un porcentaje menor y entraría como socio minoritario. La confianza forjada entre ambos esos días los llevó a acordar un porcentaje intermedio con el que los dos se sentían cómodos y don Carlos salvaba su precaria situación económica.

Sin embargo, a lo que no estuvo dispuesto a renunciar era a su participación como socio fundador de pleno derecho en la sociedad que habían constituido para presentarse al concurso público del Ministerio de Marina. Le correspondía el mismo porcentaje de acciones que a los dos hermanos Lizarra. A fin de cuentas, no habrían podido negarse: suya había sido la idea, y sin él y sus contactos en Inglaterra habrían tenido muy complicado implicar a una compañía inglesa en el proyecto.

—Puesto que la señorita Moreau no va a volver —Héctor se levantó del sillón con gesto cansado y se dirigió al mueble bar donde se sirvió una copa de ron—, deberemos buscarte una dama de compañía de confianza que te ayude a pulir tus maneras, Candela.

—No necesito una dama de compañía; la señorita Amalia de Cossío se ha ofrecido a ayudarme en lo que «yo considere conveniente» —se esforzó en recordar la expresión exacta que había utilizado la joven— aquí o en Santander. Al menos hasta la próxima primavera, cuando se case. Y que sepas que también el señor Herraiz me está enseñando muchas cosas.

Héctor la miró intrigado. Se había percatado de que Herraiz se dejaba caer por ahí con cierta frecuencia y sin motivo profesional alguno. Al principio no le dio mayor importancia, pero cuando constató que las visitas a su hermana se sucedían con regularidad, le preguntó al abogado sus intenciones.

«Su hermana Candela me parece una señorita muy divertida y encantadora, señor Balboa. Si no le molesta, desearía seguir visitándola mientras a ella también le parezca bien, por supuesto.»

—¿Eso te ha dicho? —Candela se carcajeó cuando se lo contó—. Ah, ¡qué hombre tan gracioso es este Herraiz!

# 47

Héctor descorrió los cortinajes del enorme ventanal en el salón. El cielo comenzaba a clarear fuera, el rocío cubría el jardín de una fina capa plateada.

—Juan, manda a ensillar mi caballo, voy a salir —le ordenó al mayordomo. Quería marchar pronto, antes de que se levantara Candela y le hiciera preguntas que prefería no contestar.

En Comillas ya poco quedaba por hacer, las familias habían empezado a abandonar el pueblo en un goteo incesante. La última reunión social a la que asistió fue en el jardín de los Güell, una cena-bufé a modo de despedida de la temporada veraniega. Héctor no faltó, ni tampoco la mayoría de las familias más conocidas de la zona, a excepción de los Trasierra, por supuesto. A su regreso de Bilbao, supo que finalmente fue la marquesa de Peñubia quien «desenmascaró al sinvergüenza» en una merienda con su círculo de íntimas. Entre pastelito y pastelito, doña Angélica les reveló la escena que había tenido lugar en su casa, «y Dios me libre de repetir los nombres y las palabras de esas pobres mujeres deshonradas durante años», porque era vergonzoso y algo así no se debía consentir, como bien había dicho su marido, Tomás de Cossío, que había dado orden estricta de no abrir las puertas de su hogar al mayorazgo. Lo sentía por la pobre doña Rosa, cuánto debía de haber sufrido con ese hombre como esposo. Y lo sentía también por sus hijos, claro está. «A ver cómo se recuperan de un golpe así, tan jóvenes; no sé qué planes tendrá Francisco, ahora que no les queda ni tan siquiera la dignidad de su apellido.»

Desde esa tarde, el relato corrió de boca en boca por paseos y tertulias que no daban crédito a la conducta del mayorazgo, pese a que siempre pecó de burdo y soez, eso sí; y pese a que algunos en Santander habían hecho la vista gorda durante años ante ciertos vicios de don José. ¡Con lo que había sido Casa Trasierra! ¡Quién lo iba a decir!

Eso mismo se preguntaba Héctor en el jardín de los Güell mientras escuchaba a unos caballeros verter afiladas críticas sobre el ya innombrable Trasierra, con quien más de uno había tenido tratos y negocios. Competían entre ellos por contar la anécdota más infame sobre el mayorazgo, se quitaban unos a otros la palabra con tal de sentenciarlo: «un alma corrupta, de pies a cabeza», «una vergüenza para su familia, un tipo codicioso, ruin, que necesitaba sacar tajada de todo». Lo que a Héctor le quedó claro aquella noche es que ninguno de aquellos eminentes prohombres quiso enfrentarse nunca a José Trasierra ni tenerlo de enemigo. Y eso que muchos presumían de conocer su debilidad por las prostitutas muy jóvenes, casi niñas. Le gustaban vírgenes, al parecer. Pero de ahí a abusar de crías inocentes o acosar a mujeres casadas... ¡Qué barbaridad! Héctor se alejó de ellos con una extraña sensación de derrota; de repente, lo que creía una pequeña victoria ante el mayorazgo le parecía, en realidad, un enorme espejismo en el juego hipócrita de los favores e intereses que gobernaban esa tierra.

A partir de esa noche, los comentarios sobre el mayorazgo se diluyeron a la par que se vaciaban las tertulias de sus miembros más significativos. Una vez que partieron los marqueses de Comillas y los Güell de vuelta a Barcelona, el resto comenzó a desfilar detrás. Balboa no se dejó ver en más actos sociales; si permanecía en Comillas era solo porque le quedaba un único asunto por cerrar, ese por el que había esperado hasta este día, bien marcado en su calendario.

Cabalgó monte a través entre la bruma hasta llegar a las lindes de Navamedia, ahora de su propiedad. Recorrió las lomas suaves de matorrales, cruzó el arroyo de agua fresca y siguió su curso en dirección a Ruiloba. Se detuvo a la altura de la ladera donde un día estuvo su casa y ahora dos cabras escuálidas comían las hierbas crecidas entre los muros derruidos. Una de ellas le clavó los ojos saltones y curiosos sin dejar de masticar. Ahí ya no quedaba nada para él.

Balboa encontró el portalón de la entrada a Casa Trasierra abierto de par en par. Echó un vistazo alrededor: la finca estaba en peores condiciones de lo que pensaba, la fachada de la imponente casa-palacio mostraba sutiles signos de deterioro que convenía reparar cuanto antes. La propiedad no valía ni la mitad de lo que Trasierra pretendía, y, sin embargo, él habría pagado lo que fuera por ella. Su fortuna entera, si hubiera sido necesario.

Vio dos mozos cargando cajas y enseres en una carreta estacionada frente a la portalada del edificio. Del interior le llegaron los gritos de José Trasierra a su mujer advirtiéndole de que se llevaría lo que le viniera en gana, porque todo cuanto había allí dentro seguía siendo suyo, el legado de sus antepasados, del mayorazgo de Casa Trasierra. La contestación de doña Rosa no pudo oírla, pero el mayorazgo no tardó en aparecer en el umbral de la entrada con un cofre de madera bajo el brazo y dos espadas enfundadas en sus manos. Sus pasos se detuvieron en seco al encontrárselo allí, ante él.

—¿Quién le ha dado permiso para entrar aquí?

Héctor no disimuló una pequeña sonrisa. Había soñado con ese preciso momento cientos, miles de veces en su vida.

—No lo necesito, Trasierra. Su casa, sus tierras, todo cuanto posee en Ruiloba es ahora mío.

—¿Usted? Es imposible, pertenece a...

—Soy el único dueño de la sociedad con sede en Londres que se ha hecho con todas sus deudas. Casa Trasierra ha pasado a ser de mi familia, de unos simples aldeanos —lo interrumpió él. La expresión lívida y descompuesta del rostro del mayorazgo fue su primera victoria. La definitiva sería la que obtuvo a continuación, cuando alzó la vista al escudo de piedra labrado sobre el dintel y dijo—: Tendré que sustituir ese blasón por otro que represente el nuevo nombre de esta propiedad: Casa Balboa Casares. ¿Qué le parece?

Con el ojo pegado al visor del telescopio y una mano en la rueda del trípode que lo sostenía, Héctor se recreó en observar el paisaje que dominaba desde el torreón de La Somoza, de oeste a este. Podía ver, como si lo tuviera al alcance de su mano, hasta el más mínimo detalle de su entorno, la carrera de una ardilla entre los árboles, el número de tripulantes de una embarcación cercana a la costa... o la expresión feliz de Herraiz al saludar a Candela tras descender de su carruaje, en la entrada. Ese aparato de bronce y latón, un capricho recién llegado de Francia, le permitía compaginar la vista panorámica de aquel entorno con los detalles más ínfimos, los que a menudo marcaban la diferencia en el discurrir de las cosas. Un entretenimiento inocuo, ahora que ya se habían instalado de forma definitiva en Santander y las únicas preocupaciones que tenía eran las relativas a sus negocios. En las otras preocupaciones, las del corazón, prefería no pensar. En cuanto montaran el escritorio a medida y la butaca en cuyas patas había encargado adaptar unas ruedecitas, haría de esa estancia su refugio particular.

—¿Qué es eso que dice Enrique de que tienes pensado arreglar la casona de Trasierra para mí? —le preguntó Candela durante el almuerzo, mientras servía unos buenos platos de potaje con garbanzos y bacalao, cuya cocción ella misma había supervisado en la cocina.

Héctor intercambió con su abogado una mirada de entendimiento.

—Así es. Necesita una buena reforma, pero quedará mejor que antes, ya verás.

—De hecho, esta tarde nos reuniremos con el arquitecto al que tu hermano le va a encargar la obra —afirmó Herraiz, convencido.

—¿Quieres venirte con nosotros? Así podrás explicarle cómo te gustaría que fueran algunas estancias —le dijo Héctor.

Candela sostuvo el cazo en el aire, mirándolo fijamente.

—No te atreverás a echar a la calle a doña Rosa y sus hijos. Madre se revolvería en su tumba si lo hicieras.

Herraiz optó por bajar la vista y contemplar el plato rebosante de potaje.

—No pueden quedarse en esa casa, ahora nos pertenece —replicó Héctor, sin alterarse.

—Pues yo no voy a meterme a vivir en la casa de José

Trasierra, así que tú verás. Solo de pensarlo se me pone la carne de gallina. —Su cuerpo entero se estremeció—. Quita, quita. No la quiero ni regalada. Para ti toda, aunque digo yo... ¿Para qué la quieres tú, si se puede saber? —Terminó de servirse ella y agregó—: Deja a esa señora allí, que suficiente han sufrido ella y sus hijos, y no tienen la culpa de nada.

—Nosotros tampoco la teníamos entonces y mira lo que pasó.

—Trasierra ya se ha marchado, ¿no? —insistió ella—. Ese ya no volverá a pisar Ruiloba durante mucho tiempo. ¿No te parece suficiente? Para mí lo es, se acabó.

Héctor continuó comiendo en silencio. Para él terminaría en el momento en que dejara de pensar en Trasierra.

Candela se negó a acompañarlos al despacho del arquitecto. Herraiz y él cruzaron Santander hasta llegar a mitad de la calle del Sol, donde un guardia detuvo su carruaje. Héctor se asomó por la ventanilla de la portezuela y vio a un grupo de gente arremolinada frente a la entrada de un edificio que reconoció: en él se hallaba el despacho del procurador del mayorazgo, apenas hacía una semana había estado allí con Herraiz por última vez.

—¿Qué ha ocurrido? —le preguntó al guardia.

—Un hombre se ha pegado un tiro.

Ambos descendieron y se acercaron hasta el cordón de seguridad formado por los guardias alrededor del portal. Vieron salir a dos hombres trajeados de negro, hablaban en voz baja, con expresión grave. Los seguía un tercero con un maletín de médico, parecía tener prisa por marcharse. Los tres se echaron a un lado para dejar pasar a los dos mozos que portaban la camilla con el cadáver, cubierto por una sábana amarillenta. Unos instantes después, apareció el procurador en el umbral con los ojos llorosos, la cara desencajada.

—¡Señor de Silva! —le llamó Herraiz, gritando por encima del guardia. El hombre se giró hacia ellos—. ¿Qué ha ocurrido? ¿Quién es?

—José Trasierra —respondió, con la mirada ida—. Se ha pegado un tiro en mi despacho, en un rato que lo he dejado a solas. ¡Pobre hombre!

La noticia cayó sobre ellos dos con la negrura de una capa y los envolvió en silencio. Herraiz agarró a Balboa del brazo y tiró de él para volver al carruaje, pero Héctor se resistió. No podía apartar la mirada del cuerpo inerte, mientras dos hombres lo sostenían para subirlo a pulso a la carreta fúnebre.

Debería de estar satisfecho, el mayorazgo estaba muerto, la sociedad se había librado de una mala persona. Y, sin embargo, no sentía nada. Ni alegría ni tristeza, más bien la constatación de la inevitabilidad. Era de justicia, ni humana ni divina; si acaso, moral. Quizá ese hubiera sido el último vestigio de dignidad del mayorazgo. Por un segundo, se sintió terriblemente cansado, como debía de sentirse un anciano al final de una larga vida. Por fin enterraría a ese hombre y su recuerdo para siempre.

Cuando la carreta fúnebre echó a andar, los guardias

dispersaron a los curiosos y ellos dos regresaron al carruaje sin mediar palabra. Apenas habían recorrido cien metros cuando Héctor golpeó el techo con los nudillos y le pidió al cochero que se detuviera.

—Enrique, yo me bajo aquí. Necesito caminar un rato. Encárgate de avisar al arquitecto de que, por el momento, no habrá obra. —Descendió del carruaje y antes de cerrar la portezuela, agregó—: Y comunícale a la señora Trasierra que pueden permanecer en la casa hasta que su hijo Francisco esté en posición de hacerse cargo de ella y las niñas. No hay prisa, el tiempo que haga falta.

Dos semanas después, Héctor Balboa se apoyaba en la barandilla de la cubierta mientras el barco se alejaba lentamente de la bahía de Santander en dirección a Portsmouth. Allí le esperaba Antón Portas, con quien contaba para forjar una alianza estable con su armador inglés. Pensó en el viaje que emprendió tantos años atrás, en busca de una vida mejor. Había sido un camino duro, de renuncias, trabajo y sacrificios. Pero lo había conseguido: era uno de los flamantes propietarios de una fábrica de acero en Bilbao y del que pronto sería el primer astillero de buques en España. Había construido una casa como jamás habrían soñado en la que vivía junto a su hermana Candela, y había cumplido la promesa que se hizo a sí mismo de vengarse de José Trasierra.

Había logrado sus propósitos.

Lo único que había perdido era a la mujer que amaba.

# 48

¡Qué distinto el verano de Comillas del de Madrid! Apenas habían transcurrido unos días y ya echaba de menos los días frescos, el olor a mar y a pino, y el sol acariciante de la costa cantábrica, frente a ese Madrid de mañanas luminosas, cielos límpidos y calor asfixiante, casi irrespirable, entre las paredes de su casa. Parapetada bajo su sombrilla, Micaela salió a la calle a la hora más inmisericorde, cuando el sol caía en lenguas de fuego sobre los adoquines y no había sombra alguna bajo la cual buscar refugio. Recorrió Serrano hasta la ajardinada plaza de Colón, cruzó el paseo de Recoletos y enfiló calle arriba Bárbara de Braganza. Tentada estuvo de entrar en la iglesia del Convento de las Salesas a aliviarse del calor, pero don Pablo la había citado a las cuatro en la escuela, y le quedaba todavía una tirada hasta la calle San Mateo.

Las puertas de la Asociación para la Enseñanza de la Mujer estaban entornadas cuando llegó y lo primero que notó al traspasarlas fue el frescor del zaguán en penumbra. Subió los cinco escalones hasta el vestíbulo y, una vez allí, dio dos toques suaves con los nudillos en el cristal de la conserjería, donde dormitaba Visitación, Visi, la portera de la escuela. La mujer pegó un respingo y la miró con los ojos bien abiertos de los pillados en falta.

—Señorita Micaela, ¿cómo usted por aquí? —le dijo la portera, abriendo la puerta de su pequeño cubículo—. ¡No me diga que quiere volver a estudiar entre estas paredes!

Ella emitió una risa suave y negó con la cabeza.

—Don Pablo me ha enviado recado para que viniese a hablar con él esta mañana.

Visi la miró contrariada y masculló con el gesto torcido que nadie le había dicho nada.

—Espere que le aviso, aunque creo que ha subido a despachar con don Fernando. Siéntese, siéntese.

La mujer desapareció en la puerta que daba acceso a los despachos del director y de los profesores mientras Micaela se sentaba en el austero banco de madera del vestíbulo. Las clases aún no habían comenzado y los pasos de Visi hacían crujir el suelo entero en el silencio del edificio. Aún no habían transcurrido tres meses desde que había abandonado la escuela y ya le parecía una etapa lejana en el tiempo. Recorrió con la vista la escalinata que tantas veces había subido y bajado entre el barullo de sus compañeras, la galería recién repintada en color crema. Se asomó al patio central sumido en el silencio. Las puertas de las aulas estaban todas cerradas. El aula de química y también la sala de música, donde Victoria le dijo que las señoritas Ruano buscaban una maestra para su colegio. Parecía que hubiera pasado una eternidad desde entonces. Seguía todo igual y, sin embargo...

Había tenido esa misma sensación unos días atrás, al descender del tren y pisar de nuevo el andén de la Estación del Norte, con su techado a dos aguas sostenido sobre una estructura de hierro y cristal. Esperaba encontrar un Madrid cambiado, diferente, pero le sorprendió ver que todo continuaba en su sitio, inalterable. La única que parecía haber cambiado era ella. Seguía siendo la misma que había partido de esa estación hacía más de dos meses y, sin embargo, se sentía distinta. Más madura, más consciente de sus decisiones y de su papel en el mundo. También su madre había cambiado. Su aspecto había mejorado visiblemente en su ausencia, fue lo primero que pensó al abrazarla en el andén. El verano le había sentado bien a su salud; tenía las mejillas más rellenas, los ojos más vivos y el ánimo fuerte y parlanchín como hacía tiempo no le había visto. La asedió a preguntas sobre su estancia, sobre su querida hermana y el tío Tomás, y las niñas, y el barón de Cabuernas y el famoso baile de los Riera, cuyos ecos habían llegado incluso a Madrid. «Y la proposición de matrimonio, quiero saberlo todo sobre la proposición de matrimonio de don Jesús. ¿Sabes que me visitó nada más llegar a Madrid? Al día siguiente partía a Sevilla, donde permanecerá unas semanas en la residencia familiar. Dice que prefiere alejarse para no influirte. Es todo un caballero, hija, ya te lo decía yo», dijo con emocionada satisfacción de madre.

—Señorita Micaela, muchas gracias por acudir a mi llamada con tanta diligencia —le dijo a modo de saludo el director de la escuela, mientras descendía por la escalinata con paso alegre, pese a su avanzada edad.

—Siempre es un placer volver aquí, don Pablo.

—Vayamos a mi despacho —le indicó que le siguiera hacia la zona de administración. Ya en la puerta le hizo entrar, cediéndole antes el paso.

—Usted dirá. —Micaela tomó asiento en la butaca de madera frente al escritorio del director, atiborrado de papeles y carpetas perfectamente ordenadas. Este tomó en sus manos una de ellas y hojeó los documentos antes de dirigirse a su antigua alumna.

—Verá. La señorita Milagros, la maestra de las niñas de párvulos, ha tenido una aparatosa caída y se ha roto la cadera justo cuando están a punto de comenzar las clases. El doctor no cree que pueda volver a la escuela hasta después de Navidad y en la junta de dirección hemos pensado en usted para sustituirla durante ese tiempo. Ha sido una de nuestras alumnas más brillantes de la última promoción en la Escuela de Institutrices y los profesores hablan maravillas de usted.

Micaela se quedó sin palabras. Lo miraba como si se le hubiera aparecido un ángel.

—Sería un gran honor para mí, don Pablo. No sabe cómo se lo agradezco.

—Por supuesto, le pagaremos el sueldo de maestra, aunque será algo menor debido a su condición de principiante. La señora Braulia, que lleva la clase de los niños, la guiará en las primeras semanas y estará pendiente de usted por si necesita ayuda. ¿Le parece bien?

La señora Braulia, otra institución en la escuela, era muy temida entre las alumnas por su mal genio y su exigencia en clase. Cuando Micaela entró en la escuela, corría sobre ella una leyenda que la describía poco menos que como un «ogro devoraniñas». Y todo porque solía apostarse en la entrada cada mañana a vigilar que las alumnas vinieran bien vestidas y bien lavadas, incluso detrás de las orejas, y aquellas que no pasaban su examen eran apartadas a un lado hasta que doña Braulia se las llevaba en fila y desaparecían tras una puerta que siempre estaba cerrada bajo llave. Al cabo del rato, las niñas regresaban con la piel roja y la cabeza gacha, sin soltar prenda de lo ocurrido con la maestra. Con el tiempo, Micaela supo que esa puerta daba a un pequeño lavadero donde doña Braulia les refregaba la cara y las manos a las niñas —con agua hirviendo y estropajo, decían, aunque a ella le costaba creerlo—, para que llegaran limpias a sus clases.

—Me parece muy bien, don Pablo. Estoy deseando empezar.

—Pues venga por aquí en un par de días, que ya estará la señora Braulia para instruirla en lo más elemental hasta que comience el curso.

Don Pablo se levantó para acompañarla hasta la puerta y la despidió con una sonrisa paternal. Micaela esperó a oír cómo se cerraba la puerta del despacho a su espalda para recostarse contra la pared, presa de la excitación. ¡Maestra en su escuela! Tendría su propia aula, sus propias alumnas y compartiría pasillos con los catedráticos y profesores que no hacía tanto le enseñaban a ella. Ni su madre ni sus tías podrían oponerse esta vez; la Asociación para la Enseñanza de la Mujer era una institución de mucho prestigio incluso para su tía Elvira, a quien le tranquilizaba saber que su fundador y presidente, don Fernando de Castro, había sido capellán de honor de la reina Isabel II y rector de la Universidad de Madrid, aunque no le contó que su nombramiento se produjo a raíz del triunfo de la revolución de 1868.

—¡Micaela! —escuchó que la llamaban. Reconocería esa voz timbrada y alegre entre mil.

—¡Victoria! ¿Qué haces tú por aquí? —le preguntó antes de fundirse ambas en un abrazo.

La tarde le estaba deparando alegrías inesperadas. Se fijó en el aspecto impecable que lucía su amiga con el peinado arreglado como pocas veces, su chaquetilla de tafetán de cuadritos blancos y negros entallada y la falda a juego. Parecía más mayor, más seria.

—He venido a recoger mi título académico —contestó mostrando en su mano el canutillo de papel sujeto con una cinta de raso rojo—. Quién sabe, quizá algún día me sirva para algo más que como un bonito adorno. ¿Y tú? Te hacía en Santander, aleccionando a las «mujeres del porvenir» según las directrices de doña Concha Arenal.

Micaela sonrió de buena gana.

—Ah, ya me hubiera gustado, aunque no habría sido

tan fácil como me pensaba aplicar sus enseñanzas en el colegio de las hermanas Ruano. Habrían puesto el grito en el cielo si les digo que las niñas deben hacer gimnasia física e intelectual para ejercitar el cuerpo y la mente.

—¡Y con razón! Llenarían Santander de peligrosas «literatas marimacho» —ironizó Victoria con una carcajada a la que se sumó Micaela. Había echado de menos la vitalidad y el humor sarcástico de su amiga.

—En cualquier caso... ¡no hay mal que por bien no venga! Don Pablo me ha ofrecido hacerme cargo de las niñas de párvulos durante los siguientes meses —le dijo con el tono emocionado de quien necesita contarlo para creérselo.

—¡Enhorabuena, Micaela! ¡Cuánto me alegro por ti! —exclamó Victoria—. Si alguien se lo merece, eres tú. —La joven se volvió hacia el reloj de pared, colgado al final del pasillo, con gesto apurado—. ¡Me tengo que marchar! Pero... ¿qué vas a hacer ahora? —Micaela titubeó, pero antes de que pudiera responder, su amiga le apremió—: ¡Vente conmigo! Voy camino de la casa de doña Joaquina García Balmaseda a entregarle mi último artículo para la revista que ahora dirige, *El Correo de la Moda*.

—¿Has conseguido publicar tus textos? —le preguntó sorprendida.

—Perseguí a doña Joaquina por varios salones hasta que accedió a leer uno de mis artículos. —Victoria la cogió del codo y la condujo hasta la puerta de salida sin parar de hablar—: Me dijo que mi estilo era claro y conciso, aunque debía moderar el tono: «Se puede criticar casi todo siempre que sea de manera elegante y distinguida, querida» —dijo imitando la voz engolada de Joaquina—. Le gustó, lo publicó y, desde entonces, colaboro con su revista. Ven y la conocerás, es una mujer interesante y su entorno, aún más: las escritoras Rosario de Acuña y Concha Gimeno de Flaquer son articulistas suyas.

Le hubiera encantado acompañarla. Admiraba a Rosario de Acuña desde que su padre la llevó al estreno de su obra *Rienzi el Tribuno* en el Teatro Circo, donde se mantuvo hasta dieciocho días seguidos en cartelera con gran éxito de público y críticas, pese a ser mujer. Fue algo muy comentado por lo insólito, en los mentideros de Madrid. Su padre hablaba maravillas de ella y le auguraba un gran futuro como dramaturga.

—Me encantaría, pero tendrá que ser en otro momento, Victoria —se excusó Micaela al llegar ante el carruaje que esperaba a la joven junto a la acera—. Esta tarde mi madre y yo hemos quedado a merendar con mis tíos en el Café Suizo.

—Mándame recado para vernos cuando quieras. —Se despidió cerrando tras de sí la portezuela negra. Y ya cuando el carruaje se alejaba, Victoria se asomó a la ventanilla y gritó—: ¡Aún tenemos mucho que contarnos! ¡He conocido a alguien!

Micaela permaneció todavía unos minutos de pie en la acera contemplando la calle por la que había desaparecido el coche de caballos. Desplegó su sombrilla y echó a andar.

Ella también había conocido a alguien, pero terminaría por olvidarlo.

# 49

Miró la cuartilla en blanco una vez más. Mojó la pluma en el tintero y escribió con decisión el encabezado: «Estimado don Jesús».

Las mismas palabras que había escrito en las seis cuartillas anteriores arrugadas y arrinconadas en el escritorio. Le costaba encontrar el mensaje adecuado, las expresiones más conciliadoras. En su ánimo pesaba el silencio recriminatorio de su madre desde que le comunicó, días atrás, que no pensaba aceptar la proposición de matrimonio de don Jesús. Doña Isabel negó, se indignó, gritó, suplicó, lloró. Un drama. Ah, tenía una hija ingrata, egoísta, estúpida. Micaela se defendió con su único argumento: era su vida, y no deseaba compartirla con el barón, por muy buen partido que fuera, por mucha que fuera su alcurnia, su posición.

—¿Y con quién la quieres compartir? ¿Crees que tendrás otra oportunidad como esta? ¡No seas ingenua, hija mía!

Por la noche, y a menudo también durante el día, soñaba con Héctor Balboa. Soñaba que la quería, que la buscaba por todo Madrid hasta dar con ella y le confesaba su amor: «No existe ninguna otra, solo te quiero a ti», le susurraba al oído. Soñaba que la sostenía entre sus brazos y la besaba con la ternura y pasión que destilaban sus besos.

—No soy ingenua, madre, pero no siento nada por don Jesús y eso no debería ser así.

—¿Por qué no puede ser así? Los matrimonios por amor son sueños de jovencitas inocentes. Hazme caso, hija mía, sé de lo que hablo. Yo me casé con tu padre por amor, y aunque tuvimos momentos felices, las dificultades de la vida nos ponían a prueba cada día. Y todo, ¿para qué? Fíjate ahora cómo estamos tú y yo.

—Prefiero estar así, sola, y ser dueña de mis decisiones. Cuidaré de ti y tendré mis clases, a mis alumnas, mis libros, mis amigas. Para mí será suficiente.

—¡Tus clases! El salario de una maestra no da para llevar la vida acomodada a la que estamos acostumbradas, Micaela. ¿Qué haremos entonces?

—Poseemos esta casa que siempre podremos vender, si nos vemos necesitadas. Contamos con una pequeña asignación mensual del capital restante de padre, suficiente para las dos, incluida Dora; tenemos lo que necesitamos. ¿Qué más quieres?

Era una pregunta retórica, Micaela conocía la respuesta: su madre deseaba recuperar su posición social, el lustre perdido. Deseaba renovar sus vestidos pasados de moda, permitirse algún capricho. Dejarse ver en alguna reunión con la cabeza alta, como la señora que fue, aunque todo quedara de puertas afuera. Poco más. Su salud no le permitía llevar una vida social intensa así que, en realidad, todos sus deseos y anhelos íntimos los proyectaba en ella, su hija, en quien recaía el deber de representarlos. Y Micaela era consciente de que la decepcionaba con demasiada frecuencia.

Su madre quemó un último cartucho: reclamó a sus hermanas que vinieran en su ayuda, que hablaran con ella, que la convencieran. Por su bien, por el de todas.

Una tarde, al regresar de sus clases en la escuela, se encontró con un consejo familiar esperándola en el salón que solían mantener cerrado a cal y canto desde la muerte de su padre. «Ay, niña, no se me venga abajo, que su padre la observa desde ahí arriba, tan orgulloso como siempre. No se achante, no se me hunda. Él la enseñó bien, que lo sé yo. Y para lo que necesite, yo también estaré aquí con usted», le dijo Dora atrayéndola a la cocina, donde le había preparado un chocolate espeso con un chorrito de coñac que le «templaría el ánimo antes de enfrentarse a sus tías».

El salón lo habían desempolvado aprisa y corriendo para hacer de él el escenario formal que la gravedad de la ocasión requería: allí estaban su tía Elvira y su tío Hilario; el párroco don Eulogio —que no era de la familia, pero a ojos de su madre, como si lo fuera—; la tía Angélica, recién llegada de Santander con el ánimo combativo de las Altamira unidas en frente común ante su díscola sobrina; y su madre, muy erguida, muy digna. ¿Para qué repetir lo que ya sabían? ¿Por qué ese interés en doblegarla, en romperla, en negarle su libre albedrío? Se mantuvo firme, sentada en el filo de su butaca. Las miró a los ojos, no agachó la cabeza ni siquiera cuando la discusión subió de tono y la tía Elvira perdió los nervios en mitad de la reunión estallando en un agrio insulto. Micaela aguantó inamovible. Por sus venas también corría sangre Altamira, si de eso se trataba. Y si en Comillas había claudicado ante su tía Angélica, no fue porque renunciara a sus deseos, sino porque entendía que Santander no era su ciudad, no era su sitio y no tenía derecho a interferir en la vida de sus tíos y sus primas. Pero ahora estaban en Madrid, y esa era su vida. No se casaría con el barón; cuidaría de su madre y se dedicaría a enseñar mientras encontrara escuelas donde hacerlo.

—La tía Angélica me dijo no hace mucho que, si me empeñaba en ser maestra, lo hiciera lejos de vosotros, donde no me conociera nadie. Madrid es una ciudad lo suficientemente grande como para no cruzarnos. —Micaela miró a su madre y sin traslucir ninguna emoción, añadió—: Pero si aun así no os complace, estoy dispuesta a marcharme y encontrar una pensión para señoritas donde alojarme por unos reales. Si eso es lo que deseáis, decídmelo. Sabré entenderlo.

Un manto de silencio atónito cayó sobre los presentes. Luego llegaron los carraspeos, las miradas de reojo, las débiles objeciones de su madre, que no entendía su reacción, aunque si ese era su deseo —dijo conciliadora—, ella lo aceptaría, y esperaba —fijó sus ojos temerosos en sus dos hermanas— que el resto de la familia también lo hiciera.

Madrid, 25 de septiembre de 1883

Estimado don Jesús:

Le escribo estas líneas con todo el aprecio y el respeto que usted me merece. Desde que nos conocimos en la residencia de los señores de Riera en Comillas, no tengo más que palabras de admiración y agradecimiento hacia usted, que me honró a mí y a mi familia no solo con su amistad sino también con una halagadora proposición de matrimonio que hubiera colmado las expectativas de cualquier señorita casadera.

Sin embargo, lamento comunicarle que, en aras de mi conciencia, debo declinar su proposición. Mi corazón pertenece a otro hombre y mi vocación por la enseñanza es irrenunciable, por lo que considero que no sería justo para usted desposarse con una mujer para quien usted no fuera el sol y el centro de su vida.

Créame que no está en mi ánimo ofenderle, sino todo lo contrario: espero que encuentre una señorita que pueda corresponderle en sus afectos como usted sin duda se merece.

Suya afectísima,

MICAELA MOREAU ALTAMIRA

# 50

En opinión de don Carlos, el Gran Hotel de París tenía una gran ventaja que era, al mismo tiempo, un inconveniente: estaba situado en plena Puerta del Sol. Ocupaba un edificio entero flanqueado por la calle Alcalá en un lateral y la Carrera de San Jerónimo, del otro; y de frente, su fachada principal de balcones entoldados dominaba la plaza sin necesidad de poner el pie en sus adoquines. A efectos prácticos, estaba a tiro de piedra de las Cortes y del Ministerio de Marina, pero carecía de la tranquilidad y la calma de otros establecimientos menos céntricos. No tenía mayor importancia, pensó Balboa, teniendo en cuenta que apenas pararían en el hotel. Ese era un viaje de trabajo, no de asueto, y esos días realizarían numerosas visitas a políticos y burócratas del gobierno con el fin de conseguir apoyos a su candidatura para la construcción de los cruceros de guerra para la Marina española.

Héctor terminó de anudarse el corbatín frente al ventanal de su habitación, desde donde contempló el ajetreo de carruajes y transeúntes arrebujados en sus abrigos que atravesaban la plaza de norte a sur y de este a oeste, rodeando a distancia la gran fuente central cuyo chorro de agua se expandía fuera del vaso por efecto del aire racheado con el que había amanecido Madrid. El cielo átono y la luz blanquecina de la mañana anunciaban un día invernal, pese a correr los primeros días de noviembre.

Al levantarse, había disfrutado del lujo de tomar un baño caliente en el cuarto de baño que poseía dentro de la habitación, una modernidad poco común, por no decir inexistente en otros establecimientos en los que se había alojado en sus anteriores viajes a Madrid. Cierto es que no eran tan lujosos como el Gran Hotel de París, dotado de «comodidades dignas de sus huéspedes más notorios», le dijo don Carlos tras apearse de la berlina con gran empaque y adentrarse en el amplio vestíbulo decorado en estilo francés. Paredes con profusión de dorados, cortinajes recargados y suntuosos, muebles de maderas nobles en estilo Imperio. A Balboa, esa decoración le parecía un tanto excesiva, aunque ese exceso se moderaba en los dormitorios transformándose en una elegancia cómoda y sofisticada a la vez.

Comprobó que su reloj de bolsillo y el reloj que encumbraba el edificio de Gobernación en la plaza marcaban la misma hora. Se enfundó la levita color tabaco y descendió por las escaleras de mármol hasta la segunda planta, donde se hallaba el refinado comedor, otro de los estandartes del hotel, célebre gracias a su exquisita cocina de corte afrancesado. Divisó a los hermanos Lizarra sentados en una de las mesas, cada uno con un diario entre sus manos.

—Buenos días, señores. —Un camarero surgido de no sabía dónde le retiró servicial el respaldo de la silla para que tomara asiento.

Los dos alzaron la vista de sus respectivos periódicos.

—Acabamos de pedir un desayuno al estilo inglés, con huevos y panceta. ¿Desea usted también uno?

—Me basta con un café cargado y unas tostadas de aceite, gracias —respondió dirigiéndose al camarero, que aguardaba en un discreto silencio.

Don Carlos dobló el tabloide por la mitad y lo dejó a un lado de la mesa.

—¿Ha descansado bien?

—Como un lirón, muchas gracias.

—Me alegro —dijo con una sonrisa satisfecha, colocándose la servilleta en el regazo—. Yo me levanto con las gallinas así que he bajado pronto a la sala de lectura para coger la prensa.

—¿Y ha leído algo interesante en los papeles?

—En *La Época* mencionan el Congreso de Geografía que se celebró ayer en el paraninfo de la universidad. Una pena no haber llegado a tiempo para asistir, porque se debatió sobre las causas de la decadencia de nuestra marina. Al parecer, hubo voces que pidieron la separación de la marina mercante y la marina de guerra. Quieren que la mercante deje de depender del Ministerio de Marina y lo haga del de Fomento, lo cual nos beneficiaría. Podríamos acceder a adjudicaciones distintas.

—Paso a paso. Si logramos el contrato de la Marina, tendremos mucho trabajo durante varios años.

—Y no será fácil. Durante un primer período la producción de acero de La Bilbaína deberá contribuir a la financiación de Buques Nervión. El Estado nunca ha sido buen pagador: es seguro, pero excesivamente lento —apuntó Ángel Lizarra con buen tino.

—¡Veo que os entendéis bien! —exclamó don Carlos con una carcajada—. Mientras vosotros entregáis los pliegos de nuestra oferta en el registro, yo me acercaré al despacho del adjunto al secretario de Estado de Marina para ver cómo respira. Podemos encontrarnos a mediodía en la puerta del ministerio.

El conde calló cuando el camarero depositó ante sí y su hermano los platos de huevos revueltos con pimientos fritos y dos tiras de panceta, cuyo apetitoso olor hizo relamerse de gusto a ambos. Sin esperar, don Carlos cortó un trozo y lo saboreó con fruición, antes de proseguir su plan del día:

—Después de comer, nos espera el señor Pérez Mota del partido liberal y a continuación, don Gabriel Hernández, de los conservadores. Los necesitaremos: no creo que este gobierno aguante hasta fin de año; en cualquier momento, el rey podría dejar paso a Cánovas del Castillo y sería el turno de los conservadores al frente de España.

—Si eso ocurre, se retrasaría la adjudicación.

—Unos meses, quizá. Pero la Marina necesita esos barcos como agua de mayo y dudo de que Cánovas paralice la operación. Deberíamos llegar a alguien de su entorno para explicarles el proyecto, nuestra alianza con el armador inglés y lo que supondría ese desarrollo industrial para Bilbao, para Vizcaya y para España; eso les interesará mucho —dijo, limpiándose la boca con la servilleta—. Y al final de la tarde, si me permitís, os abandonaré para hacer una visita de cortesía a una vieja amiga con la que intercambiaré... impresiones.

Los tres se rieron con complicidad.

—¿Le gusta el teatro, Balboa? —le preguntó Ángel Lizarra.

—He tenido pocas ocasiones de asistir.

—Esta noche representan en el Teatro Español una comedia de Bretón de los Herreros —dijo, señalando el recuadro de cartelera de *El Imparcial*—. ¿Le apetece venir conmigo mientras mi hermano revive viejas amistades? Al menos, nos reiremos un rato.

Héctor aceptó la invitación aunque hubiera preferido sumarse al plan de don Carlos y disfrutar del calor de alguna «amistad femenina». Ya fuera por motivos de trabajo o por falta de ganas, llevaba demasiado tiempo sin acariciar el cuerpo de una mujer. El recuerdo de Micaela le perseguía cada vez que se fijaba en alguna señorita; le parecían cursis, insulsas, aburridas. Ninguna le hacía sentir esas ganas de besarla hasta hacerle perder el aliento, que le provocaba Micaela Moreau. Desde que supo de su próximo casamiento, no había vuelto a oír hablar de ella, pues los marqueses de Peñubia abandonaron pronto Comillas, y de los que quedaron ¿quién conocía o se había fijado en la discreta señorita Moreau, la desconocida solterona, sobrina de los marqueses? Su maestrilla era alguien insignificante para ellos. Una presencia traslúcida y fugaz en sus paseos y tertulias.

Candela y él no tardaron mucho en seguir la estela de los Peñubia y otras familias que también iniciaron el regreso a sus lugares de origen. Ya instalado en La Somoza, domó sus primeros impulsos de indagar discretamente sobre la boda de Micaela con ese barón vejestorio. ¿Para qué? Cuando estuvo en su mano tenerla, no había reaccionado, la había dejado pasar. Perdió su oportunidad. No tenía sentido regodearse en los fracasos, era algo que había aprendido a lo largo de su vida. Su viaje de negocios a Inglaterra, poco después del suicidio del mayorazgo, le había ayudado a poner distancia física y mental con todo lo ocurrido, en especial con todo lo que oliera a Micaela Moreau. Era tiempo de continuar adelante, buscar nuevas aventuras, abrirse a otras sonrisas. Casarse, tal vez.

—¿Cómo se titula la obra, Lizarra?

—Déjeme mirarlo. —Ángel Lizarra cogió el diario—: *Un novio a pedir de boca.* —Puso cara de circunstancia y añadió—: Si quiere, buscamos otra más seria.

Balboa se rio con ganas.

—No, no se preocupe. Me parece bien.

Tenía curiosidad por conocer el Teatro Español. Aunque no fuera hombre muy letrado, apreciaba las cosas buenas cuando las probaba, y las valoraba tanto o más que la gente que había crecido rodeada de ellas porque le parecían fruto de un conocimiento y una sensibilidad que le habían sido negados a él. Una dama a quien conoció en Cuba le dijo que el ojo se educaba en la percepción del arte y la belleza igual que se educa a un niño en los buenos modales, «y raro es quien no se emociona ante la belleza más sublime, puesto que esa sensibilidad especial forma parte de nuestra condición y naturaleza humana». En aquel momento no entendió bien el significado de esas palabras; fue al destapar el mecanismo del pequeño reloj suizo cuando le vino a la memoria esa frase y se le ocurrió pensar que quizá había muchos tipos distintos de belleza. A él le fascinaba la belleza de los mecanismos que hacían funcionar el mundo.

Llegaron tan tarde que no pudieron pararse a admirar la fachada neoclásica del famoso teatro antes del inicio de la función: las reuniones vespertinas con los políticos se habían alargado más de lo previsto y habían llegado al hotel con el tiempo justo de lavarse, cambiarse de traje y recorrer con paso apresurado el trayecto de Sol hasta la cercana plaza de Santa Ana, que acogía el teatro. Al poco de tomar asiento en sus butacas de palco, se apagaron las luces y comenzó la función.

—Esa actriz, la Zapatero, es maravillosa —comentó Lizarra en voz baja.

Todo el elenco de actores era bueno, o al menos, a Balboa se lo parecía. Con sus interpretaciones arrancaron numerosas carcajadas entre el público que llenaba el aforo, incluidas las suyas. Al caer el gran telón de boca en el intermedio y encenderse las luces, Balboa pudo admirar la elegancia de la sala con el patio de butacas tapizadas en azul y los techos pintados con retratos de dramaturgos y artistas de los que él jamás había oído hablar, que parecían contemplarse entre ellos satisfechos a la luz de una gran araña de cristal que iluminaba hasta el último rincón.

Lizarra le apremió a salir del palco cuanto antes para picar algo en el interludio de la función. Había un bufé frío servido en la planta baja al que llegaron arrastrados por los ríos de gente que iban en su misma dirección. Por fin, Balboa y Ángel Lizarra se hicieron hueco en un lateral de la mesa y pidieron sendos vinos con los que regar los canapés de queso, jamón serrano y tortilla dispuestos en la mesa. A su alrededor se arracimaban señoras, señoritas y caballeros en un alegre bullicio de risas y comentarios complacientes con la obra. Balboa paseó la vista entre el gentío hasta caer en el perfil de una señorita que departía con una pareja joven a unos metros. Pensó que se parecía mucho a Micaela, más delgada, quizá. En cualquier caso, ya no se sobresaltaba como en otras ocasiones, cuando creía reconocerla en otras mujeres. Ahora simplemente esperaba a que se girara lo suficiente como para sacarle de dudas, y luego olvidarse.

Sonó la campanilla del comienzo de la segunda parte, y en ese instante, la joven giró el rostro hacia él. Los ojos, la sonrisa, la hendidura en la barbilla. Era Micaela, sin ninguna duda. Barboteó unas palabras apresuradas de disculpa a Lizarra y avanzó hacia ella sorteando con dificultad a cuantos se cruzaban en su paso.

—Señora... —dijo interceptándola.

—Señorita —replicó ella espontánea, girándose hasta clavar en él sus ojos turquesa. Unos ojos claros y brillantes que ahora le miraban perplejos.

—Señorita Micaela Moreau —dijo él despacio, como si paladeara un dulce en su boca. Seguía soltera, por alguna extraña y maravillosa razón.

—Señor Balboa... —balbuceó ella, sin recuperarse de la impresión—. ¿Qué hace usted aquí?

—Lo mismo que usted, me temo: asistir a la función.

Ella bajó la vista aturdida.

—Claro, qué tonta. Aunque lo hacía a usted en Santander o Bilbao o... ¡Qué extraña coincidencia! Debo... discúlpeme, debo irme, mis amigos me esperan. —Miró con apuro a los dos jóvenes que la aguardaban impacientes, unos pasos por delante de ella. Parecía querer huir de allí como fuera—. Ha sido un placer verle de nuevo, señor Balboa. Dele recuerdos de mi parte a su hermana Candela y por supuesto, a su mujer.

—¿Mi mujer? Se refiere a... ¡No! —Soltó una carcajada relajada—. No me casé con Loreto Lizarra.

La joven parpadeó a la vez que abría y cerraba la boca.

—Bueno, me alegro... Quiero decir, ¡lo lamento! Ahora, si me disculpa, tengo que marcharme. —Rodeó su cuerpo con intención de escapar, pero él le cortó el paso a tiempo.

La campanilla del vestíbulo tintineó anunciando por última vez el inicio de la representación.

—Espéreme a la salida, señorita Moreau. En el lado derecho del vestíbulo, junto a la puerta. Me reuniré allí con usted y sus amigos.

Ella le dedicó un amago de sonrisa.

—Sigue tan mandón como siempre, señor Balboa. Parece que ha olvidado lo que le enseñé. —Él no sabía a qué se refería exactamente, pero lo descubrió enseguida, cuando ella le indicó—: Mire mis labios: por-fa-vor.

La hubiera besado ahí mismo, delante de todo el mundo. En vez de eso, se inclinó a su oído y en voz baja le dijo, muy despacio:

—Por favor, Micaela.

Antes de que pudiera detenerla, ella lo esquivó en un requiebro y huyó sin darle una respuesta.

—¿La conoce? —le preguntó Ángel Lizarra a su lado, siguiéndola con los ojos.

—Sí, claro que sí. Me voy a casar con ella, Lizarra.

Su socio se rio con una carcajada bonachona mientras le daba dos palmadas en la espalda.

—Me alegro, Balboa, me alegro.


El corazón le latía desbocado y era incapaz de disimular la pequeña sonrisa de felicidad pintada en sus labios.

Héctor Balboa allí, delante de ella. Héctor Balboa con sus ojos oscuros y penetrantes leyendo en su cara su confusión, su azoramiento. Héctor Balboa con esa expresión suya entre tierna y burlona que no sabía cómo interpretar. Y había dicho, ¿qué? Que no se había casado. ¿Esas habían sido sus palabras, realmente? No se había casado con Loreto Lizarra, sí, eso había dicho. Y ella boqueando como un pececillo fuera del agua, incapaz de articular una palabra como Dios manda. Paralizada por la impresión de verlo allí, tan elegante e imponente que destacaba sobre el resto como un ángel negro. Héctor Balboa en Madrid, allí, en ese teatro. ¿Cómo es que no lo había visto antes entre la multitud o mientras esperaban que comenzara la representación? ¿Dónde se sentaba? En uno de los palcos, estaba segura. Tal vez había estado todo ese tiempo a escasos metros de distancia y no se había dado cuenta. Y quería encontrarse con ella después de la función. «Por favor, Micaela. Por favor.» Y su voz le había sonado como una prometedora caricia en el oído.

—Micaela, estás roja como una amapola —le dijo Victoria riéndose—. ¿Quién era ese caballero tan apuesto? Parecía muy interesado en ti.

—Un indiano llegado de Cuba. —Micaela bajó la voz para que no la oyera el joven que las acompañaba—. Lo conocí el pasado verano en Comillas y, bueno, supongo que congeniamos. Y...

—Señoritas, va a comenzar la obra. Espero que no me dejen al margen de su interesante conversación el resto de la noche o tendré que castigarlas —dijo el caballero medio en broma medio en serio.

Victoria le sonrió con cariño.

—Tiene usted razón, somos unas maleducadas, señor Carranzo. A partir de ahora, será el centro de todas nuestras conversaciones. ¿A que sí, Micaela?

—Por supuesto. Es el mejor acompañante que hemos tenido jamás, seríamos unas desagradecidas si no lo cuidásemos.

—Eso espero. Sin embargo, señorita Victoria —dijo, enlazando el brazo de la joven y bajando la voz hasta un tono casi conspirativo—, sepa que aspiro a ser algo más que un simple acompañante para usted.

—¿Desea ser mi valedor en el periódico, tal vez? Estoy dispuesta a escribir para *El Imparcial* en cuanto me lo pida.

Él soltó una carcajada como si lo encontrara realmente divertido.

—Ah, no deja usted de sorprenderme. No sé qué voy a hacer con una dama tan escurridiza como usted.

Cuando se alzó el telón y se reanudó la obra, Micaela intentó seguir el hilo de los diálogos, aunque su pensamiento se desviaba por otros vericuetos. ¿Qué querría Balboa de ella? ¿Por qué había tenido que aparecer justo ahora, cuando comenzaba a sentirse dueña de su vida, en paz consigo misma? Era feliz en su trabajo, y creía haberse ganado el respeto de doña Braulia, que le había demostrado ser tan dura y exigente con las maestras como con sus alumnas. La relación con su madre volvía a ser como antaño, un tira y afloja constante, sobre todo ahora que su salud había empeorado con la llegada de los primeros fríos. Y no solo la salud, también su carácter era más irascible y lastimero. Se quejaba de la frialdad de la casa, de sus ausencias prolongadas, de los guisos de Dora o de que la tía Elvira la visitara con menos frecuencia «por tu culpa», decía, en justo castigo por la tremenda decepción que le había causado su «ingrata sobrina, a quien estaba pensando en desheredar». «Que lo haga. Ya ves tú», pensó Micaela con gesto despectivo.

De vez en cuando salía a merendar con alguna compañera de la asociación, o acudía a alguna velada de su interés en el Ateneo, o quedaba con Victoria, como esa noche, que la había invitado a venir al teatro aprovechando unas entradas de palco de su padre. La necesitaba de carabina entre ella y ese joven, Javier Carranzo, del que Victoria decía haberse enamorado en apenas tres días, después de dejar plantado a su anterior pretendiente. «Lo de Alberto fue un capricho, Micaela. Esto es amor de verdad. ¡Es redactor de *El Imparcial*! La semana pasada escribió sobre un doble asesinato cometido en la calle Desengaño —le dijo esa misma tarde, poco antes de salir de su casa—. ¿Te imaginas? ¡Yo podría acompañarle de ayudante!»

«Amor de verdad», sonrió al recordar la expresión de su joven amiga, que ya creía saberlo todo de esos sentimientos tan resbaladizos.

En una de esas tardes de café y confidencias especialmente nostálgicas, sintió el impulso de confesarle su amor no correspondido por Héctor Balboa. No pudo hacerlo. Se lo guardó para sí, porque pensó que si lo verbalizaba perdería la imagen idealizada de lo que pudo ser ese amor y caería por su propio peso en la tierra de los vulgares desengaños. Prefería mantenerlo intacto en su interior como una ilusión con la que vivir el resto de su vida.

Y ahora allí estaba él de nuevo.

El aplauso del público atronó la sala durante varios minutos. Micaela se unió al aplauso por inercia, con la vista fija en el telón que caía sobre el escenario.

# 51

De pie frente al guardarropa se abotonó la pelliza hasta el cuello, se colocó el sombrero de fieltro granate, y salió con Victoria y el señor Carranzo a las puertas del teatro. El frío afilado de la noche envolvía las luces amarillentas de las farolas de gas, insuficientes para alumbrar la plaza vacía a una hora tan entrada de la noche. Micaela observó cómo se sucedían en la acera los carruajes, uno detrás de otro, y recogían pasajeros con prisa por llegar al calor de sus casas o a alguna taberna cercana.

—No te apures, Micaela —le dijo Victoria, intuyendo su nerviosismo—. Mi cochero esperará lo que haga falta.

No bien hubo dicho eso, el señor Balboa emergió de entre la gente envuelto en un elegante abrigo negro, con su sombrero de copa, que elevó para saludarlas al tiempo que se disculpaba por su tardanza.

—La señorita Victoria Velarde, el señor Javier Carranzo... —se adelantó Micaela—, les presento al señor Héctor Balboa, un conocido de Santander.

—Tenía la impresión de que ya podría presentarme como un amigo, señorita Moreau —le reconvino él con una sonrisa canalla.

—Oh, no se lo tenga en cuenta a Micaela; es demasiado exigente en lo que a hombres se refiere, incluso con los amigos —replicó Victoria, provocando una breve carcajada en el señor Carranzo, que ella recibió con una mirada cortante. La joven se dirigió a Balboa con una sonrisa de simpatía—: Ha sido un placer, señor Balboa. Espero que tengamos ocasión de volver a verle pronto. —Y luego, volviéndose a Micaela, le dijo en voz baja aunque audible—: Te esperamos en el carruaje.

—No se preocupe, señorita Velarde. Si a la señorita Moreau le parece bien —dijo mirándola—, yo la acompañaré a su casa.

—No es necesario, no se moleste —respondió Micaela vacilante.

—Al contrario. —Balboa le hizo una seña a un caballero que aguardaba fumándose un cigarro a una discreta distancia. El hombre pareció captar el mensaje al instante y se alejó en dirección a la fila de coches detenidos en un lado de la plaza—. Nada me haría más feliz ahora mismo.

Micaela miró indecisa a Victoria, quien esbozó una sonrisa traviesa con la que quería animarla a aceptar.

—Está bien, iré con usted, señor Balboa —accedió por fin.

Se despidió del señor Carranzo con un leve movimiento de cabeza, y a Victoria le dio dos besos, momento que la joven aprovechó para murmurarle al oído un «todo tuyo, Micaela» que acompañó con un apretón de mano.

Balboa la guio hasta el carruaje donde ya esperaba el otro caballero, apostado junto a la portezuela.

—Yo regresaré caminando al hotel, Balboa —dijo. Luego se volvió a ella con una inclinación de cabeza y añadió—: Buenas noches, señorita.

—Muchas gracias por todo, Lizarra. Hasta mañana.

Micaela le indicó al cochero la dirección de su casa antes de entrar en el interior y acomodarse en uno de los bancos. Había una manta de lana gruesa doblada en un extremo por si los pasajeros deseaban abrigarse con ella. Balboa entró cuan largo era y se sentó a su lado.

—Y dígame, ¿qué le ha traído a Madrid? —le preguntó ella cuando notó que el coche comenzó a rodar.

—Hemos venido por asuntos de negocios. Nos quedaremos unos días. —Micaela se estremeció y se arrebujó en su pelliza. Al verla, él le preguntó—: ¿Tiene frío?

—No, si acaso, en los pies.

Él extendió la manta en su regazo, cubriéndole las piernas.

—No me gustaría que enfermara por mi culpa.

—Sería un desastre. Mañana me esperan mis alumnas.

Él clavó en ella sus ojos oscuros, aunque Micaela no conseguía vérselos del todo con la penumbra que reinaba en el habitáculo.

—¿Está trabajando?

—Sí. Soy maestra en la misma escuela donde estudié.

—Me alegro por usted. Sé que era su mayor deseo. —Se quedó en silencio unos segundos y de pronto le oyó preguntar con el tono de alguien que teme la respuesta tanto como permanecer en la ignorancia—: ¿Qué ocurrió con su... barón?

—Oh, rechacé su proposición. Era un caballero muy agradable, pese a lo que usted pudiera pensar. Aun así, ya le dije a usted que no pensaba casarme solo por atender las necesidades y deseos de un hombre... a quien no amaba.

—Lo recuerdo muy bien, señorita. Palabra por palabra. —Micaela ocultó una sonrisa complacida en el cuello de nutria de su pelliza—: Así que usted ya tiene su aula y su trabajo, y no necesita nada más. Disfruta siendo soltera.

—Eso es —respondió ella con tono resuelto—. Soy feliz como estoy.

—¿Y si se enamorase de... alguien? ¿Tendría ese hombre alguna posibilidad de hacerle cambiar de opinión?

—¿Quiere decir, si me enamorase de él, y él de mí...? —Se tomó unos segundos para contestar su propia pregunta—. Sí, es posible.

—¿Y si él la amara con locura pero hubiera sido tan tonto como para no darse cuenta a tiempo? —le preguntó con un tono de voz ronco, más bajo del normal.

Micaela se apartó de él para observar con atención la expresión de su rostro. El tenue reflejo de las luces discontinuas que entraban de la calle solo le permitía dis-

tinguir dos ranuras negras, brillantes, mirándola intensamente.

—No me gustan mucho los hombres tontos, señor Balboa. —Sonrió ella—. Me lo está poniendo difícil.

—Digamos que no es tonto exactamente; solo se cegó
por empecinamiento. Creo que era algo tan nuevo para él
que no supo distinguirlo... ni apreciarlo. Y es posible que
también sintiera un poco de miedo... —admitió, sincerán-
dose con ella y a la vez consigo mismo—. Supongo que por
todo ello, tardó más de lo deseable en quitarse la venda de
los ojos.

—Siempre podría habérselo explicado, creo que ella lo
habría entendido.

—Cuando quiso hacerlo, ya se había marchado. Una
persona muy cercana a ella le dijo que se había comprometido con un carcamal engreído. Y entonces decidió
olvidarla.

—¿Y lo consiguió? —murmuró ella con voz temblorosa.

—Me temo que no. —Emitió una risa suave, cálida, que
se coló en su interior, templándola como un dulce abrazo—.
Es una mujer preciosa; decidida, fuerte, compasiva, obstinada... algo pedante, a veces; pero siempre increíble. —Ella
notó el dorso de la mano de él descender por su mejilla,
cogerle la barbilla con suavidad y girarla hacia su rostro,
que de pronto estaba tan cerca que casi podían rozarse.
Prosiguió en voz baja—: Al marcharse, le dejó marcado
con una huella tan profunda que creía verla en cada mujer

con la que se cruzaba. Y olvidarla era como arrancarse la piel a tiras.

—Muy doloroso… —Micaela cerró los ojos y, amparada por la oscuridad, aproximó sus labios a tientas, buscando su piel. Le llegó su olor a hierba fresca, su aliento cercano.

—Mucho. Por eso no la ha olvidado.

La besó despacio, con delicadeza. La frente, las cejas, los párpados, las sienes; recorrió la línea que descendía junto a su oreja hasta llegar a la mandíbula y de allí, rozó con suavidad sus labios. Micaela gimió y giró su cuerpo hacia el suyo recostándose contra el banco en un movimiento con el que arrastró a Héctor, tendido sobre ella con su torso firme, sosteniéndose sobre sus brazos para no aplastarla. Sus bocas se fundieron en el beso, sus lenguas se entrelazaron y exploraron cada rincón con la avidez de dos hambrientos que han esperado relamiéndose largamente delante de un suculento manjar. Micaela enredó sus dedos en ese cabello ondulado y fuerte que tanto le gustaba tocar, mesar. Él gimió de placer, y alzándose, apoyó su frente en la suya mientras recuperaba el ritmo de su respiración. Al cabo de un rato, le oyó preguntar:

—Entonces ¿cree que podría usted enamorarse de alguien así?

—Tal vez —contestó ella fingiendo un tono pensativo, sin dejar de acariciarle—. ¿Tiene dinero?

—Todo el que quiera. A su disposición, para lo que desee.

—¿Para lo que desee? —Ella se apartó un poco y ladeó la cabeza, retándolo con una sonrisa—. ¿Para financiar becas con las que proporcionar una buena educación a mis alumnas?

—Para comprar un colegio entero, si lo desea, donde pueda enseñar lo que le dé la gana a todas esas niñas que espero no lleguen a ser tan cabezotas como usted. Pero antes, ¿querrá casarse conmigo?

—Un colegio entero... —repitió, cegada por la imagen que había invadido su mente. El final de la frase pronunciada por Balboa tardó unos segundos más en calar en ella, y cuando lo hizo, se incorporó de golpe en el asiento, empujándolo a un lado—. ¿Qué ha dicho?

—¿Se refiere a lo de que podrá enseñar lo que le dé la gana o a lo de casarse conmigo?

Micaela lo miró como si estuviera loco, pero más que un loco, lo que vio fue un hombre que la observaba expectante, con los ojos rebosantes de un amor y una ternura infinitos.

—A las dos cosas. ¿Cree que sería muy egoísta por mi parte querer tenerlo todo: al hombre que amo y la enseñanza de las niñas?

—Creo que haría lo que fuese necesario por verte feliz a mi lado, Micaela.

# Epílogo

*Santander, 1892*

El tintineo de la campanilla del revisor le llegaba cada vez más cercano. Micaela oyó descorrer la puerta del compartimento antes de que el rostro anguloso del hombre se asomara para avisarles de que el tren llegaría a la estación de Santander en veinte minutos. Ella interrumpió su lectura, asintió agradecida y aproximó el rostro a la ventanilla. Lo único que vio fue su propio reflejo en el cristal empañado con su aliento. Fuera reinaba la noche pese a ser poco más de las ocho de la tarde. En pleno mes de octubre, los días se acortaban veloces.

Imaginó a Héctor esperándola en el andén, paseando su impaciencia de arriba abajo, consultando su reloj a cada minuto. Confiaba en que no se hubiera dejado convencer por las niñas y se hubieran quedado en casa, no eran horas estas para que anduvieran por ahí. El estómago le cosquilleó al pensar en el instante del reencuentro. ¡Seis días separados y parecía que hubieran transcurrido tres semanas! Estaba deseando contarle todo lo que había llamado su atención en el congreso al que él le había animado tanto a asistir en Madrid, pese a no poder acompañarla. «¿Congreso Pedagógico Hispano Portugués Americano? —Había leído Héctor de corrido en la invitación que ella le había mostrado—. Un evento con ese nombre a la fuerza será importante. Deberías asistir, Micaela. No habrá tantas ocasiones en las que encuentres reunidos a los mayores representantes públicos y privados de la educación de este país.» Ella no estaba muy convencida: las niñas, las clases, la administración del colegio, los múltiples problemas que surgían cada día. Y, además, ¿la acompañaría él a Madrid? Héctor lo negó: tenía una cita fijada con el gobernador de Santander y el alcalde; se barruntaba que algo tramaban pedirle en relación con la construcción del nuevo hospital. Imposible cancelar la reunión. Pero eso no debía ser impedimento para ella: «Puedes viajar sola o con tu doncella, si lo deseas. No hay excusa que valga. Eres la directora de un colegio y responsable de la educación de tus alumnas, tienes la obligación de acudir a ese encuentro y conocer lo que allí se hable». Por supuesto, tenía razón.

Con una sonrisa asomando en los labios, volvió su atención a la libreta, a los apuntes y notas cogidas al vuelo durante esos días intensos de los que ahora regresaba agotada. Agotada y exultante por el inacabable intercambio de opiniones, documentos y propuestas que se habían producido entre los más de dos mil doscientos asistentes de diversos países. Jornadas enteras debatiendo sobre educación con las mentes más lúcidas y brillantes del momento, con cuyos postulados podía o no estar de acuerdo, pero el simple hecho de escuchar tanta experiencia y conocimiento allí reunidos elevaba el espíritu de cualquiera.

Supo de oídas de la presencia relámpago de Menéndez Pelayo entre los congresistas. A quien sí vio fue a don Francisco Giner de los Ríos rodeado de una cohorte de discípulos. Tuvo la ocasión de escuchar el discurso remitido por doña Concepción Arenal que, debido a su avanzada edad, no se vio con fuerzas para emprender viaje a Madrid desde Vigo, y aun así, sus afirmaciones fueron tan certeras como siempre. Y mantuvo una enriquecedora conversación con don José María Pontes, profesor de la Asociación de la Enseñanza de la Mujer y presidente de la sección primera, dedicada a la enseñanza primaria, y en la que abordaron temas que le atañían a ella directamente. Pero, sobre todo, a quien había perseguido por pasillos y salas era a doña Emilia Pardo Bazán, de lengua tan procaz como su pluma, como bien demostró en el encendido discurso en defensa de la mujer que pronunció ante cientos de mujeres y hombres. No en vano, la sección que ella lideraba, la dedicada a la educación de la mujer y sus aptitudes profesionales, fue la que generó más polémica y debates. Se aprobaron nueve propuestas, entre las que se encontraba la declaración de igualdad de derechos de hombres y mujeres, también en lo que a recibir la misma educación «en dirección e intensidad» se refería. Todo un triunfo.

Sin embargo, se rechazó que las mujeres pudieran acceder a cualquier profesión que desearan ejercer, apoyándose en «diferencias biológicas, psicológicas e intelectuales». Y se enumeraron esas profesiones consideradas aptas para las féminas: maestras, farmacéuticas, médicos de niños y mujeres, operadoras de correos, telégrafos, contabilidad, bibliotecas y alguna más. ¡Ay!, si Victoria hubiera estado allí, se habría armado la marimorena. Ya no eran aquellas alumnas aplicadas e ingenuas de la Escuela de Institutrices que asistieron al anterior congreso, el de 1882. Ahora, diez años después, ambas habían tomado caminos distintos: la última vez que recibió carta de Victoria, andaba por algún lugar entre Cádiz y Huelva, enredada en unas crónicas periodísticas que firmaba bajo seudónimo, y en cuanto a ella, nunca imaginó que disfrutaría tanto al frente de un colegio como del propio acto de enseñar, pero así era.

La señora que viajaba con ella en el mismo compartimento tosió un poco y se arropó en su chal de lana. El recuerdo vívido de su madre le atravesó de golpe el corazón. Cuando se la trajeron a vivir con ellos a Santander, Micaela creyó que no se acostumbraría nunca a ese clima ni a la limitada vida social que hacían, pero el aire de la montaña le sentó mejor que cualquier otra medicina. Dora y ella daban pequeños paseos por la finca o se sentaba en el porche, bien arropada, contemplando la llovizna caer sobre los árboles. A Héctor también le gustaba salir a respirar el olor a lluvia y tierra mojada, y en esos ratos compartidos entre doña Isabel y el indiano se fue fraguando una relación de respeto y cariño por la que Micaela nunca habría apostado antes.

Le pasaba a menudo, de repente algún detalle nimio le evocaba recuerdos caprichosos de su madre, un gesto, el retazo de una conversación, su imagen enseñándole a tocar el piano a Emma apenas un par de días antes de que le fallara el corazón y se durmiera para no despertar. En La Somoza, lejos de Madrid y sus comodidades, su madre había encontrado por fin la tranquilidad de espíritu por la que tanto había rezado: su hija se había casado con un hombre que no solo la quería, sino que, además, podía mantenerla en la posición que le correspondía; tenía dos nietas preciosas, sanas y fuertes —«gracias a Dios, en eso se parecen más a tu marido, hija mía»— y aunque le costó admitirlo, al final presumía ante propios y extraños de lo que ella consideraba como la «maravillosa labor benéfica» que estaba realizando su hija con el colegio de niñas. Ah, madre. La extrañaba más de lo que nunca hubiera imaginado.

Micaela suspiró y apoyó la cabeza en el cristal frío. Pronto se cumplirían tres años de la apertura de su propio colegio, el Colegio de Señoritas del Porvenir. De vez en cuando se detenía junto a la puerta de algún aula a escuchar cómo coreaban la lección las voces infantiles guiadas por su profesora, y una sonrisa de mal disimulado orgullo afloraba a su boca. Al menos eso le resarcía las horas dedicadas a una labor menos reconfortante pero necesaria: el papeleo burocrático que conllevaba la dirección. Cada día debía revisar pagarés, recibos, documentos varios y el correo del día que depositaban sobre su mesa sujeto por un cordel. Debería hacer caso a Héctor y contratar a un contable que le llevase las cuentas, pero se resistía a delegar algo que sabía le correspondía a ella.

—Te quitarías preocupaciones y te dejaría tiempo para concentrarte en lo que de verdad se te da bien hacer: enseñar y dirigir el colegio —le había dicho él.

—¡Héctor! No estarás insinuando que no soy buena con los números... —le había recriminado ella fingiéndose ofendida.

—Solo digo que no tienes por qué cargar tú con todo. Mírame a mí: si no tuviera muchas personas a mi alrededor para hacer el trabajo que yo no domino, no podría sacar adelante mis negocios. Delegar no significa que no seas capaz de hacerlo. Y tus hijas también necesitan toda tu atención.

—¡Están conmigo en el colegio! —se defendió ella, esta vez sin el menor asomo de burla en su voz.

—No están contigo, son alumnas de tu colegio —remarcó él con calma—. Allí no eres su madre; eres la directora.

Fue Candela quien le sugirió que pensara en Teresa Gómez como candidata a hacerse cargo de la contabilidad. La joven valía mucho, eso lo sabía. Hacía tiempo que se la había traído desde Ruiloba con una de las becas de educación financiadas por Héctor. Era lista, trabajadora, perseverante. Y como bien dijo en su día su madre, pronto demostró que los números se le daban especialmente bien. Micaela quiso que estudiara secundaria en algún instituto de Santander pero ninguno de ellos admitía muchachas, así que se resolvió que permaneciera en el colegio en calidad de aprendiza: comenzó echando una mano allá donde se necesitaba hasta que se vio que quien más la reclamaba era Candela para labores de intendencia. Le encomendaba recados o tareas sencillas de secretaría que la joven resolvía con diligencia y facilidad. «Discurre mucho esta chica, Micaela. No hay día que no me proponga cómo mejorar tal o cual cosa, todas muy bien pensadas, te lo digo yo.»

Qué haría ella sin Candela. Junto con Héctor, fue la primera en animarla a abrir el colegio para señoritas cuando su tío Tomás, incitado por Ana —su sempiterna aliada, su cómplice—, le ofreció en alquiler un viejo caserón que poseía en los arrabales de Santander. Ninguna de sus tres hijas lo quería: Amalia se había trasladado a Barcelona después de casarse con Román Macías, que se había labrado un buen prestigio como arquitecto en la Ciudad Condal. Allí se habían establecido, allí habían nacido sus dos hijos, de edades similares a las de sus propias hijas, y solían volver a Santander durante la temporada de verano para disfrutarla con la familia; también Luisa se había casado y se había instalado en el palacete que su marido poseía en la zona de El Sardinero y Ana... ¡ay, Ana! Aún no sabía muy bien cómo, su prima había conseguido embaucar a sus padres y marcharse a estudiar la carrera de Medicina a Madrid. No tardaría en licenciarse como doctora. Para ser justos, fue Ana quien sembró en ella la primera semilla: no desaprovechaba ninguna ocasión en que se veían para quejarse de la falta de instituciones que prepararan a las señoritas para una formación superior. «Tú podrías, Micaela; si quisieras, tú podrías hacerlo.»

Una tarde en que salió de paseo con Candela se desviaron hasta la propiedad de su tío y allí, delante de ese caserón desconchado, comenzó a imaginar dónde irían las aulas, dónde la sala de música, dónde el comedor, su despacho, el almacén... y tendría que construir un anexo para los dormitorios de las niñas internas y las maestras. Esa misma noche, tras acostar a las niñas, cogió una libreta, una pluma y comenzó a redactar el proyecto del que ya era su colegio, un colegio con novedosos métodos pedagógicos, cuyas cuotas mensuales eran poco más altas que las de una escuela pública, y con becas para las niñas de familias que no se podían permitir ni siquiera ese gasto.

—¿A qué novedosos métodos pedagógicos te refieres, querida? —fue la pregunta que le lanzó doña Inés Velarde en la reunión de señoras convocada por su tía Angélica, que se adhirió a la causa casi más por orgullo de familia que por convencimiento: no iba a dejar que ninguna dama de Santander le arrebatara el protagonismo de amadrinar la presentación de lo que consideraba el «proyecto benéfico» no ya de su sobrina, sino casi de la familia entera, precisamente cuando su hermana Isabel ejercía de abanderada de las innumerables virtudes de su yerno, Héctor Balboa.

—A que las niñas adquieran de manera práctica los conocimientos de cada materia, como hacen en otros colegios de Europa —respondió Micaela, eligiendo bien sus palabras; no pretendía espantar a esas damas con ideas que pudieran considerar revolucionarias—. Eso significa, por ejemplo, que saldremos al campo para aprender ciencias naturales o haremos ejercicios de matemáticas aplicadas a la vida real o leeremos y comentaremos obras literarias adaptadas a cada edad. Las niñas darán buenos paseos para fortalecer sus pulmones y recibirán una alimentación adecuada que no las haga desfallecer durante el día.

Se oyó un murmullo de aprobación. Un punto a su favor.

—Mi sobrina ha calculado que con una aportación inicial más la suscripción trimestral de un centenar de damas de Santander, podremos poner el colegio en marcha antes de un año —aseguró su tía con rotundidad—. Las suscriptoras pasarán a formar parte de la Junta a título honorífico como benefactoras del colegio.

—¡Honorífico y muy honorable! —añadió Candela, incapaz de quedarse callada entre tanta señora encopetada, ahora que acompañaba a Micaela en su posición de cuñada y de señora de Herraiz—. Y por si fuera poco, recibirán una insignia del Colegio de Señoritas del Porvenir para que puedan ponérsela en la solapa de sus trajes, como los militares.

—Sus nombres aparecerán dentro del cuadro de honor del boletín semestral —prosiguió Micaela—. Cada año organizaremos una jornada de visita y les proporcionaré información detallada de las cuentas del centro y de los avances de las niñas. Me parece lo justo.

La primera en apuntarse fue doña Inés Velarde, con dos suscripciones. La siguieron todas las demás, sin excepción, y varias se comprometieron a conseguir adhesiones entre sus propias amistades. Al final de la tarde, había reunido el dinero necesario para arreglar las dos terceras partes del edificio principal. Y antes de marcharse, la tía Angélica y el tío Tomás le entregaron el contrato de alquiler del caserón a cambio de una renta simbólica de una peseta al mes.

Lo más divertido, visto en perspectiva, fue el momento en que irrumpió en el despacho de Héctor, blandiendo como un triunfo el contrato de sus tíos en una mano y las suscripciones de las damas en la otra. Él se lo tomó como un agravio, un desprecio a la promesa que le hizo en su día.

—Te dije que yo me haría cargo del colegio —protestó molesto—. Quería hacerlo por ti, en nombre de los dos. Sé lo que ese colegio significa para ti, lo feliz que te hace.

En ese instante, lo amó aún más si es que eso era posible. No era tanto una cuestión de felicidad. Al menos, no en lo que se refería a su papel de esposa y madre: ya era muy feliz con Héctor y con las niñas, esa parcela de su vida la tenía bien cubierta. Era esa inquietud latente en algún recoveco de su cabeza que la despertaba en mitad de la noche con alguna nueva idea, le reclamaba su atención y la azuzaba a no olvidar su propósito, su vocación, su propio destino en el campo de la enseñanza, aquello que colmaría su felicidad completa como mujer.

—Lo sé y te lo agradezco, cariño, pero no me parecía justo que asumieras tú solo el riesgo de mi proyecto y lo financiaras entero. Me sentiría en deuda contigo eternamente —le había respondido ella con suavidad. Micaela se sentó en el brazo de su sillón y le rodeó el cuello, mimosa—: Por otra parte, si has pensado que te vas a librar de colaborar con el colegio, estás muy equivocado: necesitaré que supervises las obras y cuento con que donarás una cantidad para el mobiliario de las aulas; y también me gustaría que financiaras las becas de estancia y de educación de las niñas que vengan de las aldeas, empezando por las de Ruiloba.

No solo Héctor colaboró en todo cuanto le pedía. Candela consiguió que Herraiz se encargara de las licencias y los interminables trámites burocráticos para abrir un colegio. Amalia le envió varios juegos de ropa de cama y baño bordada con el emblema del colegio, confeccionados en la fábrica textil de sus suegros. Incluso su prima Luisa, antes tan remisa, realizó una importante donación para material escolar. De esto hacía ya cuatro años y cada curso llegaban más solicitudes de ingreso. En la zona se había corrido la voz de ese colegio privado de niñas, con tan buena fama tanto en Santander como en Madrid. Si continuaban recibiendo tantas solicitudes, en breve tendrían que ampliar las aulas.

El tren ralentizó su marcha. Las débiles luces de la ciudad iluminaron los contornos de las primeras casas, difuminados tras la bruma húmeda que comenzaba a entrar de la bahía. Poco después distinguió la abovedada construcción de hierro de la estación en la que se adentró la locomotora con un suave traqueteo. Micaela se levantó, abrió con dificultad la parte superior de la ventanilla y asomó los ojos en un intento de distinguir la figura de Héctor entre las numerosas personas que aguardaban en el andén. El silbato agudo del jefe de estación le trajo el recuerdo fugaz de su llegada a Santander nueve años atrás, aquel verano de 1883.

—*Mamam! Mamam! Ici!* ¡Estamos aquí! —Vio aparecer a Emma entre las piernas de la gente, tirando de su padre. Héctor se dejaba llevar, mientras sus ojos saltaban de ventanilla en ventanilla, buscándola.


Las niñas estaban dormidas hacía rato. Ella se había aseado, se había liberado del corsé, de las medias y del pesado vestido de gruesa tela tapicera y se había puesto un vestido-bata de un ligero algodón floreado. El servicio se había retirado después de recoger la cena, apagar las luces y caldear su alcoba para cuando desearan acostarse. Por fin estaban ellos dos solos. Micaela se dirigió al saloncito donde discurría la vida familiar, una estancia cálida y acogedora en la que solían arrancar el día juntos con el desayuno y juntos lo terminaban, con una taza de chocolate ella, y él, una copa de ron entre las manos.

La chimenea estaba encendida. Las noches ya eran frías, especialmente en La Somoza, situada en lo alto de un montecillo entre el mar y la montaña. Frías y húmedas.

Se recostó, cansada, en un brazo del cómodo sofá de estilo góndola, y dejó que su cuerpo se relajara en la visión del fuego. Su pequeño mundo doméstico seguía ileso y en pie tras su ausencia. Las niñas no parecían haber sufrido grandes trastornos, la habían recibido felices y mimosas; el buen funcionamiento de la casa nunca le había preocupado, confiaba plenamente en la señora Lorenza, el ama de llaves, quien la gobernaba con eficiencia y buen criterio; y en lo que se refería al colegio, no había llegado ningún aviso ni mensaje de Candela que los alertara de algún problema importante, al contrario: uno de los días Héctor acompañó a las niñas a la escuela con el ánimo de echar un vistazo pero era tal la normalidad, que casi nadie se percató de su presencia, atareadas como estaban en el trabajo. Su hermana fue la única con la que pudo conversar unos minutos antes de que lo despidiera sin contemplaciones, insinuándole que tenía por delante un día muy ajetreado. Era bueno que el colegio funcionara incluso sin su presencia y sin embargo...

Notó las manos de Héctor en sus hombros, una presión leve a la que cedió con placer.

—No estarás pensando en ir mañana al colegio.

Suspiró, complacida, al sentir el tacto de sus yemas deslizarse hasta la nuca, y dejó caer la barbilla hacia el pecho, en un gesto de abandono. Los hábiles dedos de Héctor se entremetieron en su pelo, notó un levísimo tirón por cada horquilla retirada, el moño que se aflojaba deshaciéndose, y por fin su melena derramada por los hombros como una suave cortina. Micaela alzó la cabeza con los ojos cerrados y asintió despacio con un sí casi inaudible. Entonces él apartó sus manos y se alejó en dirección al mueble bar, al tiempo que le decía, en tono molesto:

—No tienes ninguna necesidad, no hay nada urgente que requiera tu presencia.

—El trabajo acumulado de los últimos días y mis responsabilidades habituales son las que requieren de mi presencia, Héctor —replicó con tono cansado.

Se reacomodó en el sofá y lo observó en silencio. Había cogido la botella de cristal labrado que contenía su ron añejo y se estaba sirviendo una copa, como hacía casi cada noche. Se había despojado de la levita y del corbatín, y se había desabrochado el cuello de la camisa, dejando a la vista parte de su constitución todavía espléndida, achacable quizá a la herencia biológica familiar o a su naturaleza impetuosa e inquieta que le impedían permanecer parado ni un minuto, ya fuera física o mentalmente. Con solo mirarle, Micaela sabía si estaba barajando algún nuevo proyecto en el que aventurarse. Él solía contarle lo que le rondaba la cabeza, esperando su opinión. Ella preguntaba cuanto no entendía y aplicaba su sentido común a ofrecer una opinión sensata y realista, sobre todo cuando le parecía una idea descabellada, pero Héctor parecía disfrutar con el riesgo que suponía embarcarse en nuevas empresas. Y no siempre tenía éxito. Aquel asunto de las lentes no le había salido bien; ni el de ese inventor, el señor Torres Quevedo, y lo que él llamaba el «transbordador», una especie de cabina para transportar cosas y personas hasta lo alto de montañas deslizándose sobre unos gruesos alambres que Héctor creía poder fabricar. En cuanto se entusiasmaba con alguna idea, no paraba hasta ponerla en marcha, sucediera lo que sucediese después. En ocasiones, a Micaela le exasperaba esa energía y empujes inagotables del carácter de su marido, al igual que admiraba su capacidad para absorber, discernir y adaptarse a las necesidades de cada entorno, cada momento, cada persona.

—El alcalde me dijo que había recibido *nuestra* —recalcó el posesivo con tono irónico— solicitud de autorización para impartir educación secundaria en el colegio. —Héctor se sentó con el cuerpo ladeado en el sofá, no muy lejos de ella, y extendió el brazo a lo largo del respaldo hasta casi tocar su hombro. Sus dedos jugueteraon con un mechón de su pelo—. Le respondí que ese asunto lo llevabas tú exclusivamente y que estarías encantada de concertar una cita con él para discutirlo. —Soltó una risilla antes de beber un sorbo de su copa—. Tendrías que haberle visto la cara.

A Micaela no le extrañó en absoluto la actitud del alcalde.

—No te rías. Si no fuera por tu contribución en las

obras que el ayuntamiento no puede sufragar, el alcalde habría tirado mi solicitud a la papelera sin siquiera leerla.

—En eso te doy la razón. Te estás aprovechando de mí.

Ella le tiró un cojín a la cabeza. Héctor lo esquivó, la agarró por el tobillo y tiró de ella arrastrándola hacia él con sonrisa maliciosa.

—En vez de un «ángel del hogar», tengo por esposa una fiera conspiradora —dijo, avanzando sobre el cuerpo de ella sostenido sobre sus brazos, como un felino sobre su presa.

Ella se rio divertida y le rodeó el cuello con los brazos.

—Solo los hombres débiles desean convertir a sus mujeres en ángeles de alas truncadas.

Él cayó sobre sus labios con la fuerza de la pasión. Micaela gimió y respondió con igual deseo a las caricias y juegos de la lengua de Héctor en su boca, al tacto de sus hábiles manos colándose bajo el filo de su vestido para recorrer con suavidad la forma de sus piernas y aferrar sus nalgas. Su corazón se aceleró, sus respiraciones se agitaron. Héctor conocía cada recoveco de su anatomía, sabía qué movimiento hacer, qué lugar tocar para encender su deseo y llevarla al límite del placer. La boca de él se deslizó a besos por su cuello, descendió al escote, y al llegar a la cinta de encaje, alzó el rostro y clavó en ella sus pupilas negras iluminadas con el brillo de la pasión.

—Ni ángel, ni fiera: mi amor, mi diosa, mi amante, mi debilidad y mi fuerza, Micaela —dijo mientras desabotonaba uno a uno los botoncillos del vestido. Luego, sus dedos deshicieron la lazada de raso que ataba el corpiño y sus senos emergieron blancos y erguidos, como dos lomas nevadas en las que él posó su boca.

—Héctor, vayámonos a la habitación, a nuestra cama...

—Me gusta verte a la luz del fuego —negó él, dibujando un camino de besos en uno de sus pechos.

—Tu ropa... Déjame quitarte... —Con la respiración entrecortada, Micaela intentó tironear de su camisa mientras se retorcía de placer bajo sus besos.

Héctor se detuvo, se puso en pie y con movimientos efectivos, se deshizo del chaleco, la camisa y los pantalones sin dejar de mirar cómo ella terminaba de quitarse el vestido bajo la tenue luz de la chimenea. Cuando se tendió de nuevo a lo largo del sofá, Micaela le esperaba desnuda, temblorosa, anhelante.

—Estás preciosa —susurró él, mirándola a los ojos—. Tan excitante como una de esas majas del mismísimo Goya —dijo, apartando con cuidado los mechones de pelo que caían sobre sus mejillas y sus pechos, peinándole el cabello con los dedos.

Solo Héctor era capaz de hacerla temblar de esa manera, como si el pulso de la vida agitara y tensara su interior como un volcán a punto de estallar. La acariciaba, la excitaba con las manos entre sus pliegues hasta llevarla casi hasta el precipicio. Casi, porque entonces, el cuerpo firme y vigoroso de Héctor se unió al suyo y la amó entre suaves embestidas que se hicieron cada vez más intensas y profundas. Ella contuvo el aliento hasta que ya no pudo aguantar más y su cuerpo se contrajo en un espasmo de placer que también impulsó el final de Héctor con un gruñido ronco y liberador. Se dejó caer a su lado y la abrazó con fuerza.

—Estos días me he sentido como si me faltara una parte de mí, Micaela. Nunca más te animaré a irte sola y dejarme a mí aquí.

Ella bostezó, satisfecha y agotada del largo día de emociones acumuladas.

—¿Adónde podría ir? Todo cuanto me tenía preparado el destino lo he encontrado contigo. —Le dio un suave beso en el hombro y se acurrucó a su lado hasta quedarse dormida.


Micaela levantó la vista del libro y paseó su mirada por las cabezas de sus once alumnas, inclinadas sobre sus pupitres. Solo se escuchaba el rasgar de los lápices y el trinar de los pájaros escondidos entre las ramas del árbol que arañaban el cristal de la ventana. Oyó un murmullo procedente del pasillo, debía de ser casi la hora. Abrió la tapa de su pequeño reloj de bolsillo y lo comprobó: quedaban apenas diez minutos. Se paseó entre los pupitres, revisando la tarea encomendada: dibujar una flor, indicar cada una de sus partes y explicar el proceso de la fotosíntesis. Julita había realizado un dibujo tan pulcro y claro como era ella; Amaya, siempre tan rapidilla, la esperaba con el ejercicio terminado; María, sin embargo, carecía de talento artístico, aunque se sabía bien la lección; Amapola, Elena, Magdalena, al menos, se esforzaban y Carmen, ¡ay, Carmen!, qué iba a hacer con ella, no había manera de que se centrara en la tarea. Al pasar por su lado, vio que lo único que había dibujado era la corola de una margarita.

—Atended, niñas. —Micaela dio dos palmadas y las miró a todas—. Si no habéis terminado el ejercicio, mañana lo repasaremos en clase. Ahora...

—¡Los gusanos! —Carmen dio un salto en su silla, con una sonrisa que le salía por los ojos.

Micaela no pudo por menos que reír con el entusiasmo de la niña.

—Eso es... Hoy es el día, ¿os acordáis? Venid todas. Vamos a ver qué ha pasado con nuestros gusanitos —dijo mientras se giraba hacia el estante detrás de su escritorio. De allí cogió con cuidado dos cajas de cartón agujereadas y las depositó en su mesa. Las niñas la habían rodeado y observaban expectantes, nerviosas. Las miró a todas y preguntó—: ¿Quién se atreve a abrir las tapas?

Carmen y Elena alzaron el brazo al mismo tiempo. Les asignó una caja a cada una, les dijo que las abrieran muy despacio. Carmen se agachó hasta que sus ojos estuvieron a la altura de la tapa, levantó la esquina y se aproximó para mirar adentro. Micaela se fijó en los rostros expectantes y el aliento contenido de las niñas. Elena destapó la caja de golpe y Carmen la siguió después. Y entonces, un montón de mariposas Macaón de alas amarillas y negras salieron revoloteando por toda el aula entre los gritos de las niñas, que las perseguían entre los pupitres.

—¿Veis? Nuestros feos gusanos de rayas negras han roto al fin sus capullos y se han transformado en preciosas mariposas —dijo, contemplando el maravilloso espectáculo que nunca dejaba de sorprenderla—. ¡No las atrapéis! ¡Abrid las ventanas y dejadlas que vuelen libres!

# Algunos apuntes y aclaraciones históricas

La idea de esta novela surgió a partir de una visita a Comillas y un deslumbramiento, el que sentí ante El Capricho de Antoni Gaudí. Me suscitó muchísima curiosidad saber quién sería ese señor, Máximo Díaz de Quijano, el caballero que encargó el proyecto de esa residencia tan peculiar y extravagante para la época, a ese joven arquitecto catalán, aún desconocido, cuyo trabajo venía avalado por Eusebio Güell y el marqués de Comillas. Gaudí nunca visitó Comillas; fue su colega y amigo, el también arquitecto Cristóbal Cascante, quien dirigió la obra siguiendo los minuciosos planos, los diseños y la maqueta realizada por el genio catalán.

Hice algunas indagaciones sobre don Máximo, no encontré mucho más de lo que cuento sobre él en la novela, salvo que compuso la música de varios libretos de zarzuela escritos por José María Pereda y que tuvo un triste final: regresó de Cuba enfermo y se instaló en su nueva residencia aún sin terminar, de la que apenas pudo disfrutar, ya que murió una semana después. Esto ocurrió en 1885, porque debo aclarar que El Capricho se terminó de construir ese año y no en 1883 como figura en la novela —año en que comenzaron las obras—, una licencia que me he permitido para que coincidiera con la historia de mis protagonistas.

En cualquier caso, tanto El Capricho como Máximo Díaz de Quijano me empujaron a querer saber más de aquella época de nuestra historia en que Comillas adquirió relevancia debido a la estancia del rey Alfonso XII en el verano de 1881, invitado por don Antonio López, primer marqués de Comillas. Su estancia allí provocó que se celebrara un consejo de ministros, para lo cual la villa adquirió por un día la capitalidad de España. Desde ese instante, el pintoresco pueblo se convirtió en lugar de veraneo de un grupo selecto de representantes de la política, la industria, la economía y la sociedad española de la época, liderados por el marqués de Comillas.

En esa España, la de la Restauración, todo iba retrasado o muy despacio, incluidas las ideas de progreso. Revisando una información sobre la Institución Libre de Enseñanza (ILE) de Francisco Giner de los Ríos, descubrí la figura de Fernando de Castro, franciscano, teólogo, catedrático de Historia y defensor de un catolicismo liberal más cercano a las ideas progresistas del krausismo que al conservadurismo del Vaticano, especialmente en lo referente a la educación de la mujer. En aquellos años en que lo máximo que aprendían las niñas en la escuela era a leer, a escribir y las labores domésticas, don Fernando impartió las famosas Conferencias Dominicales sobre la educación femenina en las que participó Concepción Arenal, y fundó la Asociación para la Enseñanza de la Mujer, que aún hoy subsiste y tiene su sede en la calle San Mateo de Madrid. Allí se instaló el colegio para niñas y las escuelas de formación para señoritas con materias similares a las que aprendían los alumnos de la ILE. Me impresionó tanto el desconocimiento que pesa sobre él y su labor, que quise situarlo en aquel año de 1883 aunque, en realidad, Fernando de Castro murió en 1874, dejando un importante legado en su asociación, que aún perdura.

En relación con la educación de la mujer, resulta curioso constatar cómo debates como la igualdad salarial entre maestras y maestros y la defensa del acceso de las mujeres a todo tipo de profesiones, entre otras demandas, ya estaban presentes en los congresos pedagógicos de 1882 y 1892, a pesar de que España fue poco permeable hasta bien entrado el siglo XX a los movimientos en favor de los derechos de la mujer que habían surgido en Inglaterra y Estados Unidos. Sinceramente, creo que todavía queda mucho por reivindicar de la figura de Emilia Pardo Bazán, su valentía, su independencia y su capacidad intelectual, que volcó a lo largo de su vida en favor de los derechos por la igualdad de la mujer, pese a las críticas que tuvo que soportar de la sociedad de la época, incluidos muchos de sus propios colegas y amigos escritores, que parecían no perdonarle la libertad con la que se conducía en la vida.

En 1882 se constituyen las sociedades que dieron lugar años después a Altos Hornos de Vizcaya (AHV) en la ría del Nervión. Por lo tanto, en 1883, ya estaban funcionando en la ría las tres fábricas siderúrgicas que formarían AHV: Nuestra Señora de El Carmen, de los hermanos Ibarra, la fábrica San Francisco, adquirida al marqués de Mudela por su primo José Martínez de las Rivas, y La Vizcaína, liderada por Víctor Chávarri. Sin embargo, me he permitido ciertas licencias en la introducción en España de los hornos Martin-Siemens y en la creación de lo que serían los grandes astilleros en la ría del Nervión a raíz del concurso de adjudicación del gobierno para construir los buques de la Armada española, concurso que se resolvió a favor de la sociedad liderada por Martínez de las Rivas, según recoge Olga Macías en su estudio «Los astilleros del Nervión» para la revista de *Estudios Marítimos del País Vasco*. Estos hechos se produjeron a partir de 1888, algo más tarde de lo que yo he reflejado en mi novela.

Y una última aclaración: si bien en el proceso de documentación decidí hacer uso de los nombres y apellidos de algunas familias y personalidades de aquella época —entre otros los Riera, los Sánchez Movellán, Juan Pombo, los marqueses de Comillas y sus cuñados, los señores de Güell, futuros condes y principales mecenas de Gaudí en Barcelona—, debo advertiros de que sus personajes en la novela son ficticios, fruto de mi imaginación, y salvo alguna excepción, no tienen nada que ver con la realidad histórica.

# Agradecimientos

Supongo que todas las novelas tienen su propia intra-historia detrás, la del largo proceso de escritura y publica-ción, durante el cual, a los escritores y escritoras nos surge a menudo esa necesidad de agradecer alientos, ayudas y apoyos de distintas personas a nuestro alrededor. En el caso de *Un destino propio* con más razón, ya que es una novela que vivirá dos vidas, la primera, en mis manos y la segunda, en las de una gran editorial como Ediciones B, de Penguin Random House, que le permitirá llegar a un público más grande de lectoras.

Desde aquella idea inicial surgida en un viaje hasta el libro que tienes en tus manos, tengo muchísima gente a la que agradecer. A Leticia Ojeda, amiga, aliento, apoyo, lectora atenta, honesta y exigente, algo tan necesario para cualquier creador en solitario; cualidades que comparte con Lidia Cantarero, que tan buen ojo tiene con los libros y los personajes. También quiero mencionar a otros lectores de las primeras versiones como Miguel Ángel Páez, María Teresa Martínez y Alfonso Fernández, tan minuciosos los tres en sus comentarios. A Ángel Hilara y Marina Ardura, por su amistad, por escuchar mis muchas divagaciones en torno a los libros y la escritura. A mi grupo de amigos más cercanos, por arroparme y responder, siempre.

De la fase de documentación quiero dar las gracias a Juan José Moreno, archivero bibliotecario de la Asociación para la Enseñanza de la Mujer, que me habló de Fernando de Castro y me enseñó las distintas salas de lo que fue la escuela de la asociación, en una de las visitas guiadas que ofrecen a curiosos como yo.

Y aunque los deje para casi el final, saben que son los primeros: a Martín, por su amor, paciencia y apoyo incondicional, tanto en lo personal como en lo profesional; a mis hijos, que se me están haciendo grandes a marchas forzadas; a mis padres, que me transmitieron el amor por los libros y la cultura, y me dieron las alas con las que llegar a cumplir mi sueño, escribir.

Esta edición de *Un destino propio* no hubiera existido sin la aparición de mi agente, Pablo Álvarez, que descubrió mi novela entre otras muchas y creyó en ella desde el primer momento, lo cual siempre le agradeceré. Nunca olvidaré aquella cita en un café céntrico de Madrid en que me convenció de que era una historia que, con su ayuda, podría llegar más lejos, a muchos más lectores. Del mismo modo, también siento una enorme gratitud hacia Carmen Romero, mi editora en Ediciones B, por su entusiasmo y su empeño por publicar la historia de Micaela y Héctor. No podía soñar para mi estreno editorial con nadie más apasionada, respetuosa y delicada en su visión del proceso de publicación que ella. Y junto con Carmen, gracias también a todo el equipo de Penguin Random House que lo ha hecho posible. Me siento muy afortunada de la forma en que han acogido mi novela.